鲁迅著译编年全集

王世家
止庵 编

人民出版社

鲁迅著译编年全集

拾肆

目　　录

一九三二

一月

“智识劳动者”万岁 * ……………………………… 3

水灾即“建国” * …………………………………… 4

“言词争执”歌 * …………………………………… 5

致增田涉 …………………………………………… 6

“非所计也” ………………………………………… 7

致曹靖华 …………………………………………… 8

致增田涉 …………………………………………… 10

再来一条“顺”的翻译 * …………………………… 12

中华民国的新“堂·吉诃德”们 * ………………… 14

无题（血沃中原肥劲草） ………………………… 16

二月

致许寿裳 …………………………………………… 20

致李秉中 …………………………………………… 22

三月

致许寿裳 …………………………………………… 23

致许寿裳 …………………………………………… 26

致开明书店 …………………………………… 26

致母亲 ……………………………………… 28

致李秉中 …………………………………… 29

致许寿裳 …………………………………… 30

致许钦文 …………………………………… 32

偶成(文章如土欲何之) ……………………… 33

赠蓬子 ……………………………………… 33

四月

致李小峰 …………………………………… 35

致王育和 …………………………………… 35

致许寿裳 …………………………………… 36

致李小峰 …………………………………… 37

致内山完造 ………………………………… 38

林克多《苏联闻见录》序 …………………… 40

致曹靖华 …………………………………… 43

致台静农 …………………………………… 44

致李霁野 …………………………………… 44

《三闲集》序言 ……………………………… 45

致李小峰 …………………………………… 48

做古文和做好人的秘诀 …………………… 49

致内山完造 ………………………………… 52

《二心集》序言 ……………………………… 53

题《外套》 …………………………………… 56

五月

鲁迅译著书目 ……………………………… 57

致李秉中 …………………………………… 64

我对于《文新》的意见 …………………………… 65

我们不再受骗了 …………………………………… 66

致增田涉 …………………………………………… 69

致增田涉 …………………………………………… 71

致李小峰 …………………………………………… 72

致许寿裳 …………………………………………… 73

致增田涉 …………………………………………… 75

革命的英雄们 …………… ［苏联］D. 孚尔玛诺夫 78

致增田涉 …………………………………………… 108

六月

致高良富子 ………………………………………… 110

致李秉中 …………………………………………… 111

致李霁野 …………………………………………… 112

致台静农 …………………………………………… 112

致许寿裳 …………………………………………… 115

致台静农 …………………………………………… 116

致曹靖华 …………………………………………… 119

致许寿裳 …………………………………………… 120

致增田涉 …………………………………………… 121

七月

致母亲 ……………………………………………… 123

致李霁野 …………………………………………… 124

题记 ………………………………………………… 124

致曹靖华 …………………………………………… 125

一·二八战后作 …………………………………… 127

致增田涉 …………………………………………… 128

《淑姿的信》序 ……………………………………… 129

八月

致许寿裳 ……………………………………… 133

致李霁野、台静农、韦丛芜 …………………… 134

致增田涉 ……………………………………… 135

致许寿裳 ……………………………………… 137

致台静农 ……………………………………… 138

致李小峰 ……………………………………… 139

致许寿裳 ……………………………………… 139

致杜海生 ……………………………………… 140

致许寿裳 ……………………………………… 140

苏联文学理论及文学批评的现状 …………[日本]上田进 142

九月

《竖琴》前记 ………………………………… 165

《竖琴》后记 ………………………………… 168

致曹靖华 ……………………………………… 176

致萧三 ………………………………………… 177

穷苦的人们 ……………………[苏联]A. 雅各武莱夫 178

拉拉的利益 ……………………[苏联]V. 英培尔 189

《一天的工作》前记 …………………………… 195

枯煤,人们和耐火砖 ……[苏联]F. 班菲洛夫 V. 伊连珂夫 198

《一天的工作》后记 …………………………… 208

我要活 …………………………[苏联]A. 聂维洛夫 220

铁的静寂 ………………………[苏联]И. 略悉珂 225

工人 ……………………………[苏联]S. 玛拉式庚 231

致郑伯奇 ……………………………………… 243

致许寿裳 ……………………………………… 245

致台静农 ……………………………………… 246

十月

致李小峰 ……………………………………… 247

致增田涉 ……………………………………… 247

论"第三种人" ………………………………… 249

自嘲 …………………………………………… 253

致崔真吾 ……………………………………… 254

致李小峰 ……………………………………… 256

"连环图画"辩护 ……………………………… 257

致许寿裳 ……………………………………… 260

两地书·二 …………………………………… 262

两地书·四 …………………………………… 264

两地书·六 …………………………………… 266

两地书·八 …………………………………… 268

两地书·一〇 ………………………………… 270

两地书·一二 ………………………………… 272

两地书·一五 ………………………………… 274

两地书·一七 ………………………………… 277

两地书·一九 ………………………………… 279

两地书·二二 ………………………………… 281

两地书·二四 ………………………………… 282

两地书·二六 ………………………………… 284

两地书·二九 ………………………………… 285

两地书·三二 ………………………………… 287

两地书·三三 ………………………………… 288

两地书·三四 ……………………………………… 289

两地书·三五 ……………………………………… 290

两地书·三六 ……………………………………… 292

两地书·四〇 ……………………………………… 293

两地书·四一 ……………………………………… 293

两地书·四二 ……………………………………… 296

两地书·四四 ……………………………………… 298

两地书·四六 ……………………………………… 299

两地书·四八 ……………………………………… 302

两地书·五〇 ……………………………………… 305

两地书·五三 ……………………………………… 307

两地书·五四 ……………………………………… 309

两地书·五六 ……………………………………… 311

两地书·五八 ……………………………………… 313

两地书·六〇 ……………………………………… 316

两地书·六二 ……………………………………… 319

两地书·六四 ……………………………………… 322

两地书·六六 ……………………………………… 323

两地书·六八 ……………………………………… 324

两地书·六九 ……………………………………… 327

两地书·七一 ……………………………………… 329

两地书·七三 ……………………………………… 330

两地书·七五 ……………………………………… 332

两地书·七九 ……………………………………… 334

两地书·八一 ……………………………………… 337

两地书·八三 ……………………………………… 339

两地书·八五 ……………………………………… 340

两地书·八六 ……………………………………… 342

两地书·八八 ……………………………………… 344

两地书·八九 ……………………………………… 345

两地书·九三 ……………………………………… 346

两地书·九五 ……………………………………… 349

两地书·九六 ……………………………………… 352

两地书·九八 ……………………………………… 354

两地书·九九 ……………………………………… 354

两地书·一○一 …………………………………… 355

两地书·一○二 …………………………………… 356

两地书·一○四 …………………………………… 357

两地书·一○五 …………………………………… 359

两地书·一○九 …………………………………… 360

两地书·一一二 …………………………………… 361

两地书·一一三 …………………………………… 364

两地书·一一六 …………………………………… 365

两地书·一一七 …………………………………… 366

两地书·一一八 …………………………………… 367

两地书·一二一 …………………………………… 369

两地书·一二二 …………………………………… 370

两地书·一二五 …………………………………… 371

两地书·一二六 …………………………………… 372

两地书·一二八 …………………………………… 374

两地书·一二九 …………………………………… 375

两地书·一三二 …………………………………… 376

两地书·一三五 …………………………………… 378

十一月

致许寿裳 ………………………………………… 381

致郑伯奇 ………………………………………… 382

致增田涉 ………………………………………… 383

致山本初枝 ……………………………………… 384

致许广平 ………………………………………… 386

致许广平 ………………………………………… 387

致内山完造 ……………………………………… 387

致许广平 ………………………………………… 388

致许广平 ………………………………………… 391

致许广平 ………………………………………… 392

今春的两种感想 ………………………………… 393

致许广平 ………………………………………… 396

致许广平 ………………………………………… 397

致许寿裳 ………………………………………… 398

致台静农 ………………………………………… 400

十二月

致许寿裳 ………………………………………… 401

辱骂和恐吓决不是战斗 ………………………… 403

致曹靖华 ………………………………………… 405

致台静农 ………………………………………… 407

《自选集》自序 ………………………………… 408

致山本初枝 ……………………………………… 410

《两地书》序言 ………………………………… 411

致增田涉 ………………………………………… 414

致王志之 ………………………………………… 415

致李小峰 …………………………………………… 416

致张冰醒 …………………………………………… 417

教授杂咏 …………………………………………… 418

祝中俄文字之交 …………………………………… 419

所闻 ………………………………………………… 423

无题二首（故乡黯黯锁玄云） …………………… 423

无题（洞庭木落楚天高） ………………………… 424

答客诮 ……………………………………………… 424

书帐 ………………………………………………… 425

本年

鲁迅增田涉质疑应答书 …………………………… 433

一九三一

一月

一日

日记　晴。下午访三弟。

二日

日记　晴。午后收来青阁书目一本。晚蕴如及三弟来，留之夜饭。

三日

日记　星期。晴。午后桢吾来访，赠以所校印书四种。

四日

日记　晴。午后邀蕴如，三弟及广平往上海大戏院观《城市之光》，已满座，遂往奥迪安观《蛮女恨》。

五日

日记　晴。午后往内山书店，得汤，杨信及小说稿。得钦文所寄抱经堂书目一本，即复。晚访三弟，赠以泉百。

"智识劳动者"万岁 *

"劳动者"这句话成了"罪人"的代名词，已经足足四年了。压迫罢，谁也不响；杀戮罢，谁也不响；文学上一提起这句话，就有许多

"文人学士"和"正人君子"来笑骂,接着又有许多他们的徒子徒孙来笑骂。劳动者呀劳动者,真要永世不得翻身了。

不料竟又有人记得你起来。

不料帝国主义老爷们还嫌党国屠杀得不赶快,竟来亲自动手了,炸的炸,轰的轰。称"人民"为"反动分子",是党国的拿手戏,而不料帝国主义老爷也有这妙法,竟称不抵抗的顺从的党国官军为"贼匪",大加以"膺惩"!冤乎枉哉,这真有些"顺""逆"不分,玉石俱焚之慨了!

于是又记得了劳动者。

于是久不听到了的"亲爱的劳动者呀!"的亲热喊声,也在文章上看见了;久不看见了的"智识劳动者"的奇妙官衔,也在报章上发见了,还因为"感于有联络的必要",组织了"协会",举了干事樊仲云,汪馥泉呀这许多新任"智识劳动者"先生们。

有什么"智识"?有什么"劳动"?"联络"了干什么?"必要"在那里?这些这些,暂且不谈罢,没有"智识"的体力劳动者,也管不着的。

"亲爱的劳动者"呀!你们再替这些高贵的"智识劳动者"起来干一回罢!给他们仍旧可以坐在房里"劳动"他们那高贵的"智识"。即使失败,失败的也不过是"体力","智识"还在着的!

"智识"劳动者万岁!

原载 1932 年 1 月 5 日《十字街头》旬刊第 3 期。署名佩韦。

初收 1932 年 10 月上海合众书店版《二心集》。

水灾即"建国"*

《建国月刊》第六卷第二期出版了,上海各大报上都登着广告。

首先是光辉灿烂的"本刊宗旨"：

　　（一）阐扬三民主义的理论与实际；

　　（二）整理本党光荣之革命历史；

　　（三）讨论实际建设问题；

　　（四）整理本国学术介绍世界学术思潮。

　　好极了！那么，看内容罢。首先是光辉灿烂的"插图"：水灾摄影（四幅）！

　　好极了……这叫作一句话说尽了"建国"的本色。

　　　　原载1932年1月5日《十字街头》旬刊第3期。署名退观。

　　　　初未收集。

"言词争执"歌*

　　一中全会好忙碌，忽而讨论谁卖国，粤方委员叽哩咕，要将责任归当局。吴老头子老益壮，放屁放屁来相嚷，说道卖的另有人，不近不远在场上。有的叫道对对对，有的吹了嘻嘻嘻，嘻嘻一通不打紧，对对恼了皇太子，一声不响出"新京"，会场旗色昏如死。许多要人夹屁追，恭迎圣驾请重回，大家快要一同"赴国难"，又拆台基何苦来？香槟走气大菜冷，莫使同志久相等，老头自动不出席，再没狐狸来作梗。况且名利不双全，那能推苦只尝甜？卖就大家都卖不都不，否则一方面子太难堪。现在我们再去痛快淋漓喝几巡，酒酣耳热都开心，什么事情就好说，这才能慰在天灵。理论和实际，全都括括叫，点点小龙头，又上火车道。只差大柱石，似乎还在想火并，展堂同志血压高，精卫先生糖尿病，国难一时赴不成，虽然老吴已经受告警。这样下去怎么好，中华民国老是没头脑，想受党治也不能，小民恐怕要苦了。但愿治病统一都容易，只要将那"言词争执"扔在茅厕里，放屁放屁放狗屁，真真岂有之此理。

原载 1932 年 1 月 5 日《十字街头》旬刊第 3 期。署名阿二。

初未收集。

致 增田涉

　拝啓　昨年の御手紙は最早拝見致しました。絵の事は確に失敗です。置く処はよくありません。然し役人が見るものまで、やかましく云ふのは天下の紛々として多事になる所以で片方から見れば矢張り閑人があまり多いから余計な事を云ふに成るのです。

　一月の改造には某君の伝が出なかった。豈に文章の罪であるか？某君が尖端の人物でないからです。証拠としてはGandhiははだかでも、活動写真にでました。佐藤様は『故郷』訳文の後記にも一生懸命に紹介して居りましたがどーなるでしょー。

　敵国即ち支那は今年に又混戦の新局面を展開するのであろーと思ひます。然し上海は安全だろー。まづい芝居はなかなか終りません。政府は言論などの自由を許すと言ふて居る様だけれども新しい係蹄でも一一層気を附けなければなりません。

　握別して以来、さびしくなりました。何の仕事もなくてつまり今は失業です。先月全家「インフルエンザ」にやられましたが兎角遂に全家みななほりました。

　今日『鐵流』と少しの小さい新聞を送りました、この手紙と一所につくだろーと思ひます。北斗(4)も近い内に送ります。上京の時には御知らせを願ひます、そーすると東京の宿所まで、送りま

すから。　草々頓首

迅　啓上　一月五日夜

増田仁兄

六日

日记　晴。晨寄靖华信。寄增田君信并《铁流》及《文艺新闻》等一包。下午往内山书店，得『世界裸体美術全集』（一）一本，值六元。得钦文信，三日发。夜大风，微雪。

七日

日记　昙，冷。无事。

八日

日记　晴。午后得母亲信，二日发。得增田忠达及涉君信片各一。得罗山尚宅与靖华信，即为转寄。夜得白川君信。

"非所计也"

新年第一回的《申报》（一月七日）用"要电"告诉我们："闻陈（外交总长印友仁）与芳泽友谊甚深，外交界观察，芳泽回国任日外长，东省交涉可望以陈之私人感情，得一较好之解决云。"

中国的外交界看惯了在中国什么都是"私人感情"，这样的"观察"，原也无足怪的。但从这一个"观察"中，又可以"观察"出"私人感情"在政府里之重要。

然而同日的《申报》上，又用"要电"告诉了我们："锦州三日失

7

守,连山绥中续告陷落,日陆战队到山海关在车站悬日旗……"

而同日的《申报》上,又用"要闻"告诉我们"陈友仁对东省问题宣言"云:"……前日已命令张学良固守锦州,积极抵抗,今后仍坚持此旨,决不稍变,即不幸而挫败,非所计也。……"

然则"友谊"和"私人感情",好像也如"国联"以及"公理","正义"之类一样的无效,"暴日"似乎不像中国,专讲这些的,这真只得"不幸而挫败,非所计也"了。

也许爱国志士,又要上京请愿了罢。当然,"爱国热忱",是"殊堪嘉许"的,但第一自然要不"越轨",第二还是自己想一想,和内政部长卫戍司令诸大人"友谊"怎样,"私人感情"又怎样。倘不"甚深",据内政界观察,是不但难"得一较好之解决",而且——请恕我直言——恐怕仍旧要有人"自行失足落水淹死"的。

所以未去之前,最好是拟一宣言,结末道:"即不幸而'自行失足落水淹死',非所计也!"然而又要觉悟这说的是真话。

一月八日。

原载 1932 年 1 月 5 日《十字街头》旬刊第 3 期(延期出版)。署名白舌。

初收 1934 年 3 月上海同文书店版《南腔北调集》。

致 曹靖华

靖华兄:

六日寄上一函,想已到。顷因罗山尚宅有信来,故转寄上,乞收。信中涉及学费之事,其实兄在未名社有版税千余元,足支五年,但我看是取不来的。因为我有三千余,与开明书店交涉至今,还是分文也得不到。

我想这一笔款,我力能设法,分两次寄去,兄只要买图画书五六十卢寄我作为还的就好了。如何,乞示。但如这样办,则请将收款人详细住址及姓名开示为要。

弟豫　启上　一月八日

九日

　　日记　晴。下午买『世界地理風俗大系』(一至三)三本,共泉十五元。

十日

　　日记　星期。大雾,上午霁。寄钦文信。午后邀蕴如,三弟及广平往上海大戏院观《城市之光》。晚复杨,汤信并还小说稿。夜小雨。

十一日

　　日记　晴。午后得钦文信并《监狱与病院》一本,八日发。得靖华所寄小说一本,文学杂志一本。下午季市来。得永言信。

十二日

　　日记　晴。上午寄母亲信。复钦文信。寄小峰信。午后往内山书店买『世界古代文化史』一本,『園芸植物図譜』(第一卷)一本,共泉二十一元。得李白英所赠书三本。得内山嘉吉君及其夫人信片。晚得诗荃信并铜版《梭格拉第象》一枚,去年十二月十六日发。夜同广平往内山君寓晚饭,同座又有高良富子夫人。

十三日

　　日记　晴。下午买小说一本,二元二角。得钦文信,晚复。

十四日

日记 晴。午后得汤、杨信。下午得小峰信。

十五日

日记 昙，下午小雨。得钦文信，晚复。

十六日

日记 晴。下午得增田君信，即寄以《北斗》（四）等，并复函。

致 增田涉

拝啓、一月十日の御手紙は拝見致しました。

『十字街頭』は左聯の人人が変名を以って書いたもので近い内に禁止されるだろーと思って居ります。『鐵流』を論じた作者の正体は不明ですがロシア語を知る処から推測するとあの国に留学した事のあるコムニストであるらしい。私の筆名は它音、阿二、佩韦、明瑟、白舌、遐觀 etc. です。

『域外小説集』の発行は一九〇七年か八年で私と周作人が日本の東京に居た時です。その時支那では林琴南氏の古文訳の外国小説が流行で文章は成程うまいが誤訳が大変多いから私共はこの点について不満を感じ矯正したいと思ってやり出したのです。しかし、大失敗でありました。第一集(千冊印刷した)を売りだしたら半ケ年たって兎角二十冊売れました。第二冊を印刷する時には小さくなって五百冊しか印刷しなかったが、これも遂に二十冊しかうれなかった。それで、お仕舞、兎角その年(一九〇七か八)から始まりその年に終ったので、薄ぺらい二冊だけです。その残本——殆んど全部である処の残本——は上海で書店と一所に焼失しました、だから、今にあるものはも一珍本です、誰も珍らしくしないけれども。内容を言へば、皆な短篇で米のアラン・ポー、露のガルシン、アンドレエフ、波蘭のシェンキヴィッチ（Henrik Sienkiewitz）、仏のモーパサン、英のワイルド等の作品で訳文は大変むつかしい。

　私も汝が東京に行って書いた方がよいと思ひます。出鱈目に書いてもよいから。出鱈目に書かなければえらくならない。えらくなってそーして、その出鱈目を修正すればそれでよいのです。日本の学者や文学者は大抵固定した考をもって支那に来る。支那に来るとその固定した考と衝突する処の事実と遇ふ事を恐れます。そーして迴避します。だから来ても来なかったと同じ事です。ここに於いて一生出鱈目で終ります。

　私の従兄弟の画に対しては何の御礼をもする必要はないのです。彼は田舎に居て悠々然として暮してるのだから絵を少し書かしても何の骨折もありません。その上、も一満足して居るだろー。胸に秘てる自分の伝記にも一「自分の絵は東瀛に渡りました」と書いて居るだろーから。

　Miss 許には何も送らないで下さい、東京に往ても。かへて、文字上の「よろしく！」の方が味がある様です。伝言すると「さーですか、どーも有難ふ！」、丁度、電話口に対して御辞儀してあたまを一生懸命にさげてる様です。先日、御尊父様から葉書をいただきました。私は旧暦新暦混沌の国に居るのだから年賀状一枚までも出しませんでした、矢張りどーか「よろしく！」御伝言願ひます。そーして御令堂様にも奥様にも木実様にも。

　　　　　　　ルーシン　頓首上　一月十六夜
増田仁兄

十七日

日记　星期。晴。下午得沈子馀信。赠曲传政君《毁灭》一本。

十八日

日记　晴。同蕴如携晔儿至篠崎医院割扁桃腺,广平因喉痛亦往诊,共付泉二十九元二角。托丸善书店买得 *Modern Book-Illus-tration in Brit. and America* 一本,值七元。晚买烟卷五箱,四元五角。

十九日

日记　小雨。上午内山君赠福橘一筐。托三弟买书三种六本,值二元八角。

二十日

日记　昙。上午同广平往篠崎医院诊。晚得小峰信并版税百五十。

再来一条"顺"的翻译 *

　　这"顺"的翻译出现的时候,是很久远了;而且是大文学家和大翻译理论家,谁都不屑注意的。但因为偶然在我所搜集的"顺译模范文大成"稿本里,翻到了这一条,所以就再来一下子。

　　却说这一条,是出在中华民国十九年八月三日的《时报》里的,在头号字的《针穿两手……》这一个题书之下,做着这样的文章:

　　"被共党捉去以钱赎出由长沙逃出之中国商人,与从者二名,于昨日避难到汉,彼等主仆,均鲜血淋漓,语其友人曰,长沙有为共党作侦探者，故多数之资产阶级，于廿九日晨被捕，予等系于廿八夜捕去者，即以针穿手，以秤秤之，言时出其两手，解布以示其所穿之穴，尚鲜血淋漓。……（汉口二日电通电）"

这自然是"顺"的，虽然略一留心，即容或会有多少可疑之点。譬如罢，其一，主人是资产阶级，当然要"鲜血淋漓"的了，二仆大概总是穷人，为什么也要一同"鲜血淋漓"的呢？其二，"以针穿手，以秤秤之"干什么，莫非要照斤两来定罪名么？但是，虽然如此，文章也还是"顺"的，因为在社会上，本来说得共党的行为是古里古怪；况且只要看过《玉历钞传》，就都知道十殿阎王的某一殿里，有用天秤来秤犯人的办法，所以"以秤秤之"，也还是毫不足奇。只有秤的时候，不用称钩而用"针"，却似乎有些特别罢了。

幸而，我在同日的一种日本文报纸《上海日报》上，也偶然见到了电通社的同一的电报，这才明白《时报》是因为译者不拘拘于"硬译"，而又要"顺"，所以有些不"信"了。倘若译得"信而不顺"一点，大略是应该这样的：

"……彼等主仆，将为恐怖和鲜血所渲染之经验谈，语该地之中国人曰，共产军中，有熟悉长沙之情形者，……予等系于廿八日之半夜被捕，拉去之时，则在腕上刺孔，穿以铁丝，数人或数十人为一串。言时即以包着沁血之布片之手示之……"

这才分明知道，"鲜血淋漓"的并非"彼等主仆"，乃是他们的"经验谈"，两位仆人，手上实在并没有一个洞。穿手的东西，日本文虽然写作"针金"，但译起来须是"铁丝"，不是"针"，针是做衣服的。至于"以秤秤之"，却连影子也没有。

我们的"友邦"好友，顶喜欢宣传中国的古怪事情，尤其是"共党"的；四年以前，将"裸体游行"说得像煞有介事，于是中国人也跟着叫了好几个月。其实是，警察用铁丝穿了殖民地的革命党的手，一串一串的牵去，是所谓"文明"国民的行为，中国人还没有知道这方法，铁丝也不是农业社会的产品。从唐到宋，因为迷信，对于"妖人"虽然曾有用铁索穿了锁骨,以防变化的法子,但久已不用,知道的人也几乎没有了。文明国人将自己们所用的文明方法,硬栽到中国来,不料中国人却还没有这样文明,连上海的翻译家也不懂,偏不用铁丝来穿,就只照阎罗殿上的办法,"秤"了一下完事。

造谣的和帮助造谣的,一下子都显出本相来了。

原载 1932 年 1 月 20 日《北斗》月刊第 2 卷第 1 期。署名长庚。

初收 1932 年 10 月上海合众书店版《二心集》。

中华民国的新"堂·吉诃德"们*

十六世纪末尾的时候,西班牙的文人西万提斯做了一大部小说叫作《堂·吉诃德》,说这位吉先生,看武侠小说看呆了,硬要去学古代的游侠,穿一身破甲,骑一匹瘦马,带一个跟丁,游来游去,想斩妖服怪,除暴安良。谁知当时已不是那么古气盎然的时候了,因此只落得闹了许多笑话,吃了许多苦头,终于上个大当,受了重伤,狼狈回来,死在家里,临死才知道自己不过一个平常人,并不是什么大侠客。

这一个古典,去年在中国曾经很被引用了一回,受到这个谥法的名人,似乎还有点很不高兴的样子。其实是,这种书呆子,乃是西班牙书呆子,向来爱讲"中庸"的中国,是不会有的。西班牙人讲恋爱,就天天到女人窗下去唱歌,信旧教,就烧杀异端,一革命,就捣烂教堂,踢出皇帝。然而我们中国的文人学子,不是总说女人先来引诱他,诸教同源,保存庙产,宣统在革命之后,还许他许多年在宫里做皇帝吗?

记得先前的报章上,发表过几个店家的小伙计,看剑侠小说入了迷,忽然要到武当山去学道的事,这倒很和"堂·吉诃德"相像的。但此后便看不见一点后文,不知道是也做出了许多奇迹,还是不久就又回到家里去了？以"中庸"的老例推测起来，大约以回了家为合式。

这以后的中国式的"堂·吉诃德"的出现，是"青年援马团"。不是兵，他们偏要上战场；政府要诉诸国联，他们偏要自己动手；政府不准去，他们偏要去；中国现在总算有一点铁路了，他们偏要一步一步的走过去；北方是冷的，他们偏只穿件夹袄；打仗的时候，兵器是顶要紧的，他们偏只着重精神。这一切等等，确是十分"堂·吉诃德"的了。然而究竟是中国的"堂·吉诃德"，所以他只一个，他们是一团；送他的是嘲笑，送他们的是欢呼；迎他的是诧异，而迎他们的也是欢呼；他驻扎在深山中，他们驻扎在真茹镇；他在磨坊里打风磨，他们在常州玩梳篦，又见美女，何幸如之（见十二月《申报》《自由谈》）。其苦乐之不同，有如此者，呜呼！

不错，中外古今的小说太多了，里面有"舆榇"，有"截指"，有"哭秦庭"，有"对天立誓"。耳濡目染，诚然也不免来抬棺材，砍指头，哭孙陵，宣誓出发的。然而五四运动时胡适之博士讲文学革命的时候，就已经要"不用古典"，现在在行为上，似乎更可以不用了。

讲二十世纪战事的小说，旧一点的有雷马克的《西线无战事》，棱的《战争》，新一点的有绥拉菲摩维支的《铁流》，法捷耶夫的《毁灭》，里面都没有这样的"青年团"，所以他们都实在打了仗。

原载 1932 年 1 月 20 日《北斗》月刊第 2 卷第 1 期。署名不堂。

初收 1932 年 10 月上海合众书店版《二心集》。

二十一日

日记 晴。下午得增田君信，十五日发。寄中国书店信。得淑卿信并钦文所赠茶叶两合，杭白菊一合。夜雨。

二十二日

日记 昙。上午复钦文信。同广平往篠崎医院诊。下午往内山书店买《两周金文辞大系》一本，直八元。夜雨。

二十三日

日记 昙。上午同广平携海婴往福民医院诊。午后为高良夫人写一小幅，句云："血沃中原肥劲草，寒凝大地发春华。英雄多故谋夫病，泪洒崇陵噪暮鸦。"下午小雨。夜同广平访三弟。

无　题

血沃中原肥劲草，寒凝大地发春华。
英雄多故谋夫病，泪洒崇陵噪暮鸦。

一月

未另发表。据手稿编入。
初未收集。

二十四日

日记 星期。晴。下午得真吾信。

二十五日

日记 昙。晨同王蕴如携晔儿往篠崎医院诊，广平亦去。上午同广平携海婴往福民医院诊。午后寄古安华《毁灭》，《铁流》各五本，《士敏土图》二本。寄母亲信。寄蝉隐庐信。夜小雨。

二十六日

　　日记　昙。午后从内山书店买『世界美術全集』(别册二)一本,『世界地理風俗大系』(别册二及三)各一本,共泉十二元八角。夜访三弟。

二十七日

　　日记　晴。上午同广平携海婴往福民医院诊。收蟫隐庐书目一本。午后钦文来。得永言信。

二十八日

　　日记　昙。上午同广平往篠崎医院诊。下午附近颇纷扰。

二十九日

　　日记　晴。遇战事,终日在枪炮声中。夜雾。

三十日

　　日记　晴。下午全寓中人俱迁避内山书店,只携衣被数事。

二月

一日
日记 失记。

二日
日记 失记。

三日
日记 失记。

四日
日记 失记。

五日
日记 失记。

六日
日记 旧历元旦。昙。下午全寓中人俱迁避英租界内山书店支店,十人一室,席地而卧。

七日
日记 雨雪,大冷。下午寄母亲信。

八日
日记 雨。晚寄钦文信。夜同三弟往北新书局访小峰。

九日

日记　昙。

十日

日记　昙。下午同三弟往北新书局访小峰，又至蟫隐庐买陈老莲绘《博古酒牌》一本，价七角。

十一日

日记　晴。

十二日

日记　昙。

十三日

日记　雨雪。

十四日

日记　星期。晴。午后同三弟往北新书局，又往开明书店。

十五日

日记　晴。下午寄母亲信。收北新书局版税泉百。夜偕三弟，蕴如及广平往同宝泰饮酒。

十六日

日记　晴。下午同三弟往汉文渊买翻汪本《阮嗣宗集》一部一本，一元六角；《绵州造象记》拓片六种六枚，六元；又往蟫隐庐买《鄱阳王刻石》一枚，《天监井阑题字》一枚，《湘中诗》一枚，共泉二元八角。夜全寓十人皆至同宝泰饮酒，颇醉。复往青莲阁饮茗，邀一妓略来坐,与以一元。

十七日

日记　晴。下午往北新书局。夜胃痛。

十八日

日记　晴。上午为钦文寄陶书臣信。胃痛,服 Bismag。

十九日

日记　晴。下午往蟫隐庐买《樊谏议集七家注》一部,一元
六角。

二十日

日记　晴。上午付内山书店员泉四十五,计三人。下午往汉文
渊买《王子安集注》,《温飞卿集笺注》各一部,共泉六元。

二十一日

日记　星期。晴。午后得紫佩信。得秉中信。得诗荃信二函。
下午同三弟访子英。

二十二日

日记　阴。下午复紫佩信。寄季市信。

致 许寿裳

季市兄:

因昨闻子英登报招寻,访之,始知兄曾电询下落。此次事变,殊

出意料之外,以致突陷火线中,血刃塞途,飞丸入室,真有命在旦夕之概。于二月六日,始得由内山君设法,携妇孺走入英租界,书物虽一无取携,而大小幸无恙,可以告慰也。现暂寓其支店中,亦非久计,但尚未定迁至何处。倘赐信,可由"四马路杏花楼下,北新书局转"耳。此颂

曼福。

弟树　顿首　二月二十二日

乔峰亦无恙,并闻。

二十三日

　　日记　昙。午后得母亲信,十四日发。

二十四日

　　日记　晴。下午得钦文信。微雪。

二十五日

　　日记　晴。午后同三弟访达夫。

二十六日

　　日记　昙。下午往北新书局买《安阳发掘报[告]》(一及二)二本,共三元。

二十七日

　　日记　晴。

二十八日

　　日记　星期。晴。下午往北新书局取版税泉百。得紫佩信。

得母亲信,十八日发,又一函二十一日发,内附秉中信。

二十九日

日记 晴。午后复秉中信。复紫佩信。下午达夫来并赠干鱼,风鸡,腊鸭。

致 李秉中

秉中兄:

三日前展转得一月二十五日来信,知令郎逝去,为之惨然。顷复由北平寄来一函,乃谂藐躬失踪之谣,致劳远念,甚感甚歉。上月二十八之事,出于意外,故事前毫无豫备,突然陷入火线中。中华连年战争,闻枪炮声多矣,但未有切近如此者,至二月六日,由许多友人之助,始脱身至英租界,一无所携,只自身及妇竖共三人耳。幸俱顽健,可释远念也。现暂寓一书店之楼上,此后仍寓上海,抑归北平,尚毫无头绪,或须视将来情形而定耳。所赐晶印,迄今未至,有无盖不可知。商务印书馆全部,亦已于二十九日焚毁,但舍弟亦无恙,并闻。此复即颂

俪祉

迅 启上

令夫人并此致候不另 令郎均吉

此后赐信,可寄"上海四马路北新书局转"

三月

一日

日记 晴。上午寄母亲信。午后得季市信。下午往锦文堂买程荣本《阮嗣宗集》一部二本,三元;又在汉文渊买《唐小虎造象》拓片一枚,一元。

二日

日记 晴。下午寄季市信。

致 许寿裳

季芾兄:

顷得二月二十六日来信,谨悉种种。旧寓至今日止,闻共中四弹,但未贯通,故书物俱无恙,且亦未遭劫掠。以此之故,遂暂蜷伏于书店楼上,冀不久可以复返,盖重营新寓,为事甚烦,屋少费巨,殊非目下之力所能堪任。倘旧寓终成灰烬,则拟挈眷北上,不复居沪上矣。

被裁之事,先已得教部通知,蔡先生如是为之设法,实深感激。惟数年以来,绝无成绩,所辑书籍,迄未印行,近方图自印《嵇康集》,清本略就,而又突陷兵火之内,存佚盖不可知。教部付之淘汰之列,固非不当,受命之日,没齿无怨。现北新书局尚能付少许版税,足以维持,希释念为幸。

今所恳望者,惟舍弟乔峰在商务印书馆作馆员十年,虽无赫赫之勋，而治事甚勤，始终如一，商务馆被燹后，与一切人员，俱被停职，素无储积，生活为难，商务馆虽云人员全部解约，但现在当必尚有蝉联，而将来且必仍有续聘，可否乞 兄转蕲蔡先生代为设法，俾有一栖身之处，即他处他事，亦甚愿服务也。

钦文之事，在一星期前，闻虽眷属亦不准接见，而死者之姊，且控其谋财害命，殊可笑，但近来不闻新消息，恐尚未获自由耳。

匆复，即颂
曼福。

弟树　启上　三月二日

乔峰广平附笔致候

三日

日记　晴。下午得靖华信，一月二十一日发。映霞，达夫来。

四日

日记　晴。午后同三弟往中国书店买汪士贤本《阮嗣宗集》，《商周金文拾遗》，《九州释名》，《矢彝考释质疑》各一部，共泉四元八角。

五日

日记　昙。

六日

日记　星期。昙。

七日

日记　晴。午后映霞，达夫来。下午往北新书局，遇息方，遂之店茗谈。

八日

日记　晴。午后往汉文渊买《四洪年谱》一部四本,二元;陈森《梅花梦》一部二本,八角;《古籀馀论》一部亦二本,一元二角。

九日

日记　雨。下午得紫佩信附与宋芷生函,三日发,夜复。

十日

日记　昙。上午镰田君自日本来,并赠萝卜丝,银鱼干,美洲橘子。午后复诗荃信。

十一日

日记　晴。午后政一君来,并赠海苔一合。得山本夫人信。

十二日

日记　晴。午后复山本夫人信。

十三日

日记　星期。晴。晨觉海婴出疹子,遂急同三弟出觅较暖之旅馆,得大江南饭店订定二室,上午移往;三弟家则移寓善钟路淑卿寓。下午往北新书局取版税二百。得季市信。得紫佩信。晚雨雪,大冷。

十四日

日记　晴。上午三弟来,即同往内山支店交还钥匙,并往电力公司为付电灯费。午后同三弟及蕴如往知味轩午餐,次赁摩托赴内山书店,复省旧寓,略有损失耳。

十五日

日记 晴。午后理发。夜寄季巿信。寄子英信。寄达夫信。

致 许寿裳

季巿兄：

　　快函已奉到。诸事至感。在漂流中，海婴忽生疹子，因于前日急迁至大江南饭店，冀稍得温暖，现视其经过颇良好，希释念。昨去一视旧寓，除震破五六块玻璃及有一二弹孔外，殊无所损失，水电瓦斯，亦已修复，故拟于二十左右，回去居住。但一过四川路桥，诸店无一开张者，入北四川路，则巿廛家屋，或为火焚，或为炮毁，颇荒漠，行人亦复寥寥。如此情形，一时必难恢复，则是否适于居住，殊属问题，我虽不惮荒凉，但若购买食物，须奔波数里，则亦居大不易耳。总之，姑且一试，倘不可耐，当另作计较，或北归，或在英法租界另觅居屋，时局略定，租金亦想可较廉也。乔峰寓为炸弹毁去一半，但未遭劫掠，故所失不多，幸人早避去，否则，死矣。此上，即颂

曼福。

树　启上　三月十五日

十六日

日记 晴。午三弟及蕴如来，遂并同广平往知味轩午饭。

致 开明书店

　　径启者，未名社存书归　贵局经售，已逾半年，且由惠函，知付

26

款亦已不少,而鄙人应得之款,迄今未见锱铢,其分配之不均,实出意外,是知倘非有一二社员,所取过于应得,即经手人貌为率直,仿佛不知世故,而实乃狡黠不可靠也。故今特函请

贵局此后将未付该社之款,全数扣留,并即交下,盖鄙人所付垫款及应得版税,数在四千元以上,向来分文未取,今之存书,当尽属个人所有,而实尚不足以偿清,收之桑榆,犹极隐忍,如有纠葛,自当由鄙人负责办理,决不有累

贵局也。此请

开明书局执事先生台鉴

鲁迅　启　卅二年三月十六日

十七日

日记　晴。午后寄母亲信。下午往蟬隐庐买《王子安集佚文》一部一本,《函青阁金石记》一部二本,共二元六角。子英来。

十八日

日记　晴。上午三弟来,即托其致开明书店信索款。得秉中信。午同蕴如,三弟及广平往冠生园午餐。下午得子英信,即复。夜蒋径三来。濯足。

十九日

日记　昙。海婴疹已全退,遂于上午俱回旧寓。午后访镰田君兄弟,赠以牛肉二罐,威士忌酒一瓶。夜补写一月三十日至今日日记。

二十日

日记　星期。晴。上午蒋径三来。收山本夫人赠海婴橡皮鞠

三枚。午后头痛,与广平携海婴出街闲步。

致 母 亲

母亲大人膝下敬禀者,十七日寄奉一函,想已到。现男等已于十九日
回寓,见寓中窗户,亦被炸弹碎片穿破四处,震碎之玻璃,有十
一块之多。当时虽有友人代为照管,但究不能日夜驻守,故衣
服什物,已有被窃去者,计害马衣服三件,海婴衣裤袜子手套等
十件,皆系害马用毛线自编,厨房用具五六件,被一条,被单五
六张,合共值洋七十元,损失尚算不多。两个用人,亦被窃去值
洋二三十元之物件。惟男则除不见了一柄洋伞之外,其余一无
所失,可见书籍及破衣服,偷儿皆看不入眼也。

老三旧寓,则被炸毁小半,门窗多粉碎,但老三之物,则除木器
颇被炸破之外,衣服尚无大损,不过房子已不能住,所以他搬到
法租界去了。

海婴疹子见点之前一天,尚在街上吹了半天风,但次日却发得
很好,移至旅馆,又值下雪而大冷,亦并无妨碍,至十八夜,热已
退净,遂一同回寓。现在胃口很好,人亦活泼,而更加顽皮,因
无别个孩子同玩,所以只在大人身边吵嚷,令男不能安静。所说
之话亦更多,大抵为绍兴话,且喜吃咸,如霉豆腐,盐菜之类。
现已大抵吃饭及粥,牛乳只吃两回矣。

男及害马,全都安好,请勿念。淑卿小姐久不见,但闻其肚子已
很大,不久便将生产,生后则当与其男人同回四川云。专此布
达,恭请

金安。

男树　叩上　三月二十日夜

致 李秉中

秉中兄：

惠函奉到。时危人贱，任何人在何地皆可死，我又往往适在险境，致令小友远念，感愧实不可言，但实无恙，惟卧地逾月，略觉无聊耳。百姓将无死所，自在意中，忆前此来函，颇多感愤之言，而鄙意颇以为不必，兄当冷静，将所学者学毕，然后再思其他，学固无止境，但亦有段落，因一时之刺激，释武器而奋空拳，于人于己，两无益也。此地已不闻枪炮声，故于昨遂重回旧寓，门窗虽为弹片毁三四孔，碎玻璃十余枚，而内无损，当虚室时，偷儿亦曾惠临，计择去衣服什器约二十余事，值可七十元，但皆妇竖及灶下之物，其属于我者，仅洋伞一柄，书籍纸墨皆如故，亦可见文章之不值钱矣。当漂流中，孩子忽染疹子，任其风吹日炙，不与诊视，而竟全愈，顽健如常，照相久未照，惟有周岁时由我手抱而照者一张在此，日内当寄上，俟较温暖，拟照新片，尔时当续奉也。钦文事我亦不详，似是三角恋爱，二女相妒，以至相杀，但其一角，或云即钦文，或云另一人，则真所谓"议论纷纷莫衷一是"，不佞亦难言之矣。此颂

曼福。

　　　　　　　　　　　　迅　启上　三月二十夜

令夫人均此致候。

二十一日

　　日记　昙。午后寄母亲信。寄靖华信内附罗山尚宅来信一封。寄秉中信并海婴一岁时照相一枚。

二十二日

日记　　昙。午三弟及蕴如来。午后往景云里三弟旧寓取纸版，择存三种，为《唐宋传奇集》，《近代美术史潮论》及《桃色之云》。下午寄诗荃信。寄紫佩信。得季市信，十七日发，晚复。访春阳［馆］照相馆，其三楼被炮弹爆毁，而人皆无恙。

致 许寿裳

季市兄：

近来租界附近已渐平静，电车亦俱开通，故我已于前日仍回旧寓，门墙虽有弹孔，而内容无损。但鼠窃则已于不知何时惠临，取去妇孺衣被及厨下什物二十余事，可值七十元，属于我个人者，则仅取洋伞一柄。一切书籍，岿然俱存，且似未尝略一翻动，此固甚可喜，然亦足见文章之不值钱矣。要之，与闸北诸家较，我寓几可以算作并无损失耳。今路上虽已见中国行人，而迁去者众，故市廛未开，商贩不至，状颇荒凉，得食物亦颇费事。本拟往北京一行，勾留一二月，怯于旅费之巨，故且作罢。暂在旧寓试住，倘大不便，当再图迁徙也。在流徙之际，海婴忽染疹子，因居旅馆一星期，贪其有汽炉耳。而炉中并无汽，屋冷如前寓而费钱却多。但海婴则居然如居暖室，疹状甚良好，至十八日而全愈，颇顽健。始知备汽炉而不烧，盖亦大有益于卫生也。钦文似尚不能保释，闻近又发见被害者之日记若干册，法官当一一细读，此一细读，正不知何时读完，其累钦文甚矣。回寓后不复能常往北新，而北新亦不见得有人来，转信殊多延误，此后赐示，似不如由内山书店转也。

此上，即颂

曼福。

迅　启上　三月二十一夜

再者

十七日快信,顷已奉到,因须自北新去取,故迟迟耳。

乔峰事经蔡先生面商,甚为感谢,再使乔峰自去,大约王云五所答,当未必能更加切实,鄙意不如暂且勿去,静待若干日为佳也。

顷又闻钦文已释出,法官对于他,并不起诉,然则已脱干系矣。岂法官之读日记,竟如此其神速耶。

迅　上　二十二日下午

二十三日

日记　晴。无事。

二十四日

日记　晴。午后同广平携海婴出街闲步并买饼饵。

二十五日

日记　晴。无事。

二十六日

日记　晴。海婴发热,上午邀石井学士来诊,云盖感冒。

二十七日

日记　星期。昙。午后往内山书店,得『書道全集』(二十三)一本,二元六角。

二十八日

日记　晴。上午同广平携海婴往石井医院诊,而医不在院,遂至佐佐木药房买前方之药而归。史女士及金君来。午蕴如及三弟来。得钦文信，廿四日发，下午复。寄紫佩信。

致 许钦文

钦文兄：

顷得二十四日来信，知已出来，甚慰。我们亦已于十九日仍回旧寓，但失去一点什物，约值六七十元，书籍一无失少。炸破之玻璃窗，亦已修好，一切如常，惟市面萧条，四近房屋多残破，店不开市，故购买食物，颇不便当耳。监所生活与火线生活太不同，殊难比较，但由我观之，无刘姊之"声请再议"，以火线生活为爽利，而大炮之来，难以逆料而决其"无妨"，则又不及监所生活之稳当也。此复即颂

近佳

迅 上 三月廿八日下午

二十九日

日记 昙。午后得内山君信。得山本夫人信。

三十日

日记 昙。午后往内山书店，得『世界芸術発達史』一本，四元。得紫佩信，二十四日发。下午王蕴如及三弟来，为从蟫隐庐买书两本，共泉一元五角，遂留之夜饭。自饮酒太多，少顷头痛，乃卧。

三十一日

日记 晴。午后为颂棣书长吉七绝一幅，又为沈松泉书一幅，

云:"文章如土欲何之,翘首东云惹梦思。所恨芳林寥落甚,春兰秋菊不同时。"又为蓬子书一幅,云:"蓦地飞仙降碧空,云车双辆掣灵童。可怜蓬子非天子,逃去逃来吸北风。"下午访石井学士,并致二十六日诊金十元。

偶　成

文章如土欲何之,翘首东云惹梦思。

所恨芳林寥落甚,春兰秋菊不同时。

三月

未另发表。据手稿编入。

初未收集。

赠　蓬　子

蓦地飞仙降碧空,云车双辆掣灵童。

可怜蓬子非天子,逃去逃来吸北风。

三月三十一日

未另发表。据手稿(日记)编入。

初未收集。

四月

一日

日记　晴。午后收内山书店所还代付店员三人工钱四十五元。

二日

日记　晴。无事。夜小雨。

三日

日记　星期。小雨,午后霁。往来青阁买陶氏涉园所印图象书三种四本,《吹网录》,《鸥陂渔话》合刻一部四本,《疑年录汇编》一部八本,共泉十九元。往博古斋买张溥《百三家集》本《阮步兵集》一本,一元二角。得母亲信,上月二十七日发。

四日

日记　晴,暖。午后往博古斋买《龟甲兽骨文字》一部二本,《玉谿生诗》及《樊南文集笺注》合一部十二本,《乡言解颐》一部四本,共泉十五元五角。又为石井君买《无冤录》一本(《乡敬[敬乡]楼丛书》本),五角。

五日

日记　昙,大风。下午三弟及蕴如来。得秉中信,三月二十八日发。

六日

日记　晴。午后寄母亲信。寄小峰信。寄生生牛奶房信。送石井君以《无冤录》及林守仁译《阿Q正传》各一本。晚钦文来。夜雨。

致 李小峰

小峰兄：

　　搬回后已两星期余，虽略失窃，而损失殊有限，亦无甚不便，但买小菜须远行耳。

　　因颇拮据，故本月版税，希见付。或送来，或函知日时地点，走取亦可。折子并希结算清楚，一并交下为荷。

迅　上　四月六日

七日

　　日记　昙。上午蕴如及三弟来。得马珏信并与幼渔合照照片，去年十二月一日发，下午复，附照片一枚。寄山本夫人信。晚得王育和信并平君文稿一包，夜复。雨。

致 王育和

育和先生：

　　顷奉到来函并稿件一包，稿容读后奉闻，先答询问如下：

　　一、平复兄捐款，我不拟收回，希寄其夫人，听其自由处置。

　　二、建人现住"法界善钟路合兴里四十九号"，但亦系暂住，不拟久居。

　　三、敝寓未经劫掠，而曾经小窃潜入，窃去衣物约值六七十元，而书籍毫无损失，在火线下之房屋，所失只此，不可谓非大幸也。

先此布复，并颂

春祺。

迅　启上　四月七夜

八日

日记　昙。午后得山本夫人信。下午往ベカリ饮啤酒。

九日

日记　晴。下午寄钦文信。

十日

日记　星期。晴。无事。夜雨。

十一日

日记　雨。午后得季市信，即复。得秉中信片，五日发。得母亲信，三日发，云收霁野所还泉百元并附霁野一笺，三月三十一日写。夜大风。

致 许寿裳

季市兄：

四月二日惠函，至十一日始奉到，可谓慢矣。弟每日必往内山书店，此必非书店所搁也。乔峰因生计无着，暂寓"法界善钟路合兴里四十九号"友人处，倘得廉价之寓所，拟随时迁移，弟寓为"北四川路（电车终点）一九四Ａ三楼四号"。旧寓损处，均已修好，与前无异矣。

当逃难中，子英曾来嘱代为借款，似颇闻我为富人之谣也，即却之，但其拮据可想，今此回绍，想亦为此耳。

此颂

曼福。

弟树　启上　四月十一日

十二日

日记　晴。上午王蕴如及三弟来。下午得钦文信二。得内山君信，二日发。得增田君信，二日之夜发。

十三日

日记　晴，午后昙。得小峰信并版税泉二百。复内山君信。

致 李小峰

小峰兄：

今日收到惠函并版税二百，当将收据交来客持回，谅早达览矣。印花据来函所开数目，共需九千，顷已一并备齐，希于便中倩人带收条来取为荷。

回寓之后，曾将杂感集稿子着手搜集，不料因为谣言之故，一个娘姨吓得辞工而去，致有许多杂务须自己去做，以致又复放下。但仍当进行，俟成后当奉闻。此六年中，杂文并不多，然拟分为两集，前半北新可印，后半恐不妥，故拟付小书店去印，不知兄以为何如？

文学史不过拾集材料而已，倘生活尚平安，不至于常常逃来逃去，则拟于秋间开手整理也。

迅　上　四月十三夜

致 内山完造

　拝啓、四月二日の御手紙を拝見致しました。日本に行ってしばらくの間生活する事は先から随分夢見て居たのですが併し今ではよくないと思ひましてやめた方が善いときめました。第一、今に支那から離れると何も解らなくなって遂に書けなくなりますし、第二には生活する為めに書くのですから屹度「ジャナリスト」の様なものになって、どちにも為めになりません。その上佐藤先生も増田様も私の原稿の為めに大に奔走なさるだろーのですから、そんな厄介なものが東京へ這入込むと実によくないです。私から見ると日本にも未、本当の言葉を云ふ可き処ではないので一寸気を附けないと皆様に飛んだ迷惑をかけるかも知りません。しかし若し生活が出来る様に読者が読みたいものを書いて行くなら、そんなら遂に正銘の「ジャナリスト」となって仕舞ひます。

　皆様の御好意は大変感謝します。増田君の「アドレス」が知らないから御伝言を願ひます。殊に佐藤先生に。私は実に何と云って感謝の意を表はす可きか知らないほど感謝して居ります。私は三週間まへにもとの住所に帰へりました。まわりは頗るさびしいけれども、大した不便もないです。不景気は無論間接に私共にも及びますが先づ我慢して見て居りましょー。若し万一又大砲の玉が飛んで来たら又逃げ出す迄に。

　書店にも毎日行きますがも一漫談などがありません。矢張りさびしいです。あなたは何時上海へいらしゃいますか？ こちから

は早く帰へる様にのぞんで居ります、熱心に。草々頓首

魯迅 呈
ミス许一同

内山兄へ

　奥様にもよろしく御伝言を願ひます。それも嘉吉様とまつも
様に。

十四日

　日记　晴。上午复小峰信。夜始编杂感集。

十五日

　日记　昙。午后得小峰信，即付以版权证印九千。往内山书店
买『原色貝類図』一本，二元四角。买烟卷五包，四元五角。

十六日

　日记　晴。午后得钦文信，十四日发。始为作者校阅《苏联闻
见录》。

十七日

　日记　星期。昙，下午小雨。无事。

十八日

　日记　晴，风。午后三弟，蕴如及二孩子来。

十九日

　日记　晴。午后沈叔芝来。下午寄紫佩信内附奉母亲信，并由

中国银行汇泉二百，为五六两月家用。买饼饵一元。

二十日

日记 晴。无事。夜作《闻见录》序。

林克多《苏联闻见录》序

大约总归是十年以前罢，我因为生了病，到一个外国医院去请诊治，在那待诊室里放着的一本德国《星期报》（*Die Woche*）上，看见了一幅关于俄国十月革命的漫画，画着法官，教师，连医生和看护妇，也都横眉怒目，捏着手枪。这是我最先看见的关于十月革命的讽刺画，但也不过心里想，有这样凶暴么，觉得好笑罢了。后来看了几个西洋人的旅行记，有的说是怎样好，有的又说是怎样坏，这才莫名其妙起来。但到底也是自己断定：这革命恐怕对于穷人有了好处，那么对于阔人就一定是坏的，有些旅行者为穷人设想，所以觉得好，倘若替阔人打算，那自然就都是坏处了。

但后来又看见一幅讽刺画，是英文的，画着用纸版剪成的工厂，学校，育儿院等等，竖在道路的两边，使参观者坐着摩托车，从中间驶过。这是针对着做旅行记述说苏联的好处的作者们而发的，犹言参观的时候，受了他们的欺骗。政治和经济的事，我是外行，但看去年苏联煤油和麦子的输出，竟弄得资本主义文明国的人们那么骇怕的事实，却将我多年的疑团消释了。我想：假装面子的国度和专会杀人的人民，是决不会有这么巨大的生产力的，可见那些讽刺画倒是无耻的欺骗。

不过我们中国人实在有一点小毛病，就是不大爱听别国的好处，尤其是清党之后，提起那日有建设的苏联。一提到罢，不是说你意在宣传，就是说你得了卢布。而且宣传这两个字，在中国实在是被糟蹋得太不成样子了，人们看惯了什么阔人的通电，什么会议的宣言，什么名人的谈话，发表之后，立刻无影无踪，还不如一个屁的臭得长久，于是渐以为凡有讲述远处或将来的优点的文字，都是欺人之谈，所谓宣传，只是一个为了自利，而漫天说谎的雅号。

自然，在目前的中国，这一类的东西是常有的，靠了钦定或官许的力量，到处推销无阻，可是读的人们却不多，因为宣传的事，是必须在现在或到后来有事实来证明的，这才可以叫作宣传。而中国现行的所谓宣传，则不但后来只有证明这"宣传"确凿就是说谎的事实而已，还有一种坏结果，是令人对于凡有记述文字逐渐起了疑心，临末弄得索性不看。即如我自己就受了这影响，报章上说的什么新旧三都的伟观，南北两京的新气，固然只要看见标题就觉得肉麻了，而且连讲外国的游记，也竟至于不大想去翻动它。

但这一年内，也遇到了两部不必用心戒备，居然看完了的书，一是胡愈之先生的《莫斯科印象记》，一就是这《苏联闻见录》。因为我的辨认草字的力量太小的缘故，看下去很费力，但为了想看看这自说"为了吃饭问题，不得不去做工"的工人作者的见闻，到底看下去了。虽然中间遇到好像讲解统计表一般的地方，在我自己，未免觉得枯燥，但好在并不多，到底也看下去了。那原因，就在作者仿佛对朋友谈天似的，不用美丽的字眼，不用巧妙的做法，平铺直叙，说了下去，作者是平常的人，文章是平常的文章，所见所闻的苏联，是平平常常的地方，那人民，是平平常常的人物，所设施的正是合于人情，生活也不过像了人样，并没有什么希奇古怪。倘要从中猎艳搜奇，自然免不了会失望，然而要知道一些不搽粉墨的真相，却是很好的。

而且由此也可以明白一点世界上的资本主义文明国之定要进攻苏联的原因。工农都像了人样，于资本家和地主是极不利的，所以一定先要歼灭了这工农大众的模范。苏联愈平常，他们就愈害怕。前五六年，北京盛传广东的裸体游行，后来南京上海又盛传汉口的裸体游行，就是但愿敌方的不平常的证据。据这书里面的记述,苏联实在使他们失望了。为什么呢？因为不但共妻,杀父,裸体游行等类的"不平常的事",确然没有而已,倒是有了许多极平常的事实,那就是将"宗教,家庭,财产,祖国,礼教……一切神圣不可侵犯"的东西,都像粪一般抛掉,而一个簇新的,真正空前的社会制度从地狱底里涌现而出,几万万的群众自己做了支配自己命运的人。这种极平常的事情,是只有"匪徒"才干得出来的。该杀者,"匪徒"也。

但作者的到苏联,已在十月革命后十年,所以只将他们之"能坚苦,耐劳,勇敢与牺牲"告诉我们,而怎样苦斗,才能够得到现在的结果,那些故事,却讲得很少。这自然是别种著作的任务,不能责成作者全都负担起来,但读者是万不可忽略这一点的,否则,就如印度的《譬喻经》所说,要造高楼,而反对在地上立柱,据说是因为他要造的,是离地的高楼一样。

我不加戒备的将这读完了,即因为上文所说的原因。而我相信这书所说的苏联的好处的,也还有一个原因,那就是十来年前,说过苏联怎么不行怎么无望的所谓文明国人,去年已在苏联的煤油和麦子面前发抖。而且我看见确凿的事实:他们是在吸中国的膏血,夺中国的土地,杀中国的人民。他们是大骗子,他们说苏联坏,要进攻苏联,就可见苏联是好的了。这一部书,正也转过来是我的意见的实证。

一九三二年四月二十日,鲁迅于上海闸北寓楼记。

原载 1932 年 6 月 10 日《文学月报》创刊号,题作《〈苏联见闻录〉序》。

初收 1934 年 3 月上海同文书店版《南腔北调集》。

二十一日

日记 昙,夜雨。无事。夜半闻雷。

二十二日

日记　雨。下午阅《苏联闻见录》毕。

二十三日

日记　昙。晨与田君等四人来，并赠檀竹合成火钵一枚。上午往前园齿科医院。得靖华信，二日发。得诗荃信，三月卅一日发。下午从许妈之女买湖绉一匹，纱一疋，拟分赠避难时相助者。晚复往前田［园］医院，以义齿托其修理。复靖华信。

致 曹靖华

靖华兄：

四月二日的来信，已收到，附笺即当转交。寄它之杂志两本，《文学报》数张，则于前天收到。但兄二月中所寄之短信两封，则未收到，一定是遗失了。弟在逃难时，因未将写好之信封带出，故不能寄信，三月十九日回寓后，始于二十一日寄奉一函，内附尚宅来信，不知已收到否？

这回的战事，我所损并不多，因为虽需逃费，而免了房租，可以相抵，但孩子染了疹子，颇窘，现在是好了。寓中被窃了一点东西去，小孩子的，所值无几。至于生活，则因书店销路日减，故版税亦随之而减，此后如何，殊不可知，倘照现状生活，尚足可支持半年，如节省起来，而每月仍有多少收入，则可支持更久，到本月止，北新是尚给我一点版税的，请勿念。自印之两部书，因战事亦大受影响，近方与一书店商量，将存书折半售去，倘成，则兄可得版税二百元，此款如何办理，寄至何处，希便中先示知。

纸张当于五月初购寄。日译《铁流》，已写信往日本去买两本，一到即寄上,该书的译者,已于本月被捕了,他们那里也正在兴文字之狱。

书画仍可寄原处(内山书店),只要挂号,我想是不会少的,此外已无更为可靠之处了。我们现在身体均好,勿念。此上,并祝

安健。

弟豫　上　四月二十三日

致 台静农

静农兄:

久未问候,因先前之未名社中人,我已无一个知道住址了。社址大约已取消,无法可转。今日始在无意中得知兄之住址,甚喜。有致霁野兄一笺,乞转寄为感。我年必逃走一次,但身体顽健如常,可释远念也。此上,即颂

近祉。

迅　上　四月廿三夜

致 李霁野

霁野兄:

前接舍间来函,并兄笺,知见还百元,甚感。此次战事,我恰在火线之下,但当剧烈时,已避开,屋中四炮,均未穿,故损失殊少。在北京时也每年要听炮声,故并不为奇,但都不如这回之近耳。

早拟奉复,而不知信从何寄,今日始得一转信法,遂急奉闻,此颂

近祉。

迅　上　四月廿三夜

二十四日

日记　星期。昙。晨复诗荃信。寄静农信附与霁野笺,托其转交。下午雨。往前园医院取义齿,未成。往内山书店买『人生漫画帖』一本,二元四角。晚往前园取义齿,仍未成。夜编一九二八及二九年短评讫,名之曰《三闲集》并作序言。

《三闲集》序言

我的第四本杂感《而已集》的出版,算起来已在四年之前了。去年春天,就有朋友催促我编集此后的杂感。看看近几年的出版界,创作和翻译,或大题目的长论文,是还不能说它寥落的,但短短的批评,纵意而谈,就是所谓"杂感"者,却确乎很少见。我一时也说不出这所以然的原因。

但粗粗一想,恐怕这"杂感"两个字,就使志趣高超的作者厌恶,避之惟恐不远了。有些人们,每当意在奚落我的时候,就往往称我为"杂感家",以显出在高等文人的眼中的鄙视,便是一个证据。还有,我想,有名的作家虽然未必不改换姓名,写过这一类文字,但或者不过图报私怨,再提恐或玷其令名,或者别有深心,揭穿反有妨于战斗,因此就大抵任其消灭了。

"杂感"之于我,有些人固然看作"死症",我自己确也因此很吃过一点苦,但编集是还想编集的。只因为翻阅刊物,剪帖成书,也是一件颇觉麻烦的事,因此拖延了大半年,终于没有动过手。一月二十八日之夜,上海打起仗来了,越打越凶,终于使我们只好单身出走,书报留在火线下,一任它烧得精光,我也可以靠这"火的洗礼"之灵,洗掉了"不满于现状"的"杂感家"这一个恶谥。殊不料三月底重回旧寓,书报却丝毫也没有损,于是就东翻西觅,开手编辑起来了,好像大病新愈的人，偏比平时更要照照自己的瘦削的脸，摩摩枯皱的皮肤似的。

我先编集一九二八至二九年的文字，篇数少得很，但除了五六回在北平上海的讲演，原就没有记录外，别的也仿佛并无散失。我记得起来了，这两年正是我极少写稿，没处投稿的时期。我是在二七年被血吓得目瞪口呆，离开广东的，那些吞吞吐吐，没有胆子直说的话，都载在《而已集》里。但我到了上海，却遇见文豪们的笔尖的围剿了，创造社，太阳社，"正人君子"们的新月社中人，都说我不好，连并不标榜文派的现在多升为作家或教授的先生们，那时的文字里，也得时常暗暗地奚落我几句，以表示他们的高明。我当初还不过是"有闲即是有钱"，"封建余孽"或"没落者"，后来竟被判为主张杀青年的棒喝主义者了。这时候，有一个从广东自云避祸逃来，而寄住在我的寓里的廖君，也终于忿忿的对我说道："我的朋友都看不起我，不和我来往了，说我和这样的人住在一处。"

那时候，我是成了"这样的人"的。自己编着的《语丝》，实乃无权，不单是有所顾忌（详见卷末《我和〈语丝〉的始终》），至于别处，则我的文章一向是被"挤"才有的，而目下正在"剿"，我投进去干什么呢。所以只写了很少的一点东西。

现在我将那时所做的文字的错的和至今还有可取之处的，都收纳在这一本里。至于对手的文字呢，《鲁迅论》和《中国文艺论战》中虽然也有一些，但那都是峨冠博带的礼堂上的阳面的大文，并不足以窥见全体，我想另外搜集也是"杂感"一流的作品，编成一本，谓之《围剿集》。如果和我的这一本对比起来，不但可以增加读者的趣味，也更能明白别一面的，即阴面的战法的五花八门。这些方法一时恐怕不会失传，去年的"左翼作家都为了卢布"说，就是老谱里面的一着。自问和文艺有些关系的青年，仿照固然可以不必，但也不妨知道知道。

其实呢，我自己省察，无论在小说中，在短评中，并无主张将青年来"杀，杀，杀"的痕迹，也没有怀着这样的心思。我一向是相信进化论的，总以为将来必胜于过去，青年必胜于老人，对于青年，我敬重之不暇，往往给我十刀，我只还他一箭。然而后来我明白我倒是错了。这并非唯物史观的理论或革命文艺的作品蛊惑我的，我在广东，就目睹了同是青年，而分成两大阵营，或则投书告密，或则助官捕人的事实！我的思路因此轰毁，后来便时常用了怀疑的眼光去看青年，不再无条件的敬畏了。然而此后也还为初初上阵的青年们呐喊几声，不过也没有什么大帮助。

这集子里所有的，大概是两年中所作的全部，只有书籍的序引，却只将觉得还有几句话可供参考之作，选录了几篇。当翻检书报时，一九二七年所写而没有编在《而已集》里的东西，也忽然发见了一点，我想，大约《夜记》是因为原想另成一书，讲演和通信是因为浅薄或不关紧要，所以那时不收在内的。

但现在又将这编在前面，作为《而已集》的补遗了。我另有了一样想头，以为只要看一篇讲演和通信中所引的文章，便足可明白那时香港的面目。我去讲演，一共两回，第一天是《老调子已经唱完》，现在寻不到底稿了，第二天便是这《无声的中国》，粗浅平庸到这地步，而竟至于惊为"邪说"，禁止在报上登载的。是这样的香港。但现在是这样的香港几乎要遍中国了。

我有一件事要感谢创造社的，是他们"挤"我看了几种科学底文艺论，明白了先前的文学史家们说了一大堆，还是纠缠不清的疑问。并且因此译了一本蒲力汗诺夫的《艺术论》，以救正我——还因我而及于别人——的只信进化论的偏颇。但是，我将编《中国小说史略》时所集的材料，印为《小说旧闻钞》，以省青年的检查之力，而成仿吾以无产阶级之名，指为"有闲"，而且"有闲"还至于有三个，却是至今还不能完全忘却的。我以为无产阶级是不会有这样锻炼周纳法的，他们没有学过"刀笔"。编成而名之曰《三闲集》，尚以射仿吾也。

一九三二年四月二十四日之夜，编讫并记。

未另发表。

初收 1932 年 9 月上海北新书局版《三闲集》。

致 李小峰

小峰兄：

　　杂感上集已编成，为一九二七至二九年之作，约五六万字，名《三闲集》，希由店友便中来取，草目附呈。其下集尚须等十来天，名《二心集》。

　　版式可照《热风》，以一年为一份，连续排印，不必每篇另起一版。每行字数，为节省纸张起见，卅六字亦可；为抵制翻版计，另印一种报纸廉价版亦可，后两事我毫无成见。

　　此次因乔峰搬家，我已将所存旧纸版毁掉，只留三种，其《唐宋传奇》及《桃色的云》，我以为尚有可印之价值，但不知北新拟印否，希示，否则当另设法也。

　　　　　　　　　　　　　　　　迅　上　四月廿四日

　　印时须自校，其转寄之法，将来另商，因内山转颇不便，他们无人管也。

　　再：版税照上两月所收数目，无法维持生活，希月内再见付若干为幸。　廿五日又及

二十五日

　　日记　晴。午前往前园齿医院取义齿，付泉五元。下午得钦文信，二十三日发。晚寄小峰信。

二十六日

　　日记　昙。午前三弟及蕴如来。得李霁野信并未名社帐目。

得小峰信并版税泉百,即付以《三闲集》稿并《唐宋传奇集》,《桃色之云》纸版各一副。雨。夜编一九三十至卅一年杂文讫,名之曰《二心集》并作序。

做古文和做好人的秘诀

夜记之五

从去年以来一年半之间,凡有对于我们的所谓批评文字中,最使我觉得气闷的滑稽的,是常燕生先生在一种月刊叫作《长夜》的上面,摆出公正脸孔,说我的作品至少还有十年生命的话。记得前几年,《狂飙》停刊时,同时这位常燕生先生也曾有文章发表,大意说《狂飙》攻击鲁迅,现在书店不愿出版了,安知(!)不是鲁迅运动了书店老板,加以迫害?于是接着大大地颂扬北洋军阀度量之宽宏。我还有些记性,所以在这回的公正脸孔上,仍然隐隐看见刺着那一篇锻炼文字;一面又想起陈源教授的批评法:先举一些美点,以显示其公平,然而接着是许多大罪状——由公平的衡量而得的大罪状。将功折罪,归根结蒂,终于是"学匪",理应枭首挂在"正人君子"的旗下示众。所以我的经验是:毁或无妨,誉倒可怕,有时候是极其"汲汲乎殆哉"的。更何况这位常燕生先生满身五色旗气味,即令真心许我以作品的不灭,在我也好像宣统皇帝忽然龙心大悦,钦许我死后谥为"文忠"一般。于满肚气闷中的滑稽之余,仍只好诚惶诚恐,特别脱帽鞠躬,敬谢不敏之至了。

但在同是《长夜》的另一本上,有一篇刘大杰先生的文章——这些文章,似乎《中国的文艺论战》上都未收载——我却很感激的读毕了,这或者就因为正如作者所说,和我素不相知,并无私人恩怨,夹杂其间的缘故。然而尤使我觉得有益的,是作者替我设法,以为在这样四面围剿之中,不如放下刀笔,暂且出洋;并且给我忠告,说是在一个人的生活史上留下几张白纸,也并无什么紧要。在仅仅一个人的生活史上,有了几张白纸,或者全本都是白纸,或者竟全本涂成黑纸,地球也决不会因此炸裂,我是早知道的。这回意外地所得的益处,是三十年来,若有所悟,而还是说不出简明扼要的纲领的做古文和做好人的方法,因此恍然抓住了辔头了。

其口诀曰:要做古文,做好人,必须做了一通,仍旧等于一张的白纸。

从前教我们作文的先生,并不传授什么《马氏文通》,《文章作法》之流,一天到晚,只是读,做,读,做;做得不好,又读,又做。他却决不说坏处在那里,作文要怎样。一条暗胡同,一任你自己去摸索,走得通与否,大家听天由命。但偶然之间,也会不知怎么一来——真是"偶然之间"而且"不知怎么一来",——卷子上的文章,居然被涂改的少下去,留下的,而且有密圈的处所多起来了。于是学生满心欢喜,就照这样——真是自己也莫名其妙,不过是"照这样"——做下去,年深月久之后,先生就不再删改你的文章了,只在篇末批些"有书有笔,不蔓不枝"之类,到这时候,即可以算作"通"。——自然,请高等批评家梁实秋先生来说,恐怕是不通的,但我是就世俗一般而言,所以也姑且从俗。

这一类文章,立意当然要清楚的,什么意见,倒在其次。譬如说,做《工欲善其事,必先利其器论》罢,从正面说,发挥"其器不利,则工事不善"固可,即从反面说,偏以为"工以技为先,技不纯,则器虽利,而事亦不善"也无不可。就是关于皇帝的事,说"天皇圣明,臣罪当诛"固可,即说皇帝不好,一刀杀掉也无不可的,因为我们的孟夫子有言在先,"闻诛独夫纣矣,未闻弑君也",现在我们圣人之徒,也正是这一个意思儿。但总之,要从头到底,一层一层说下去,弄得明明白白,还是天皇圣明呢,还是一刀杀掉,或者如果都不赞成,那也可以临末声明:"虽穷淫虐之威,而究有君臣之分,君子不为已甚,窃以为放诸四裔可矣"的。这样的做法，大概先生也未必不以为然，因为"中庸"也是我们古圣贤的教训。

然而，以上是清朝末年的话，如果在清朝初年，倘有什么人去一告密，那可会"灭族"也说不定的，连主张"放诸四裔"也不行，这时他不和你来谈什么孟子孔子了。现在革命方才成功，情形大概也和清朝开国之初相仿。（不完）

　　这是"夜记"之五的小半篇。"夜记"这东西，是我于一九二七年起，想将偶然的感想，在灯下记出，留为一集的，那年就发表了两篇。到得上海，有感于屠戮之凶，又做了一篇半，题为《虐杀》，先讲些日本幕府的磔杀耶教徒，俄国皇帝的酷待革命党之类的事。但不久就遇到了大骂人道主义的风潮，我也就借此偷懒，不再写下去，现在连稿子也不见了。

　　到得前年，柔石要到一个书店去做杂志的编辑，来托我做点随随便便，看起来不大头痛的文章。这一夜我就又想到做"夜记"，立了这样的题目。大意是想说，中国的作文和做人，都要古已有之，但不可直钞整篇，而须东拉西扯，补缀得看不出缝，这才算是上上大吉。所以做了一大通，还是等于没有做，而批评者则谓之好文章或好人。社会上的一切，什么也没有进步的病根就在此。当夜没有做完，睡觉去了。第二天柔石来访，将写下来的给他看，他皱皱眉头，以为说得太噜苏一点，且怕过占了篇幅。于是我就约他另译一篇短文，将这放下了。

　　现在去柔石的遇害，已经一年有余了，偶然从乱纸里检出这稿子来，真不胜其悲痛。我想将全文补完，而终于做不到，刚要下笔，又立刻想到别的事情上去了。所谓"人琴俱亡"者，大约也就是这模样的罢。现在只将这半篇附录在这里，以作柔石的记念。

　　　　一九三二年四月二十六日之夜，记。

未另发表。

初收 1932 年 10 月上海合众书店版《二心集》。

二十七日

　　日记　昙。晨寄小峰信。午前复李霁野信并还帐簿。三弟及蕴如来，并为买来宣纸等五种三百五十枚，共泉二十五元六角。午后付光华书局《铁流》一八四本，《毁灭》一〇二本，五折计值，共二三〇元八角，先收支票百元。下午雨。

致 内山完造

　　拝啓:先日御手紙をいたゞいて返事を差上げましたがとくに到達したのであろーと思ひます。北四川路も毎日毎日賑くなって来ました。どころが先生中々帰へって来ません、漫談わ戦争よりも永い様です。それわ実に驚いて仕舞ひました。

　　私わ不相変毎日ぶらぶらして居ます。矢張頗る不景気の影響を蒙りますが併し大した事は無いです。只困る事には若い「アマー」が戦争成金の夢を見たらしい様で僕の処から飛出てbarに行きました。その御蔭で僕わ此頃飯たきの手伝をもしなければなりません。

　　山本夫人や増田君に遇ふ事が時々ありますか、若し面会したらよろしく御伝言願ひます殊に嘉吉様と松藻様に。

　　私わ露西亜の版画家に日本の紙を送りたいから御手数ながら何卒買って下さい。紙わ左の通り

　　西の内(白色)　　百枚

　　鳥の子(白色)　　百枚

そーして、ちき紙屋に頼んで書留にて直接に露西亜へ送った方が簡単便利でしょー。難しい字の届先の「アドレース」を一所に送り上げて置きますから張って下さい。

僕わ紙で木刻の画と交換して居ます。併し画わ来るかどーか未だ問題です。若し来たら秋か夏頃に又展覧会を開く可しだ。

奥様も東京にいらしゃいますか。よろしく。　草々頓首

　　　　　　　　ルーシン　啓上　四月廿七夜

鄔其山兄

許もよろしくと

海嬰わ未何にも知らない併し随分悪戯になった。

二十八日

　　日记　晴。上午汉嘉堡［堡嘉］夫人来。得马珏信。得山本夫人信。下午寄内山君信，托其买纸寄靖华。买牛乳粉一合三元二角五分，买点心一元三角。买『ノアノア』一本，五角。得内山君信，二十二日发。

二十九日

　　日记　雨。午后汉嘉堡［堡嘉］夫人来，借去镜框四十个。

三十日

　　日记　晴。午后三弟及蕴如来。寄靖华信并宣纸，抄梗纸等六卷共一包。收山本夫人寄赠之『古東多卍』四月号一本。

《二心集》序言

这里是一九三〇年与三一年两年间的杂文的结集。

当三○年的时候,期刊已渐渐的少见,有些是不能按期出版了,大约是受了逐日加紧的压迫。《语丝》和《奔流》,则常遭邮局的扣留,地方的禁止,到底也还是敷延不下去。那时我能投稿的,就只剩了一个《萌芽》,而出到五期,也被禁止了,接着是出了一本《新地》。所以在这一年内,我只做了收在集内的不到十篇的短评。

此外还曾经在学校里演讲过两三回,那时无人记录,讲了些什么,此刻连自己也记不清楚了。只记得在有一个大学里演讲的题目,是《象牙塔和蜗牛庐》。大意是说,象牙塔里的文艺,将来决不会出现于中国,因为环境并不相同,这里是连摆这"象牙之塔"的处所也已经没有了;不久可以出现的,恐怕至多只有几个"蜗牛庐"。蜗牛庐者,是三国时所谓"隐逸"的焦先曾经居住的那样的草窠,大约和现在江北穷人手搭的草棚相仿,不过还要小,光光的伏在那里面,少出,少动,无衣,无食,无言。因为那时是军阀混战,任意杀掠的时候,心里不以为然的人,只有这样才可以苟延他的残喘。但蜗牛界里那里会有文艺呢,所以这样下去,中国的没有文艺,是一定的。这样的话,真可谓已经大有蜗牛气味的了,不料不久就有一位勇敢的青年在政府机关的上海《民国日报》上给我批评,说我的那些话使他非常看不起,因为我没有敢讲共产党的话的勇气。谨案在"清党"以后的党国里,讲共产主义是算犯大罪的,捕杀的网罗,张遍了全中国,而不讲,却又为党国的忠勇青年所鄙视。这实在只好变了真的蜗牛,才有"庶几得免于罪戾"的幸福了。

而这时左翼作家拿着苏联的卢布之说,在所谓"大报"和小报上,一面又纷纷的宣传起来,新月社的批评家也从旁很卖了些力气。有些报纸,还拾了先前的创造社派的几个人的投稿于小报上的话,讥笑我为"投降",有一种报则载起《文坛贰臣传》来,第一个就是我,——但后来好像并不再做下去了。

卢布之谣,我是听惯了的。大约六七年前,《语丝》在北京说了几句涉及陈源教授和别的"正人君子"们的话的时候,上海的《晶报》

上就发表过"现代评论社主角"唐有壬先生的信札，说是我们的言动，都由于墨斯科的命令。这又正是祖传的老谱，宋末有所谓"通房"，清初又有所谓"通海"，向来就用了这类的口实，害过许多人们的。所以含血喷人，已成了中国士君子的常经，实在不单是他们的识见，只能够见到世上一切都靠金钱的势力。至于"贰臣"之说，却是很有些意思的，我试一反省，觉得对于时事，即使未尝动笔，有时也不免于腹诽，"臣罪当诛兮天皇圣明"，腹诽就决不是忠臣的行径。但御用文学家的给了我这个徽号，也可见他们的"文坛"上是有皇帝的了。

去年偶然看见了几篇梅林格（Franz Mehring）的论文，大意说，在坏了下去的旧社会里，倘有人怀一点不同的意见，有一点携贰的心思，是一定要大吃其苦的。而攻击陷害得最凶的，则是这人的同阶级的人物。他们以为这是最可恶的叛逆，比异阶级的奴隶造反还可恶，所以一定要除掉他。我才知道中外古今，无不如此，真是读书可以养气，竟没有先前那样"不满于现状"了，并且仿《三闲集》之例而变其意，拾来做了这一本书的名目。然而这并非在证明我是无产者。一阶级里，临末也常常会自己互相闹起来的，就是《诗经》里说过的那"兄弟阋于墙"，——但后来却未必"外御其侮"。例如同是军阀，就总在整年的大家相打，难道有一面是无产阶级么？而且我时时说些自己的事情，怎样地在"碰壁"，怎样地在做蜗牛，好像全世界的苦恼，萃于一身，在替大众受罪似的：也正是中产的智识阶级分子的坏脾气。只是原先是憎恶这熟识的本阶级，毫不可惜它的溃灭，后来又由于事实的教训，以为惟新兴的无产者才有将来，却是的确的。

自从一九三一年二月起，我写了较上年更多的文章，但因为揭载的刊物有些不同，文字必得和它们相称，就很少做《热风》那样简短的东西了；而且看看对于我的批评文字，得了一种经验，好像评论做得太简括，是极容易招得无意的误解，或有意的曲解似的。又，此后也不想再编《坟》那样的论文集，和《壁下译丛》那样的译文集，这回就连较长的东西也收在这里面，译文则选了一篇《现代电影与有产阶级》附在末尾，因为电影之在中国，虽然早已风行，但这样扼要的论文却还少见，留心世事的人们，实在很有一读的必要的。还有通信，如果只有一面，读者也往往很不容易了然，所以将紧要一点的几封来信，也擅自一并编进去了。

一九三二年四月三十日之夜，编讫并记。

未另发表。

初收 1932 年 10 月上海合众书店版《二心集》。

题《外套》

此素园病重时特装相赠者，岂自以为将去此世耶，悲夫！越二年余，发箧见此，追记之。三十二年四月三十日，迅。

未另发表。据手迹编入。

初未收集。

五月

一日

日记　星期。晴,下午昙。自录译著书目讫。得靖华所寄《国际的门塞维克主义之面貌》及《版画自修书》各一本。夜大雾。

鲁迅译著书目

一九二一年

《工人绥惠略夫》(俄国 M. 阿尔志跋绥夫作中篇小说。商务印
　　书馆印行《文学研究会丛书》之一,后归北新书局,为《未
　　名丛刊》之一,今绝版。)

一九二二年

《一个青年的梦》(日本武者小路实笃作戏曲。商务印书馆印行
　　《文学研究会丛书》之一,后归北新书局,为《未名丛刊》之
　　一,今绝版。)

《爱罗先珂童话集》(商务印书馆印行《文学研究会丛书》之一。)

一九二三年

《桃色的云》(俄国 V. 爱罗先珂作童话剧。北新书局印行《未名
　　丛刊》之一。)

《呐喊》(短篇小说集,一九一八至二二年作,共十四篇。印行所
　　同上。)

《中国小说史略》上册（改订之北京大学文科讲义。印行所
　　同上。）

一九二四年

《苦闷的象征》（日本厨川白村作论文。北新书局印行《未名丛
　　刊》之一。）

《中国小说史略》下册（印行所同上。后合上册为一本。）

一九二五年

《热风》（一九一八至二四年的短评。印行所同上。）

一九二六年

《彷徨》（短篇小说集之二，一九二四至二五年作，共十一篇。印
　　行所同上。）

《华盖集》（短评集之二，皆一九二五年作。印行所同上。）

《华盖集续编》（短评集之三，皆一九二六年作。印行所同上。）

《小说旧闻钞》（辑录旧文，间有考正。印行所同上。）

《出了象牙之塔》（日本厨川白村作随笔，选译。未名社印行《未
　　名丛刊》之一，今归北新书局。）

一九二七年

《坟》（一九○七至二五年的论文及随笔。未名社印行。今版被
　　抵押，不能印。）

《朝华夕拾》（回忆文十篇。未名社印行《未名新集》之一。今版
　　被抵押，由北新书局另排印行。）

《唐宋传奇集》十卷（辑录并考正。北新书局印行。）

一九二八年

《小约翰》(荷兰 F.望·蔼覃作长篇童话。未名社印行《未名丛
　　刊》之一。今版被抵押,不能印。)

《野草》(散文小诗。北新书局印行。)

《而已集》(短评集之四,皆一九二七年作。印行所同上。)

《思想山水人物》(日本鹤见祐辅作随笔,选译。印行所同上,今
　　绝版。)

一九二九年

《壁下译丛》(译俄国及日本作家与批评家之论文集。印行所
　　同上。)

《近代美术史潮论》(日本板垣鹰穗作。印行所同上。)

《蕗谷虹儿画选》(并译题词。朝华社印行《艺苑朝华》之一,今
　　绝版。)

《无产阶级文学的理论与实际》(日本片上伸作。大江书店印行
　　《文艺理论小丛书》之一。)

《艺术论》(苏联 A.卢那卡尔斯基作。印行所同上。)

一九三〇年

《艺术论》(俄国 G.蒲力汗诺夫作。光华书局印行《科学的艺术
　　论丛书》之一。)

《文艺与批评》(苏联卢那卡尔斯基作论文及演说。水沫书店印
　　行同丛书之一。)

《文艺政策》(苏联关于文艺的会议录及决议。并同上。)

《十月》(苏联 A.雅各武莱夫作长篇小说。神州国光社收稿为
　　《现代文艺丛书》之一,今尚未印。)

一九三一年

《药用植物》(日本刘米达夫作。商务印书馆收稿,分载《自然
　　界》中。)

《毁灭》(苏联 A. 法捷耶夫作长篇小说。三闲书屋印行。)

译著之外,又有

所校勘者,为:

唐刘恂《岭表录异》三卷(以唐宋类书所引校《永乐大典》本,并
　　补遗。未印。)

魏中散大夫《嵇康集》十卷(校明丛书堂钞本,并补遗。未印。)

所纂辑者,为:

《古小说钩沉》三十六卷(辑周至隋散逸小说。未印。)

谢承《后汉书》辑本五卷(多于汪文台辑本。未印。)

所编辑者,为:

《莽原》(周刊。北京《京报》附送,后停刊。)

《语丝》(周刊。所编为在北平被禁,移至上海出版后之第四卷
　　至第五卷之半。北新书局印行,后废刊。)

《奔流》(自一卷一册起,至二卷五册停刊。北新书局印行。)

《文艺研究》(季刊。只出第一册。大江书店印行。)

所选定,校字者,为:

《故乡》(许钦文作短篇小说集。北新书局印行《乌合丛书》
　　之一。)

《心的探险》(长虹作杂文集。同上。)

《飘渺的梦》(向培良作短篇小说集。同上。)

《忘川之水》(真吾诗选。北新书局印行。)

所校订,校字者,为:

《苏俄的文艺论战》(苏联褚沙克等论文,附《蒲力汗诺夫与艺术
问题》,任国桢译。北新书局印行《未名丛刊》之一。)

《十二个》(苏联 A.勃洛克作长诗,胡敩译。同上。)

《争自由的波浪》(俄国 V.但兼珂等作短篇小说集,董秋芳译。
同上。)

《勇敢的约翰》(匈牙利裴多菲·山大作民间故事诗,孙用译。
湖风书局印行。)

《夏娃日记》(美国马克·土温作小说,李兰译。湖风书局印行
《世界文学名著译丛》之一。)

所校订者,为:

《二月》(柔石作中篇小说。朝华社印行,今绝版。)

《小小十年》(叶永蓁作长篇小说。春潮书局印行。)

《穷人》(俄国 F.陀思妥夫斯基作小说,韦丛芜译。未名社印行
《未名丛书》之一。)

《黑假面人》(俄国 L.安特来夫作戏曲,李霁野译。同上。)

《红笑》(前人作小说,梅川译。商务印书馆印行。)

《小彼得》(匈牙利 H.至尔·妙伦作童话,许霞译。朝华社印
行,今绝版。)

《进化与退化》(周建人所译生物学的论文选集。光华书局
印行。)

《浮士德与城》(苏联 A.卢那卡尔斯基作戏曲,柔石译。神州国
光社印行《现代文艺丛书》之一。)

《静静的顿河》（苏联 M.唆罗诃夫作长篇小说，第一卷，贺非译。
　　同上。）
《铁甲列车第一四——六九》（苏联 V.伊凡诺夫作小说，侍桁译。
　　同上，未出。）

所印行者，为：

《士敏土之图》（德国 C.梅斐尔德木刻十幅。珂罗版印。）
《铁流》（苏联 A.绥拉菲摩维支作长篇小说，曹靖华译。）
《铁流之图》（苏联 I.毕斯凯莱夫木刻四幅。印刷中，被炸毁。）

　　我所译著的书，景宋曾经给我开过一个目录，《关于鲁迅及其著作》里，但是并不完全的。这回因载在为开手编集杂感，打开了装着和我有关的书籍的书箱，就顺便另抄了一张书目，如上。

　　我还要将这附在《三闲集》的末尾。这目的，是为着自己，也有些为着别人。据书目察核起来，我在过去的近十年中，费去的力气实在也并不少，即使校对别人的译著，也真是一个字一个字的看下去，决不肯随便放过，敷衍作者和读者的，并且毫不怀着有所利用的意思。虽说做这些事，原因在于"有闲"，但我那时却每日必须将八小时为生活而出卖，用在译作和校对上的，全是此外的工夫，常常整天没有休息。倒是近四五年没有先前那么起劲了。

　　但这些陆续用去了的生命，实不只成为徒劳，据有些批评家言，倒都是应该从严发落的罪恶。做了"众矢之的"者，也已经四五年，开首是"作恶"，后来是"受报"了，有几位论客，还几分含讥，几分恐吓，几分快意的这样"忠告"我。然而我自己却并不全是这样想，我以为我至今还是存在，只有将近十年没有创作，而现在还有人称我为"作者"，却是很可笑的。

我想,这缘故,有些在我自己,有些则在于后起的青年的。在我自己的,是我确曾认真译著,并不如攻击我的人们所说的取巧,的投机。所出的许多书,功罪姑且弗论,即使全是罪恶罢,但在出版界上,也就是一块不小的斑痕,要"一脚踢开",必须有较大的腿劲。凭空的攻击,似乎也只能一时收些效验,而最坏的是他们自己又忽而影子似的淡去,消去了。

　　但是,试再一检我的书目,那些东西的内容也实在穷乏得可以。最致命的,是:创作既因为我缺少伟大的才能,至今没有做过一部长篇;翻译又因为缺少外国语的学力,所以徘徊观望,不敢译一种世上著名的巨制。后来的青年,只要做出相反的一件,便不但打倒,而且立刻会跨过的。但仅仅宣传些在西湖苦吟什么出奇的新诗,在外国创作着百万言的小说之类却不中用。因为言太夸则实难副,志极高而心不专,就永远只能得传扬一个可惊可喜的消息;然而静夜一想,自觉空虚,便又不免焦躁起来,仍然看见我的黑影遮在前面,好像一块很大的"绊脚石"了。

　　对于为了远大的目的,并非因个人之利而攻击我者,无论用怎样的方法,我全都没齿无怨言。但对于只想以笔墨问世的青年,我现在却敢据几年的经验,以诚恳的心,进一个苦口的忠告。那就是:不断的(!)努力一些,切勿想以一年半载,几篇文字和几本期刊,便立了空前绝后的大勋业。还有一点,是:不要只用力于抹杀别个,使他和自己一样的空无,而必须跨过那站着的前人,比前人更加高大。初初出阵的时候,幼稚和浅薄都不要紧,然而也须不断的(!)生长起来才好。并不明白文艺的理论而任意做些造谣生事的评论,写几句闲话便要扑灭异己的短评,译几篇童话就想抹杀一切的翻译,归根结蒂,于己于人,还都是"可怜无益费精神"的事,这也就是所谓"聪明误"了。

　　当我被"进步的青年"们所口诛笔伐的时候,我"还不到五十岁"，现在却真的过了五十岁了，据卢南（E. Renan）说，年纪一大，性情就会苛刻起来。我愿意竭力防止这弱点，因为我又明明白白地知道：世界决不和我同死，希望是在于将来的。但灯下独坐，春夜又倍觉凄清，便在百静中，信笔写了这一番话。

一九三二年四月二十九日，鲁迅于沪北寓楼记。

未另发表。

初收 1932 年 9 月上海北新书局版《三闲集》。

二日

日记 晴。下午往内山书店买『友達』一本，二元五角。

三日

日记 晴。午前平和洋行主人夫妇来，并赠茶杯二个，又给海婴玩具汽车一辆。下午蒋径三来。得秉中信，四月十八日北平发。得母亲信，四月廿四日发，并与三弟一函，即转寄。夜雨。

致 李秉中

秉中兄：

顷奉到十八日惠函，同时亦得家母来书，知蒙存问，且贶佳品，不胜感谢。三月二十八日函早到，以将回国，故未复，其实我之所谓求学，非指学校讲义而言，来书所述留学之弊，便是学问，有此灼见，则于中国将来，大半已可了然，然中国报纸，则决不为之发表。危言为人所不乐闻，大抵愿昏昏以死，上海近日新开一跳舞厅，第一日即

64

拥挤至无立足之处,呜呼,尚何言哉。恐人民将受之苦,此时尚不过开场也。但徒忧无益,我意兄不如先访旧友,觅生计作何事均可耳。

我本拟北归,稍省费用,继思北平亦无噉饭处,而是非口舌之多,亦不亚于上海,昔曾身受,今遂踌躇。欲归省,则三人往返川资,所需亦颇不少,今年遂徘徊而终于不动,未可知也。此间已大有夏意,樱笋上市,而市况则萧条,但时病尚不及北平之盛,中国防疫无术,亦致命伤之一也,但何人肯虑及此乎?贱躯如常,眷属亦安健,可告慰。此复,即颂

佳胜。

迅　启上　五月三夜

令夫人并此致候,世兄均吉。

四日

日记　晴。下午寄母亲信。寄秉中信,谢其镌赠印章。往内山书店,得『世界美術全集』(别册十一及十四)二本,共泉六元四角,全书完成。买烟卷六包,共泉五元四角。夜大雨。

我对于《文新》的意见

《文艺新闻》所标榜的既然是 Journalism,杂乱一些当然是不免的。但即就 Journalism 而论,过去的五十期中,有时也似乎过于杂乱。例如说柏拉图的《共和国》,泰纳的《艺术哲学》都不是"文艺论"之类,实在奇特的了不得,阿二阿三不是阿四,说这样的话干什么呢?

还有"每日笔记"里,没有影响的话也太多,例如谁在吟长诗,谁

在写杰作之类,至今大抵没有后文。我以为此后要有事实出现之后,才登为是。至于谁在避暑,谁在出汗之类,是简直可以不登的。

各省,尤其是僻远之处的文艺事件通信,是很要紧的,可惜的是往往亦有一回,后来就不知怎样,但愿常有接续的通信,就好。

论文看起来太板,要再做得花色一点。

各国文艺界消息,要多,但又要写得简括。例如《苏联文学通信》那样的东西,我以为是很好的。但刘易士被打了一个嘴巴那些,却没有也可以。

此外也想不起什么来了,也是杂乱得很,对不对,请酌为幸。

鲁迅。五月四日。

原载 1932 年 5 月 16 日《文艺新闻》周刊第 55 号。

初未收集。

五日

日记 雨。无事。夜风。

六日

日记 晴。午后同广平携海婴往春阳馆为之照相。下午往内山书店,得『古东多卍』二至三,今年一至三,共五本,共泉七元四角;又今关天彭作『近代支那の学芸』一本,六元八角。

我们不再受骗了

帝国主义是一定要进攻苏联的。苏联愈弄得好,它们愈急于要进攻,因为它们愈要趋于灭亡。

我们被帝国主义及其侍从们真是骗得长久了。十月革命之后,它们总是说苏联怎么穷下去,怎么凶恶,怎么破坏文化。但现在的事实怎样?小麦和煤油的输出,不是使世界吃惊么?正面之敌的实业党的首领,不是也只判了十年的监禁么?列宁格勒,墨斯科的图书馆和博物馆,不是都没有被炸掉么?文学家如绥拉菲摩维支,法捷耶夫,革拉特珂夫,绥甫林娜,唆罗诃夫等,不是西欧东亚,无不赞美他们的作品么?关于艺术的事我不大知道,但据乌曼斯基(K. Umansky)说,一九一九年中,在墨斯科的展览会就有二十次,列宁格勒两次(*Neue Kunst in Russland*),则现在的旺盛,更是可想而知了。

然而谣言家是极无耻而且巧妙的,一到事实证明了他的话是撒谎时,他就躲下,另外又来一批。

新近我看见一本小册子,是说美国的财政有复兴的希望的,序上说,苏联的购领物品,必须排成长串,现在也无异于从前,仿佛他很为排成长串的人们抱不平,发慈悲一样。

这一事,我是相信的,因为苏联内是正在建设的途中,外是受着帝国主义的压迫,许多物品,当然不能充足。但我们也听到别国的失业者,排着长串向饥寒进行;中国的人民,在内战,在外侮,在水灾,在榨取的大罗网之下,排着长串而进向死亡去。

然而帝国主义及其奴才们,还来对我们说苏联怎么不好,好像它倒愿意苏联一下子就变成天堂,人们个个享福。现在竟这样子,它失望了,不舒服了。——这真是恶鬼的眼泪。

一睁开眼,就露出恶鬼的本相来的,——它要去惩办了。

它一面去惩办,一面来诳骗。正义,人道,公理之类的话,又要满天飞舞了。但我们记得,欧洲大战时候,飞舞过一回的,骗得我们的许多苦工,到前线去替它们死,接着是在北京的中央公园里竖了一块无耻的,愚不可及的"公理战胜"的牌坊(但后来又改掉了)。现在怎样？"公理"在那里？这事还不过十六年，我们记得的。

帝国主义和我们，除了它的奴才之外，那一样利害不和我们正相反？我们的痈疽，是它们的宝贝，那么，它们的敌人，当然是我们的朋友了。它们自身正在崩溃下去，无法支持，为挽救自己的末运，便憎恶苏联的向上。谣诼，诅咒，怨恨，无所不至，没有效，终于只得准备动手去打了，一定要灭掉它才睡得着。但我们干什么呢？我们还会再被骗么？

"苏联是无产阶级专政的，智识阶级就要饿死。"——一位有名的记者曾经这样警告我。是的，这倒恐怕要使我也有些睡不着了。但无产阶级专政，不是为了将来的无阶级社会么？只要你不去谋害它，自然成功就早，阶级的消灭也就早，那时就谁也不会"饿死"了。不消说，排长串是一时难免的，但到底会快起来。

帝国主义的奴才们要去打，自己（！）跟着它的主人去打去就是。我们人民和它们是利害完全相反的。我们反对进攻苏联。我们倒要打倒进攻苏联的恶鬼，无论它说着怎样甜腻的话头，装着怎样公正的面孔。

这才也是我们自己的生路！

五月六日。

原载 1932 年 5 月 20 日《北斗》月刊第 2 卷第 2 期。
初收 1934 年 3 月上海同文书店版《南腔北调集》。

七日

日记 雨，午后霁。得增田君信，三月二十一日发。得紫佩信，二日发。下午以重出之 Vogeler 绘《新俄纪行》一本赠政一君，又《Masereel 木刻画选》一本寄赠内山嘉吉君。代广平寄《同仁医学》四本。为海婴买图画本一本，九角。访高桥医士。夜小雨。

八日

　　日记　　星期。昙。午前三弟来。午后寄小峰信。晚复山本夫人信附致增田君信，托其转寄。夜雨。

九日

　　日记　　昙。上午复马珏信。复子佩信。下午同广平往高桥齿科医院。得增田君信，一日发，即复，并寄周刊两种，《北斗》一本。

致　增田涉

　　拝啓　五月一日の御手紙は到着しました。私も昨日手紙を上げましたが「アドレス」を知らないから山本夫人に頼みました、御目にかかったか知らん。

　　節山先生は実に節山先生らしく、日本の人が支那中毒になると僕はどーしても、こーなって仕舞ふだろーと思ひます。併し満州国にも孔孟の道はないんだ。溥儀執政も王者の仁政を行ふ御方でない、僕はかつてその人の白話作品を読んだ事がありましたが少しも偉らく感じません。

　　曼殊和尚の日本語は非常にうまかった、ほとんど日本人と違ひないくらいだろーと思ひます。

　　『古東多万』四月号は山本の奥様からもらひました。佐藤様は皆な出すことを遠慮して居ましたが実は十幅皆な複製してもよいのです。三閑書屋もどーせ潰れかゝってますから。

　　ところが鎌田様の云ふ事によると船長の山本様はもう日本へ引揚るそーです。そーすると奥様も上海へ来られません。それもさびしい事の一です。

出上様は『文戦』に文章を書いて居ました。五月号の『プロ文学』を見たら、支那の左聯からの手紙があってひどくやられて居ます。

私共は皆な達者です。北京行きはやめた。私は不相変時間の小売りをして云ふ可きほどの成績がない。これから小説、或は支那文学史を書こうかとも思って居ます。

上海の出版物（北斗、文藝新聞、チャイナ・フォルム）は今日内山書店に持って行って送って下さる様に頼みました、併しよい材料は有りません。　　草々頓首

迅　　上　　五月九日

増田兄几下

十日

日记　晴。上午寄光华书局信。午后携海婴同广平往高桥医院。下午三弟及蕴如来，晚同往东亚食堂夜饭，并同广平及海婴，许妈共六人。夜得蒋径三信。小雨。

十一日

日记　昙。上午寄三弟信附径三笺。午与田丰蕃君来并赠煎饼及油鱼丝各一合。下午雨。

十二日

日记　晴。午后得母亲信，一日发。得李霁野信。午后三弟及蕴如来，并赠海婴玩具五件。下午得内山君信。得增田君信，七日发。得京华堂所寄『鲁迅創作選集』五本。得诗荃信，四月二十二日发。

十三日

日记　晴。午后复李霁野信。复增田君信。以海婴照相分寄

母亲，马珏，秉中及常玉书。得小峰信并版税百五十。下午雨。

致 增田涉

増田兄:

　五月七日の御手紙は到着しました。私も五六日に手紙一本と出版物を送りましたが届いたか知ら？ 此頃は上海ではよい（比較的の）出版物は少しもありません。今度の事件は戦争の勝敗は私の様な素人には解らないが併し出版物はまけました。日本では何とか実戦記など、沢山出版したが、支那にはもう一層少なく且つもう一層つまらないものです。

　あなたが『世界ユーモア全集』中支那の方をやる事は大変よい、が、それは又すこぶる難しい問題です。一体、支那に「ユーモア」と云ふものが有りますか？ ない様です。馬鹿らしいもの、野卑なものが多い様です。併し矢張やる外仕方がない。あなたの入用なる本を本月の末まで私から送ります。水滸なども上海から送ります。日本に売ってるものは高くて馬鹿らしい、価は支那の倍になってるでせー。私の作二点の入れる事、問題なく、無論承知します。

　支那にはユーモア作家なく、大抵サターや作家です。そーして人を笑わせる心算の作品は漢以来少しくありますが、こん度の全集の中に入れますか？ 若し入れるなら少し集めて上げましゃう。少し翻訳はむつかしい。

　今まで日本に紹介された支那の文章は大抵軽いもの、わかりやすいものです。堅実で反って面白いもの、例へば陶潜の『閑情賦』の様なものは、少しも翻訳して居ない。そんなものを読めむ漢学

者は自分でむつかしい漢文を書いて居ます、支那人に読ませるつ
もりか、日本人をびっくりさせるつもりか知ら？思ふにこんな前
人未曾注意の仕事もやる可きだが出版屋がむつかしいでしょー。

今度の上海の砲火は商務印書館編輯員の飯茶碗でも約二千個
破壊しました、だから僕の弟も明日外の処に行きます、御飯をさ
がす為めに。

出上様は『文戦』にかいて居ます。五月の『プロ文学』を見たらひ
どくやられて居ます。

私は北京へ行くと思ひましたが、とーとーやめた。不相変、こ
の古いテーブルの前に腰掛けて居ます。内山老板は未だ帰へて
来ません。　草々頓首

隋洛文　五月十三日

十四日

日记　晴。夜寄小峰信。

致 李小峰

小峰兄：

昨得函并版税后，即托店友持归《二心集》稿子一本，内尚阙末
一篇，因本将刊载《十字街头》而未印，以致稿子尚未取归也。此书
北新如印，总以不用本店名为妥，如不印，则希从速将稿付还。

顷有友人托买书籍十余种，今拟托北新代为一加搜集，因冀折
扣可以较多。其中之出版所不明者，买通行本即可标点本要汪原放
的，未知是否亚东出？价值大约不逾二十元，希北新先一垫付，或列入
我之帐目下，或即于下次版税中扣除均可。但希即为一办，至迟于

二十日左右，劳店友一送为荷。

　　见报知"女子书店"已开幕，足令男子失色，然而男子的"自传"却流行起来了。

迅　上　五月十四日

致 许寿裳

季市兄：

　　久未通启，想一切尚佳胜耶？乔峰事迄今无后文，但今兹书馆与工员，争持正烈，实亦难于措手，拟俟馆方善后事宜办竣以后，再一托蔡公耳。

　　此间商民，又复悄然归来，盖英法租界中，仍亦难以生活。以此四近又渐热闹，五月以来，已可得《申报》及鲜牛奶。仆初以为恢复旧状，至少一年，由今观之，则无需矣。

　　我景状如常，妇孺亦安善，北新书局仍每月以版税少许见付，故生活尚可支持，希释念。此数月来，日本忽颇译我之小说，友人至有函邀至彼卖文为活者，然此究非长策，故已辞之矣，而今而后，颇欲草中国文学史也。专布，并颂
曼福

弟树　启上　五月十四夜

十五日

　　日记　星期。昙。上午复诗荃信。寄季市信。下午三弟及蕴如来并赠酒两瓶，茗一合。夜托学昭寄季志仁信。

73

十六日

日记 雨。午前得增田君信,十日发。夜三弟乘"江安"轮船往安徽大学教授生物学。译孚尔玛诺夫所作《英雄们》起。

十七日

日记 昙。午后得高良女士所寄赠『唐宋元明名画大観』一函二本。下午达夫及映霞来。夜风雨。

十八日

日记 晴,暖。午前蕴如来。午后得小峰信并代买之小说九种。夜雨。

十九日

日记 晴。午后往内山书店,收『書道全集』(二十五)一本,价二元四角。

二十日

日记 晴。上午内山君送来海苔一合及增田君所赠之香烟道具一副,玩具狮子舞一座。得『書道全集』(二及九)二本,四元八角。午后海婴腹写发热,为之延坪井学士来诊,云是肠加答儿。下午得山本夫人信,十五日发。得康嗣群信,夜复。雨。

二十一日

日记 晴。海婴腹写较甚,下午延坪井学士来诊,由镜检而知为菌痢,傍晚复来为之注射。收文求堂印『魯迅小説選集』版税日金五十。以衣料分赠内山,山本,镰田,长谷川及内山嘉吉夫人。寄增田君信并《水浒传》等八种十六本。寄康嗣群君《士敏土之图》一本。夜濯足。

二十二日

日记 星期。晴。上午坪井学士来为海婴注射。往内山书店，得桥本关雪作『石濤』一册，价三元二角。

致 增田涉

増田兄：

五月十日の御手紙は拝見しました。僕の前の手紙に書いた漢以来の「ユーモア」云々の説は取りけします。

今日、内山書店に頼んで小説八種送り致しました。郁達夫張天翼両君のものは私が特にいれたのです。近代の作で私のもの丈なら何んだかさびしい感じがします。若しこの二冊の中で何か取る可きものがあったら少し訳して……いかゞですかと。

昨日内山老版と遇ひました、不相変元気で最早本箱に向って何かを手入して居ります。そーしてあなたから下さった物品も戴きました。余りよい物ですからどーも恐縮の至りで厚く御礼申し上げます。「オモチャ」は「ミス」許に没収され、「タバコ」道具は未僕の手ににぎられで居ますが併しそれを置くに相当する「テーブル」がないんだから少しく困って居ります。

そーして小説の代金は送る必要はないです。本当に微々たるものです。北新書局に買はしたのだから私も現金を払ひません。現金はなるべく自分の手ににぎって置く可きもので、五十年の研究を積んで発明したですからあなたも実行しなさい。　草々頓首

洛文　五月二十二日

水滸四本

第三回『魯智深大閙五台山』は或は「ユーモア」と云ふ可きか。

鏡花縁四本

　　第二十二、二十三及三十三回は支那には可笑しいとされて居ますが併日本では習慣が違ふからどーでしょー。

儒林外史二本

　　実に訳しにくい。第十二回の『俠客虚設人頭會』(筋は十三回の始まで亙って居る)、或は第十三回の中にも取る可きものが有ると思ふ。

何典一本

　　滑稽の本として近来頗る名高かいが実は「江南名士」式滑稽で頗る浅薄だ。殆んど全部俚語と俗語で組成して居ますから支那の北方人でも解りにくい。今度は只支那にこんな本があると御覧にかけて上げるまでです。

達夫全集第六巻一本

　　『二詩人』の中には悪口の方が多いが併し「ユーモア」も少しくあると思ふ。「モデル」は王獨清と馬某です。

今古奇觀二本

　　中に「ユーモア」を見たらしい覚えがないのです。

老殘遊記一本

　　第四から第五回までの分は「ユーモア」と思はれたものでしょーと思ふが併し支那に於いては事実です。

小彼得一本

　　作者は最近に出て来たもので滑稽な作風があると云はれて居る。例へば『皮帯』、『稀鬆(可笑しい)の戀愛故事』が如し。

二十三日

　　日记　晴，风。下午坪井学士来为海婴注射。寄文求堂信。

夜雨。

二十四日

日记 昙,风,下午雨。坪井学士来为海婴注射。

二十五日

日记 晴。午后蕴如来并代买茶叶十斤。下午坪井学士来为海婴注射。得内山嘉吉君信片。得马珏信。

二十六日

日记 昙。下午往内山书店买书二本,三元五角。夜雨。

二十七日

日记 雨。上午坪井学士来为海婴注射。得三弟信,十九日安庆发,下午又得一函,二十三日发,即复。得小峰信并版税一百。夜风。

二十八日

日记 昙。上午得钦文信。得增田君信并其女木の实君照相一枚。

二十九日

日记 星期。晴。上午坪井学士来为海婴注射。午后得三弟信,廿五日发。

三十日

日记 小雨。上午同广平携海婴往篠崎医院,由坪井学士为之洗肠。见马巽伯。得山本夫人信并所赠『古東多卍』（五）一本。得季市信。下午寄北斗杂志社信。夜译《英雄们》毕，共约二万字。

革命的英雄们

[苏联]D. 孚尔玛诺夫

一九二〇年的八月初，乌兰该尔①派了几千他的精兵从克里木向古班方面去。指挥这个部队的是乌拉该——乌兰该尔的最亲密的同事的一个。这计划的目的，是在鼓动古班哥萨克，来反对苏维埃政权，仗了他们的帮助，将这推翻，并且安排由海道运送粮食到克里木去。白军在阿梭夫海岸的三处地方上了陆，自由自在地前进。没有人来阻碍他们的进行，他们挨次将村庄占领。于是渐渐逼近了这地方的中枢，克拉斯诺达尔市了。

古班就纷扰起来。第九军的各联队，好像刺毛似的布满了各处，还编成了工农自卫团和义勇兵的部队。独有克拉斯诺达尔市，却在这不太平时候，准备了六千自愿参加战斗的劳动者！

乌拉该的部队向前进行，又得意又放心，一面天天等着哥萨克的发生暴动，成千的，而且成万的来帮他们。他们等待着义勇的哥萨克联队，他们等待着红军后方的恐怖行为，他们等待着援军，敌人的崩溃和消灭。

然而什么也没有发现。哥萨克们因为经过了内战的长期考试的磨炼，都明白红军的实力和苏维埃政府的稳固，不会相信乌拉该的冒险的成功了。所以他们就非常平静，毫不想到忙着去帮白系将军去。自然，有钱的哥萨克们，是不很欢迎粮食税的，他们也不高兴

---

① 白军的将军。——译者。

78

禁止自由买卖和贫农的无限的需索——但是虽然有这些的不满,他们却不敢再像一九一八年那样,对于有力的苏维埃政府去反抗了。但事情即使是这样,白军的侵入却还是很厉害。于是大家就必须赶紧将敌军防止,对峙起来,并且用竭力的一击,将他们消灭。

"不是赶走——而是消灭。"那时托罗茨基命令说。古班便即拼命的准备,要来执行这新的重要的任务了。

到八月底,敌人离古班地方的首都克拉斯诺达尔市,已只四五十启罗密达①了。这时便来了托罗茨基。议定许多新的紧急的策略,以排除逼近的危险。后来成了最重要的那一个策略,也就包含在这些里面的。一队的赤色别动队,②派到敌军的后方去了。红军的一小队,是用船从古班河往下走,以冲敌军的背后。他们须下航一百五十启罗密达,才能到乌拉该的司令部。同志郭甫久鹤③被任为别动队司令,大家又推我当了兵站部的委员。

我们的任务,是在突然之间,出乎意料之外的给敌军一下打击,使他出不得头,发生一种恐怖——简短的说,就是要给他们碰一个大钉子。

计划是成功了。

古班的内海上,停着三条船:"先知伊里亚","盖达玛克"和"慈善家"。都是很坏的匣儿,又旧,又破烂。好容易,一个钟头才能前进七启罗到八启罗。我们这赤色别动队,就得坐在这些船和四只拖船上,向敌军的后方去。

海岸上面,整天充满着异常的活动。必须在几个钟头内,将兵

---

① 1 km. 约中国三百三十丈。——译者。

② 属于别动队的,又编成一个小队,用船送到某一方面去,以备在该地方施行战斗的行动。——作者。

③ Kovtiuch,即《铁流》中所描写的"郭如鹤",实有其人,今尚在。——译者。

丁编好,武装起来,并且准备着行军。又得搬运粮食,而且还有事,是修理那些老朽的——对不起得很——船只。摩托车来来去去的飞驰,骑马的从岸边跑进市里去,我们所有的两尊炮,也发着大声搬下去了。装着小麦,粮草和军器的车子,闹嚷嚷的滚来。到了一队赤卫军,率领的是一个没有见过的司令,他们立刻抓起那装得沉垫垫的袋子和箱子,驼在肩上,运下船去,消失在冷藏库的黑洞里了。搬弹药箱总是两个人,更其沉重的就四个。很小心的拿,很小心的搬,很小心的放在冷藏库里面——司令叫过的:要小心!不要落下了弹药!但在搬运那大个子的罗宋面包的时候,却有的是欢笑和高兴了。它就像皮球一般,从这人抛到那人的手里。这传递面包于是也成了比赛,都想显出自己的适当和敏捷来。重有二十磅的大面包,也常常抛在那正在想些什么,没有注意的青年的头上,但便由他的邻人,早经含了嘲笑,看着这有趣事情的接住了。

有一回,一个人站在跳板上打了打呵欠,他的帽子就被谁打在水里了,看见的人们都大笑起来。"这是风暴呵,"有一个说,"这是连衣服都会给剥去的。"

"你呆什么呀,赶快浮过去罢,还不算迟哩。"别一个说,还有第三个想显显他的滑稽,便指着船道,"试一试罢,你坐了船去,该能捞着的。"自从出了这件事,我们这些家伙便都除下了帽子。站在岸边的就将它抛在地面上,别的人们是藏在衣袋里,塞在皮带下或另外什么处所去了。

装货还没有完。新的部队开到了,是活泼而有趣的队伍。他们随即散开,夹在人丛中,而且也随即开始了跑,拉,骂和笑。

手里捏着工作器具,工人从工场里跑来了,他们说着笑话,和赤卫军谈着天,也就消失在船的肚子里。岸上到处是小贩女人卖着西瓜。多汁的成熟的西瓜。矮小的少年,又干练,又机灵,嚷着,叫着,到处奔跑,用唱歌似的声音兜售着烟卷。闲散的看客,好事的昏人,在岸边站成围墙,莫名其妙的在窥探,无论那里都塞进他的鼻子去,发出愚问,竭力的打听,并且想从我们这里探些底细去。如果他们看饱了,就跑到市上,去散布最没常识的消息,还要确证那些事情的真确,是他在那里实在"亲眼看见"的。

不消说,这里是也有侦探的,但他们也参不透这显得堂皇而且明白的准备的秘密。——很堂皇,很明白,然而却是很秘密。这些船开到那里去,这些船装的是什么人,开这些船为了什么事,在大家都是一个秘密。连我们的司令,我们负着责任的同事们,也没有完全知道的。

我们工作的成功的第一条件,是严重的守秘密。秘密是必须十分小心的保守起来的,因为倘使在克拉斯诺达尔市里有谁一知道——三个钟头以内,乌拉该的司令部也就知道了。为什么呢,为的是在内战时候,白系的哥萨克们已经清清楚楚的懂得了运用他们的"哥萨克式乌松苦拉克"(乌松苦拉克是这地方的一种习惯之称,有人一知道什么事,便立刻告知他的邻居,即使他住的有好几启罗密达之远,也前去通报。契尔吉斯人如果得到一点消息,便跳上他的马,向广阔的平原,危险的山路飞跑而去,虽是完全不关紧要的事件,在很短的时间中,连极荒僻的处所也早已知道了)。假使乌拉该预先晓得一点我们的登陆的事,那么我们的计划就不值一文烂铅钱。他马上会安排好"客气的招待",用几个水雷,十枝或十五枝枪,一两尊炮,古班河便成了我们大家的坟墓了。因为在狭窄的河里,想逃命是做不到的。

秘密被严守了下去。

好事之徒的质问,在一无所知的人们的莫名其妙的唠叨话上撞碎了。战士呢——是既不想听新闻,也毫没有什么牵挂。只有尖鼻子而满脸雀斑的炮兵柯久奔珂,问过一次他的邻人道;"去救,救什么?""这很明白,总不是自己。"那邻人不满足似的打断了他的问。交谈也就完结了。

红军士兵全是童话样的人物。彼此很相像。都是义勇劳动者,工人团的团员,党和青年团的同志。一句话——是青年,能和他们去干最重大的计划的。

我们一共有枪八百枝,长刀九十柄,机关枪十架和轻的野战炮两尊。是一枝小小的,但是精练的部队。

午后——不到四点钟——开拔的准备统统齐全了。装着弹药的最末的一个箱子已经搬下,摩托车装在舱面上,跑得乏极了的马匹也都系好,人们就只在等候医药品。然而关于这东西,是总不过一件伤心故事的。等来等去,到底等不到。于是我们也就出发了,几乎毫没有什么药品和绷带材料的准备。

跳板抽回到汽船和拖船上,湿漉漉的肮脏的绳索也拉起了,一切已经准备好……

小贩女人将卖剩的西瓜装进袋子里,抗在肩上,恨恨的骂着走掉了。岸上空虚起来,打着呵欠的人堆都纷纷迸散。拖船上面,抛满着大堆的鞍桥,袋子,绳索,马草,西瓜,背囊和皮包,我们的战士都勉强挤在空隙中,躺的有,坐的有——镇静,坦白,而且开心。

一只货船里,克拉斯诺达尔的年纪最大的共产青年团的团员介涅同志,挂下了两条腿,直接坐在舱面上。他排字为业,是十八岁的青年。脸相是上等的,长一双亮晶晶的聪明的眼。他拉得一手好胡琴,跳舞也很出色,还会用了好听的声音,自由自在地出神地唱歌。"康索谟尔的介涅"是就要被送到艺术学校去,在那里受教育,培植他出色的才能的。然而恰恰来了乌拉该,再没有工夫学——只得打仗了。这青年却毫不踌躇,抛弃了他的夙愿——勇敢而高兴地去当了义勇军。当在康索谟尔募集义勇军的时候,他首先去报名,丝毫也没有疑虑。倒相反——提起了所有的他的感情,他的意志,他的思想,在等候着强大的异乎寻常的事件。他还没有上过阵,所以这事在他便觉得很特别,而且想得出神了。

介涅不作声,吐在水里,诧异似的看着小鱼怎样地在吃他白白的牛乳一般的唾沫。他背后蹲着水手莱夫·锡觉德庚。眼睛好像猫头鹰,又圆,又亮,平常大概是和善的,但有必要时,就冷酷得像铁一样。剪光的头,宽阔的露出的胸脯,晒得铜似的发黑。锡觉德庚默默的四顾,喷出香烟的烟气,像一朵大云,将拳头放在自己的膝髁上……

靠着他的脚,躺在干草堆上的,是一个勇敢的骑兵,黑色卷头发的檀鞠克,是很优雅的白俄罗斯人。在这船上,檀鞠克所最宝贵的东西,是他的黑马。这马叫作"由希"。他为什么叫它由希的呢,却连他自己也说不出——但这一点是确凿的,因为檀鞠克如果"由希——由希——由希"的连叫起来,就仿佛听到他非常爱听的口笛一样。他也就拍手,跳跃,舞蹈,一切东西,对于他都变成愉快的跳舞和口笛了。这负过两回伤的"由希",曾经好几回救了它那白皙的骑士的性命,即使哥萨克用快马来追的时候,它还是给他保得平安。檀鞠克坐着,圆睁了眼睛,正在气喘吁吁的咬吃一个大西瓜,向旁边吐掉着瓜子。

他的身旁站着曲波忒——骑兵中队长。是一条莽大汉,那全体,就如健康和精力所造就似的。在他的生涯中,已经经历过许多事。不幸的家庭生活,一生的穷苦,饥饿,还有从这市镇到那市镇,从这村落到那村落的长久的彷徨。从大俄罗斯的这一边境到那一边境。然而没有东西能够降伏他,没有东西侵蚀了他那老是畅快的心境,他的兴致,可以说是庆祝时节一般的人生观。他对什么也不低头,什么也不会使他觉得吃重,什么也不能使他做起来怕为难。

这汉子,令人看去就好像一向没有吃过苦,倒是终生大抵是一篇高高兴兴的,很少苦恼的历史一样。

他的眼光很澄明,他的优雅的脸很坦白。而敢于担任重大工作的创造底欢欣,一切都带着生活底兴趣和坚强不屈的意志,来灌注了他性格的全体。曲波忒站着在微笑——确是觉得自己的思想的有趣了罢。他是能够这样地凝眺着古班的河流,站立许多时候的。

还有那短小的,满脸雀斑的柯久奔珂也在这处所。是一个瘦削的,不见得出色的家伙,如果用了他那又低又浊的声音一说话,他就显得更加渺小了。这可怜人是有肺病的,而这可怕的病又一天一天的逼紧起来,好像要扼死他一样。虽然也曾医治过,然而并不久——暂时的,断续的,而且是错的。柯久奔珂明白着自己的苦恼。他知道自己的日子是有限的了,每当独自一个的时候,他就悲伤,忧郁,想来想去。但一到社会里,有许多伙伴围绕他,他却多说话,而且也爱说话了。对于所有的人,一切的事,他都来辩论,总想仗了自己比别人喊得还要响,压倒了对手,来贯彻自己的主张。然而他是真意,是好心,使人们也不会觉得讨厌。如果激昂起来,他就"发吼"——正如曲波忒给他的说法所起的名目那样。于是别人便都住了口,给他静下去。大家是因为对他有着爱情,所以这样子的,在脸上,可都现着一种讥讽的熬住的微笑。

"呔,鬼,静静的。"檀鞠克一看见他的由希正要去咬旁边的一匹阉马的时候,忽然叫了起来。

由希站定了,回转头来,仿佛在想那说它的"话语"似的,将它的又热又软的耳朵动了几回,便离开了那阉马。

"你瞧!"檀鞠克得胜似的大声说。

"什么'你瞧'呀,"曲波忒含着嘲弄的微笑,回问道。

"你没有看见它是懂得话语的么?"

"我没有看见。它只还是先前那样站着罢咧。"曲波忒戏弄着他,说。

"它想咬了哩,你这昏蛋!"

"那是都在想咬的,"锡觉德庚用了很诚恳的态度,说明道。

暂时充满了深的沉默。

"同志们,"介涅忽然转过脸来了,"一匹马和它的主人弄熟了,他的话就全部懂,这真是的么?"

"你刚才就看见了的。"檀鞠克便开始说。

"自然,"曲波忒发起吼来——打断了檀鞠克的话。"如果你说一句'走开去'罢,他会用了马掌铁,就在你肚子上狠狠的给一下的。要不这样,它才是懂得一切的话语。而且,即使……"

"唉唉,那自然,同志们,它懂得!"柯久奔珂夹进来了。"不过总得给它食料。马只要从谁得到燕麦,它也就服从谁……是的! 只对这人,对别的谁都不。实在是这样的,例如我的父亲有一匹黑马,他们俩是好朋友。那马给我的老头子是骑得的,可是对于邻居——那姓名不管他罢——哦,安梯普,它却给在手上咬了一口……但是遇见父亲呢,它可就像一只羊。"

"这是一定的,"介涅附和着他说。"谁给它食料,它也就爱谁。爱会懂得一切的。你打它一下看,你以为它不懂得么? 它很懂得的! 它就恼怒你。就是马,也会不高兴的呀。然而倘若你摩摩它的鬃毛,那么它就'笑',静静的,还求人再得这么干。那里,那里,兄弟,它是什么都懂得的。"

"不错,一点不错,"檀鞠克和他联成一气了。

岸上走着一个姑娘。她的头是用玫瑰色布裹起来的。她向船上看,像在寻谁模样。

"喂,杜涅——格卢涅,"曲波忒叫喊道,"我在这里呀! 你还找谁呢?"

那娃儿笑着走远了。

"为了我们的出行,你连手帕也不摇一下子么?"他笑着,又叫喊说。

"她连看你一看也不愿意。"锡觉德庚辩难道。

"就是讨厌你罢咧。"那来的回答说。

"哦,你自己可长得真漂亮呵,你这老疲马。"

大家都笑了起来。

"介涅,听哪,"柯久奔珂说,"我去拿我的手风琴来。你肯唱几句么?"

介涅表示着愿意,柯久奔珂却已经消失在箱子和袋子中间,立刻拿着一个大的手风琴回来了。他一下子坐在一段木料上，就动手，为了要调弦，照例是这么拉那么拉的弄了几分钟，发着些不知什么的音响。

"哪，我得拉什么调子呢?"他很爱新鲜似的去问介涅。他那姿势，看去也恰如疑问符号的一般。

"随你的便……我是都可以的。"

"那么，我们来唱《斯典加·拉旬①歌》罢。"

"我一个人可是不唱这个的，"介涅说，"你们得来相帮。"

"来罢，"曲波忒和檀鞠克同时说。

介涅唱起来了。开初很低，好像他先得试一试，来合一下歌辞似的，于是就总是高上去……

他站起身，转脸向着河流。他的唱，不是为着围绕住他的人们的，倒是为了古班的波浪。

手风琴的伴奏却不行。柯久奔珂简直是不会拉的，但这也一点不要紧。介涅唱出歌词来，柯久奔珂便倾听着他那清越响亮的声音，刚要动手来"伴奏"，可已经是太晚了。我们青年们合齐了怒吼般的声音，和唱那歌词的后半篇。因此柯久奔珂的艺术便完全失了功效。货船上的人们都来围住了歌人，一同唱着大家知道的那一段。介涅开头道：

> 在伏尔迦的大潮头上，
>
> 通过了狭窄的山岛之门，

于是就吼出强有力的声音来了：

> 在采画斑斓的船只上，
>
> 来到了斯典加·拉旬的兵们。

在这刹那间，船就摇动起来。毫没有声响，也不打招呼，汽船拖了那些货船开走了。

---

① Stenka Rasin，见第一篇《苦蓬》注。——译者。

船只成了长串,仿佛强大的怪物一样,沿河而去。这情景,颇有些庄严,但同时也可怕。一个部队开走了——到敌军的后方去……

并没有人分明知道,但前去要有什么紧要的和重大的事,却因了准备的模样,谁都已经觉得,领会了的。泊在岸边的时候,弥漫着汽船和拖船里的无忧无虑的开心,现在已将位置让给深远的,紧张而镇静的沉思了。这并不是怯,也不是怕,大约便是对于就要到来的大事件的一种无意识的精神底准备罢。在飘忽而含着意思的眼光上,在迅速而带着神经性的举动上,在忍住而且稀少的言语上——在一切上,人都觉得有一种什么新的东西在,是船只泊在岸边的时候所完全没有的。这心情只是滋长起来,我们愈前进,它也就愈强大,并且渐渐的成为焦躁的期待的样子了。

在汽船上,比在拖船上知道得多一点,大会都聚到舱面上来了,用手指点着各方面,高声的在谈论,敌人现在该在什么处所呀,那里有着什么什么沼泽呀,大道和小路是怎么走的呀……

古班河转了弯,蜿蜒在碧绿的两岸之间了。我们已经经过了科尔涅珂夫的坟墓——不过是一座很小的土堆,就在岸边。然而这却是谁都知道的历史的胜迹!这岸上曾经满流过鲜血。每一片地,都用了激烈的战斗所夺来。每一片地,都由红军用了宝贵的鲜血所买进,每一步每一步,都送过将士的性命的。

部队不住的向前进。

哥萨克的荒村,乌黑的影画似的散布在远地里了。树林却那里都望不见。无论向什么地方看过去——田野,牧场,水。有几处满生着绿得非常的很肥的草儿。此外就全都长些芦苇。但末后连这也少见起来。天快要到晚上了。

八月的夜,逐渐的昏黑下去。河岸已经消失,在那里,只看见水边有着奇特的夜雾的绦纹。既没有草儿和芦苇,也没有小树丛——什么都看不见了。船队慢慢的在前进。最前头是一只小汽船,弯曲着,旋转着,好像狗儿在生气的主人面前一样。它的任务,是在听取一切,察看一切,知道一切,并且将一切豫先来报告。尤其紧要的是那船员要十分留心,不给我们碰在水雷上。

在这第一夜还不怕有大危险。但到早晨,我们是必须到达离克拉斯诺达尔七八十启罗密达的哥萨克村斯拉文斯基的。斯拉文斯基属于红军,所以直到那地方的两岸,也当然是红色的。然而这最末的推测,却也许靠不住,因为敌人的熟悉一切大路和间道,就像自己的背心上的口袋一样,往往绕到我们的后方,在我们没有料到的处所出现。现在就会在我们刚才经过的岸上遇见,也说不定的。然而很平静。我们在船上听不见枪声和喧嚣。人只听得汽船的轮叶下水声拍拍,有时战马因为被不安静的近邻挤醒,嘶鸣几声罢了。

舱面上空虚了。人们都进了船舱,一声不响。谁也不高兴说话。有的在打盹,一遇冲撞就跳了起来,有的坐着,凝视了湿的玻璃窗,一枝一枝的在吸烟卷。拖船上也都静悄悄。红色战士们靠了袋子,马鞍,或是互相倚靠了睡着了。打鼾,讲梦话,好像在比赛谁能更加高声和给人"铭记"似的。闭上眼睛,倾听着这无双的合奏,倒也是很有趣,很奇特的事。从冷藏库里,则传出些低微的呻吟和呓语——然而这在舱面上却几乎听不见,在岸上就简直完全听不见了。

我们的红色船队总在向前进。

一到深暗从地面揭开,东方显现了曙色的时候,我们到了斯拉文斯基了。先前这河上有一座很大的铁路桥,直通那哥萨克的村子。白军一知道他们的地位已经绝望,不再有什么用处,便将这桥炸毁了。桥体虽然坠下水,桥柱却还在,而且和歪斜了的中间的柱子,造成了一个尖角。我们这些船现在就得走过这三角去。这可并不是容易事,因为四边的河水是很浅的。这么一来,我们的工作就尽够了。一直弄到晚。一切都得测量,精细的计算和思虑。有句俄国的谚语,说是,人必须量七回,下一剪。我们也遵奉了它的指教,每一步,就查三回。于是出发的准备全都停当了。在斯拉文斯基,我们还要得到援助,加进新的战士去。现在已经几乎有了一千五百人。我们添补了一点食料和军火,仍然向前走。将全部队分为三队,每队都举好各别的司令。在我们前途的是什么,我们在夜间所等候的是什么,都尽量说给他们了。将近黄昏,我们就悄悄的离了岸。哥萨克村里,也没有人知道我们的开拔。这村子,是用士兵包围起来,给谁都不能进出的,但在这地方也保住了秘密。

秘密是救了红色别动队的性命的。

从斯拉文斯基到乌拉该的司令部,还得下航七十启罗密达去。这就足够整一夜了。我们的航海,是这样地算定的,没有天明,便到目的地,因为我们须利用夜雾登陆,当一切全在睡觉的时候,蓦地闯了出来。应该给敌人吃一个袭击,而我们是完全出乎意料之外地出现的。

这最末的一夜,在参加远征的人们,怕是终生不会忘记的罢。到斯拉文斯基为止,我们没有什么大害怕,这原是捏在我们手里的地方,即使岸上有些敌人,也不过偶然的事。然而在这满生在低湿的河岸上的芦苇和树丛之间,却到处有敌军的哨兵出没。我们在这里很可以遇见猛烈的袭击的。所以地位就格外的危险,我们必须有最大的警备。当开船之前,各队的司令都聚在河岸上,还匆匆的开了一个军事会议。那姓名和达曼军分不开的司令者,同志郭甫久鹤就在这里面。郭甫久鹤是在一九一八至一九这两年间,引着这尝了说不尽的苦楚的不幸的军队,由险峻的山路,救出了敌军的重围的。古班,尤其是达曼的人们,都以特别的爱,记忆着司令叶必凡·郭甫久鹤。他是一个哥萨克村里的贫农的儿子,当内战时候,连他所有的极少的一点东西也失掉了。他的家被白军所焚烧,家私遭了抢掠。郭甫久鹤便手里拿了枪,加入了全革命。他已经立过许多功。这回也就是。古班陷在危险里了。必须有人渡到敌人的后方,将自己的性命和危险的事情打成一片,来实行一回莽撞的,几乎是发狂一般的计划。谁干得这事呢？该选出谁来呢？这脚色，自然是同志郭甫久鹤了。体格坚强，略有些矮胖，广阔的肩身，他生成便是一个司令。他那一部大大的红胡子，好像除了帮他思索之外，就再没有什么别的任务了，因为郭甫久鹤每当想着事情的时候，总是拈着那胡子，仿佛要从脸上拔它下来的一般。在决定底的瞬息间，他整个人便是一个思想。他不大说话了，他单是命令，指挥。他也是属于那些在人民的记忆上，是有着作为半童话的，幻想的人物而生活下去的运命的人们这一类的。他的名字，已经和最荒唐的故事连结起来了，红色的达曼哥萨克人，也将这用在所有的大事件里。

郭甫久鹤站在岸上，不知不觉的在将他那大部的红胡子拈着，拔着。他身边站着他最高的，也是最好的帮手珂伐略夫。为了刮伤，他满脸扭曲到不成样，下巴歪向一边，上嘴唇是撕裂了的。珂伐略夫经历了多少回战斗和流血的肉搏，多少回捏着长刀的袭击，连自己也数不清了。他也记不清自己曾经负过几回伤。大概是十二到十五回罢。我不知道他的全身上可有一处完好，没有遭过炮弹片，枪弹，或者至少是土块所"轻轻的碰着"了的。这样的人，怎么会活下去，就令人简直其名其妙。瘦削身材，一副不健康的苍白的脸，满绕着柔软的黑胡子，他显出战士的真的形相来。尤其显得分明的，是在他的对于无论什么计划，即使很危险，也总要一同去干的准备上，在他的严峻的规律上，在他的人格的高尚和他的勇敢上。当兵的义务他虽然完全没有了，但他还不能抛掉来帮我们打仗，全然是出于自愿地来和我们合作的。到后来，我看见他当战斗中也还是很高兴，冷静而且镇定，恰如平常一样。重大的事件，他总是用了一样的勇敢去办好的，但后来报告起来，却仿佛是一件不值得说的工作。珂伐略夫一般的并不惹眼而却是真实的英雄，在我们红军里颇不少。但他们都很谦虚，很少讲起自己，不出锋头而且总是站在后面的。

和珂伐略夫对面，站着炮兵队长库勒培克同志。后来我在激战之际,这才认识了他。当我们别动队全体的命运悬于他个人的果决和勇敢的时候,当我们全盘形势的钥匙捏在他手里的时候,他显出他的本领来了。真令人歆羡他那种如此坚决的意志,如此的纯熟和舒齐。令人歆羡他的强硬和坚固,与其说是人,倒更像石头一样。但如果看起他来,他就仿佛一匹穿了制服的山羊,连声音也是山羊——微弱,尖利而且枯嘎。

在场的还有两三个司令们。会议也并不久,因为一切都已经在前天想妥,决定的了。

"叫康特拉来,"郭甫久鹤命令道。

这名字便由人们传叫开去了。

又稳又快的跑来了康特拉。

"我在这里,做什么事呀?"

单是看见这年青人,就令人觉得快活。他的眼里闪着英气,手是放在他那弯曲的小长刀的刀柄上。白色的皮帽子,快要滑到颈子上去了。宽阔的干净的前额,明亮而伶俐的眼睛。

"听哪,康特拉,"郭甫久鹤说,"你该知道的罢,我们就要动手的事情,是很险的。你只消一望,到处都是敌。沼泽里,小路上,芦苇丛里,树丛里,到处埋伏着敌人的哨兵。你熟悉这一带地方么?"

"谁会比我熟悉呢,"康特拉笑着说。"这地方到海为止,全是些沼泽和田野。没有一处我不知道的地方。我曾经各处都走过的……"

"那么,就是了,"郭甫久鹤说,"我们没有多工夫来细想。开船的准备已经停当了。你去挑出两打很出色的人来,并且和他们……啡!"郭甫久鹤便吹一声口哨,用手指指点着很不确定的处所。

"懂得了……"

"那么,如果你已经懂得,我们就用不着多说。拿了兵官的制服,银扣,肩章去——出发罢。我们全都准备在这里了。去罢!"郭甫久鹤向了离他不远,站着的一个人说。那人当即跑掉了,立刻也就回来,拿着一个小小的包裹。

"拿这个去,"郭甫久鹤将包裹交给康特拉,说,"但要快。您一走,您就穿起这些来罢,但在这里却不行的。你挑一个好小子,给他十个人,教他们到左岸去,那里是不很危险的。你自己就在右岸,还得小心,什么也不要放过。如果有点什么事,你就发一个信号。你知道我们这边的信号的。你要在河的近地。"

"懂了。"

"那么,你要知道,如果你不能将两岸办妥,你就简直用不着回来……"

"是的,我可以去了么?……"

"是的,去罢,好好的干……"

康特拉忽然跑掉了,正如他的忽然跑来一样,而且不消多少工夫,就备好了马匹。马匹和人们,又都立刻聚成一堆,分为两队,也就全都跑掉了。人只见康特拉和二十五个青年用快跑在前进。

别一队是向左岸去的,我看见曲波忒在他们的前头。这巨人似的,强有力的大个子的哥萨克,跨在自己的黑马上,就好像一块岩石。他的近旁是介涅,孱弱的瘦削的青年,草茎一般伏在马的鬃毛上。士兵们都在船上目送着远去的伙伴。沉默而且诚恳。他们什么也不问。他们什么也不想人来通知。一切都明明白白的,清清楚楚的。没有人笑,也没有人开玩笑。

康特拉跑了一个启罗密达半,便跳下马来,对他的部下道:"你们的制服在这里,大家分起来罢,可不要争头衔。"人们打开了包裹,从中取出白军的勋章,肩章和扣子,帽章和别的附属品来,五分钟后,已经再也看不出我们红色哥萨克了。康特拉也打扮了一下,变成一个兵官,很认真,但也有点可笑。尤其是他试来摆摆官相的时候,大家便都笑起来了。因为他就像披着鸵鸟毛的乌鸦。

黄昏还没有将它的地位让给暗夜,但我们的哨兵该当经过的道路,却已经几乎辨不出来。大家又上了马向前进……

"儿郎们，"康特拉说，"不要吸烟，不要打嚏，不要咳嗽，要干得好像全没有你们在这里的一样。"

大家很静的前进。静悄悄的，连马匹的脚步怎样地在湿的软泥里一起一落的蹄声，也只隐隐约约地听见。马脚又往往陷入泥泞里去，必须给它拔起。有人前去寻找更好的道路去了。这样地进行了一个钟头，两个钟头，三个……没有遇到一个人。是死了的夜。那里都听不到一点生命的声音。在芦苇里，在山谷里，都是寂静。沼泽上罩着昏暗的望不见对面的雾气。

但且住！——远远地听到声响了。是先前没有听到过的声音，仿佛是电话线的呻吟。也许是泉水罢，也许是小河罢……

康特拉停住了，大家也跟着他停下。康特拉向传来声响的那方面，转过耳朵去，于是将头靠在地上，这回可分明地知道了那是人声。

"准备着！"下了静悄悄的命令。

大家的手都捏住了刀柄，慢慢地前进……

已经清清楚楚地看见了六个骑兵的轮廓。他们正向着康特拉跑来。

"谁在那里！"那边叱咤道。

"站住！"康特拉叫道，"那里的部队？"

"亚历舍夫军团。"……"你们呢？"

"凯萨诺维支的守备队。"

骑兵跑近来了，一看见康特拉的肩章，便恭恭敬敬的向部队行一个敬礼。

"放哨么？"康特拉问。

"是的，放哨。"……"不过也没有什么一定。谁会在夜里跑进这样的地方来呢？"

"四边也没有人，我们已经跑了十五启罗密达了。"

在这瞬间，我们一伙就紧紧地围住了敌人的部队……

还问答了几句。知道他们的一两启罗密达之后,还有着哨兵。沉默了一会。康特拉的轻轻的一声"干!"就长刀闪烁起来了……

五分钟后,战斗已经完结。

于是大家仍旧向前走,其次的敌人的哨兵,也得了一样的收场……

勇敢的康特拉,只领着一枝小小的队伍,遇见了六个敌人的哨兵,就这样地连一个也没有给他跑掉。

曲波忒也遇到了两个哨兵,他们的运命也一样。只在第二回却几乎要倒楣。一个负伤的白军骑兵的马匹忽然奔跑起来,险些儿给逃走了。觉得省不掉,就送给它一粒子弹。

这曲波忒的枪声,我们在船上听到了,大家就都加了警戒。我们以为前哨战已经开头,因此敌人全都知道一切了。他是一定能够实行规则的。大家就站在舱面上,等候着信号。我们不断的在等候,康特拉或者曲波忒就要发来的——然而没有。岸上是坟地一般静。什么也听不见。直到天明,我们整夜的醒在舱面上,大家都以为芦苇在微微的动弹,大家都觉得听到些兵器的声响,有一个很是神精质的同志,还好像连高声的说话也听见了。河岸很近,人已经可以分别出芦荡和田野来。

"我想,那地方有着什么,"一个人凝视着沿岸一带,指给他的邻人,开口说。

"什么也没有。胡说白道。"

但他也不由的向那边凝视,说道:"但是,且慢……是呵,是呵……好像真是的……"

"你以为那不像枪刺在动么?"

"是的是的,我也这么想……仔细的看一看罢——,但是,看哪,这边的是什么——这边,都是枪刺呀,还有那边——还有这边……"

"喂,汉子,可全是芦苇呵……动得这么慢!"

于是他不去看岸上了,但这也不过一眨眼间的事。接着又从新的开头……枪刺……枪……士兵，兵器声，说话声。这一夜是充满了可怕的阴郁的骚扰。谁都愿意抑制了自己，平静下来。然而谁也寻不着平静。表面的平静，是大家能够保住的。脸色，言语，举动——这些冷静而且泰然自若——但心脏却跳得很快，很强，头也因为充满了飞速的发射出来的思想，快要炸裂了。大家都在开始思索着一切办得到的，倒不如说，一切办不到的计划。如果从芦苇丛中放出枪来，可怎么办，如果大炮从岸上向我们吐出炸弹来，又怎么办——教人怎么对付呢？……

假定了许多事，想出了许多办法。然而在这样的境地里，毫没有得救的希望，却是谁都明白的。小河里面，笨重的船简直不能回转，再向前走罢，那就是将头更加伸进圈套里去了。但是人得怎么办呢？

这些事是大家一致的，就是应该赶快的登陆，抽掉了跳板，动手来格斗……

然而"动手来格斗"，说说是容易的。我们刚要上岸，敌人就会用了他的枪炮，将我们送进河里去。我们的战士们怎样的挤在汽船和拖船上，聚成一堆，他在岸上可以看得明明白白。大家都没有睡觉。自从离开了斯拉文斯基以后，他们都不能合眼。司令们将这回的计划连着那一切的危险和困难，统统说给他们了。教人怎么会睡觉。在这样的夜里，睡觉比什么都烦难。在这样的夜里，是睁着眼睛，眼光不知不觉地只凝视着暗地里的。很紧很紧的挤在船的所有角落里，低声谈起天来了。

"冷……"

"吹一吹拳头罢——那就暖了。"

"只要能吹起来——哪，如果有人给我们在岸上吹起（喇叭）来，可真就暖了哩。"那士兵于是转脸向了岸边，用眼睛示着敌人的方向。

"他们近么？"

"鬼知道——……人说,他们在岸上到处跑着的。人说过,他们就躲在这些芦苇丛里的——也有人去寻去了。"

"那么,谁呢?"

"康特拉出去了!"

"哦哦,这很不错,他是连个个窟窿都知道的!"

"唔,这小子又能干!"

"我很知道他的。在战场上的时候,他就得到过三个圣乔治勋章了。"

"但是我觉得——这里没有人——太静了!"

"他们也不会在发吼的——你这昏蛋!"

"他们却会开枪呀——那就完了!"

"不——我想,还没有从康特拉听到什么的!"

"怎么想听到这些呢。连一只飞机也还没有飞来哩。"

"这倒是真的。哦,总之,孩子,为什么没有飞机到这里来的呀。"

"为什么没有——它是麻雀似的飞来飞去的。先前它总停在市镇里,要太阳出山之前它才飞出来。你也看它不见的,这很明白。"

"唔,究竟它为什么在飞着的。我简直一点不懂,这东西怎么会飞起来。"

"那我也不知道。恐怕是从下面吸上蒸汽去的罢。"

"你可有一点烟草么?"

"吩咐过的,不准吸烟!"

"哦哦,那是不错的——但我想,这样的藏在拳头里,就没有人觉得了。"

立刻有三四个人的声音提出反对的话来,没有许他吸烟草。

"我们就到么?"

"到那里?"

"喏,我们应当上陆的地方呀!"

"哪,如果我们应当上陆,那么我们就一定是到了!"

就这样地从一个问题拉到别个去。字句和字句联起来——完全是偶然的——完全是无意识的。

船总在向前进。船队几乎没有声响的移动着。

天亮了起来,暗雾向空中收上去了——第一只船靠了岸。另外的就一只一只的接着它,架在岸边的软泥里,那里都满生着走也走不过的杂草和芦苇。

离哥萨克村只还有两启罗密达了。河岸很平坦,我们的前面展开着一条宽阔的山谷,给兵士们来排队,是非常出色的。据熟悉这一带地势的人说,要在全古班找一个登陆的处所,没有比这里再好的了。连忙架起跳板,在惊人的飞速中,大家就都上了岸。我们刚刚踏着地面,就呼吸得很舒服,因为我们已经不在水面上——各个骑兵和狙击兵,在这里都能够防卫他的性命,而且谁也不至于白白的送死了。大炮拉了上去,马匹牵了出来,司令们教部队排了队,神经过敏也消失了。它换上了冷静的严肃的决心。一切做得很勤快,快到要令人奇怪,这些人们怎么会这样的赶紧。但我们战士们却都知道,在这样的境地里,赶紧和迅速,是必要的。骑马的司令们,围住了郭甫久鹤和我。在路上嘱咐了两三句,大家就各归了自己的队伍,一切都妥当了。袭击的命令一下,骑兵就开了快步,步兵的队伍是慢慢地前进。

介涅受了任务,是横过哥萨克村的街道去,将一切看个分明。他像鸟儿一般飞过了园地和树林,门窗全都关着的人家,广场和教堂——他横断了全村子,已经带着"一切照常"这一个令人高兴的报告回来了。倘要解释这奇怪的"一切照常"的意思,那就是说,这受了死的洗礼的哥萨克村,都正在熟睡。它一点也没有豫防,一点也没有猜出。几处的街角上有哨兵在打盹,用了渴睡的眼望着飞驰的介涅,好像以为他是从前线跑来的传令。居民也睡得很熟。不过偶或看见弯腰曲背的哥萨克老婆子，提了水桶踮着脚趾走到井边去。介涅又看见一架飞机，停在教堂旁边的广场上。在一所大房子的篱笆后面，介涅还见到两辆机器脚踏车和一辆摩托车。

他很疲乏，喘着气，述说过一切的时候，大家就都明白，我们是在没有人觉察之中，到了村子了。

全盘的行动，所打算的就只在完全不及豫防而且出乎意料之外的给敌军一个打击。袭击必须使他们惊惶，但同时也应该使敌人受一种印象，好像对面是强大的队伍的大势力，出色的武器，还带着强有力的炮队一般。所以我们也要安排下埋伏，不意的小战斗和袭击。这样干去，敌人就以为四面受了包围，陷于绝望的地位了。出乎意料之外的打击这一种印象，这时是必须扮演决定底的脚色的。

山谷的尽头，就在哥萨克村的前面，还有几块没有烧掉的芦田。这里是无论如何总是走不过，我们就只得绕一点路。

登陆，准备，排队，向着哥萨克村的前进，给化去了两点钟。但敌人呢——睡觉又睡觉，总不肯醒过来。雾气已经逐渐的收上去了，只在河面上还罩着厚厚的看不穿的面幕。

河在这里转了弯，直向亚秋耶夫市，于是流到海里去。

右岸有一条军道，是通着村子的。我们的部队的一部份，就利用了这军道，走到村背后了。向这方面，又派了曲波忒所带领的骑兵中队去，那任务，是在敌军倘要向亚秋耶夫退走，就来抵当它。

部队的各部份，那行动是这样地布置了的，就是从各方面，但又同时走到村子，开起枪来。我们的大炮也必须同时开始了行动。

屯在村里的敌军，也许看着情形，对我们会有强硬的抵抗。这很可怕，因为他们是有优秀的战斗性质的。他们里面，靠不住的只有被捕的红军。村里有凯萨诺维支将军的军团的一部份，亚历舍夫将军的联队，也是这将军的豫备大队，古班狙击兵联队，其中有着两个士官学校的学生。这之外，村里又驻扎有乌拉该的司令部和他的一切的枝队，还有各种小司令部以及白军后方的官员。而且我们还应该防备村人的敌对的举动,因为这哥萨克村,和我们是很不要好的。

不到早晨七点钟,部队临近了哥萨克村的时候,第一炮发响了。同时也开始了劈耳的轰击。大炮的雷鸣合着机关枪的爆响和步枪的声响,成为震聋耳朵的合奏了。士兵们直冲过去。摸不着头脑的敌人,完全发了昏,连一点的防御也不能布置。向着我们的胡乱开枪,也不能给我们丝毫损害。红军的步兵不住的前进,愈加压迫着敌军,将街道一条一条的前进了。到得市中央,我们这才遇见那准备了一点防御的敌。当这处所,带领我们的部队的是珂伐略夫。在这一瞬息间,踌躇一下就有怎么危险,他是很明白的。他知道,敌人的恐怖,是能够消失的,那么,要收拾了他,就不是一件容易事。在这样的瞬息间,要得成功,就只要一个坚定而深沉的司令,他用的确的处置,制住惊慌的人们,他很快的悟出战斗的意义,并且捏住了胜利的钥匙是在那地方。恐怖,是大概因为百来个人发命令,既然很随便,而且常常完全相反,这才增加起来的。一种办法和别种相矛盾,为了着忙,发些只使事情为难而纠纷的命令。我们的敌人,就正落在毫无计划的这边跑那边跑,这么说那么说,这样办那样办的情况里了。

然而已经显出组织化的先兆,有计划的防御的先兆来。这紧要的机会是应该利用的,于是珂伐略夫就下了袭击的命令,他捏着手枪,自己留在左翼,到右翼去的是锡觉德庚。他的眼睛睁得很大,恰如在拖船上唱歌那时候一样。但现在却烧起着特别的火焰,闪闪的在发光。他全部的额上,一直横到眉毛,刻一道深的严肃的皱襞。锡觉德庚的脚步是本来很重的。他仿佛踏勘地皮。必须走得牢靠似的在前进。在他身边是这样的放心,好像得到一种特别的平静和安全,觉得只要和他一气,就决不至于死亡,决不至于战败,他命令得很简单,很确当,又有些气恼。

敌人要在园子跟前排起阵来了。但还可以看出,他还没有将队伍排齐,还没有寻到人,来将这一大堆人又有力又有效地变成紧凑的队伍。

快得很,快得很……新的士兵们,从各方面涌到这人堆里去。他们从园子和人家,从马房和小屋里跑出来,人堆就愈来愈大,它在我们眼前生长起来了。它已经排开,它已经成为有组织的队伍的样子了,再一瞬间,我们就要碰着钢的刺刀的墙壁,再一瞬间,铁火的雹子就要向我们直注,步枪毕剥的发响,而我们的行列就稀疏下去……

呜拉! 我们的行列里发了吼。

手捏着枪,我们的战士们向敌人堆里直冲过去了。那边就又更混乱起来。有的要向能逃的地方逃走,有的还在想开枪——但忽然之间,大多数人都站起身,抛掉他们的枪,向天空擎起了臂膊,在请求慈悲和宽大。

然而有几处还飞着枪弹,从我们的队伍里抽去顶好的人物。我们的最初的牺牲之一是勇敢的莱雍契・锡觉德庚。弹子正打在前额上,我们的英雄且是战士就死掉了。

但从院子的篱笆里,忽然跳出约莫五十人的一队,风暴似的直扑我们。我们的人们有些慌乱了,倒退了两三步。然而珂伐略夫的喊声已经发响:"上去,呜拉,上去!"于是红军的士兵就野兽一般一拥而上,径奔抵抗者,将他打倒,不住的前进。我军和敌兵混杂在一起,人早已不能分别了。

当这半百的人们跳出篱笆来的时候,先前将枪枝抛在我们脚下的那些人,并没有加进去。他们一动不动的站在那里,愈加将臂膊擎得高高的,在等候慈悲,并且祈求仁善。红色的战士们围住了俘虏,将他们换了一个地方,碰也没有碰他们一下。抛下的枪械是检集起来,聚成一堆,赶快的运到岸边去。放眼一看,到处是伤兵。他们因为苦痛,在叫喊和呻吟,别一些是喘着临死的大气。查明了那五十个人,大多数是白军的军官了。连一个也没有饶放。

别的俘虏们，是带到拖船上去了。

曲波忒，那带着他的骑兵中队到了村背后的，一跑到芦苇边，就和大家一同下了马，等候着。十个人离开了他，排成一条索子，先头的一个直到哥萨克村。他们通报着在那里彼此有些什么事，战况对于我们怎么样，等等……

常有单个的白军士兵逃过来，曲波忒总不挥动他的部下，也不白费一粒子弹，尤其是不愿意使人明白他的所在。单个的逃兵跑进苇荡里来，自然也是常有的。那就不出声响地捉住他，因为第一要紧的是没有人知道我们还有埋伏。然而珂伐略夫的攻击刚要决定了战斗（的胜败），敌人的守备队的残兵便直向河边冲来，意思是要渡过这河，躲到对岸去。在这瞬息间，曲波忒就从芦苇间闯出，径奔在逃的敌兵了。这真是出了有些简直不能相信的事。从这方面，敌人是以为不会遇到袭击的。他们避向旁边，散在岸上，大多数是跑往先前泊着他们的船的处所去。然而船只早不在那里了。曲波忒的伙计将它弄走了。逃路已经没有，而骑兵却驰骤于逃兵之间。马刀在空中发闪，只要触着，就都灭亡。抵抗并没有。许多人就跳到水里面，想浮到对岸去。但是成功的很有限。大抵是在河的深处丧了他的性命了。

激昂的曲波忒骑着他的黑马，像猛兽一样，在岸上各处飞跑。他自己并不打，只是指示他的伙伴，什么地方还躲着溃走的敌人的大伙和小伙。曲波忒一切都留心。他的眼睛看着各方面，敌人怎样转了弯，他看见的，敌人怎样在寻遮蔽物，他也看见的。

一个莽撞的大草原上的骑士似的，檀鞠克捏着出鞘的长刀，从村子的这一头跑到那一头。他的帽子早已落掉了，黑色的乱头发在风中飘荡。

他全不管什么命令，只是自己寻出他的敌人来，鹰隼一般扑过去。冲落，砍掉，毫无饶放。当一切就要收梢的时候，自己方面开枪的一粒流弹，将檀鞠克的左臂穿通了。他不叫喊，他不呻吟，倒是

101

骂,越骂越利害,从他那忠实的由希跳下,抚摩着它的鬃毛。战争是完结了……

多少人在这里死亡,多少人在河水里丧命,这恐怕永久不会明白。只有零星的逃兵,跑到芦苇这里来,躲到里面去。但大抵是在逃走着的中途就送了性命的。白军的兵官,穿了女人衣服,想这样逃到芦苇里去的也有。然而我们不给他跑掉一个人。

两点钟之内,全村已为红军所有了。

战斗一开头,敌人的飞机便从教堂广场飞起,向着还驻扎着敌人部队的各村子这方面飞去了。

当正在战斗的时候和以后,从村子的窗门里,园子里,都飞出石块和弹子来。村里的居民,是这样地招待了我们的。

在这回的拂晓战,俘获了一千个人,四十名兵官,一辆铁甲摩托车,机关枪,子弹匣,炮弹,医疗材料,印,官厅什物,官员履历以及别的种种东西,都落在我们手里了。这时候,汽船和拖船已经一径驶到哥萨克村来。俘虏和战利品就都弄到船上去。我们的人们也拿了担架,将负伤的朋友抬上船。他们大半是在冲锋的时候受伤的。

现在很明白了,敌人从飞机得到后方的大损失的报告之后,要试办的是简直退兵,或者派部队到哥萨克村去,将红军消灭。

敌人采取了第一法。他带了他的部队退却了,然而走向我们的村子来,因为要到亚秋耶夫去,到海岸去的惟一的路,是经过这里的。他想趁红军还没有扎得稳固,而且他所预料的援军还没有开到之前,赶紧利用这条路。敌人的部队亢奋着,一定要竭力飞快的输送的。

于是敌军撤退了,当这时候,驻扎在敌人的位置邻近的我们的主力军,就动手来将他袭取,将他打击。在我们占领了的哥萨克村,必须看新的敌军的部队走进村里面,这才开始来战争。

首先开到了古班骑兵联队,各种步兵部队,以及别的正规军团。要抵制这样的大兵力的冲击,在我们是非常困难的,现在我们的任务,是在不给敌军以休息,妨害敌军的前进,并且用了屡次的冲突和打击,使他们陷于混乱,以待我们的主力军的到来。正午时候,受了敌军的出格的压迫,我们只得将从东通到西的外面的两条道路放弃了。敌人的主力军,也就正从这条道路在前进。

战斗又开头了。

这战斗上,敌军是带着两辆铁甲摩托车的,但他的景况,却还是困难得很,因为和他同时前进的我们的援军,正从背后压迫着他,使他不能用了他的主力,强悍的向我们袭击。远远地已经听到了炮声。这是要将他们的举动,和我们的联成一气的红军的大炮。

到四点钟,敌人部队的大数目,聚到哥萨克村里来了。好像决定要将红色别动队歼灭,并且赶下河里去似的。他开始了风暴一样的炮击,又变了袭击,接连不断。这强悍的风暴一样的压迫,逼得我们退到河边。红色的战士抛了草地,向河边退走,敌人就夹脚的追上来……

如果再给敌军压迫,我们还要退走下去,那就要全军覆没,是明明白白的。炮队的司令库勒培克同志,为了观察我们的炮击的效力,蹲在一株大檞树的枝子上已经三个钟头了。他汗流满额,靠了又湿又冷的树干,停着,好像一匹猫头鹰,用他的望远镜在探望,不为俗务分心。我们的炮队,是在离这檞树几步之处的,库勒培克就从自己的座位上,在改正发炮的瞄准。人总是听见他响亮的号令:一百!九十一!照准!一百!九十七!……

怪物一发吼,炮弹呻吟着,怒号着向空中飞去的时候,库勒培克就装一个很奇特的手势,指着落弹的方向。"好,好,"他叫起来,"这东西正打在狗脸上了。再来一下——但要快,孩子们——要快。他们在飞跑哩!"他望着沙砾的大雨落在地面上,人们飞上天空中的草地的尽头。"再来一杯,"他在上面叫喊,而我们的炮兵们是开炮又开炮。一个递炮弹,另一个将这装进炮里去,第三个就拉火。在这狂热的开火中,库勒培克就忘记了时间,疲劳,饥饿。除了大炮和炮弹,除了沙雨和飞跑的人们以外,他什么也不看,不管了。

而现在,敌军转了袭击,逐渐逼近我们的炮队和库勒培克的槲树来,但他却毫不想离开他的地位。他一点也不动,他不离开他的位置,他好像在小枝子上生了根似的。他的命令越来越清楚。他愈是屡次变换目标,他益发大声的发命令。大炮这里,是疲乏的气喘吁吁的炮手们。传递炮弹愈加迅速,愈加赶紧,而近来的敌军,就愈加吃了苦。

草地上面,就靠河边,离芦苇不远,道路分为两条的处所,架着机关枪,它和它的人员的任务,是在或是灭亡,或是制住敌军的袭击。

战马转脸向着河这边了。开放机关枪的我们的人们,蹲在小小的马车上,发了热似的在开火。我们站在他们的后面,抵制着撤退下来的部队。我看见了柯久奔珂,他几乎和机关枪溶成一气,两手紧捏了它,发射着,检查着,看一切可都合式。敌人已经望得见了,他不住的拥上来。

狙击兵呵,现在是全盘的希望只在你们了。你们肯支持你们的伙伴——我们就吃得住。但如果你们挡不住敌军,那么,首先是你们,和我们一起都完结!

敌人的部队,现在是多么逼近了呵。他们已经涌进草地来了——而在这瞬息间,——在这决定的,永远不会忘记的瞬息间,我们别动队全体的运命悬在一枝毫毛上面的瞬息间,我们的狙击兵却开始了不能相信的,扫荡一切的枪火了。

一分钟……两分……

敌人的队伍还在动弹。然而人已经在他们里面可以看出发抖,他们的动作已经慢下去,这回是全都伏在地上了。刚想起来,他们就遇到当不住的排枪。这真的危机一发的几分钟——其实并非几分钟,倒是几秒钟。红军的队伍站得住了,气一壮,改了攻势。这突然的改变,是出乎敌人的意料之外的。白军的队伍开始退却了。我们的地位就得了救。

而在这瞬息间，敌人的部队所在的草地上面，又开始爆发了榴霰弹。

当看见我们的红色友军的这个招呼的时候，战士们和司令们的风暴般的欢喜，简直是写不出来的。我们的友军来帮助了。相距已经很不远。他们要不使我们这一伙送掉性命了。红军的士兵便又开心，又气壮，开始去追击退走的敌。追击上去，一直到夜，一直到黑暗支配了一切。

我们竭力的试办，要和来帮的部队相联络，然而这试办失败了。因为在我们和赶紧来帮的部队之间，还有敌军的坚固的墙壁。芦苇和沼泽，又妨碍我们由间道去和友军连合起来。敌军是已经决计在村子里过夜，使他们的无数的辎重，能够运到海边去。

但我们却要利用了夜间来袭击。

离村子的广场并不远，教堂背后，曲波忒在一个大园子里藏着他的中队。他担着大大的任务，即使形势如何改变，也还是非做不可的。战士们坐在草上面，一声不响。战马都系在苹果树和洋槐的干子上，而大枝子上面，篱笆上面，则到处站着守望的红军的士兵。曲波忒在园子里跑来跑去，巡阅着自己的战士们，监督着坐在树上的守望者。从小河直到列树路一带，都埋伏着我们的骑兵中队。未来的夜袭的报告，各处都传到了。

郭甫久鹤和我坐在一堆干草后面，和跟着赶来的司令们接洽了几句话。这时候，从船上搬了大盘的食物来了，我们就饿狼似的，都向羹汤那边闯过去，因为自从天亮以来，除了烟卷的烟气之外，就什么也没有到过我们的嘴里面。站在四近的战士们，也步步的走近来。盘子显出磁力，将大家吸引过去了。然而倒运！我们的手头，竟连一柄汤瓢也没有。大家只有两次，得了真是一点点的东西，第一次不很好吃，第二次呢，可不能这么个个都有了。但这也不要紧。我们一伙就用了小刀，叉子，刚用木头雕成的小匙，从锅里舀出羹汤来，直接放进嘴里去。还有果子酱——弄一点烟草——我们就都快活，满足而且高兴了。

决定了到半夜去袭击。藏在园子里的骑兵中队，应该在必要的时机，离开他们的根据地，用一种猝不及防的突击，来完结那件事。

挑选了顶好的人们，派遣出去，要侵入敌阵的中央，到半夜十二点钟，在一两间小屋子上放起火来，并且抛几个炸弹，以给与很大的冲动。

一看见火光和烧着的干草的烟，那就得立刻，全体的狙击兵都开枪，全体的机关枪都开火，狙击兵还要叫起"呜拉"来，但在我们对于敌情还没有切实的把握之前，却不得开始战斗。到处都支配着寂静。我们这里，敌人那里。在这样的一个夜里，是料不到要有袭击的。人们都似乎踮着脚尖在走路，还怕高声的谈天。大家等候着。

我们已经看见了最先的火光。火老鸦在敌人的阵地上飞舞，几间小屋同时烧起来了。在这时候，我们就听见了炸裂的榴霰弹的钝重的声音，后来的几秒钟里起了些什么事，可不能用言语来描写了。炮兵中队发起吼来，机关枪毕毕剥剥的作响，一切都混成了一个可怕的震聋耳朵的轰音。

冰冷的耸人毛发的呜拉，冲破了夜静，钻进我们的耳朵来。呜拉！呜拉！这好像怕人的震动似的，遍满了村里的街道和园子。敌人打熬不住，舍掉他的阵地，开始逃走了。这瞬息间，埋伏的骑兵中队就一拥而出，给这出戏文一个收束。在烧着的小屋子的火光中，他们显得像是鬼怪一样。出鞘的长刀，喷沫的战马，乱七八遭跑来跑去的人们……

敌人也抵抗了，但是乱七八遭的，又没有组织。他开起枪来了，然而不见他的敌——姑且停止罢，又不知道该在什么时候，什么地方。这也拖延不得多久，哥萨克村就属于我们了。敌人都向田野和沼泽逃散，直到早上，这才集合了他的人们，但他早不想到村子这边来，却一径向着海那边前去了。

在半夜里，战争之后，我们的哨兵就进了村子，但全部队却一直等到早晨。当我们开进村里去的时候，又受了先前一样的待遇。从园子和人家里，都发出枪声来。他们是并不高高兴兴地招待我们的。到得早上，我们又聚集了新的战利品，并且将铁甲摩托车，机关枪，大炮，以及别的东西，许许多多都运上了船，以作战胜的纪念。

这时红军的旅团到了村里了。他们接办了我们的工作，要前去追击敌人去。红色别动队的任务是完结了——红色别动队可以回去了。

兴致勃勃地，我们大家带着歌唱和欢笑上了船，回到家乡去。谁都觉得，自己是参加了完成一种伟大而重要的事件了。谁的里面，还都生存着深邃的戏曲底的要素，而自己就曾经是戏曲中的家伙。船只离了岸。响亮的歌声打破了芦苇的幽静。我们在古班河里往上走，经过了和昨天一样的地方——但那时是在冰一般的寂静里，在剽悍的坚决里——而现在却高兴，有趣。在那时候，是谁也不知道岸上有什么东西等候着，在那时候，是谁也不知道自己可能生还的。

然而结果是伟大的。在归途上，我们的战士不过损失了一两打——但自然是顶好的同志们。

在"慈善家"的舱面上，苍白的，柔和的檀鞠克带着打穿的，挫伤的臂膊躺在一个担架上，很低很低的在呻吟。在一座高大的亲爱的坟墓里，就在芦苇的近旁，是钢一般的司令莱雍契·锡觉德庚在作永久的休息……

大家记得起死掉的同志来，船上就为沉默所支配，仿佛有一种沉重的思想，将一切活泼的言语压住了。

然而悲哀又将位置让给了高歌和欢笑。又是有趣的歌曲，又是高兴的心情，好像这一天和这一夜里什么事也没有的一样。

未另发表。

初收 1933 年 3 月上海良友图书印刷公司版"良友文学丛书"之一《一天的工作》。

三十一日

日记 晴。下午往内山书店买『文学の連続性』一本，价五角。

致 増田渉

　拝啓　五月二十一日の御手紙は拝見しました。して見ると私の送った小説は頗るあなたの買ったものと重出して居ます。そんなものはもう支那へ帰らせる必要がないのであなたの処分にまかせます、例へば同好の士にやって仕舞ふとかなど。

　漢からの「ユーモア」はよしましょー。何んだか難かしくてその上に「ユーモア」らしくなく、入れると不調和になります。

　木の実君の御写真も拝見致しました。実にあなたに似て居ます、無論「テロリズム」は別として。しかし人形二つまで持って居る処から見ればおとなしい方です。海嬰は一つも完全な玩具を持って居ない。その玩具に対する学説は「見てそーしてこわして」と云ふ。

　その海嬰たるものは避難中に麻疹にかかりうまくひとりで直ほりました。こんどは「アメェバ赤痢」にかゝりました、もう七度注射して「アメェバ」たるものはとくに滅亡したのだろーけれども下痢だけは未なほりません。しかし近い内によくなるだろーと思ひます。

弟は安徽大学の教授になりました。しかし近頃支那にはそんなにたやすく御飯を食べられる処がないので呼びに来たのは屹度何んだかあぶない処があるからです。今には行ったは行ったが帰へる旅費を用意して行きました。遠からず又上海へ来るのでしょー。

　私共は御かげ様で不相変です。

　今日内山老板に頼んで『北斗』など少し許り送りましたが矢張御かげ様で不相変よい作品もない様です。　草々頓首

魯迅　五月三十一夜

増田兄へ

六月

一日

日记 晴。上午同广平携海婴往篠崎医院洗肠并注射。买怀中火炉一枚,三元五角。下午昙。寄增田君信并《北斗》(二卷二期)及《中国论坛》等一卷。买竹雕刘海蟾一枚,一元二角。理发。夜雨。

二日

日记 雨。午后得湖风书局信并《勇敢的约翰》版税三十。得文求堂田中庆太郎信。得靖华信,五月十三日发,即复。晚晴。

致 高良富子

高良先生几下,谨启者,前月 内山君到上海,送来
先生惠寄之《唐宋元名画大观》一部。如此厚赠,实深惶悚,但来从远道,却之不恭,因即拜领。翻阅一过,获益甚多,特上寸笺,以申谢悃。
肃此,敬请
道安

鲁迅 启上 六月二日

三日

日记 晴。上午同广平携海婴往篠崎医院注射。寄山本初枝

夫人信,谢其赠书。寄高良富子教授信,谢其赠书。复湖风书局信。为海婴买饼干一合,四元。自买书一本,一元。下午蕴如来。得三弟信,五月三十日发。晚得靖华所寄 G. Vereisky 石印《文学家像》及《Anna Ostraoomova-Liebedeva 画集》各一本,P. Pavlinov 木刻一枚,A. Gontcharov 木刻十六枚。

四日

日记　晴,午后昙。往瀛寰图书公司观德国版画展览会并买 *Wirinea* 一本,四元二角。往北新书局,取得秉中信片一枚,五月卅一日发。往内山书店,得『世界地理風俗大系』(六、九、十一、十六、二二、二四)共六本,计直泉三十一元。得钦文信并剪报等,二日发。夜雨。

致 李秉中

秉中兄:

　　顷得五月卅一日信片,知尚未南行,但我曾于五月二十左右寄一孺子相片,尚由朱寓收转,未见示及,因知未到也。舍间交际之法,实亦令人望而生畏,即我在北京家居时,亦常惴惴不宁,时时进言而从来不蒙采纳,道尽援绝,一叹置之久矣。南行不知究在何时,如赐信,此后希勿寄北新,因彼店路远而不负责,易于遗失,惟"北四川路底、施高塔路、内山书店转周豫才收",为较妥也。倘见访,可问此店,当能知我之下落,北新则不知耳。此复,即颂
曼福。

　　　　　　　　　　　　　　迅　启上　六月四夜
令夫人均此致候　令郎均吉

五日

　　日记　星期。微雨。上午同广平携海婴往篠崎医院洗肠。午后复李秉中信。下午得静农信。得霁野信，即复。得母亲信，五月十五及二十二日发，即复。夜寄三弟信附母亲笺。

致 李霁野

霁野兄：

　　五月十三日来信，今日收到。信中问前几天所寄信，却未收到。但来信是十三写的，则曾收到亦未可知，但我信来即复，如兄不明收到与否，那么，是我的回信失掉了。北新办事散漫，信件易于遗失，此后如有信，可寄"北四川路底，施高塔路，内山书店转周豫才"收，较为妥当。

　　雪峰先前对我说起，要编许多人的信件，每人几封，印成一本，向我要过前几年寄静农，辞绝取得诺贝尔奖金的信。但我信皆无底稿，故答以可问静农自取。孔君之说，想由此而来也。

　　我信多琐事，实无公开价值，但雪峰如确要，我想即由兄择内容关系较大者数封寄之可也。

　　此复，即颂
近佳。

迅　启上　六月五日

致 台静农

静农兄：

　　今日北新书店有人来，始以五月八日惠函见付，盖北新已非复

112

昔日之北新，如一盘散沙，无人负责，因相距较远，我亦不常往，转寄之函，迟误者多矣。后如赐信，寄"北四川路底，施高塔路，内山书店转"，则入手可较速也。

沪上实危地，杀机甚多，商业之种类又甚多，人头亦系货色之一，贩此为活者，实繁有徒，幸存者大抵偶然耳。今年春适在火线下，目睹大戮，尤险，然竟得免，颇欲有所记叙，然而真所谓无从说起也。

中国旧籍亦尚寓目，上海亦有三四旧书店，价殊不昂于北平（此指我在北平时而言，近想未必大贬），故购求并不困难。若其搜罗异书，摩挲旧刻，恐以北平为宜，然我非其类也，所阅大抵常本耳。惟前几年《王忠悫公遗集》出版时，因第一集太昂，置未买，而先陆续得其第二至四集，迨全集印齐，即不零售，遂致我至今缺第一集。未知北平偶有此第一集可得否，倘有，乞为购寄，幸甚。

负担亲族生活，实为大苦，我一生亦大半困于此事，以至头白，前年又生一孩子，责任更无了期矣。

郑君锋铓太露而昧于中国社会情形，蹉跌自所难免。常惠建功二兄想仍在大学办事，时念及之。南游四年，于北平事情遂已一无所知，今春曾拟归省，但荏苒遂又作罢也。此复，即颂
曼福。

迅　上　六月五夜

六日

日记　晴。上午内山书店送来嘉吉君及其夫人信，并所赠操人形一枚，名曰"嘉子"。午后复静农信。下午得诗荃信，五月十九日发。

七日

日记　晴。上午同广平携海婴往筱崎医院诊。午后画家斋田

乔及雕刻家渡边两君来。得靖华所寄书两包,内书籍五本,木刻原版印画大小二十幅。

八日

日记 晴。上午季市来并还泉百,赠以增田君所寄之烟草道具一合也。下午得靖华信,五月十八日发。晚内山夫人来,赠枇杷一包。

九日

日记 晴。上午同广平携海婴往篠崎医院诊。

十日

日记 晴。午后得李霁野信。得育和信并赵宅收条一纸。往内山书店买『世界地理風俗大系』(廿一及别卷)二本,共泉十元。晚浴。

十一日

日记 昙,风。午后复靖华信。下午小雨。

十二日

日记 星期。雨。午前林芙美子来。午后得山本夫人信,六日发。蕴如来并持来朱宅所送糕干,烧饼,干菜,笋豆共两篓。晚晴。

十三日

日记 昙。上午得三弟信,九日发。午后得秉中信片,南京发。下午得小峰信并版税二百。季市来并赠海婴糖果二合,晚同至东亚食堂夜饭。夜雨。

十四日

　　日记　小雨。午后同广平携海婴去理发。往内山书店买书两本，四元二角，又『喜多川歌麿』一本附图一幅（六大浮世绘师之一），九元八角。

十五日

　　日记　昙。上午同广平携海婴往篠崎医院诊，并付诊疗费五十七元。

十六日

　　日记　昙。午后得母亲信，十二日发。得增田君信，七日发。下午往北新书店。往朵云轩买单宣百五十枚，特别宣百枚，共泉二十七元。雨。

十七日

　　日记　雨。上午寄母亲信。寄三弟信。寄靖华纸一包共二百二十五枚。下午得静农信。得增田信片。

十八日

　　日记　晴。上午得《王忠悫公遗集》（第一集）一函十六本，静农寄赠。同广平携海婴往篠崎医院注射。午得三弟信，十六日发。下午寄静农《铁流》，《毁灭》各二本一包。夜寄季市信。雨。

致 许寿裳

季市兄：

　　文求堂所印《选集》，颇多讹脱，前曾为之作勘正表一纸，顷已印成寄来,特奉一枚,希察收。

乔峰有信来,言校务月底可了。城中居人,民兵约参半,颇无趣,故拟课讫便归,秋间最好是不复往。希兄于便中向蔡先生一谈,或能由商务馆得一较确之消息,非必急于入馆,但欲早得着落,可无须向别处奔波觅不可靠之饭啖耳。但如蔡先生以为现在尚非往询之时,则当然不宜催促也。此上,并颂

曼福。

树　启上　六月十八日

致 台静农

静农兄:

六月十二日信于昨收到,今日收到《王忠悫公遗集》一函,甚感甚感。小说两种,各两本,已于下午托内山书店挂号寄奉,想不久可到。两书皆自校自印,但仍为商店所欺,绩不偿劳,我非不知商人技俩,但以惮于与若辈斤斤计较,故归根结蒂,还是失败也。《铁流》时有页数错订者,但非缺页,寄时不及检查,希兄一检,如有错订,乞自改好,倘有缺页,则望见告,当另寄也。其他每一本可随便送人,因寄四本与两本邮资相差无几耳。

北平预约之事,我一无所知,后有康君函告,始知书贾又在玩此伎俩,但亦无如之何。至于自印之二书,则用钱千元,而至今收回者只二百,三闲书局亦只得从此关门。后来倘有余资,当印美术如《士敏土图》之类,使其无法翻印也。

兄如作小说,甚好。我在这几年中,作杂感亦有几十篇,但大抵以别种笔名发表。近辑一九二八至二九年者为《三闲集》,已由北新在排印,三○至三一年者为《二心集》,则彼不愿印行——虽持有种

种理由，但由我看来，实因骂赵景深驸马之话太多之故，《北斗》上题"长庚"者，实皆我作——现出版所尚未定，但倘甘于放弃版税，则出版是很容易的。

"一二八"的事，可写的也有些，但所见的还嫌太少，所以写不写还不一定；最可恨的是所闻的多不可靠，据我所调查，大半是说谎，连寻人广告，也有自己去登，藉此扬名的。中国人将办事和做戏太混为一谈，而别人却很切实，今天《申报》的《自由谈》里，有一条《摩登式的救国青年》，其中的一段云——

> "密斯张，纪念国耻，特地在银楼里定打一只镌着抗日救国四个字的纹银匣子；伊是爱吃仁丹的，每逢花前，月下，……伊总在抗日救国的银匣子里，摇出几粒仁丹来，慢慢地咀嚼。在嚼，在说：'女同胞听者！休忘了九一八和一二八，须得抗日救国！'"

这虽然不免过甚其辞，然而一二八以前，这样一类的人们确也不少，但在一二八那时候，器具上有着这样的文字者，想活是极难的，"抗"得轻浮，杀得切实，这事情似乎至今许多人也还是没有悟。至今为止，中国没有发表过战死的兵丁，被杀的人民的数目，则是连戏也不做了。

我住在闸北时候，打来的都是中国炮弹，近的相距不过一丈余，瞄准是不能说不高明的，但不爆裂的居多，听说后来换了厉害的炮火，但那时我已经逃到英租界去了。离炮火较远，但见逃难者之终日纷纷不断，不逃难者之依然兴高采烈，真好像一群无抵抗，无组织的羊。现在我寓的四近又已热闹起来，大约不久便要看不出痕迹。

北平的情形，我真是隔膜极了。刘博士之言行，偶然也从报章上见之，真是古怪得很，当做《新青年》时，我是万料不到会这样的。出版物则只看见了几本《安阳发掘报告》之类，也是精义少而废话多。上海的情形也不见佳，张三李四，都在教导学生，但有在这里站不住脚的，到北平却做了许多时教授，亦一异也。

专此，即颂

近祺。

迅　启　六月十八夜

十九日

　　日记　星期。雨。上午复静农信。坪井学士来为海婴注射。冷。

二十日

　　日记　昙。上午坪井先生来为海婴注射。午后收霁野寄还之任译《黑僧》稿子一本。

二十一日

　　日记　昙。上午坪井先生来为海婴注射。得小山信，五月卅一日发。得诗荃信并照相一枚，同日发。

二十二日

　　日记　晴。下午内山书店送来『世界地理風俗大系』（别卷），『川柳漫画全集』各一本，共泉七元。以《铁流》版售与光华书局，议定折价作百四十元，先收百元，即付以纸版一包，画图版大小十四块。

二十三日

　　日记　昙，风。上午寄坪井学士信。平井博士将于二十五日回国，午后往别。在内山书店买『欧米ニ於ケル支那古鏡』一本，『鹿の水鏡』一本，共泉十五元。晚得小峰信并版税百五十。

二十四日

日记　晴。午后得母亲信，十九日发，即复。下午往北新编辑所。

致 曹靖华

靖华兄：

十一日寄上一信，想已到。十七日寄出纸一包，约计四百五十张，是挂号的，想不至于失落。本豫备了五百张，但因为太重，所以减少了。至于前信所说的二百小张，则只好作罢，因为邮局中也常有古怪脾气的人，看见"俄国"两个字就恨恨，先前已曾碰过几个钉子，这回将小卷去寄，他不相信是纸，拆开来看，果然是纸，本该不成问题了，但他拆的时候，故意(!)将包纸拆得粉碎，使我不能再包起来，只得拿回家。但包好了再去寄，不是又可以玩这一手的么？所以我已将零寄法停止，只寄小包了。

上海的小市民真是十之九是昏聩胡涂，他们好像以为俄国要吃他似的。文人多是狗，一批一批的匿了名向普罗文学进攻。像十月革命以前的 Korolenko 那样的人物，这里是半个也没有。

萧三兄已有信来了。

兄所寄的书，文学家画象等二本，是六月三日收到的，至今已隔了二十天，而同日寄出之《康宁珂夫画集》还没有到，那么，能到与否，颇可疑了。书系挂号，想兄当可以向列京邮局追问。但且慢，我当先托人向上海邮局去查一查，如无着落，当再写信通知，由兄去一查问，因为还有十二幅木刻，倘若失少，是极可惜的。

至今为止，收到的木刻之中，共有五家，其中的 Favorsky 和 Pav-linov 是在日本文的书上提起过了的，说 F. 氏是苏联插画家的第一个。但不知这几位以外，还有木刻家否？其作品可以弄到否？用何方法交换，希兄便中留心探访为托。

《铁流》在北平有翻板了，坏纸错字，弄得一榻胡涂。所以我已将纸版售给(板权不售)这里的光华书局，因为外行人实在弄不过书贾，只好让商人和商人去对垒。作者抽版税，印花由我代贴。

日文的《铁流》已绝版，去买旧的，也至今没有，据说这书在旧书店里很少见。但我有一本，日内当寄上，送与作者就是了。

我们都好的，请勿念。此上，即颂
安健。

弟豫　启上　六月廿四夜

二十五日

日记　昙。上午径三来。午后寄紫佩信。寄靖华信。下午蕴如及三弟来，并赠茗壶一具，又与海婴茶具三事，皆从安庆携来，有铭刻，晚同至东亚食堂夜饭。夜收光华局《铁流》版税五十。小雨。

二十六日

日记　星期。雨。上午同广平携海婴往筱崎医院诊。往内山书店买『小杉放庵画集』(限定版千部之四〇一)一本，五元五角。下午寄季市信。同广平携海婴往青年会观春地美术研究所展览会，买木刻十余枚，捐泉五元。蕴如及三弟来。胃痛，服海尔普。

致 许寿裳

季市兄：

十八日寄奉一函，谅已达。顷阅报，知商务印书馆纠纷已经了

结，此后当可专务开张之事，是否可请蔡先生再为乔峰一言，希兄裁酌定进止，幸甚感甚。此布，即颂

曼福。

弟树　顿首　六月二十六日

二十七日

日记　昙，下午晴。蕴如及三弟来，赠以蒲陶酒一瓶。晚胃痛。

二十八日

日记　晴。上午剑成来。得增田君信，下午复。蕴如及三弟来，并赠杨梅一筐，分其三之一以赠内山君。

致　增田涉

　拝啓　六月二十一日の御手紙を拝見致しました。傍線を施しました処は大抵注釈しました、今にかへします。只「不□癲兒」だけは解りません、「□癲兒」は西洋語の音訳らしいが原語を考へつかない、「□癲兒式でない半個世界」と云ふのだから「不同の半個世界」と胡麻化したらどーです。

　この家の族のものは皆な元気です。只海嬰はアメバ赤痢に罹って十四度も注射しましたが今はもーなほりまして悪戯をして居ます。僕もこの子供の為めに頗る忙がしかった。若し親に対してそーだったら二十五孝の中に入られるだろー。

　弟は安徽大学に行って教授となりましたが、併し一昨日にも一帰りました。給金をくれる望もなく、居民は兵隊と居人半分づつ

だから、いやだそーです、商務印書館に又這入れる様に工風して居ますが未きまりません。　草々頓首

迅　拝上　六月二十八日

増田兄足下

　二伸　『稀鬆の戀爱故事』の「稀鬆」は「軽い」と云ふ意味で即ち「可笑しい」です。

迅　拝上　六月二十八日

二十九日

　　日记　昙。上午往篠崎医院付诊疗费十二元。午后得季市信，二十八日发。内山夫人及山本夫人来，并赠海婴玩具两事，饴一瓶。下午往内山书店买书两本，共泉二元八角。秉中遣人持赠名印一方。

三十日

　　日记　昙。午后从内山书店得『東洲斋写楽』一本，七元七角。买香烟五包，四元四角。汉嘉堡［堡嘉］夫［人］来还版画。下午往知味观定酒菜。得母亲信，二十六日发。得李霁野信，二十七日发。夜同广平携海婴往花园庄，赠与田君之孩子饼干一合。

七月

一日

日记 昙,午晴。夜同广平携海婴访坪井学士。

二日

日记 晴。下午蕴如及三弟来。得霁野所寄信札抄本一卷。

致 母 亲

母亲大人膝下敬禀者,顷接到六月二十六日来信,敬悉一切。海婴现已全愈,且又胖起来,与生病以前相差无几,但还在吃粥,明后天就要给他吃饭了。他很喜欢玩耍,日前给他买了一套孩子玩的木匠家生,所以现在天天在敲钉,不过不久就要玩厌的。近来也常常领他到公园去,因为在家里也实在闹得令人心烦。附上照片一张,是我们寓所附近之处,房屋均已修好,已经看不出战事的痕迹来,站在中间的是害马抱着海婴,但因为照得太小,所以看不清楚了。上海已逐渐暖热,霍乱曾大流行,现已较少,大约从此可以消灭下去。男及害马均安好,请勿念。老三已经回到上海,下半年去否未定,男则以为如别处有事可做,总以不去为是,因为现在的学校,几乎没有一个可以安稳教书吃饭也。

专此布达,恭请

金安。

男树　叩上　害马及海婴随叩　七月二日

致 李霁野

霁野兄：

　　《黑僧》译稿早收到。大前天得二十五日来信，信的抄本，是今天收到的。

　　其时刚刚遇见雪峰，便交与他了，自己也不及看，让他去选择罢。攻击人的和我自己的私人生活，我以为发表也可以，因为即使没有这些，敌人也很会造谣攻击的，这种例子已经多得很。

　　"和《爱经》"三字，已经删掉了。此复，即颂

时祉。

迅　上　七月二夜

三日

　　日记　星期。晴。午后寄母亲信并广平抱海婴照片一张。复李霁野信。晚在知味观设筵宴客，座中为山本初枝夫人，坪井芳治，清水登之，栗原猷彦，镰田寿及诚一，内山完造及其夫人，并广平共十人。

题　记

在昔原始之民，其居群中，盖惟以姿态声音，达其情意而已。声音繁变，寖成言辞，言辞谐美，乃兆歌咏。然言者，犹风波也，激荡方已，徐踪杳然，独恃口耳之传，殊不足以行远或垂后，故越吟仅一见于载籍，绋讴不丛集于诗山也。幸赖文字，勾其散亡，楮墨所书，年命斯久。而篇章既富，评骘遂生，东则有刘彦和之《文心》，西则有亚理士

多德之《诗学》，解析神质，包举洪纤，开源发流，为世楷式。所惜既局于地，复限于时，后贤补苴，竞标颖异，积鸿文于书簏，嗟白首而难测，倘无要略，孰识菁英矣。作者青年劬学，著为新编，纵观古今，横览欧亚，撷华夏之古言，取英美之新说，探其本源，明其族类，解纷挈领，粲然可观，盖犹识玄冬于瓶水，悟新秋于坠梧，而后治诗学者，庶几由此省探索之劳已。

一九三二年七月三日，鲁迅读毕谨记。

　　　　　　未另发表。据手稿编入。

　　　　　　初未收集。

四日

　　日记　昙。无事。

五日

　　日记　晴，热。午后得诗荃信，六月十七日发。山本夫人赠海婴脚踏车一辆。下午暴雨，晚霁。

致 曹靖华

靖华兄：

　　六月十七日寄出纸一包，二十五日发一信，未知已收到否？

　　《康宁柯夫画集》及木刻十二张，至今没有收到，离开那三包寄到之日，已一个月多了，托人到上海邮政总局去查，也并无此书搁置，然则一定搁置或失落在别处了。请兄向列京邮局一查，因为倘

125

若任其遗失，是很可惜的。

向东京去买日译本《铁流》，至今还得不到，是绝板了，旧书也难得，所以今天已托书店将我的一本寄上，送给作者罢，乞兄转寄。

上海已热起来，我们总算好的，但因天气及卫生设备不好，常不免小病，如伤风及肚泻之类，不过都不要紧，几天就好了。

此外没有什么事要说，下次再谈。

顺祝

安好。

弟豫　启上　七月五日

六日

日记　晴，热。下午复诗荃信。寄靖华信并日文《铁流》一本，《文学》二本。

七日

日记　晴。下午蕴如及三弟来。

八日

日记　昙。午后得母亲信，三日发。得霁野信。得钦文信，晚复。

九日

日记　晴，大热。无事。夜浴。

十日

日记　星期。晴，大热。下午得静农信。子英来。雨一阵。

十一日

　　日记　昙。上午得静农所寄古燕半瓦二十种拓片四枚,翻版《铁流》一本。午后为山本初枝女士书一笺,云:"战云暂敛残春在,重炮清歌两寂然。我亦无诗送归棹,但从心底祝平安。"又书一小幅,录去年旧作云:"惯于长夜过春时,挈妇将雏鬓有丝。梦里依稀慈母泪,城头变幻大王旗。眼看朋辈成新鬼,怒向刀边觅小诗。吟罢低眉无写处,月光如水照缁衣。"即托内山书店寄去。夜浴。

一·二八战后作

　　战云暂敛残春在,重炮清歌两寂然。

　　我亦无诗送归棹,但从心底祝平安。

七月十一日

　　未另发表。据手稿(日记)编入。

　　初未收集。

十二日

　　日记　晴。上午伊赛克君来。访达夫。午后得钦文信。下午明之来并赠笋干,干菜各一包,茶油浸青鱼干一坛。

十三日

　　日记　晴,大热。上午蕴如及三弟来。下午复钦文信。夜浴。

十四日

　　日记　晴,大热。午后往北新书局取得版税百五十。往无锡会馆观集古书画金石展览会，大抵赝品。夜同广平携海婴散步并饮冰酪。浴。

十五日

日记 晴，大热。下午三弟来。夜浴。

十六日

日记 晴，大热。下午买啤酒，汽水共廿四瓶，六元八角。得紫佩信，十一日发。得增田君信，十日发。得卓治信片，六月二十六日日内瓦发。夜同广平携海婴散步。寄达夫信。

十七日

日记 星期。晴，大热。下午复卓治信。三弟及真吾来。夜浴。

十八日

日记 晴，大热。上午得达夫信。下午真吾来，同往内山书店及其杂志部买书报。复增田君信。夜浴。

致 增田涉

拝啓、七月十日の御手紙は拝見致しました。

『二詩人』の作者は余りに変挺な言葉を使ひますから頗る解にくい点がありましたが手紙で原作者に聞きましたのだから今度の解釈は間違がないはづです。

併し読む時には頗る骨折っただろーと思ひます。こんなものはもっと読みにくいもので其上未きまった文法のない白話だから、もう一層難しいものです。

新しい作品は未だ発見しません。今に支那ではもう笑ひを失っ
て居ます。

山本夫人はも一帰られました。上海に居た時には四五度遇ひ
そーして一度支那料理屋に行きましたが議論は多く聞きません
でした。だから進歩 or 退歩問題は決定し難いです。兎角、東京生
活を大変嫌っていらしゃる様です。

上海はこの一週以来、大変に暑い、室内でも九十三四度です。
夜になると蚊が出て御馳走に来ます。だから僕はこの間、体に汗
物が一面に被ったほかには何の成績もありません。

幸には女と子供は皆な達者です。内山書店には漫談会が少な
い、相手もそーない、何んだか漫談そのものも不景気になった様で
す、大砲に撃破されました。　草々頓首

迅　上　七月十八日

増田兄足下

十九日

　　日记　　晴，大热。午后得靖华信，六月卅日发。得山本夫人信。
得马珏信，十四日发。三弟来。

二十日

　　日记　　晴，大热。午后复马珏信。晚得靖华寄赠海婴之图画十
幅。夜浴。为淑姿女士遗简作小序。风。

《淑姿的信》序

夫嘉葩失荫，薄寒夺其芳菲，思士陵天，骄阳毁其羽翮。盖幽居

一出,每仓皇于太空,坐驰无穷,终陨颠于实有也。爰有静女,长自山家,林泉陶其慧心,峰嶂隔兹尘俗,夜看朗月,觉天人之必圆,春撷繁花,谓芳馨之永住。虽生旧第,亦溅新流,既苗爱萌,遂通佳讯,排微波而径逝,矢坚石以偕行,向曼远之将来,构辉煌之好梦。然而年华春短,人海澜翻。远瞩所至,始见来日之大难,修眉渐颦,终敛当年之巧笑,衔深哀于不答,铸孤愤以成辞,远人焉居,长涂难即。何期忽逢二竖,遽释诸纷,闷绮颜于一棺,腐芳心于抔土。从此西楼良夜,凭槛无人,而中国韶年,乐生依旧。呜呼,亦可悲矣,不能久也。逝者如是,遗简虿存,则有生人,付之活字。文无雕饰,呈天真之纷纶,事具悲欢,露人生之鳞爪,既骊娱以善始,遂凄恻而令终。诚足以分追悼于有情,散徐悲于无著者也。属为小引,愧乏长才,率缀芜词,聊陈涯略云尔。

一九三二年七月二十日,鲁迅撰。

原载 1932 年 9 月新造社版"断虹室丛书"第一种《信》。
初收 1935 年 5 月上海群众图书公司版《集外集》。

二十一日

日记 晴,热。上午复靖华信。在内山书店买『詭弁の研究』一本,一元五角。夜同广平携海婴散步。大风。

二十二日

日记 晴,风而热。夜同广平携海婴访三弟。浴。

二十三日

日记 晴,热。下午三弟来,留之晚酌。夜风。浴。

二十四日

　日记　星期。晴,风而热。午后得靖华信,六日发。得陈耀唐信并刻泥版画五幅,夜复。

二十五日

　日记　晴,热。夜蕴如及三弟来。

二十六日

　日记　晴,热。午后代广平托内山书店寄谢敦南信。得小峰信并版税百五十。得大江书店信。下午同津岛女士至白保罗路为王蕴如诊视。晚浴。夜复小峰信。

二十七日

　日记　晴,热。上午三弟为从大江书店取来版税八十七元四角。下午季市来。夜风。

二十八日

　日记　晴,热。下午从内山书店买『セザンヌ大画集』(1)一本,七元五角。晚蕴如及三弟来。夜大雨一陈。

二十九日

　日记　晴,风而热。午后往四马路买书,刻印。晚浴。

三十日

　日记　晴,风而热。上午同广平往福民医院诊。下午三弟来,言蕴如于昨日生一女。晚同广平携海婴散步,因便道至津岛女士寓,为付接生费三十。

三十一日

日记 星期。昙,风而热,午后晴。晚浴。

八月

一日

日记　昙，大风。上午理发。得季市信，七月卅日发。得马珏信，二十七日发。买麦酒两打，麦茶一升，共泉七元。往三弟寓，赠以麦茶，煎饼，蒲陶饴。晚寄母亲信。得山本夫人信。

致 许寿裳

季市兄：

上午得七月卅日快信，俱悉种种，乔峰事蒙如此郑重保证，不胜感荷。其实此君虽颇经艰辛，而仍不更事，例如与同事谈，时作愤慨之语，而听者遂掩其本身不平之语，但掇彼语以上闻，借作取媚之资矣。顷已施以忠告，冀其一心于馁，三缄厥口，此后庶免于咎戾也。

王公胆怯，不特可哂，且亦可怜，忆自去秋以来，众论哗然，而商务馆刊物，不敢有抗日字样，关于此事之文章，《东方杂志》只作一附录，不订入书中，使成若即若离之状。但日本不察，盖仍以商务馆为排日之大本营，馆屋早遭炸焚，王公之邸宅，亦沦为妓馆，迄今门首尚有红灯赫耀，每于夜间散步过之，辄为之慨焉兴叹。倘有三闾大夫欤，必将大作《离骚》，而王公则豪兴而小心如故，此一节，仍亦甚可佩服也。

近日刊物上，常见有署名"建人"之文字，不知所说云何，而且称此名者，似不只一人，此皆非乔峰所作，顾亦不能一一登报更正，反致自扰也。但于便中，希向蔡先生一提，或乞转告云五，以免误会为幸。原笺附还。此复，即颂
曼福。

　　　　　　　　　弟树　启上　八月一日夜
　蔡先生不知现寓何处，乞示知，拟自去向其一谢。同夜又及

二日

　　日记　晴，大风。午后寄季市信。往华文印社取所定刻印。往文明书局买画册九种十本，共泉十一元。下午收靖华所寄《星花》译稿及印本各一本。夜雨。

三日

　　日记　昙，风。无事。

四日

　　日记　晴，热。上午三弟来。得季市信，三日发。内山书店送来『世界地理風俗大系』十五本，共泉五十三元。下午寄靖华文学周刊及月刊并《五年计画故事》，翻版《铁流》等共二包。

五日

　　日记　晴，大热。下午得母亲信，一日发。得霁野，静农，丛芜三人信，言素园在八月一日晨五时三十八分病殁于北平同仁医院。

致李霁野、台静农、韦丛芜

霁野
静农兄：
丛芜

　　顷收到八月二日来信，知道素园兄已于一日早晨逝世，这使我

134

非常哀痛，我是以为我们还可以见面的，春末曾想一归北平，还想到仍坐汽车到西山去，而现在是完了。

说起信来，我非常抱歉。他原有几封信在我这里，很有发表的价值的，但去年春初我离开寓所时，防信为别人所得，使朋友麻烦，所以将一切朋友的信全都烧掉了，至今还是随得随毁，什么也没有存着。

我现在只好希望你们格外保重。

迅　上　八月五日

六日

日记　晴，大热。上午复霁野等信。午后三弟来并赠红茶一包。下午往内山书店买『マ・レ・主義芸術学研究』（改题第一辑）一本，一元五角。得陈耀唐信。

七日

日记　星期。晴，热。晚浴。夜同广平携海婴坐摩托车向江湾一转。

八日

日记　晴，热。下午买《金文丛考》一函四本，十二元。

九日

日记　晴，热。上午三弟来。下午买『支那住宅誌』一本，六元。晚同广平携海婴散步。得增田君信，四日发。

致 增田涉

拝啓、今日四日の御手紙を拝見致しました。御祖母様が御死去

になりまして悲しい事ですが併しもう八十八歳ですから実には
なかなかの高寿です。死ななくても生存しにくいでせょうと思ひ
ますが。

　上海の暑さは一週間前は九十五、六度、このごろは八十七、八
度、時にもう少し高い。僕の汗ものはひき込んだり、出たりして
居ります。何んだか矢張、生存しにくい感じをして居ますが、未
「アゴの運」に行かないから死なないですむだろーと思ひます。
家族のものも皆達者です。

　僕は今年遊んで居るきり、何もしません。

　張天翼の小説は余り洒落すぎるから読者に反感を呼び起す恐
れがあると思ひます。併し一度訳すると原文の厭味が減って仕舞
かも知りません。

迅　　拝　　八月九日夜

増田兄

　　十日
　　　日记　晴,热。无事。夜浴。

　　十一日
　　　日记　晴,热。上午同广平往福民医院诊并携海婴。买麦酒大
小三十瓶,九元四角。得季市信,九日发。午后复增田君信。下午
同三弟往蔡先生寓,未遇。往文明书局买杂书四种二十七本,共泉
五元。叔之来,未遇。夜大雨。

　　十二日
　　　日记　晴,热。上午三弟来。下午得母亲信,八日发。得未名
社信,七日发。

致 许寿裳

季市兄：

　　昨晨得手书，因于下午与乔峰往蔡先生寓，未遇。见其留字，言聘约在马先生处，今日上午，乔峰已往取得。蒙兄及蔡先生竭力设法，始得此席，弟本拟向蔡先生面达谢忱，而又不遇，大约国事鞅掌，外出之时居多，所以一时恐不易见，兄如相见时，尚乞转致谢意为托。

　　归途过大马路，见文明书局方廉价出售旧书，进而一观，则见太炎先生手写影印之《文始》四本，黯淡垢污，在无聊之群书中，定价每本三角，为之慨然，得二本而出，兄不知有此书否，否则当以一部奉呈，亦一纪念也。此上，即颂

曼福。

弟树　顿首　八月十二日

十三日

　　日记　昙，热。午后寄季市信。下午得小峰信并版税百五十。

十四日

　　日记　星期。晴，热。上午三弟来。得黄静元信并小说稿。

十五日

　　日记　晴，热。午后得母亲信，十一日发。得台静农信。下午至商务印书馆访三弟。至开明书店问未名社事。

致 台静农

静农兄：

　　八月十日信收到。素园逝去，实足哀伤，有志者入泉，无为者住世，岂佳事乎。忆前年曾以布面《外套》一本见赠，殆其时已有无常之感。今此书尚在行箧，览之黯然。

　　郑君治学，盖用胡适之法，往往恃孤本秘笈，为惊人之具，此实足以炫耀人目，其为学子所珍赏，宜也。我法稍不同，凡所泛览，皆通行之本，易得之书，故遂孑然于学林之外，《中国小说史略》而非断代，即尝见贬于人。但此书改定本，早于去年出版，已嘱书店寄上一册，至希察收。虽曰改定，而所改实不多，盖近几年来，域外奇书，沙中残楮，虽时时介绍于中国，但尚无需因此大改《史略》，故多仍之。郑君所作《中国文学史》，顷已在上海豫约出版，我曾于《小说月报》上见其关于小说者数章，诚哉滔滔不已，然此乃文学史资料长编，非"史"也。但倘有具史识者，资以为史，亦可用耳。

　　年来伏处牖下，于小说史事，已不经意，故遂毫无新得。上月得石印传奇《梅花梦》一部两本，为毗陵陈森所作，此人亦即作《品花宝鉴》者，《小说史略》误作陈森书，衍一"书"字，希讲授时改正。此外又有木刻《梅花梦传奇》，似张姓者所为，非一书也。

　　上海曾大热，近已稍凉，而文禁如毛，缇骑遍地，则今昔不异，久见而惯，故旅舍或人家被捕去一少年，已不如捕去一鸡之耸人耳目矣。我亦颇麻木，绝无作品，真所谓食菽而已。早欲翻阅二十四史，曾向商务印书馆豫约一部，而今年遂须延期，大约后年之冬，才能完毕，惟有服鱼肝油，延年却病以待之耳。

　　此复，即颂

曼福。

迅　启上　八月十五夜。

致 李小峰

小峰兄：

印花已备好,可随时来取。

《三闲集》想不久可以出版,此书虽未有合同,但仍希送我二十本为幸。

迅　上　八月十五日

十六日

日记　昙。上午寄母亲信。复黄静元信并还小说稿。复静农信并赠《中国小说史略》一本。寄小峰信。午从内山书店得『支那古明器図鑑』(一及二辑)两帖,共泉十四元。

十七日

日记　昙。上午寄季市信。午得季市信,十五日发。得山本夫人信。得开明书店杜海生信。下午得『鳥居清長』一本,价七元也。晚三弟来。夜复杜海生信。

致 许寿裳

季市兄：

日前往蔡先生寓,未遇,此后即寄兄一函,想已达览。兹有恳者,缘弟有旧学生孔若君,湖州人,向在天津之河北省立女子师范学校办事,近来家中久不得来信,因设法探问,则知已被捕,现押绥靖公署军法处,原因不明。曾有同学往访,据云观在内情形,并不严重,似无大关系。此人无党无系,又不激烈,而遂久被缧绁,殊莫明其妙,但因青年,或语言文字有失检处,因而得祸,亦未可知。尔和先生住址,兄如知道,可否寄书托其予以救援,俾早得出押,实为大幸,或函中并列弟名亦可。在京名公,弟虽多旧识,但久不通书问,殊无可托也。此上,顺颂

曼福。

弟树　顿首　八月十七日

致 杜海生

海生先生:

顷蒙惠书,甚感。所示数目,虽与未名社开示者差数十元,但出入甚微,易于解决,故大体俱无问题。惟韦丛芜君住址,向来未尝见告,即未名社来信,亦不写地址或由别人代寄,似深防弟直接寄信者然。故现亦不欲与言,催其订约一节,仍希由开明书局与之交涉可也。此布,即请

道安。

弟周树人　顿首　八月十七日

致 许寿裳

季市兄:

上午方寄奉一函,而少顷后即得惠书,商务印书馆编译处即在

四马路总发行所三层楼上,前日曾一往看,警卫颇严,盖虞失业者之纷扰耳。乔峰已于上星期六往办公,其所得聘约,有效期间为明年一月止,盖商务馆已改用新法(殆即王云五之所谓"合理化"),聘馆员均以年终为限,则每于年底,馆中可以任意去留,不复如先前之动多掣肘也。

《文始》当于明日同此信一并寄出,价止三角,殊足黯然,近郭沫若有手写《金文丛考》,由文求堂出版,计四本,价乃至八元也。

上海近已稍凉,但弟仍一无所作,为啖饭计,拟整理弟与景宋通信,付书坊出版以图版税,昨今一看,虽不肉麻,而亦无大意义,故是否编定,亦未决也。此上,顺颂

曼福。

弟树　顿首　八月十七日下午

十八日

日记　昙。上午寄季市信并《文始》一本。

十九日

日记　昙,热。下午往内山书店,得限定版『読書放浪』一本,值四元。寄山本夫人信。晚大雷雨。沐及浴。

二十日

日记　晴,风。上午复耀唐信。午后得季市信。

二十一日

日记　星期。昙。午后三弟来。

二十二日

日记　昙。午后从内山书店得『支那古明［器］泥象図鑑』(第三

辑）一帖，『書道全集』（二十四）一本，共泉九元。夜骤凉。

二十三日

日记　大风，微雨而凉。将《二心集》稿售去，得泉六百。下午往内山书店买『露西亜文学思潮』一本，二元五角。

二十四日

日记　晴，风。下午捐野风社泉廿。夜雨。

二十五日

日记　晴，风。晚内山夫人来并赠蒲陶一盘，包袱一枚。三弟来。

二十六日

日记　晴，风。午后得母亲信，二十一日发。下午得小峰信并版税百五十，付印花七千。得程鼎兴所赠《淑姿的信》一本。

二十七日

日记　昙。下午译论一篇讫，万五千字。得俞印民信，晚复。

苏联文学理论及文学批评的现状

［日本］上田进

一

去年秋天，史太林送给《无产者革命》杂志的编辑局的《关于布尔塞维主义的历史的诸问题》这一封信，在苏联的意识形态战线全体上,引起了异常的反响。

这封信,直接的地,是在批评那对于布尔塞维主义的历史的反列宁底态度的。然而就全体看起来,却还有着更广大的意义。那就是:对于理论战线全体的此后的发展,这成了一个重要的指标。

说起大略来,就是史太林在这封信里面,指摘了在苏联中,理论比社会主义建设的实践很为落后,应该立刻将这落后加以克服。并且说,为要如此,就应该确保那理论的党派性,坚决地与一切反马克斯—列宁底理论及对于这些理论的"腐败的自由主义"底态度斗争,将理论提高到列宁底阶段。

文学及文学理论的领域,是观念形态战线的一分野,不消说,这史太林的指示是也不会置之不理的。文学理论的列宁底党派性的确保,以及为着文学理论的列宁底阶段的斗争,就成为苏联文学理论的中心课题了。

苏联作家统一协议会的机关报《文学新闻》的一九三一年十一月七日号上,登载出来的 S. 台那摩夫的论文《为了文艺科学的列宁底阶段》,恐怕是第一次将文学理论的列宁底阶段,明明白白地作为问题的文章。

然而这论文,对于问题却说得很有限。台那摩夫说,因为文学理论离社会主义建设的要求,非常落后,所以文学理论应该提高到列宁底阶段,将这落后加以挽回。为了这事,我们就应该更深的研究列宁的著作,将列宁的理论应用到文学理论去,但我们至今为止,只将主力专注于与托罗茨基主义,瓦浪斯基主义,沛来惠尔什夫主义,烈夫派,文学战线派等等的论争,没有顾及列宁的研究,但现在,我们总算已将这些论战结束,从此是应该做那为着列宁底阶段的积极的工作了。

这样的问题的设立法,正如阿卫巴赫所说那样,明明是错误的。为着列宁底阶段的斗争,并不在与瓦浪斯基主义,沛来惠尔什夫主义等等的论争之外。苏联文学理论,是由了这些的论争,一步一步进了向着列宁底阶段的道路的,此后也应该即在这些论争之中,更加确保着列宁底党派性,而且在与这些论争的有机底关联之下,将列宁的理论更加丰富地引进文学理论论去,借此以达成文学理论的进向列宁底阶段。但是,台那摩夫在这里竭力主张了研究列宁的理论的必要,是正确的。

这之后,台那摩夫于十一月及十二月,凡两回,在共产主义学院文学艺术言语研究所里,作了关于这史太林的信的报告。第二回报告的题目,是《同志史太林的信和文学艺术战线》,在这里,台那摩夫总算已将先前的错误大概清算了。这报告是专注主力于反马克斯—列宁底文学理论的批判,尤其是蒲力汗诺夫和莆理契的批判的,但关于这事,且俟后来再说。

苏联的无产文学运动的指导底团体的拉普(俄罗斯普罗列太利亚作家同盟),也赶紧接受了这史太林的信,依着指示,大胆地开始施行了自己的组织底,创作底,以及理论底改造。去年十二月所开的拉普第五回总会,完全是为了讨论那改造的问题而召集的。

拉普的书记长,也是指导理论家的阿卫巴赫在会场上所作的报告,是最忠实地接受了史太林的指示,而且最正确地应用于文学的领域,大可注意的。

阿卫巴赫在那报告里,也说,在文学理论的领域里的基本底任务,是为着文学理论的列宁底阶段的斗争的强化。他又说,由此说来,瓦浪斯基主义,沛来惠尔什夫主义,文学战线派,尤其是文学理论领域里的托罗茨基主义的击碎,以及与卢那卡尔斯基们的"腐败的自由主义"的斗争,是必要的,还必须将蒲力汗诺夫,莆理契的理论,由新的布尔塞维克底见地,重行检讨,并且自己批判那剩在拉普内部的蒲力汗诺夫底以及德波林底谬误。这阿卫巴赫的报告,曾由我译载在《普罗列太利亚文学》上,请参看。

拉普的总会之后,域普(全联邦普罗列太利亚作家团体统一同盟)就发表了一篇题作《同志史太林的信和域普的任务》的声明书。

在这声明书中,特地提出列宁,史太林的理论,对于乌克兰,白露西亚等民族共和国的文学上问题的重要性,但因为在这里并无直接关系,所以只一提发表过这样的声明书就够了。

这样子,也可以说,以史太林的信为契机,苏联的文学理论是跨上了一步新阶段,就是列宁底阶段。而最是全体底地,显示着这站在新阶段上的苏联文学理论的模样的,则是第一回拉普批评家会议。

这批评家会议,是由拉普书记局和共产主义学院文学艺术言语研究指导部共同发起,于去年一月二十五至二十九日的五日间,开在墨斯科的苏联作家统一协议会所属的"戈理基"俱乐部里的。以后就以这会议为中心,来叙述苏联的文学理论,现在的问题是什么,对于那问题是怎样罢。

二

首先,是 A.法捷耶夫代表着拉普书记局,作了开会演说。他将这批评家会议所负的任务,规定如下:

"这批评家会议,应该对于凡在文学理论及文学批评分野上的所有敌对底的,反马克斯主义底的理论及其逆袭,给以决定底的打击。而且应该更加推进列宁主义底文学理论的确立,和文学理论的向着新的列宁底阶段的发展。"

这规定,我们就可以认为现在苏联文学理论全体所负的任务的具体底的规定的。

法捷耶夫还说下去,讲到对于这些一切反马克斯主义底文学理论施行斗争之际,马克斯—列宁主义底批评家所当采取的基本底态度:

"对于阶级底敌人的一切逆袭,我们应该给以决定底的打击,但是,当此之际,我们单是加以嘲骂,单是劈头加以否定,是不行的。

要使我们的文学前进，我们应该确保一种什么独自的，新的东西才是。然而对于敌人的影响的我们的斗争的大缺点，是并不指示我们的文学所具有的肯定底的现象，而只是劈脸下了否定底的批评。"

于是他引了史太林的信，说，这信，是应该放在文学理论上对于敌人的影响的斗争的根柢上的。

这史太林的指示之应该作为文学及文学理论的基础，是先在拉普十二月总会上的阿卫巴赫的报告里。还有台那摩夫在共产主义学院的报告里，又在域普的声明书里，《文学新闻》的社说里，都屡次说过的，这在苏联文学理论家，现在就当然成着一个应当遵守的规准，定则的了。

但是，这些所谓敌对底的理论，是什么呢？简单地说起来，例如首先是托罗茨基主义，瓦浪斯基的见解，沛来惠尔什夫主义，"文学战线"派及"沛来瓦尔"派的主张，还有将最大的影响，给了普罗列太利亚文学理论蒲力汗诺夫—莆理契的理论等等，就是主要的东西，而最重要的，是这些理论，至今还保持着生命。这些在文学领域上的观念论，是正在门塞维克化的，所以对于那些影响的批判，就必须格外着力。但这时候，凡有参加着普罗列太利亚文学运动的各员，必须明了那些敌对底的理论的本质才行。这是法捷耶夫在这批评家会议上，连带着竭力主张的话。

和这同时，法捷耶夫说到展开自我批判的必要，他申明道："但是，当此之际，我们不要做得太过火。不要将实际的敌人和错误的同志，不分清楚。"

此后，是创作底论争的问题了，这是文学理论和文学底实践，具体底地连结起来的地点，所以从文学理论这方面，当然也应该是最为用力的领域。关于这一点，法捷耶夫说，"倘不展开了创作底论争，我们是一步也不能使普罗列太利亚文学前进的。"在拉普的十二月总会里，这展开创作底论争的问题，是也成为最大问题之一的，现在就附记在这里。

这样子,法捷耶夫临末就结束道:

"这会议,应该在文学理论的分野上击退敌人的逆袭,并订正我们自己的错误,同时更加展开我们根本底地正确的政策,理论,创作的路线。"

我们在这里,可以看出苏联文学理论的基本底动向来。

<h1 style="text-align:center">三</h1>

"理论活动,单是跟着实际活动走,是不行的。必须追上了它,将为着社会主义的革命而斗争的我们的实践,由那理论武装起来才是。"

这是在一九二九年十二月,马克斯主义农学者协议会的会场上,所讲的史太林的演说里的话。

但是,苏联文学理论的现状,是什么样子呢?

苏联全部战线上的社会主义底攻击的展开,都市和农村里的社会主义底经济的未曾有的发展,科尔呵斯运动的伟大的成功,(这已经统一了所有贫农中农的百分之六二,所有耕地的百分之七九了,)新的大工场的建设,突击队和社会主义底竞争的在工场和科尔呵斯,梭夫呵斯里的暴风似的发展——这是苏联的现实的姿态。

然而文学离这现实的要求,却非常落后。劳动者和科尔呵斯农民,是正在要求着自己的斗争的模样,在文学作品里明确地描写出来的。换句话说,就是:社会主义建设的全面底表现,已成为文学的中心任务了。而文学却全没有十分的将这任务来实做。

但是,在现在的苏联,却正如史太林也曾说过那样,该当站在指导这文学(文学底实践)的地位上的文学理论,倒是较之落后了的文学,有更加落后的样子。

拉普的批评家会议上,在法捷耶夫的演说之后,来的是共产主义学院文学艺术言语研究所的指导者 V. 吉尔波丁的报告《史太林的

信和为了列宁主义底文学理论及文学批评的任务》,这是提起了文学理论的落后的问题的。他这样说:

"我们的批评,没有权威。这还不能决定底地,成为党的文艺政策的遂行者。这还不能在列宁底理论的基础之上,建立起自己的活动来。错误的根源,文学批评的落后的基本底的理由,就在这处所。文学批评,是应该以理论战线的别的前进了的分野为模范,将自己的活动,提高到新的,列宁底阶段去的。……我们的文学批评,应该是有着高级的理论底性质的批评。我们的文学批评,无论是什么时候,也不应该离开了文学底实践。"

于是吉尔波丁就引了史太林的信里说过的"腐败的自由主义"马上成了阶级底敌人的直接的支柱的话,说:但是,在文学理论的领域里,我们却到处见过这"腐败的自由主义";并且举出卢那卡尔斯基来,作为那最合适的代表者,说道:在理论的诸问题上,他不取列宁底非妥协性,是大错的。

这卢那卡尔斯基的"腐败的自由主义",在拉普的十二月总会上,也曾由阿卫巴赫彻底底地加过批判。那时候,很厉害的受了批判的,是卢那卡尔斯基在分明有着反对底的内容的波里干斯坦因的《现代美学纲要》上,做了推赏底的序文。

其次,吉尔波丁就说到托罗茨基主义,彻底底地批判了这一派的批评家戈尔拔佳夫,烈烈威支,以及新近亡故了的波伦斯基等,并且涉及了蒲力汗诺夫,弗理契的门塞维克底错误。

关于蒲力汗诺夫和弗理契的关系,吉尔波丁大约说了些这样的意思的话:

"蒲力汗诺夫的门塞维克底错误,到现在为止,在各种方面扩张了影响。尤其是弗理契,常常喜欢引用蒲力汗诺夫的对于社会的上部构造与下部构造的关系的见解。然而,在这一点上,蒲力汗诺夫是和马克斯—列宁的社会的定义,断然诀别了的。要而言之,蒲力汗诺夫是没有弄明白社会的具体底历史底特质,而抹杀了阶级。所以这蒲力汗诺夫底社会观为依据的茀理契的客观底评价，就犯着大错误；尤其坏的，是茀理契的理论，还反映着波格达诺夫的机械论底的理论的影响。

"茀理契不将样式（style）看作阶级底概念，而看作社会形态上所特有的现象的第一步，就在这地方。茀理契沿着蒲力汗诺夫的错误的门塞维克底见解的发展的线走，而他的诸论文，还将蒲力汗诺夫的见解更加改坏了。"

反对着"布尔塞维主义的大艺术"的标语的文学战线派的创作底见解，就正从这茀理契的理论发源，沛来惠尔什夫派也从蒲力汗诺夫所生出，尤其是那上部构造和下部构造的关系的机械论底看法，可以说，简直是全抄蒲力汗诺夫的。

关于茀理契的错误，台那摩夫于十二月间在共产主义学院所作的报告《同志史太林的信与文艺战线》里，也曾作为问题的。台那摩夫在那里面，大意是说，茀理契的波格达诺夫—布哈林底错误，对于帝国主义时代的他的非列宁底理解，对于社会主义社会里的艺术的职掌的他那根本错误的布尔乔亚底理解，对于艺术的特殊性的波格达诺夫底理解，这些批判，是一刻也不容缓的事。

阿卫巴赫在十二月总会的报告上，也详细地批判了蒲力汗诺夫—茀理契。他对于茀理契的批判，特别是注全力于茀理契的艺术取消主义——就是，在社会主义社会里，艺术消灭，技术（机械）代之这一种理论的。据阿卫巴赫说，则茀理契的错误，是发生于他只是布尔乔亚底地，懂得着艺术的本质这一点上，也就是没有懂得作为阶级斗争的武器的艺术的本质这一点上。

但是，这里有应该注意的，是也如阿卫巴赫在报告里所说，我们从蒲力汗诺夫—茀理契那里，还可以学得许多东西，而且也必须去学得，只是当此之际，应该十分批判底地去摄取他。

关于这一点，吉尔波丁是这样说：

"我们可以单单依据列宁底理论，而且只有站在列宁底立场上，这才能够利用蒲力汗诺夫（莆理契）。否则，蒲力汗诺夫（莆理契）之于我们，只是一块飞石，令人愈加和党的路线离开罢了。"

四

问题更加前进了。提出了为要提高文学理论及文学批评。到新的列宁底阶段，应该从列宁学些什么这一个问题来。

对于这问题，吉尔波丁是这样地回答的：

"我们应该依据列宁的思想全体，即马克斯—列宁主义。但是，我们不但仅可以依据列宁底方法论和列宁底政策而已，我们还可以将关于艺术和文学的职掌的列宁的评价，和关于文学艺术的诸问题的列宁的具体底的所说，放在我们的活动的基础上。这具体底的所说，我们能够在列宁的劳作里，找出许多来，这都还是没有经过大加研究的。"

我在这里，改变了顺序，来听一听在这吉尔波丁的报告之后，作了《马克斯—列宁主义底文学理论与拉普的理论的线》这一个报告的台那摩夫罢。因为这是对于吉尔波丁的上面的所说，补了不足的。

台那摩夫以为该成为我们的理论活动的中心底的枢纽者，是马克斯—列宁的遗产的研究，他说道：

"马克斯—列宁主义的方法论，马克斯—列宁主义的哲学，这是无论在那个阶级，在什么时代，全都未曾有过的最伟大的遗产。和这个同时，我们还有着直接关于艺术和文化问题的马克斯，恩格斯，列宁，史太林等的著作。例如马克斯的《神圣家族》，《剩余价值论》，《经济学批判》的序说，几封信，恩格斯的各种著作，列宁的《文化革命论》，《托尔斯泰论》以及别的，史太林的关于民族文化的各著作等就是。我们应该以这些遗产为基础，更加展开我们的理论来。这之外，在历史底的，布尔塞维克底出版物，例如革命前的《真理报》那些上，也载着非常之多的材料，但一向没有人注意它……"

那么，我再回到吉尔波丁的报告去罢——

"在这些列宁的著作里面——吉尔波丁特地提出了列宁来说——我们看见艺术问题和政治问题的完全的统一，而且艺术底任务是政治底任务的从属。列宁是明确地教给我们，应该从艺术作品在阶级斗争中所占地位的观点，用辩证法底功利主义的态度，来对作品的。"

于是现在是文学批评的任务，成为问题了。

"文学批评是应该学得列宁的教义，站在党所提出的任务的基础上，指导着作家的活动的。但这时候，动乱时代的任务和建设时代的任务，须有分明的区别，而且作为立脚点的，并非阶级和阶级斗争一般，而须是现今正在施行的××斗争的形式。只有这样的办法，才能够将批评提高到列宁底阶段，成为唯一的正确的艺术作品的评价。"——吉尔波丁这样说。

作为这样的具体底历史底解剖的例子，选举出了列宁的关于锡且特林、涅克拉梭夫、安理·巴比塞，阿普敦·辛克莱儿等作品的著作。那么，列宁是在教示说，真的艺术底的作品，必须是开示了革命的本质底的面目的东西。

和这相关联，吉尔波丁还提起"撕掉一切，各种的假面"的标语来，说了这和普罗列太利亚文学的全体底任务的关系。普罗列太利亚文学的全体底任务，在现在，是社会主义的劳动的英雄的表现，和"文学的矿业"的建设。而"撕掉一切各种的假面"这标语，是成着"文学的矿业"这一句，普罗列太利亚文学的基本底的标语的一部的。——他说。

临末，吉尔波丁说道：

"只有依据着列宁留给我们的丰富的遗产，即列宁主义，我们才能够提高文学批评，到必要的高，克服普罗列太利亚文学的落后。"

五

上面略略说过了的台那摩夫的报告《马克斯—列宁主义底文学理论与拉普的理论的线》，是以批判拉普的理论活动为主的。我们可以由此知道拉普（可以看作它的前身的那巴斯图派）在过去时候，曾在文学理论的领域上怎样奋斗。

台那摩夫说，应该先将拉普的理论的线，摄取了多少马克斯—列宁的遗产；为了这事的斗争，怎样地施行；怎样地使这发展开来，有怎样的根伸在大众里；并且怎样地领导了文学底实践；总之，是怎样地在文学的领域里，为了党的路线而斗争的事，加以检讨。而拉普的路线，则是在实际上，放在马克斯—列宁主义哲学，和列宁的文化革命的基础上，也就是为了党的路线斗争的基础上面的。

作为那例子，选举出了对于烈烈威支，瓦进，罗陀夫等的阿卫巴赫，里培进斯基等的论争；对于布哈林派，门塞维克化了的观念论（卢波尔），波格达诺夫主义——无产者教化团主义，托罗茨基主义等的那巴斯图派的论争等。

还有，对于文学艺术领域上的第二国际的机会主义和托罗茨基主义，那巴斯图派也施行了不断的论争，用了列宁的文化革命的理论，和它们相对立。

台那摩夫将这门塞维克底、托罗茨基主义底艺术理论的特征，加以规定，如下：

（1）将艺术看作无意识底现象。

（2）完全拒绝党派性。

（3）拒绝布尔乔亚底遗产的批判底改造。

（4）将艺术归着于情绪、感情等。

"普罗列太利亚文学理论，是一向断然的反对这些的。"

在这那巴斯图派，有多少错误，也是事实。从阿卫巴赫起，法捷耶夫,里培进斯基,亚尔密诺夫,台那摩夫等,几乎所有理论家都犯过错误。对于这些同志们的错误,台那摩夫都曾一一批判过,但是我没有留在这里的余裕,还是说上去罢。

终结了这自己批判之后,台那摩夫便转到"为了蒲力汗诺夫的正统"这一句标语的批判去。这标语,是一个错误,已经明明白白的了。然而这标语,却将拉普的许多理论家,拉进了错误的路线里,但是——台那摩夫说——这决不是拉普的基本底的路线。培司派罗夫,烈烈威支,梭宁等,是这路线的代表者。

其次,台那摩夫又解剖了莱理契的错误,说他的方法论,是很受波格达诺夫,布哈林,蒲力汗诺夫的影响的。他并且指出,阿卫巴赫和法捷耶夫,在一九二八年,就早已开始了对于这莱理契的错误的批判。(那时候,台那摩夫自己,对于莱理契是还抱着辩护底的态度的。)

那巴斯图派——拉普的文学理论,就是经过了这样的路,到了现在的状态。因为拉普在现在,已经从单单的一个文学结合,发展而成了苏联文学运动全体的指导底团体,所以先前的"那巴斯图底理论","那巴斯图底指导",这些定式,也成为错误。台那摩夫说,在拉普的十二月总会上,撤回了这用语,是正确的。

最后,台那摩夫并且指明,列宁的遗产的更深的研究,和新的问题的提出,还有同时对于各种错误以及文学理论领域上的列宁底的线的歪曲,都加以批判,是必要的。他还说,倘要使拉普的理论活动,更加充实起来,即应该施行最严格的自己批判。

六

其次所作的亚尔密诺夫的报告《现代批评的情势和任务》,是专将文学批评作为问题的。

对于为着马克斯—列宁主义底文学理论的斗争,具体底批评尽责着重大的职务,是不消说得的。例如这两三年来,以异常之势,卷起了关于创作方法的论争来了,而推出这新的科学底范畴者,就是具体底批评。而且在苏联中,使这得了成功的基本底决定底原因,就是因为施行批评,是在布尔塞维克党的指导之下,以布尔塞维克底自己批判为基础的缘故。

亚尔密诺夫的报告的中心问题,就在这里。就是文学批评的党派性的问题。

亚尔密诺夫从那些说是"苏联没有文学,所以也不会有文学批评"的布尔乔亚批评家们(爱罕鲍罗)起,直到西欧的布尔乔亚文学批评的现势的分析,一一指摘了他们的一般底的思潮底颓废,向着不可知论的转落,文学的全体底的认识的拒否,看透文学之力的微弱等。只有马克斯主义底批评,乃是反映着社会主义底革命的成功,以及由此而发生的普罗列太利亚文学,同盟者文学的伟大的成长,——亚尔密诺夫说,戈理基的《四十年》就是最好的例子——的批评。然而,倘要不比这社会主义底发展落后,足以十分应付那要求,则绝对地必须确保文学批评的党派性。

同时还要确立文学的党派性。过去的布尔乔亚底,贵族底古典文学,是极其党派底的。真的古典底作家,个个都是他所属的阶级的良好的斗士。由此可见为我们的文学的党派性而斗争的事,乃是我们的批评的最大的任务了。——亚尔密诺夫说。还有,那就是对于一切反革命底理论及右翼底,左翼底机会主义的斗争的强化。

和这同时,还应该批判普罗列太利亚文学批评阵营里的一切错误。就是布尔塞维克底自己批判。

于是亚尔密诺夫就是先从批判他自己开头。在他的著作《为了活在文学上的人》里面,认为客观底地,有着右翼机会主义底的性质的错误,很详细地分析了那方法论底根源。其次是阿卫巴赫,也有分明的错误,他无批判底地,接受了关于生产关系与生产力的相互关系的凯莱夫的德波林主义底命题,于是就和德波林底理论有了联络。法捷耶夫也有错误,他和蒲力汗诺夫的"功利由判断而知,美因瞑想而起"这康德主义底命题有了关联,而且由此表示着"蒲力汗诺夫的正统"的标语的影响。《文学新闻》的编辑长绥里瓦诺夫斯基也犯了大错误。他抱着一种错误的意见,以为苏联的诗正遇着危机,诗的盛开,当在将来,现在只有着期望;又以为普罗列太利亚诗的发生,是有点出于构成主义的。这种想法,是恰如波伦斯基那样,很有与所谓"抒情诗现在正濒于灭亡,因为普罗列太利亚虽是文化的需要者,却非创造者"那种托罗茨基主义底看法,连络起来的危险性的。

其次,亚尔密诺夫并指摘了布尔乔亚文学的逆袭的尝试,往往由右翼机会主义底批评而蒙蔽过去。他说:

"总之,这乃我们不将文学底现象,看作阶级斗争的现象的结果。倘若我们的批评,学了列宁,倘将文学作品作为该阶段上的阶级斗争这一条索子里的一个圈子,那么,该是能够下了更深,更正确的评价了的罢。"

此后,是提出了可作普罗列太利亚文学批评的基础的,艺术性的新的规准的问题。对于这,亚尔密诺夫说得并不多,但在这批评家会议的临末所说的结语中,法捷耶夫却说了更加深入的话,我们且来听一听罢。

法捷耶夫先断定了也必须从列宁的教义出发,这才能使这问题前进,于是说:

"艺术性的规准——这,是或一阶级的艺术家,将或一个具体底的历史底现实的本质底的面,加以解明,这就是那解明的程度。人是能够从现象的本质的无知,逐渐移行到那本质的深的认识去的。——记起这列宁的命题来罢,这规准,常是具体底的规准,历史底的规准。……从这一点说,则我们劳动阶级,是在历史底发展的最前进了的地点的。所以,我们既能够最正确地评价过去的艺术发展的具体底的历史底阶段,也能够从过去的艺术里,撮取那于我们最有益的充实的东西。一面也就是惟有我们，较之别的任何阶级，更有着完全地认识本质方面的现实，获得那发展的基本底的法则，解明那最深的本质的力量。……"

亚尔密诺夫也说，倘不设定这艺术性的新的规准，强有力的批评是绝对不会产生的。

那么，我们来听亚尔密诺夫的结论罢。他正是在这里提出了文学批评的当面的任务的人。

"我们应该将为了马克斯主义的列宁底阶段的斗争的问题，正确地设定。为了这事，我们应该竭力造出一个系统来，使那些并不具体底地研究作家的作品，倒是挥着范畴论那样的斯噶拉底批评，以及粗杂的，不可原谅的高调，没有进来的余地。对于突击队的创作，我们去批评他，应该力避贵族底的态度。突击队的研究，青年批评家的养成，这是文学批评的当面的重要的任务。还有，从此之后，我们应该更加在具体底的作品的具体底的研究的基础之上，展开创作底论争来，而且在这现在的普罗列太利亚文学的创作底面貌以及那样式的研究的基础之上，设定那和第二回五年计划，相照应的创作底纲领。"

七

最后，是作为普罗列太利亚文学批评的最重要的问题之一，提出了劳动者的大众底批评的问题。

这问题，从苏联的普罗列太利亚文学运动的现状的见地来看，则是前卫底劳动者，突击队对于普罗列太利亚作家们创作活动的组织底援助的问题，也是创造文学批评的新的型式的问题，也是指导劳动阶级及科尔呵斯农民等，非常广泛的读者大众的问题。

总之，赅括起来说，这问题，乃是前卫底劳动者，突击队读者，组织底地来参加文化战线上的为了党的全线的斗争的问题，并且是他们用了马克斯—列宁主义底文学批评和那唯物辩证法底方法论的武器，使斗争得以成功的问题。

因为这样，问题也就和作家与读者，以及批评家与读者的相互关系的新的性质相关了。而普罗列太利亚文学与别的一切阶级的文学的本质底差异，也有些在这一点上。一定要在普罗列太利亚文学里，这才能够除掉作家，即艺术底价值的"生产者"和读者，即那"消费者"之间的鸿沟。这时是读者也积极底地参加了那建设了。

在拉普批评家会议上，最后的 D. 麦士宁所作的报告《关于劳动者的大众底批评》，是不消说，讲这问题的。在下面叙述一些要点罢。

普罗列太利亚文学，是本质底地，和"作家随便写下去，读者随便看下去"这一种阿勃罗摩夫（懒人——译者）底原则相对立的——麦士宁说——在普罗列太利亚文学非常成长，文学运动已经成了全普罗列太利亚运动的一部分的现在，则对于这作家和读者的相互关系的，一切形态的布尔乔亚底以及门塞维克底理论，该可以由我们的现实的活动，劈脸打破的罢。

从读者这方面看起来，我国的大众，在现在也已经并非文化革命的对象，而是文化革命的主体了，这劳动者读者的文化底，政治底成长，就提高了大众在文化运动上的职掌，青年共产团的进向文学，目下是极其分明的，这就是很明白地显示着读者大众的成长。

突击队读者，是将我们的文学看作阶级斗争武器的。

读者大众的艺术底趣味，是由着普罗列太利亚文学的影响的程度，改变下去的。所以，研究读者，是我们的重大的任务。

现在，是劳动者的大众底批评，已在愈加广泛地发展起来了。例如读者的送到图书馆和出版所来的要求。寄给作家的许多信，以及对于青年作家的文学作品的"大众底检讨"，就都是的。——凡这些，都完全反对着"读者随便看下去"这一个原则。

所以，——麦士宁说，——我们应该造出能够完全利用这些巨大的力量的状态来。就是我们应该来进行工作:不要将读者的信和要求,抛进图书馆和出版所的废纸篓里去;使文学批评的夜会之类,成为普罗列太利亚的作用,影响于作家的夜会一类的东西;并且使青年共产团的文学作品检讨,劳动者的批评界,各种作品的主人公的研究会——这些劳动者的大众底批评的一切最现实底的展开的形式,都能够确保。

最后,麦士宁说:

"我们的任务——是在竭力提高前卫底的突击队读者,到达马克斯底列宁底批评的水平线。我们应该将马克斯—列宁底方法论的基础,给与劳动者的文学批评界,应该将那巴斯图—拉普的战斗底传统,传给他们。

"我们拉普,对于劳动者的大众底批评,应该这样地给与组织底的具体底指导。"

麦士宁又在一篇登在《文学新闻》上的关于大众底批评的文章里,说,要布尔塞维克底地,指导劳动者的大众底批评,就是一面则增强对于门塞维克底追随大众主义的彻底的战争,一面也将对于复活主义,想要保存作家和读者的旧关系,对大众底批评的侮蔑底态度,大众的批评的布尔塞维克底党派性的阉割,等等的斗争,更加强化。

法捷耶夫在上文也已说过的结语中,提起这麦士宁的报告。并且说:"我们是住在大众的出色的文化底向上的国度里的,因为几百万的劳动者和科尔呵斯农民的读者,正在自行批判我们的文学。"

所以法捷耶夫的意思,以为引用各种不大普通的古书,不妨略为少一些,而突击队和劳动者的读者的问题,却应该绝对提出来的。

"为什么呢,因为我们的运动,是作为大众底运动,成长起来的,而且惟有我们,开手造出大众底文学组织来,(法捷耶夫说:同志麦凯列夫说这样的组织,什么地方也没有过的话,是不错的。)由此汲取那为创造普罗列太利亚文学而工作的最有能力的力量——就是,

我们将要创造那新的，未曾有的，普罗列太利亚底的文学的世界的
缘故。"

<h1 style="text-align:center">八</h1>

这第一回拉普批评家会议，由法捷耶夫的出色的结语而闭会
了。法捷耶夫在这里，先从这会议结束在第十七回全联邦共产党大
会之前，是很有意义的事说起，还说到苏联文学和文学理论，现在已
经不只是苏联一处的现象，而成为含有全世界底，历史底的意义了。
此后就略述那结语的大要，来结束这我的绍介罢。

法捷耶夫首先述说了那第十七回党大会的意义：

"这大会，是苏联的劳动阶级率领了几百万的科尔呵斯农民，在
党的指导之下，以四年完成了五年计划，现在来给一个结算的。所
以这大会的中心底的文件，是对于树立第二回五年计划的指令。而
且这文件，还要求着努力于巨大的胜利底情绪和真的活动力的
统一。"

这文件中，说着这些事："第一回社会主义建设五年计划的最重
要的成果，是农村中的资本主义的××××××，资本主义底要素
的完的××，阶级的完全的××。在苏联中，社会主义的基础的
建设的完成，就是列宁所提出了的'谁将谁'的问题，无论在都市里，
在农村里，都抗拒了资本主义，而社会主义底地，完全地，决定底地，
得了解决的意思。"

这文件中，和文化，艺术，文学的问题，有着直接关系的部分颇
不少。法捷耶夫作为例子，引了这样的一处道：

"第二回五年计划的基本底的政治底课题，本大会认为是在资
本主义底要素及阶级一般的彻底底消灭，发生阶级底差别及榨取的
诸原因的完全的消灭，经济及人们的意识中所存的资本主义底习惯
的克服。将国内全体劳动者改变为社会主义底无阶级社会的意识

底的,积极底的建设者。"

还有一处:

"无产阶级惟有仗着和资本主义的残存物战斗,对于正在灭亡的资本主义的要素的反抗。给以毫不宽容的打击,将在勤劳阶级里面的布尔乔亚底,小布尔乔亚底偏见,加以克服,用力推进他们的社会主义底再教育的活动,这才能够保证社会主义的新的胜利。"

在第二回五年计划之初,课给我们的这些任务的实现上,普罗列太利亚艺术和文学也演着很大的职掌。——法捷耶夫移到文学的问题上去了。——所以我们现在要说普罗列太利亚艺术和文学,也应该用了这文件所说那样的话,就是《共产党宣言》的话,列宁和史太林的话来说的。

于是法捷耶夫用力的说:

"我们已从在劳动阶级的世界底斗争的舞台上,作为艺术家而登场了。我们已经和国际布尔乔亚什及其家丁们,开始了有着全世界底、历史底的意义的'论争'。这'论争'的基础,就在以布尔塞维克为头的劳动阶级,是否创造那有着全世界底的意义的,真是社会主义底的艺术,文学,我们究竟能否创造出这个来的一点上。"

关于普罗列太利亚文学和艺术的问题,看起现在布尔乔亚出版物上的文章来,就知道这"我们是否创造社会主义底艺术"的基本底的"论争",乃是我们普罗列太利亚文学者和国际布尔乔亚什之间,正在激战的关于艺术问题的中心底的,基本底的"论争"。——法捷耶夫加添说。——而布尔乔亚什呢,自然,以为我们是未必创造,也不会创造的,但是,在实际上,我们却已经在创造了。

不错,文学比社会底实践还落后,是事实。然而,虽然如此,普罗列太利亚文学却得着未曾有的达成。所以我们应该在这第二回五年计划之前,据全世界底,历史底尺度,将我们普罗列太利亚文学所创造的东西结算一下,明明白白地来抓住这未曾有的成就。

于是法捷耶夫就具体底地,说明了和布尔乔亚什的"论争"的世界底意义：

"我们的'论争'之所以得了世界底意义，那理由不仅在我们的普罗列太利亚艺术家的诸部队，在德，美，英，法等国，为了新的普罗列太利亚艺术而斗争，并且在我们的指导之下，使我们的马克斯主义底理论前进，也由于我们苏联的普罗列太利亚艺术文学，现在已经成了世界底的文学了这一个理由的。"

举出来作为例子的，戈理基的诸作品不消说了，里培进斯基的《一周间》和《青年共产团》，孚尔玛诺夫的《叛乱》和《卡派耶夫》，绥拉菲摩维支的《铁流》，革拉特珂夫的《土敏土》，法捷耶夫的《毁灭》，班菲洛夫的《布鲁斯基》，唆罗诃夫的《静静的顿河》，以及此外的季谟央·别德讷衣，培司勉斯基，秋曼特林，贝拉·伊烈希的诸作品，吉尔董的戏曲等等，各经译成了十几个国语。这些作品，在欧美诸大国不必说了，还译成了中国语，日本语，蒙古语；而且在中央亚细亚，巴尔干诸国里，也都有译本。

这些作品，在各国里，一方面固然受着布尔乔亚什一边的满是恶意的中伤底的批评；但同时在别一方面，则成着各国的布尔塞维克的××××。

法捷耶夫更使问题前进，说到苏联内所做的关于艺术问题的论争，所含有的世界底意义：

"从这全世界底，历史底'论争'这一点上，来看近几年在苏联内所做的关于艺术问题的许多论争，我们就可以断定说，这些论争——就是正在创造着新的艺术和文学的我们普罗列太利亚德在世界底尺度上，和布尔乔亚什战斗下来的基本底的'论争'的反映。由了这些的论争，我们是在根本上，为了由普罗列太利亚德来创造劳动阶级的真的，正的，强有力的，伟大的社会主义底文学的缘故，历来对于在我们阵营内的国际布尔乔亚的奸细们，以及对于右翼底和左翼底的普罗列太利亚艺术的败北主义者和取消派，战斗下来的。"

作为那显明的例子，先举出和托罗茨基的艺术论的斗争来。托罗茨基的艺术论，在实际上，是在布尔乔亚什之前，使普罗列太利亚德艺术底地解除武装的。还有他的后继者瓦浪斯基，波纶斯基等，也一样的在布尔乔亚文学的面前降伏了。

还有一样，是和烈夫派及文学战线派的斗争。这两派，都想"左翼底"地将普罗列太利亚文学取消。他们也不相信会有由普罗列太利亚德所创造出来的大艺术。

上面所述的两极，在根本上，都是使普罗列太利亚德在敌人之前，艺术底地解除武装的东西。

于是法捷耶夫说：

"在这里，就有着我们拉普数年以来，在党的指导和支持之下，和这些一切敌对底的偏向战斗下来的那斗争的基本底的意义。而且惟独我们，提出了劳动阶级来创造伟大的社会主义底文学的标语。这现在就成着我们的创作标语。而这标语，我们是在和他们败北主义者，取消派们的斗争之中，建立起来的。"

法捷耶夫最后说，党也在普罗列太利亚文学之前，提出了和这一样意思的"文学的矿业建设"这一句强有力的标语；可见由史太林所指导的党，现在连在文学艺术的分野——真是照字面的全分野上，也卷起劳动阶级的全世界底，历史底的斗争来了。

（三二，三，一九，原作；三二，八，二七，译完。）

原载 1932 年 11 月 15 日《文化月报》第 1 卷第 1 期。署名洛文。

初未收集。

二十八日

日记 星期。晴。上午因三日前觉右腿麻痹，继而发疹，遂赴篠崎医院乞诊，医云是轻症神经痛而胃殊不佳，授药四日量，付泉五元八角。午后得熊文钧信并小说稿。得靖华信，七月十八日发。下午三弟来并赠香烟两合，少顷蕴如亦至。钦文将入蜀，来别，赠以胃散一瓶。

二十九日

日记　晴。上午往福民医院为广平作翻译，并携海婴散步至午。得小山信，七月十五日柏林发。

三十日

日记　昙。午后得山本夫人信。晚大风雷雨。夜诗荃来自柏林，赠文艺书四种五本，又赠海婴积木一匣。

三十一日

日记　雨。上午往福民医院为广平作翻译。又自至篠崎医院就医，又断为带状匐行疹，付敷药等费共三元八角。夜钦文来，假泉百二十。

九月

一日

日记 雨。午前同广平携海婴访何家夫妇，在其寓午餐。夜蕴如及三弟来，饮以麦酒。

二日

日记 昙。上午往篠崎医院诊察，取药并注射，共付泉六元八角。午前往内山书店买『世界宝玉童話叢書』三本，共泉四元。

三日

日记 昙。下午收新生命书店所赠《士敏土》十本。得许省微信并还钦文借款百二十。夜三弟来。得俞印民信。

四日

日记 星期。晴。上午往篠崎医院诊察，注射并取药，共泉六元八角。下午往内山书店闲坐。晚三弟及蕴如携婴儿来。

五日

日记 晴。上午复许省微信。复俞印民信。

六日

日记 昙。上午往篠崎医院诊，广平携海婴同去。下午得诗荃信，一日长江船上发。

七日

日记 昙，下午微雨。无事。

八日

日记 晴。上午往篠崎医院诊，广平亦去。得诗荃信，七月二十日柏林发。从内山书店得『セザンヌ大画集』（3）一本，价六元二角。晚水野君及其夫人来。夜蕴如及三弟来。

九日

日记 晴。上午得靖华所寄《戈理基象》一本。

《竖琴》前记

俄国的文学，从尼古拉斯二世时候以来，就是"为人生"的，无论它的主意是在探究，或在解决，或者堕入神秘，沦于颓唐，而其主流还是一个：为人生。

这一种思想，在大约二十年前即与中国一部分的文艺绍介者合流，陀思妥夫斯基，都介涅夫，契诃夫，托尔斯泰之名，渐渐出现于文字上，并且陆续翻译了他们的一些作品，那时组织的介绍"被压迫民族文学"的是上海的文学研究会，也将他们算作为被压迫者而呼号的作家的。

凡这些，离无产者文学本来还很远，所以凡所绍介的作品，自然大抵是叫唤，呻吟，困穷，酸辛，至多，也不过是一点挣扎。

但已经使又一部分人很不高兴了，就招来了两标军马的围剿。创造社竖起了"为艺术的艺术"的大旗，喊着"自我表现"的口号，要用波斯诗人的酒杯，"黄书"文士的手杖，将这些"庸俗"打平。还有一标是那些受过了英国的小说在供绅士淑女的欣赏,美国的小说家在迎合读者的心思这些"文艺理论"的洗礼而回来的,一听到下层社会的叫唤和呻吟,就使他们眉头百结,扬起了带着白手套的纤手,挥斥道:这些下流都从"艺术之宫"里滚出去!

而且中国原来还有着一标布满全国的旧式的军马,这就是以小说为"闲书"的人们。小说,是供"看官"们茶余酒后的消遣之用的,所以要优雅,超逸,万不可使读者不欢,打断他消闲的雅兴。此说虽古,但却与英美时行的小说论合流,于是这三标新旧的大军,就不约而同的来痛剿了"为人生的文学"——俄国文学。

然而还是有着不少共鸣的人们,所以它在中国仍然是宛转曲折的生长着。

但它在本土,却突然凋零下去了。在这以前,原有许多作者企望着转变的,而十月革命的到来,却给了他们一个意外的莫大的打击。于是有梅垒什珂夫斯基夫妇(D. S. Merezhikovski i Z. N. Hippius),库普林(A. I. Kuprin),蒲宁(I. A. Bunin),安特来夫(L. N. Andreev)之流的逃亡,阿尔志跋绥夫(M. P. Artzybashev),梭罗古勃(Fiodor Sologub)之流的沉默,旧作家的还在活动者,只剩了勃留梭夫(Valeri Briusov),惠垒赛耶夫(V. Veresaiev),戈理基(Maxim Gorki),玛亚珂夫斯基(V. V. Mayakovski)这几个人,到后来,还回来了一个亚历舍·托尔斯泰(Aleksei N. Tolstoi)。此外也没有什么显著的新起的人物,在国内战争和列强封锁中的文苑,是只见萎谢和荒凉了。

至一九二〇年顷,新经济政策实行了,造纸,印刷,出版等项事业的勃兴,也帮助了文艺的复活,这时的最重要的枢纽,是一个文学团体"绥拉比翁的兄弟们"(Serapionsbrüder)。

这一派的出现,表面上是始于二一年二月一日,在列宁格拉"艺术府"里的第一回集会的,加盟者大抵是年青的文人,那立场是在一切立场的否定。淑雪兼珂说过:"从党人的观点看起来,我是没有宗旨的人物。这不很好么？自己说起自己来，则我既不是共产主义者，也不是社会革命党员，也不是帝制主义者。我只是一个俄国人，而且对于政治，是没有操持的。大概和我最相近的，是布尔塞维克，和他们一同布尔塞维克化，我是赞成的。……但我爱农民的俄国。"这就很明白的说出了他们的立场。

但在那时，这一个文学团体的出现，却确是一种惊异，不久就几乎席卷了全国的文坛。在苏联中，这样的非苏维埃的文学的勃兴，是很足以令人奇怪的。然而理由很简单：当时的革命者，正忙于实行，惟有这些青年文人发表了较为优秀的作品者其一；他们虽非革命者，而身历了铁和火的试练，所以凡所描写的恐怖和战栗，兴奋和感激，易得读者的共鸣者其二；其三，则当时指挥文学界的瓦浪斯基，是很给他们支持的。讬罗茨基也是支持者之一，称之为"同路人"。同路人者，谓因革命中所含有的英雄主义而接受革命，一同前行，但并无彻底为革命而斗争，虽死不惜的信念，仅是一时同道的伴侣罢了。这名称，由那时一直使用到现在。

然而，单说是"爱文学"而没有明确的观念形态的徽帜的"绥拉比翁的兄弟们"，也终于逐渐失掉了作为团体的存在的意义，始于涣散，继以消亡，后来就和别的同路人们一样，各各由他个人的才力，受着文学上的评价了。

在四五年以前，中国又曾盛大的绍介了苏联文学，然而就是这同路人的作品居多。这也是无足异的。一者，此种文学的兴起较为在先，颇为西欧及日本所赏赞和介绍，给中国也得了不少转译的机缘；二者，恐怕也还是这种没有立场的立场，反而易得介绍者的赏识之故了，虽然他自以为是"革命文学者"。

我向来是想介绍东欧文学的一个人，也曾译过几篇同路人作品，现在就合了十个人的短篇为一集，其中的三篇，是别人的翻译，我相信为很可靠的。可惜的是限于篇幅，不能将有名的作家全都收罗在内，使这本书较为完善，但我相信曹靖华君的《烟袋》和《四十一》，是可以补这缺陷的。

至于各个作者的略传，和各篇作品的翻译或重译的来源，都写在卷末的《后记》里，读者倘有兴致，自去翻检就是了。

一九三二年九月九日，鲁迅记于上海。

最初印入 1933 年 1 月上海良友图书印刷公司版"良友文学丛书"之一《竖琴》。

初收 1934 年 3 月上海同文书店版《南腔北调集》。

十日

日记 晴。上午往篠崎医院诊。下午得山本夫人寄赠之『古東多万』（别册）一本。得紫佩信，七日发。得施蛰存信。

《竖琴》后记

札弥亚丁（Evgenii Zamiatin）生于一八八四年，是造船专家，俄国的最大的碎冰船"列宁"，就是他的劳作。在文学上，革命前就已有名，进了大家之列，当革命的内战时期，他还借"艺术府""文人府"的演坛为发表机关，朗读自己的作品，并且是"绥拉比翁的兄弟们"的组织者和指导者，于文学是颇为尽力的。革命前原是布尔塞维克，后遂脱离，而一切作品，也终于不脱旧智识阶级所特有的怀疑和冷笑底态度，现在已经被看作反动的作家，很少有发表作品的机会了。

《洞窟》是从米川正夫的《劳农露西亚小说集》译出的，并参用尾濑敬止的《艺术战线》里所载的译本。说的是饥饿的彼得堡一隅的居民，苦于饥寒，几乎失了思想的能力，一面变成无能的微弱的生物,一面显出原始的野蛮时代的状态来。为病妇而偷柴的男人,终于只得将毒药让给她,听她服毒,这是革命中的无能者的一点小悲剧。写法虽然好像很晦涩,但仔细一看,是极其明白的。关于十月革命开初的饥饿的作品,中国已经译过好几篇了,而这是关于"冻"的一篇好作品。

淑雪兼珂(Mihail Zoshchenko)也是最初的"绥拉比翁的兄弟们"之一员,他有一篇很短的自传,说:

"我于一八九五年生在波尔泰瓦。父亲是美术家,出身贵族。一九一三年毕业古典中学,入彼得堡大学的法科,未毕业。一九一五年当了义勇军向战线去了,受了伤,还被毒瓦斯所害,心有点异样,做了参谋大尉。一九一八年,当了义勇兵,加入赤军,一九一九年以第一名成绩回籍。一九二一年从事文学了。我的处女作,于一九二一年登在《彼得堡年报》上。"

但他的作品总是滑稽的居多,往往使人觉得太过于轻巧。在欧美,也有一部分爱好的人,所以译出的颇不少。这一篇《老耗子》是柔石从《俄国短篇小说杰作集》(*Great Russian Short Stories*)里译过来的,柴林(Leonide Zarine)原译,因为那时是在豫备《朝华旬刊》的材料,所以选着短篇中的短篇。但这也就是淑雪兼珂作品的标本,见一斑可推全豹的。

伦支(Lev Lunz)的《在沙漠上》,也出于米川正夫的《劳农露西亚小说集》,原译者还在卷末写有一段说明,如下:

"在青年的'绥拉比翁的兄弟们'之中,最年少的可爱的作家莱夫·伦支,为病魔所苦者将近一年,但至一九二四年五月,终于在汉堡的病院里长逝了。享年仅二十二。当刚才跨出人生的第一步,创作方面也将自此从事于真切的工作之际,虽有丰饶的天禀,竟不遑很得秋实而去世,在俄国文学,是可以说,殊非微细的损失的。伦支是充满着光明和欢喜和活泼的力的少年，常常驱除朋友们的沉滞和忧郁和疲劳，当绝望的瞬息中，灌进力量和希望去，而振起新的勇气来的'杠杆'。别的'绥拉比翁的兄弟们'一接他的讣报，便悲泣如失同胞，是不为无故的。

"性情如此的他，在文学上也力斥那旧时代俄国文学特色的沉重的忧郁的静底的倾向，而于适合现代生活基调的动底的突进态度，加以张扬。因此他埋头于研究仲马和司谛芬生，竭力要领悟那传奇底，冒险底的作风的真髓，而发见和新的时代精神的合致点。此外，则西班牙的骑士故事，法兰西的乐剧，也是他的热心研究的对象。'动'的主张者伦支，较之小说，倒在戏剧方面觉得更所加意。因为小说的本来的性质就属于'静'，而戏剧是和这相反的……

"《在沙漠上》是伦支十九岁时之作，是从《旧约》的《出埃及记》里，提出和初革命后的俄国相共通的意义来，将圣书中的话和现代的话，巧施调和，用了有弹力的暗示底的文体，加以表现的。凡这些处所，我相信，都足以窥见他的不平常的才气。"

然而这些话似乎不免有些偏爱，据珂刚教授说，则伦支是"在一九二一年二月的最伟大的法规制定期，登记期，兵营整理期中，逃进'绥拉比翁的兄弟们'的自由的怀抱里去的。"那么，假使尚在，现在也决不能再是那时的伦支了。至于本篇的取材，则上半虽在《出埃及记》，而后来所用的却是《民数记》，见第二十五章，杀掉的女人就是米甸族首领苏甸的女儿哥斯比。篇末所写的神，大概便是作者所看见的俄国初革命后的精神，但我们也不要忘却这观察者是"绥拉比翁的兄弟们"中的青年，时候是革命后不多久。现今的无产作家的作品，已只是一意赞美工作，属望将来，和那色黑而多须的真的神，面目全不相像了。

《果树园》是一九一九至二十年之间所作，出处与前篇同，这里并仍录原译者的话：

　　"斐定(Konstantin Fedin)也是'绥拉比翁的兄弟们'中之一人，是自从将短篇寄给一九二二年所举行的'文人府'的悬赏竞技，获得首选的荣冠以来，骤然出名的体面的作者。他的经历也和几乎一切的劳动作家一样，是颇富于变化的。故乡和雅各武莱夫同是萨拉妥夫(Saratov)的伏尔迦(Volga)河畔，家庭是不富裕的商家。生长于古老的果园，渔夫的小屋，纤夫的歌曲那样的诗底的环境的他，一早就表示了艺术底倾向，但那倾向，是先出现于音乐方面的。他善奏环亚林，巧于歌唱，常常出演于各处的音乐会。他既有这样的艺术的天禀，则不适应商家的空气，正是当然的事。十四岁时(一九〇四年)，曾经典质了爱用的乐器，离了家，往彼得堡去，后来得到父亲的许可，可以上京苦学了。世界大战前，为研究语学起见，便往德国，幸有天生的音乐的才能，所以一面做着舞蹈会的环亚林弹奏人之类，继续着他的修学。

　　"世界大战起，斐定也受了侦探的嫌疑，被监视了。当这时候，为消遣无聊计，便学学画，或则到村市的剧场去，作为歌剧的合唱队的一员。他的生活，虽然物质底地穷蹙，但大体是藏在艺术这'象牙之塔'里，守御着实际生活的粗糙的刺戟的，但到革命后，回到俄国，却不能不立刻受火和血的洗礼了。他便成为共产党员，从事于煽动的演说，或做日报的编辑，或做执委的秘书，或自率赤军，往来于硝烟里。这对于他之为人的完成，自然有着伟大的贡献，连他自己，也称这时期为生涯中的 Pathos(感奋)的。

　　"斐定是有着纤细优美的作风的作者，在劳农俄国的作者们里，是最像艺术家的艺术家(但在这文字的最普通的意义上)。只要看他作品中最有名的《果树园》，也可以一眼便看见这特色。这篇是在'文人府'的悬赏时，列为一等的他的出山之作,描写那古老的美的传统渐就灭亡,代以粗野的新事物这一种人生永远的悲剧的。题目虽然是绝望底,而充满着像看水彩画一般的美丽明朗的色彩和绰约的抒情味(Lyricism)。加以并不令人感到矛盾缺陷,却酿出特种的调和,有力量将读者拉进那世界里面去,只这一点,就证明着作者的才能的非凡。

"此外,他的作品中,有名的还有中篇 *Anna Timovna*"。

后二年,他又作了《都市与年》的长篇,遂被称为第一流的大匠,但至一九二八年,第二种长篇《兄弟》出版,却因为颇多对于艺术至上主义与个人主义的赞颂,又很受批评家的责难了。这一短篇,倘使作于现在,是决不至于脍炙人口的;中国亦已有靖华的译本,收在《烟袋》中,本可无需再录,但一者因为可以见苏联文学那时的情形,二则我的译本,成后又用《新兴文学全集》卷二十三中的横泽芳人译本细加参校,于字句似略有所长,便又不忍舍弃,仍旧收在这里了。

雅各武莱夫(Aleksandr Yakovlev)以一八八六年生于做漆匠的父亲的家里,本家全都是农夫,能够执笔写字的,全族中他是第一个。在宗教的氛围气中长大;而终于独立生活,旅行,入狱,进了大学。十月革命后,经过了多时的苦闷,在文学上见了救星,为"绥拉比翁的兄弟们"之一个,自传云:"俄罗斯和人类和人性,已成为我的新的宗教了。"

从他毕业于彼得堡大学这端说,是智识分子,但他的本质,却纯是农民底,宗教底的。他的艺术的基调,是博爱和良心,而认农民为人类正义和良心的保持者,且以为惟有农民,是真将全世界联结于友爱的精神的。这篇《穷苦的人们》,从《近代短篇小说集》中八住利雄的译本重译,所发挥的自然也是人们互相救助爱抚的精神,就是作者所信仰的"人性",然而还是幻想的产物。别有一种中篇《十月》,是被称为显示着较前进的观念形态的作品的,虽然所描写的大抵是游移和后悔,没有一个铁似的革命者在内,但恐怕是因为不远于事实的缘故罢，至今还有阅读的人们。我也曾于前年译给一家书店，但至今没有印。

理定（Vladimir Lidin）是一八九四年二月三日，生于墨斯科的。七岁，入拉赛列夫斯基东方语学院；十四岁丧父，就营独立生活，到一九一一年毕业，夏秋两季，在森林中过活了几年，欧洲大战时候，由墨斯科大学毕业，赴西部战线；十月革命时是在赤军中及西伯利亚和墨斯科；后来常旅行于外国。

他的作品正式的出版，在一九一五年，因为是大学毕业的，所以是智识阶级作家，也是“同路人”，但读者颇多，算是一个较为出色的作者。这原是短篇小说集《往日的故事》中的一篇，从村田春海译本重译的。时候是十月革命后到次年三月，约半年；事情是一个犹太人因为不堪在故乡的迫害和虐杀，到墨斯科去寻正义，然而止有饥饿，待回来时，故家已经充公，自己也下了狱了。就以这人为中心，用简洁的蕴藉的文章，画出着革命俄国的最初时候的周围的生活。

原译本印在《新兴文学全集》第二十四卷里，有几个脱印的字，现在看上下文义补上了，自己不知道有无错误。另有两个×，却原来如此，大约是“示威”，“杀戮”这些字样罢，没有补。又因为希图易懂，另外加添了几个字，为原译本所无，则都用括弧作记。至于黑鸡来啄等等，乃是生了伤寒，发热时所见的幻象，不是“智识阶级”作家，作品里大概不至于有这样的玩意儿的——理定在自传中说，他年青时，曾很受契诃夫的影响。

左祝黎（Efim Sosulia）生于一八九一年，是墨斯科一个小商人的儿子。他的少年时代大抵过在工业都市罗持（Lodz）里。一九〇五年，因为和几个大暴动的指导者的个人的交情，被捕系狱者很长久。释放之后，想到美洲去，便学“国际的手艺”，就是学成了招牌画工和漆匠。十九岁时，他发表了最初的杰出的小说。此后便先在阿兑塞,后在列宁格勒做文艺栏的记者,通信员和编辑人。他的擅长之处,是简短的,奇特的(Groteske)散文作品。

《亚克与人性》从《新俄新小说家三十人集》(*Dreissig neue Erzahler des neuen Russland*)译出,原译者是荷涅克(Erwin Honig)。从表面上看起来,也是一篇"奇特的"作品,但其中充满着怀疑和失望,虽然穿上许多讽刺的衣裳,也还是一点都遮掩不过去,和确信农民的雅各武莱夫所见的"人性",完全两样了。

听说这篇在中国已经有几种译本,是出于英文和法文的,可见西欧诸国,皆以此为作者的代表的作品。我只见过译载在《青年界》上的一篇,则与德译本很有些不同,所以我仍不将这一篇废弃。

拉甫列涅夫(Boris Lavrenev)于一八九二年生在南俄的一个小城里,家是一个半破落的家庭,虽然拮据,却还能竭力给他受很好的教育。从墨斯科大学毕业后,欧战已经开头,他便再入圣彼得堡的炮兵学校,受训练六月,上战线去了。革命后,他为铁甲车指挥官和乌克兰炮兵司令部参谋长,一九二四年退伍,住在列宁格勒,一直到现在。

他的文学活动,是一九一二年就开始的,中间为战争所阻止,直到二三年,才又盛行创作。小说制成影片,戏剧为剧场所开演,作品之被翻译者,几及十种国文;在中国有靖华译的《四十一》附《平常东西的故事》一本,在《未名丛刊》里。

这一个中篇《星花》,也是靖华所译,直接出于原文的。书叙一久被禁锢的妇女,爱一红军士兵,而终被其夫所杀害。所写的居民的风习和性质,土地的景色,士兵的朴诚,均极动人,令人非一气读完,不肯掩卷。然而和无产者的作品,还是截然不同,看去就觉得教民和红军士兵,都一样是作品中的资材,写得一样地出色,并无偏倚。盖"同路人"者,乃是"决然的同情革命,描写革命,描写它的震撼世界的时代,描写它的社会主义建设的日子"(《四十一》卷首"作者传"中语)的,而自己究不是战斗到底的一员,所以见于笔墨,便只能偏以洗练的技术制胜了。将这样的"同路人"的最优秀之作,和无产作家的作品对比起来,仔细一看,足令读者得益不少。

英培尔(Vera Inber)以一八九三年生于阿兑塞。九岁已经做诗;在高等女学校的时候,曾想去做女伶。卒业后,研究哲学,历史,艺术史者两年,又旅行了好几次。她最初的著作是诗集,一九一二年出版于巴黎,至二五年才始来做散文,"受了狄更斯(Dickens),吉柏龄(Kipling),缪塞(Musset),托尔斯泰,斯丹达尔(Stendhal),法兰斯,哈德(Bret Harte)等人的影响。"许多诗集之外,她还有几种小说集,少年小说,并一种自叙传的长篇小说,曰《太阳之下》,在德国已经有译本。

《拉拉的利益》也出于《新俄新小说家三十人集》中,原译者弗兰克(Elena Frank)。虽然只是一种小品,又有些失之夸张,但使新旧两代——母女与父子——相对照之处,是颇为巧妙的。

凯泰耶夫(Valentin Kataev)生于一八九七年,是一个阿兑塞的教员的儿子。一九一五年为师范学生时,已经发表了诗篇。欧洲大战起,以义勇兵赴西部战线,受伤了两回。俄国内战时,他在乌克兰,被红军及白军所拘禁者许多次。一九二二年以后,就住在墨斯科,出版了很多的小说,两部长篇,还有一种滑稽剧。

《物事》也是柔石的遗稿,出处和原译者,都与《老耗子》同。

这回所收集的资料中,"同路人"本来还有毕力涅克和绥甫林娜的作品,但因为纸数关系,都移到下一本去了。此外,有着世界的声名,而这里没有收录的,是伊凡诺夫(Vsevolod Ivanov),爱伦堡(Ilia Ehrenburg),巴培尔(Isack Babel),还有老作家如惠垒赛耶夫(V. Veresaev),普理希文(M. Prishvin),托尔斯泰(Aleksei Tolstoi)这些人。

一九三二年九月十日,编者。

未另发表。

初收 1933 年 1 月上海良友图书印刷公司版"良友文学

丛书"之一《竖琴》。

十一日

日记　星期。雨。上午携海婴往篠崎医院诊。下午得季志仁

信并《书籍插画家集》（二二及二三）两本，八月四日巴黎发，书价为

二十八元。三弟来，留之夜饭。

致 曹靖华

靖华兄：

先前接到过六月卅日，七月十八日信，又儿童画一卷，《史略》一

本（已转交），《星花》并稿各一本，我已记不起回信了没有。昨又收

到《高尔基像》一本。

我在这一月中，曾寄出日译本《铁流》等一包，又《北斗》等杂志

共二包，不知道收到了没有？

今年正月间炮火下及逃难的生活，似乎费了我精力不少，上月

竟患了神经痛，右足发肿如天泡疮，医至现在，总算渐渐的好了起

来，而进步甚慢，此大半亦年龄之故，没有法子。倘须旅行，则为期

已近，届时能否成行，遂成了问题了。

纸张尚无结果。真令人发愁。我共寄了两大包，近日从日本又

寄出两包（共二百张，总在六百启罗以上），都是很好的纸，而寄发也

很费事。倘万无法想，最好是不要退回，而捐给美术家团体。

这里的压迫是透顶了，报上常造我们的谣。书店一出左翼作者

的东西,便逮捕店主或经理。上月湖风书店的经理被捉去了,所以《北斗》不能再出。《文学月报》也有人在暗算。

近日与一书店接洽,出《新俄小说家二十人集》二本,兄之《星花》,即收在内,此外是它夫人译的两篇,柔石译的两篇,其余皆弟所译,有些是在杂志上发表过的,定于月底交稿。

《安得伦》尚无出版处,《二十人集》因纸数有定,放不下了。

今夏大热,因此女人小孩多病,但现已秋凉,大约就要好起来了。

致萧三兄一笺,希转寄。余后谈。此颂
安健。

弟豫　启　九月十一夜。

致 萧 三

萧三兄:

七月十五日信收到。致周连兄等信,已即转交。

这回的旅行,我本决改为一个人走,但上月底竟生病了,是右足的神经痛,赶紧医治,现在总算已在好了起来,但好得很慢,据医生说是年纪大而身体不好之故。所以能否来得及,殊不可知,因为现在是不能走陆路了,坐船较慢,非赶早身不可。至于旅费,我倒有法办的。

VITZ 的画,不知何时可以寄下,中国人还不知道他,我想介绍一下。

俄国书籍,不远将由一个日本书店在上海贩卖了。此上,即祝
安健。

豫　启上　九月十一夜

十二日

日记 晴。上午往内山书店，得俄译《一千一夜》一至三共三本，插图《托尔斯泰小话》及《安璧摩夫漫画集》一本，价未详。下午寄靖华信附复肖三笺。复紫佩信。得钦文信片，八日武昌发。蕴如来并赠杨梅烧酒一瓶。

十三日

日记 晴。上午往筱崎医院诊察并携海婴，共付泉六元六角。下午内山书店送来『生物学講座補編』（一及二回）共四本，计泉二元。镰田诚一君自福冈回上海，见赠博多人形一枚。夜编阅《新俄小说家二十人集》上册讫，名之曰《竖琴》。

穷苦的人们

[苏联]A.雅各武莱夫

无论那一点，都不像"人家"模样，只是"窠"。然而称这为"人家"。为了小市民式的虚荣心。而且，总之，我们住着的处所是"市镇"。因为我们并非"乡下佬"，而是"小市民"的缘故。但我们，即"小市民"，却是古怪的阶级，为普通的人们所难以懂得的。

安特罗诺夫的一家，就是在我们这四近，也是最穷苦的人们。有一个整天总是醉醺醺的货车夫叫伊革那提·波特里巴林的，但比起安特罗诺夫一家子来，他还要算是"富户"。我在快到三岁的时候，就被寄养到安特罗诺夫的"家里"去了。因为那里有一个好朋友，叫作赛尼加。赛尼加比我大三个月。

从我的幼年时代的记忆上，是拉不掉赛尼加，赛尼加的父亲和母亲的。

——是夏天。我和赛尼加从路上走进园里去。那是一个满生着野草的很大的园。我们的身子虽然小，但彼此都忽然好像成了高大的，而且伟大的人物模样。我们携着手，分开野草，走进菜圃去。左手有着台阶，后面有一间堆积库。但园和菜圃之间，却什么东西也没有。在这处所，先前是有过马房的。后来伊凡伯伯（就是赛尼加的父亲）将它和别的房屋一同卖掉，喝酒喝完了。

　　我曾听到有人在讲这件事，这才知道的。

　　"听说伊凡·安特罗诺夫将后进的房屋，统统卖掉了。"

　　"那就现钱捏得很多哩。"

　　"可是听说也早已喝酒喝完了。"

　　但在我们，却是除掉了障碍物，倒很方便——唔，好了，可以一直走进菜圃里去了。

　　"那里去呀？"从后面听到了声音。

　　凯查伯母（就是赛尼加的母亲）站在台阶上。她是一个又高又瘦的女人。

　　"那里去呀，淘气小子！"

　　"到菜园里去呵。"

　　"不行！不许去！又想摘南瓜去了。"

　　"不呵，不是摘南瓜去的呀。"

　　"昨天也糟掉了那么许多花！是去弄南瓜花的罢。"

　　我和赛尼加就面面相觑。给猜着了。我们的到菜圃去，完全是为了摘取南瓜花。并且为了吸那花蒂里面的甘甜的汁水。

　　"走进菜园里去，我是不答应的呵！都到这里来。给你们点心吃罢。"

　　要上大门口的台阶，在小小的我们，非常费力。凯查伯母看着这模样，就笑了起来——

　　"还是爬快呀，爬！傻子。"

　　但是，安特罗诺夫的一家，实在是多么穷苦呵！一上台阶，那地方就摆着一张大条榻。那上面总是排着水桶，水都装得满满的。在桶上面，好像用细棍编就的一般，盖着盖子。（这是辟邪的符咒。）大门口是宽大的，但其中却一无所有。门口有两个门。一个门通到漆黑的堆积间，别一个通到房子里。此外还有小小的扶梯。走上去，便是屋顶房了。房子有三间，很宽广。也有着厨房。然而房子里，厨房里，都是空荡荡。说起家具来，是桌子两张，椅子两把，就是这一点。除此之外，什么也没有了。

我和赛尼加一同在这"家"里过活，一直到八岁，就是大家都该进学校去了的时光。一同睡觉，一同啼哭。和睦地玩耍，也争吵起来。

伊凡伯伯是不很在家里的。他在"下面"做事。"下面"是有各种古怪事情的地方。在我们的市镇里，就是这样地称呼伏尔迦的沿岸一带的。夏天时候，有挑夫的事情可做。但一到冬，却完全是失业者。在酒场里荡来荡去，便成为伊凡伯伯的工作了。但这是我在后来听到，这才知道的。

凯查伯母也几乎总不在家里。是到"近地"去帮忙——洗衣服，扫地面去了。我和赛尼加大了一点以后，是整天总只有两个人看家的。

只有两个人看家，倒不要紧，但凯查伯母将要出门的时候，却总要留下两道"命令"来——

"不许开门。不许上炕炉去。"

我们就捉迷藏，拟赛会，拟强盗，玩耍一整天。

桌子上放着面包，桌子底下，是水桶已经提来了。

我的祖母偶或跑来，从大门外面望一望，道——

"怎样？大家和和气气地在玩么？"

我们有时也悄悄地爬到炕炉上。身子一暖，舒服起来，就拥抱着睡去了。或者从通风口（是手掌般大的小窗），很久地，而且安静地，望着院子。遏菲谟伯伯走了出来，在马旁边做着什么事，于是马理加也跑到那地方去了——马理加是和我们年纪相仿的女孩子。马理加的举动,我们总是热心地看到底的……

凯查伯母天天回来得很迟。外面早已是黄昏了。凯查伯母疲乏得很,但袋子里却总是藏着好东西——蜜饯,小糖,或是白面包。

伊凡伯伯是大抵在我们睡了之后才回来的,但没有睡下,就已回来了的时候却也有。冬天,一同住着,是脾气很大的。吃面包,喝水,于是上床。虽说是床,其实就是将破布铺在地板上,躺在那上面。我和赛尼加略一吵闹,就用了可怕的声音吆喝起来——

"好不烦人的小鬼! 静下来!"

我和赛尼加便即刻静下,缩得像鼠子一样。

这样的时候,我就不知怎地,觉得这样那样,全都无聊。于是连忙穿好外套,戴上帽子,回到祖母那里去。抱着一种说不出的悲怆的心情。

一到夏天,伊凡伯伯就每天喝得烂醉而归了。在伏尔迦河岸,夏天能够找到赚钱的工作。伊凡伯伯是出名的有力气的人。他能将重到廿五普特的货物,独自从船里肩着搬到岸上去。

有时候,黄昏前就回家来。人们将条榻搬到大门外,大家都坐着,在休养做了一天而劳乏了的身体。静静的。用了低声,在讲恶魔与上帝。人们是极喜欢大家谈讲些恶魔与上帝的事体的。也讲起普科夫老爷的女儿,还没有嫁就生了孩子。有的也讲些昨夜所做的梦,和今年的王瓜的收成。于是天空的晚霞淡下去了。家畜也统统归了栖宿的处所去……

听到有货车走过对面的街上的声音——静静的。

忽然,听得有人在很远的地方吆喝了。

静静地坐在条榻上面的人们便扰动起来,侧着耳朵。

"又在嚷了。是伊凡呵。"

"在嚷什么呢? 这是伊凡的声音呀。一定是的。多么大的声音呵!"

喊声渐渐临近了。于是从转弯之处，忽然跳出伊凡伯伯的熊一般的形相来。

将没有檐的帽子，一直戴在脑后，大红的小衫的扣子，是全没有扣上的。然而醉了的脸，却总是含着微笑。脚步很不稳，歪歪斜斜地在跄踉。并且唱着中意的小曲。（曲子是无论什么时候，定规是这一首的。）

　　于你既然

　　有意了的那姑娘，

　　不去抱一下呵

　　你好狠的心肠——

一走过转角，便用了连喉咙也要炸破的大声，叫道——

"喂，老婆！回来罗！来迎接好汉罗！"

坐在条榻上的人们一听到这，就愤慨似的，而且嘲笑似的说道——

"喂，好汉，什么样子呀！会给恶魔抓去的呵！学些得罪上帝的样，要给打死哩。"

但孩子们却都跑出来迎接伊凡伯伯了。虽然醉着，然而伊凡伯伯的回来，在我们是一件喜庆事。因为总带了点心来给我们的。

四近有许多孩子们，像秋天的树菌一样。孩子们连成圈子，围住了他。响亮的笑声和叫声，冲破了寂静。

喝醉了，然而总在微笑的伊凡伯伯，便用他的大手，抓着按住我们。并且笑着说——

"来了哪，来了哪，小流氓和小扒手，许许多都来了哪。为了点心罢？"

伊凡伯伯一动手分点心，就起了吵闹和小争斗。

分完之后，伊凡伯伯却一定说："那么，和伯伯一同唱起来罢。"

　　新娘子的衣裳

　　是白的。

蔷薇花做的花圈

　　是红的——

我们就发出响亮的尖声音，合唱起来。

　　新娘子

　　显着伤心的眼儿，

　　向圣十字架呆看。

　　面庞上呵，

　　泪珠儿亮亮的发闪。

　　我们是在一直先前，早就暗记了这曲子的了。孩子们的大半——我自己也如此——这曲子恐怕乃是一生中所记得的第一个曲子。我在还没能唱以前，就记得了那句子的了。那是我跟在走过我家附近的平野的兵们之后的时候，就记住了的。

　　安特罗诺夫家的耳门旁边，站着凯查伯母。并且用了责备似的眼色来迎接伊凡伯伯了。

　　"又喝了来哩。"

　　那是不问也知道的。

　　凯查伯母的所有的物事，是穷苦。是"近地"的工作。还有，是长吁。只是这一点。

　　我不记得凯查伯母曾经唱过一回歌。这是穷苦之故。但若遇着节日，便化一个戈贝克①，买了王瓜子，或是什么的子来。于是到院子里，一面想，一面嗑。近地的主妇们一看见这，便说坏话道——

　　"瞧罢，连吃的东西也买不起，倒嗑着瓜子哩。"

　　于是就将嗑瓜子说得好像大逆不道一样。

　　——凡不能买面包者，没有嗑瓜子的权利——

　　这是我们"近地"的对于贫苦的人们的道德律。

　　然而凯查伯母是因为要不使我们饿死，拼命地做工的。即使是

―――――――――

　　①　卢布之百分之一，现约合中国二十文。——译者。

生了病,也不能管,只好还像健康时候一样做工。

有一回,凯查伯母常常说起身上没有力。然而还是去做事。是竿子上挂着衣服,到河里洗去了。这样地做着到有一天,回到耳门旁边时候,就忽然跌倒,浑身发抖,在地面上尽爬。近地的人们跑过来,将她抬进"家"里面。不多久,凯查伯母就生了孩子了⋯⋯

实在是可怜得很。

即使在四近的随便那里搜寻,恐怕也不会发见比安特罗诺夫的一家更穷苦,更不幸的家庭的罢。

有一回,曾经有过这样的事。那是连墙壁也结了冰的二月的大冷天。一个乞丐到安特罗诺夫的家里来了。

我和赛尼加正在大一点的那间屋子里游戏。凯查伯母是在给婴儿做事情。这一天,凯查伯母在家里。

乞丐是秃头的高个子的老人。穿着破烂不堪的短外套。脚上穿的是补钉近百的毡靴。手里拿一枝拄杖。

"请给一点东西罢。"他喘吁吁地说。

凯查伯母就撕给了一片面包。(我在这里,要说几句我的诞生之处的好习惯。在我所诞生的市镇上,拒绝乞丐的人,是一个也没有的。有一次,因为一个女人加以拒绝,四近的人们便聚起来,将她责备了。)

那乞丐接了面包片,画一个十字。我和赛尼加站在门口在看他。乞丐的细瘦的脸,为了严寒,成着紫色。生得乱蓬蓬的下巴胡子是可怜地在发抖。

"太太,给歇一歇,可以么? 快要冻死了。"乞丐呐呐地说。

"可以的,可以的。坐在这条榻上面罢。"凯查伯母答道。

乞丐发着怕人的呻吟声,坐在条榻上面了。随即背好他肩上的袋子,将拄杖放在旁边。那乏极了的乞丐脸上的两眼,昏得似乎简直什么也看不见,恰如灰色的水注一般。在脸上,则一切音响,动作,思想,生活,好像都并不反映。是无底的空虚。他的鼻子,又瘦又高,简直像谯楼模样。

凯查伯母也抱着婴孩,站了起来。看着乞丐的样子,说——

"你是从那里来的?"

老人呐呐地说了句话,但是听不真。忽然间,剧烈地咳嗽起来了。接连着咳得很苦,终于伏在条榻上。

"唉唉,这是怎的呵,"凯查伯母吃惊着,说。

她将婴孩放在摇篮里,便用力抱住了老人,扶他起来。

老人是乏极了的。

"冻坏了……"老人说,嘴唇并不动。"没有法子。请给我暖一暖罢。"

"哦哦,好的好的。上炕炉去。放心暖一下。"凯查伯母立刻这样说。"我来扶你罢。"

凯查伯母给老人脱了短外套和毡鞋。于是扶他爬上炕炉去。好不容易,他才爬上了炕炉。从破烂不堪的裤子下面,露出了竿子似的细瘦的两脚。

我和赛尼加就动手来检查那老人的袋子,短外套和毡鞋。

袋子里面只装着一点面包末。短外套上爬着淡黄色的小东西——那一定就是那个虫了。

"客人的物事,动不得的!"凯查伯母斥止我们说。

她于是拾起短外套和袋子,放在炕炉上的老人的旁边。

五分钟之后,我和赛尼加也已经和老人同在炕炉上面了。那老人躺着。闭了眼睛,在打鼾。我和赛尼加目不转睛地看定他。我们不高兴了。老人占据了炕炉的最好的地方,一动也不动。我们就不高兴这一点。

"走开!"

"给客人静静的!"凯查伯母叫了起来。

但是,那有这样的道理呢?却将家里的最好的地方,借给了忽然从街上无端跑来的老头子!

我和赛尼加简直大发脾气了。两个人就都跑到我的祖母那里去——

过了一天,过了两天。然而老人还不从炕炉上走开。

"阿妈,赶走他罢。"赛尼加说。

"胡说!"凯查伯母道。"什么话呀。那老人不是害着病么？况且一个也没有照料他的人。再胡说,我要不答应你的呵!"

于是炕炉就完全被老人所占领了。

老人在炕炉上,一天一天衰弱下去。好像死期已经临近似的。

"哪,老伯母,"凯查伯母对我的祖母说。"那人是一定要死的了。死起来,怎么好呢？"

"那是总得给他到什么地方去下葬的。"我的祖母静静地答道。"又不能就摆在这些地方呀。"

来了一个老乞丐,快要死掉了——的传闻,近地全都传开了。于是人们就竭力将各种的东西,送到凯查伯母这里来。有的是白面包,有的是点心。人们一看见那老人,便可怜地叹息。

"从那里来的呢？"

"不知道呀。片纸只字也找不出。"

"怕就是要这样地死掉的罢？"

然而老人并没有死掉。他总是这样地躺在炕炉上,活着。

这之间,三四礼拜的日子过去了。有一天,老人却走下了炕炉来。瘦弱得好像故事里的"不死老翁"似的,是一看也令人害怕的样子。

凯查伯母领他到浴堂去,亲自给他洗了一个澡。

并且很诚恳地照料他各种的事情。他的病是全好了,现在就要走了罢,炕炉又可以随我们便了,——我和赛尼加心里想。

然而,虽然并不专躺在炕炉上面了,老人却还不轻易地就走出去。

他扶着墙壁,走动起来。缒着拄杖,呐呐地开口了——

"真是打搅得不成样子，太太。"

"那里的话。这样的事情，不算什么的。"

"可总应该出去了。"

"那里去呀？连走也不会走呢！再这样地住着罢。"

"可是，总只好再到世界上去跑跑呵。"

"不行的呵。就是跑出去，有什么用呢？住几时再去罢。"

就这样子，老人在安特罗诺夫的家里，和大家一同过活了。他总像什么的影子一样，在家里面徘徊。片时也不放下挂杖。挂杖是苗实的榆树，下端钉着钉。钉在老人走过之后的地板上，就留下雕刻一般的痕迹。一到中午和晚上的用膳时候，老人也就坐到食桌面前来，简直像一家人模样。摆在食桌上面的，虽然天天一定是白菜羹，但是，这究竟总还是用膳。

对于老人，伊凡伯伯也成了和蔼的好主人了。

"来，老伯伯，吃呀。"

"我么？不知怎的，今天不想吃东西。"

吃完之后，大家就开始来谈各样的闲天。老人说他年青时候，是曾经当过兵的。伊凡伯伯也是当兵出身。因此谈得很合适。两个人总是谈着兵队的事情。

"怎样，老伯伯，吸一筒罢？"

伊凡伯伯说着，就从烟荷包里撮出烟丝来。

"给你装起来。"他将烟丝满满地装在烟斗里，递给老人道——

"吸呀。"

于是老人说道——

"我有过一枝很好的烟管，近来不知道在那里遗失了。"

夏天到了，太阳辉煌了起来。老人能够走出院子里去了。他终日坐在耳门的旁边。而且用那没有生气的眼，看着路上的人们。也好像在沉思什么事。

我从未听到凯查伯母说过老人的坏话。给他占领了炕炉上面，即家里的最好的处所,在食桌上,是叫他坐进去,像一家人一样。——对于这老人,加以这样的亲密的待遇,究竟有什么好处呢?

时时,老人仿佛记得了似的,说——

"总得再到世界上去跑跑呵。"

一听到这,凯查伯母可就生气了——

"这里的吃的东西,不中意么?乱撞乱走,连面包末屑也不会有的呵。"

凯查伯母是决不许老人背上袋子,跑了出去的。

伊凡伯伯每夜都请他吸烟。有一回,喝得烂醉,提着烧酒的瓶回来了。一面自己就从瓶口大口地喝酒,一面向老人说道——

"大家都是军人呀。军人有不喝酒的道理么?咱们都是肩过枪,冲过锋的人。咱们都是好汉呀。对不对?来,喝罢!"

老人被他灌了不会喝的酒,苦得要命。

有一时候,只有一次,伊凡伯伯曾经显出不高兴的相貌,呵斥了这客人。

"这不是糟么。这样地伤完了地板!给我杖子罢。"

伊凡伯伯从老人接过拄杖来,便将突出的钉,敲进去了。

老人就这样地在安特罗诺夫的家里大约住了一年多。

要给一个人的肚子饱满,身子温暖,必须多少东西呢?只要有面包片和房角,那就够了。但对于老人却给了炕炉。

是初秋的一个早晨。凯查伯母跑到我的祖母这里来了。

"老伯伯快要死掉了哩!"

祖母吃了一惊,不禁将手一拍。

于是跑到种种的地方,费了种种的心思。将通知传给四近。

就在这晚上,老人死掉了。

四近的人们都来送终。一个老女人拿了小衫来。有的送那做尸衣的冷纱,有的送草鞋。木匠伊理亚·陀惠达来合了棺材。工钱却没有要。遏菲谟·希纳列尼科夫借给了自己的马,好拉棺材到墓地去。又有人来掘了墓穴。都不要钱。——

"体面"的葬仪举行了。

一到出丧的时候，邻近的人们全到了，一个不缺。并且帮同将棺材抬上货车去。还有一面哭着的。

凯查伯母去立了墓标。那里办来的钱呢，可不知道。总之，是立了墓标了。

这些一切，是人们应该来做的，不肯不做的。

原载 1933 年 1 月 1 日《东方杂志》第 30 卷第 1 期，题作《穷人》，署隋洛文译。

初收 1933 年 1 月上海良友图书印刷公司版"良友文学丛书"之一《竖琴》。

拉拉的利益

[苏联]V. 英培尔

升降机是有了年纪了，寂寞地在他的铁栅栏后面。因为不停的上上落落，他就成了坏脾气，一关门，便愤懑地轧响，一面下降，一面微呻着好像一匹受伤的狼。他常常不大听指挥，挂在楼的半中腰，不高兴地看着爬上扶梯去的过客。

升降机的司机人是雅各·密忒罗辛，十一岁，一个不知道父母的孩子。他在街路上，被门丁看中了意，便留下他管升降机了。照住宅管理部的命令，是不准雅各·密忒罗辛给谁独自升降的；但他就自己来给过客上下，并且照章收取五个戈贝克。

当漫漫的长夜中，外面怒吼着大风雨的时候，雅各·密忒罗辛还是管住了他对于升降机的职务，等候那些出去看戏或是访友的人们，一面想想世事。他想想世事，想想自己的破烂的皮长靴，也想想将他当作儿子的门丁密忒罗方·亚夫达支,无缘无故的打得他这么厉害,还有,如果能够拾到一支铅笔,来用用功,那就好极了。他常常再三观察那升降机的构造,内部,有垫的椅子和开关的捺扣。尤其是红的一颗:只要将这用力一按,飞快的升降机也立刻停止了。这是非常有趣的事情!

晚上,大人们看戏去了,或者在家里邀客喝茶的时候,便有全寓里的不知那里的小头巾和小羊皮帽①到雅各·密忒罗辛这里来闲谈,是的,有时还夹着一个绒布小头巾,六岁的,名字叫拉拉。拉拉的母亲胖得像一个装满的衣包,很不高兴这交际,说道:

"拉拉,那东西可实实在在是没爹娘的小子呵,揩揩你的鼻子!他真会偷东西,真会杀人的呢,不要舔指头! 你竟没有别的朋友了么?"

如果雅各·密忒罗辛听到了这等话,他就勃然愤怒起来,然而不开口。

拉拉的保姆是一位上流的老太太,所以对于这交际也更加不高兴:

"小拉拉,莫去理他罢,再也莫去睬他了! 你找到了怎样的好货了呀:一个管升降机的小厮,你爹爹却是有着满弸软皮的写字桌的,你自己也是每天喝可可茶的。呸,这样的一个宝贝! 这也配和你做朋友么?"

但这花蕾一般娇嫩的,圆圆的小拉拉,却已经习惯,总要设法去接近雅各·密忒罗辛去,向他微笑了。

有一天,在升降机的门的下边,平时贴这公寓里的一切布告的处所,有了这样的新布告:

"这屋子里的所有孩子们,请在明天三点钟,全到楼下堆着羊皮的地方去。要提出紧要议案。入场无费。邻家的人,则收入场费胡

---

① 指女孩和男孩。——译者。

椒糖饼两个。"

下面是没有署名的。

第一个留心到这布告的，是拉拉的母亲。她先戴了眼镜看，接着又除了眼镜看，于是立刻叫那住在二层楼的房屋管理员。来的是房屋管理员的副手。

"你以为怎么样，波拉第斯同志?"拉拉的母亲说。"你怎么能这样的事也不管的?"她用戴手套的手去点着那布告。"有人在这里教坏我们的孩子，你却一声也不响。你为什么一声不响的呀？我们的拉拉是一定不会去的，不要紧。不过照道理讲起来……"

波拉第斯同志走近去一看，就哼着鼻子，回答道：

"我看这里面也并没有什么出奇的事情，太太。孩子们原是有着组织起来，拥护他们的本行利益的权利的。"

拉拉的母亲激昂得口吃了，切着齿说：

"什么叫利益，他们鼻涕还没有干呢。我很知道，这是十八号屋子里的由拉写的。他是一个什么科长的儿子罢。"

科长绥垒史诺夫，是一个脾气不好的生着肾脏病的汉子，向布告瞥了一眼，自己想：

"我认识的，是由拉的笔迹。我真不知道他会成怎样的人物哩。也许是毕勒苏特斯基①之类的泼皮罢。"

孩子们都好像并没有留心到这布告的样子。只是楼梯上面，特别增多了小小的足迹，在邻近的铺子里，胡椒糖饼的需要也骤然增高，非派人到仓库里去取新的货色不可了。

这夜是安静地过去了。但到早上，就热闹了起来。

首先来了送牛奶的女人，还说外面是大风雪，眼前也看不见手，她系自己的马，几乎系的不是头，倒是尾巴，所以牛奶就要涨价一戈

————————

① Josef Pilsudski，欧洲大战时，助德国与俄国战，占领波兰，后为其共和国的总统，又为总理兼陆军总长，常掌握国内的实权，准备与苏联开战的独裁者。——译者。

贝克了。屋子里面都弥满了暴风雨一般的心境。但绥垒史诺夫却将他那午膳放在皮夹里，仍旧去办公，拉拉的母亲是为了调查送牛奶的纠葛，到拉槟那里去了。

孩子们坐在自己的房里，非常地沉静。

到六点钟，当大多数的父母都因为办公，风雪，中餐而疲倦了，躺着休息，将他们的无力的手埋在《真理》和《思想》①里的时候，小小的影子就溜到楼下，的确像是跑向那堆着羊皮的处所去了。

拉拉的母亲到拉槟那里去列了席，才知道牛奶果然涨价，牛酪是简直买不到，一个钟头以后，她也躺在长椅子上的一大堆华贵的，有些是汽车轮子一般大，有些是茶杯托子一般大的圆垫子中间了。保姆跑到厨房去，和洗衣女人讨论着究竟有没有上帝。

这时忽然房门响了一声。

拉拉的母亲跳了起来，知道她的女儿爱莱娜·伊戈罗夫那·安敦诺华已经不在了。

拉拉的母亲抛开一切，冲着对面的房门大叫起来。科长绥垒史诺夫自己来开门了，手里拿着一个汤婆子。

"我们的拉拉不见了，你家的由拉一定也是的罢，"拉拉的母亲说。"他们在扶梯下面开会哩，什么本行的利益，一句话，就是发死昏。"

科长绥垒史诺夫不高兴地答道：

"我们的由拉也不在家。一定也在那里的。我还觉得他也许是发起人呢。我就去穿外套去。"

两个人一同走下了扶梯。升降机就发出老弱的呻吟声，从七层楼上落下去了。雅各·密忒罗辛一看见坐客，便将停机闩一按，止住了升降机，一面冷冷地说：

"对不起。"

―――――――

① Pravda 与 Isvestia，都是俄国著名的日报。――译者。

正在这时候,下面的堆着羊皮和冬眠中的马路撒水车用的水管的屋子里,也聚集了很多的孩子们,多得令人不能喘气。发出薄荷的气味,像在药铺子里似的。

由拉站在一把旧椅子上,在作开会的准备。中立的代理主席维克多尔,一个十二岁的孩子,不息的跑到他这里来听命令。

"由拉,隔壁的姑娘抱着婴孩来了,那婴孩可以将自己的发言委托她么,还是不行呢?"

这时候,那婴儿却自己来发言了,几乎震聋了大家的耳朵。

"同志们,"由拉竭力发出比他更大的声音,说,"同志们,大家要知道,可以发言的,以能够独自走路的为限。除此以外,都不应该发言。发言也不能托别人代理。要演说的人,请来登记罢。我们没有多工夫。议案是:新选双亲。"

拉拉,她青白了脸,睁着发光的眼睛,冲到维克多尔跟前,轻轻的说道:

"请,也给我写上。我有话要说。你写罢:五层楼的拉拉。"

"关于什么问题呀,同志,你想发表的是?"

"关于温暖的短裤,已经穿不来的,穿旧了的短裤的问题。也还有许多别的。"

由拉用胡椒糖饼敲着窗沿,开口道:

"同志们,我要说几句话。一切人们——金属工人,商人,连那擦皮靴的——都有防备榨取的他们的团体。但我们孩子们却没有设立这样的东西。各人都被那双亲,母亲呀,父亲呀,尤其是如果他是生着肾脏病的,随意开玩笑。这样下去,是不行的。我提议要提出要求,并且做一个适应时代的口号。谁赞成,谁反对,谁不发言呢?"

"雅各·密忒罗辛登记在这里了,"维克多尔报告说,"关于不许再打嘴巴的问题。但他本人没有到。"

由拉诚恳地皱了眉头,说道:

"当然的。他没有闲空。这就是说,他是在做一种重要的事情。他的提议是成立的。"

会议像暴风雨一般开下去了。许多是了不得的难问题,使谁也不能缄默。有人说,大人们太过分,至于禁止孩子们在公寓的通路上游戏,这是应该积极对付的。也有人说,在积水洼里洗洗长靴,是应该无条件地承认的,而且还有种种别的事。

孩子气的利益的拥护,这才开始在行业的基础上建立起来了。

升降机在第三层和第四层楼之间,挂了一点半钟。拉拉的母亲暴怒着去打门也无用,科长按着他那生病的肾脏也无用。雅各·密忒罗辛回复大家,只说升降机的内部出了毛病,他也没有法子办:它挂着——后来会自己活动的罢。

到得拉拉的母亲因为焦躁和久待,弄得半死,好容易才回到自己的圆垫子上的时候,却看见拉拉已经坐在她父亲的写字桌前了。她拿一枝粗的蓝铅笔,在一大张纸上,用花字写着会上议决的口号:

"孩子们,选择你们的双亲,要小心呀!"

拉拉的母亲吓得脸色变成青黄了。

第二天,由保姆来交给她一封信。她看见肮脏的信封里装着一点圆东西,便觉得奇怪了。她拆开信,里面却有一个大的,肮脏的五戈贝克钱。纸片上写的是:

"太太,我将升降机的钱送还你。这是应该的。我是特地将你们在升降机里关了这许多时光的,为的是给你的女儿拉拉可以发表关于她的一切的利益。

"给不会写字的雅各·密忒罗辛代笔

由拉·绥垒史诺夫。"

未另发表。

初收 1933 年 1 月上海良友图书印刷公司版"良友文学丛书"之一《竖琴》。

十四日

日记 晴。上午蕴如来并赠蒸藕一盘。文尹夫妇来,留之饭。下午得小峰信并版税百五十元,《三闲集》二十本。

十五日

日记 晴。上午同广平携海婴往篠崎医院诊,诊毕散步,并至一俄国饭店午餐。下午从内山书店买 *The Concise Universal Encyclopedia* 一本,十四元五角。得靖华信,八月十七日发。晚内山君邀往书店食锄烧,因与广平挈海婴同去。

十六日

日记 昙,午后雨。夜蕴如及三弟来。

十七日

日记 雨。上午同广平携海婴俱往篠崎医院诊,付泉十元。

十八日

日记 晴。午后同广平携海婴往春阳馆照相。得文尹信并赠海婴金铃子壹合,叫呱呱二合,包子一筐。夜蕴如及三弟来并赠香烟三合,赠以包子,韩梨。译班菲洛夫小说一篇讫。

《一天的工作》前记

苏联的无产作家,是十月革命以后,即努力于创作的,一九一八年,无产者教化团就印行了无产者小说家和诗人的丛书。二十年夏,又开了作家的大会。而最初的文学者的大结合,则是名为"锻冶厂"的集团。

但这一集团的作者,是往往负着深的传统的影响的,因此就少有独创性,到新经济政策施行后,误以为革命近于失败,折了幻想的翅子,几乎不能歌唱了。首先对他们宣战的,是《那巴斯图》(意云:在前哨)派的批评家,英古罗夫说:"对于我们的今日,他们在怠工,理由是因为我们的今日,没有十月那时的灿烂。他们……不愿意走下英雄底阿灵比亚来。这太平常了。这不是他们的事。"

一九二二年十二月,无产者作家的一团在《青年卫军》的编辑室里集合,决议另组一个"十月团","锻冶厂"和"青年卫军"的团员,离开旧社,加入者不少,这是"锻冶厂"分裂的开端。"十月团"的主张,如烈烈威支说,是"内乱已经结束,'暴风雨和袭击'的时代过去了。而灰色的暴风雨的时代又已到来,在无聊的幔下,暗暗地准备着新的'暴风雨'和新的'袭击'。"所以抒情诗须用叙事诗和小说来替代;抒情诗也"应该是血,是肉,给我们看活人的心绪和感情,不要表示柏拉图一流的欢喜了。"

但"青年卫军"的主张,却原与"十月团"有些相近的。

革命直后的无产者文学,诚然也以诗歌为最多,内容和技术,杰出的都很少。有才能的革命者,还在血战的涡中,文坛几乎全被较为闲散的"同路人"所独占。然而还是步步和社会的现实一同进行,渐从抽象的,主观的而到了具体的,实在的描写,纪念碑的长篇大作,陆续发表出来,如里培进斯基的《一周间》,绥拉菲摩维支的《铁流》,革拉特珂夫的《士敏土》,就都是一九二三至二四年中的大收获,且已移植到中国,为我们所熟识的。

站在新的立场上的智识者的作家既经辈出,一面有些"同路人"也和现实接近起来,如伊凡诺夫的《哈蒲》,斐定的《都市与年》,也被称为苏联文坛上的重要收获。先前的势如水火的作家,现在似乎渐渐有些融洽了。然而这文学上的接近,渊源其实是很不相同的。珂刚教授在所著的《伟大的十年的文学》中说:

"无产者文学虽然经过了几多的变迁，各团体间有过争斗，但总是以一个观念为标帜，发展下去的。这观念，就是将文学看作阶级底表现，无产阶级的世界感的艺术底形式化，组织意识，使意志向着一定的行动的因子，最后，则是战斗时候的观念形态底武器。纵使各团体间，颇有不相一致的地方，但我们从不见有谁想要复兴一种超阶级的，自足的，价值内在的，和生活毫无关系的文学。无产者文学是从生活出发，不是从文学性出发的。虽然因为作家们的眼界的扩张，以及从直接斗争的主题，移向心理问题，伦理问题，感情，情热，人心的细微的经验，那些称为永久底全人类的主题的一切问题去，而'文学性'也愈加占得光荣的地位；所谓艺术底手法，表现法，技巧之类，又会有重要的意义；学习艺术，研究艺术，研究艺术的技法等事，成了急务，公认为切要的口号；有时还好像文学绕了一个大圈子，又回到原先的处所了。

　　"所谓'同路人'的文学，是开拓了别一条路的。他们从文学走到生活去。他们从价值内在底技巧出发。他们先将革命看作艺术底作品的题材，自说是对于一切倾向性的敌人，梦想着无关于倾向的作家的自由的共和国。然而这些'纯粹的'文学主义者们——而且他们大抵是青年——终于也不能不被拉进全线沸腾着的战争里去了。他们参加了战争。于是从革命底实生活到达了文学的无产阶级作家们，和从文学到达了革命底实生活的'同路人们'，就在最初的十年之终会面了。最初的十年的终末，组织了苏联作家的联盟。将在这联盟之下，互相提携，前进了。最初的十年的终末，由这样伟大的试练来作纪念，是毫不足怪的。"

由此可见在一九二七年顷，苏联的"同路人"已因受了现实的熏陶，了解了革命，而革命者则由努力和教养，获得了文学。但仅仅这几年的洗练，其实是还不能消泯痕迹的。我们看起作品来，总觉得前者虽写革命或建设,时时总显出旁观的神情,而后者一落笔,就无一不自己就在里边,都是自己们的事。

可惜我所见的无产者作家的短篇小说很有限,这十篇之中,首先的两篇,还是"同路人"的,后八篇中的两篇,也是由商借而来的别人所译,然而是极可信赖的译本,而伟大的作者,遗漏的还很多,好在大抵别有长篇,可供阅读,所以现在也不再等待,收罗了。

至于作者小传及译本所据的本子,也都写在《后记》里,和《竖琴》一样。

临末,我并且在此声谢那帮助我搜集传记材料的朋友。

一九三二年九月十八夜,鲁迅记。

未另发表。

初收 1933 年 3 月上海良友图书印刷公司版"良友文学丛书"之四《一天的工作》。

枯煤,人们和耐火砖

[苏联]F.班菲洛夫　V.伊连珂夫

枯煤炉以几千吨三和土的斤两,沉重地压在基础木桩——一千二百个木桩——上面了,于是就将几千年间搬来的树木,古代的巨人的根株,被溪水冲下的泥土所夹带而来的野草,都在这里腐烂了的地底的泥沼,藏在它下面。这沼,是曾经上面爬着浓雾,晴明的时候,则涡旋着蚊蚋的密云的沼,只要有落到它肚子里来的东西,它都贪婪地吃掉了。但是,泥,树木,草,愈是沉到那泥泞的底里去,就逐渐用了它们的残骸,使沼愈加变得狭小。芦苇也一步步的从岸边逼近中心去,使它狭窄起来。沼就开始退却了,泥,树木,草,芦苇,从四面来攻击它,一边攻击,一边使它干涸,盖上了一层有许多凸起的,蛹一般的,泥煤的壳。

经过了几百年,壳变硬了,就成了满生着繁茂的杂草和野荆球树的矮林的黑土。

这样子,自然就毫不留下一些关于这的传说,记录或纪念,而将腐烂的泥沼埋没了。

于是人们到这里,在山脚下的广场上,摊开那筹划冶金工厂的图样来,指定了安设枯煤炉的地方,就在熔矿炉的邻近。河马一般呆相的挖掘机立刻活动起来了,掘地的人们走下很大的洞里去。人们赶紧走下去了,但当掘掉上层的黑土,挖掘机从它拖着嘴唇的大嘴里吐着大量的大土块,慢慢地再又旋转着它那有节的颈子的时候,才知道地底下很柔软,稀烂,就像半熟的粥一般。

人们发现了泥沼。

当开掘地基的时候,建设者们也知道地盘是不很坚固的,但在泥沼上面来安枯煤炉,却谁也没有想到过。这烂泥地,是也如矿洞里的突然发生煤气一样,全是猝不及防的出现的。建设者们愈是往下走,稀湿的地底就愈是在脚下唧唧的响,哺哺的响,并且将人们滑进它那泥泞的,发着恶臭的肚子里面去。

也许有简单的办法的,就是又用土来填平了地基,在那里种上些带着紫色耳环的白桦,或者听其自然,一任它再成为湛着臭水,有些蚊,蚋,野鸭的泥沼。但据工厂的设计图,是无论如何,炉子一定该在这里的,如果换一个地方,那就是对着已经有了基础的铸造厂,辗制厂的马丁式熔矿炉,水门汀,铁,石子的梯队摇手——也就是弄坏一切的建设,抛掉这广场。

退却,是不能的。

于是人们就浸在水里面,来打那木桩。首先——打下木桩去,接着又用巨大的起重机将它拔出,做成窟窿,用三和土灌进这窟窿里面去。建设者们用尽了所有的力量,所有的方法,所有的手段,打下了木桩——一千二百个木桩。

这么一来,那里还怕造不成枯煤炉呢?

发着珠光的耐火砖,好像又厚又重的玻璃一般,当当地响。砖头仿佛经过研磨,拿在手上,它就会滑了下去,碎成细碎的,玎珰作响的末屑。但工人们却迅速地,敏捷地将它们叠起来。砖头也闪着它带红色的棱角,在他们手里玩耍。枯煤炉的建造场上,就满是木槌的柔软的丁丁声,穿着灰色工衣的人们的说话声,货车的声响,喧嚣的声响。有时候,话声和叫声忽然停止了,于是音,响,喧嚣,就都溶合在仿佛大桶里的酒糟在发酵似的一种营营的声音里。

这样的一点钟——两点钟——三点钟。

营营声大起来了,充满了全建筑物,成为砖匠们的独特的音乐,和银色的灰尘一同溢出外面去了。

"原料!"忽然间,到处是工人们的叫喊,打断了营营声,于是头上罩着红手巾,脚穿破靴,或是赤脚的,身穿破烂的乡下式短外套的女人们,就从挂台将灰色的粘土倒在工人们的桶子里。

"花样!"

"花样?"

造一个枯煤炉,计有五百八十六种砖头的花样,即样式。其实,炉子是只要巧巧的将这些花样凑合起来就行的。砖都在那边的堆场上。将这些搬到屋里来,一一凑合,恰如用各件凑成发动机,缝衣机,钟表的一般,就好。凑成之后,涂上原料——炉子就成功了。是简单的工作。然而工人们每送上一块新的花样去,就皱一回眉,花样有各种的样式,和建筑普通的房屋,或宽底的俄国式火炉的单纯的红砖,是两样的。有种种的花样——有圆锥形的,也有金字塔形的,立方体的,螺旋状的,双角状的。必须明白这些花样的各种,知道它嵌在什么地方,必须巧妙地涂上原料去,涂得一点空隙都没有,因为炉子里面就要升到一千度以上的热度,那时候,只要有一点好像极不要紧的空隙,瓦斯也会从那地方钻出来。而且——还应该像钟表的机件一样，不能大一个生的密达，也不能小一个生的密达，要正确到一点参差也没有。

突击队员知道着三和土的工人们已经交出了确立在木桩上面的炉子的地基，征服了泥沼的自己的工作；知道着石匠们应该造起足以供给五十五万吨好枯煤的炉子，为了精制石脑油，石炭酸，以及别的出产物，而将瓦斯由这里送到化学工厂里去的炉子来。他们知道着倘使没有枯煤，则每年必须供给一百二十万吨生铁于国家的熔矿，就动弹不得。

但是，只要有一点小空隙，有一点参差的缝，什么地方有一点小破绽，炉子也只好从队伍里开除出来。所以指导者们就总在炉旁边走来走去，测量砌好了的处所，一有破绽，即使是怎样微细的，也得教将这拆掉，从新砌一遍。就在近几时，当测量的时候，指导者们发见了炉壁比标准斜出了二十四米里密达①，也就教拆掉了。由此知道拆掉了的一排里的一块花样下面的原料里，有一片小小的木片。这怎么会弄到那里面去的呢？"谁知道呢！工人们难道将粘土统统嚼过，这才涂上去的么！"然而对于这等事，指导者们却毫不介意，将好容易砌好了的三排，全都推倒了——这是四个砖匠们的一日夜的工作。

就要这样精密的技术。

矿工们正在咬进库兹巴斯的最丰富的煤层去。他们无日无夜，在深的地底里，弄碎着漆黑的煤，几千吨的抛到地面上。煤就在平台上装进货车里，由铁路运到库兹尼兹基冶金工厂去，那地方，是两年以前，还是大野的广漠的湖和沼泽张着大口，从连山吹下来的风，用了疼痛的沙尘，来打稀有的旅客，并无车站，而只在支路的终点，摆两辆旧货车来替代的。

——————————

① 约合中国尺八分弱。——译者。

煤的梯队，飞速的奔向新库兹尼兹克——社会主义底都市，在广漠的平野中由劳动者阶级所建设的市镇去。

煤在这里先进碎矿机里去，被拣开，被打碎——煤和熔剂的混合物——于是用了货车，倒在炉子的烧得通红的大嘴里，经过十七个钟头之后，又从这里吐出赤热的馒头来……这就是枯煤。泼熄枯煤，吱吱的发响，像石灰一样，经过分类，再继续它的旅行，就是拌了生矿，跑进烧得通红的大嘴，大肚子的熔矿炉的大嘴里面去。

枯煤——是熔矿炉，发电所，化学工厂的食料。

新市镇是靠枯煤来维持生活的。

是的。但在目前，这还不过是一个空想，要得到枯煤，必须先将它放在耐火砖的装甲室里炼一炼，恰如建设者们将泥泞的饕餮的沼泽，炼成了三和土一般，……那时候，空想就变了现实；那时候，铸造厂，辗制厂，发电所，化学工厂就一齐活动起来；那时候，机器脚踏车就来来往往，文化的殿堂开开了，而刚从农村来到这里的人们，正在每天将自己的劳动献给建设的人们——就从瞎眼的昏暗的土房的屋子里，搬到社会主义的都市，工业都市上来了。

突击队长西狄克，就正在空想着这件事。

建设枯煤炉，也就是搬到社会主义底都市去的意思。党和政府，将他看作他那突击队里，曾在特别周间，出过一天选上五百块砖的选手的光荣的队员，而使他负着绝大的责任，西狄克是知道的，然而还是怀着这空想。

可是这里有耐火砖——这些五百八十六个的花样。

于是西狄克被不安所侵袭了。

他站在高地方，摇摇摆摆，好像在铰链上面一样。他似乎不能镇静的站着了，仿佛屋顶现在就要落到他的头上来，仿佛无论如何，他总想避开这打击，只是静不下，走不停。

他现在轻捷地，好像给发条弹了一下似的，跳了起来，跨过砖堆，跑到下面来了，于是和学徒并排的站着。

"不是又在用指头涂着了么?"他巧妙地将砖头向上一抛,砖头在空中翻了几个转身,轻轻地合适地又落在他手掌里了。他用了小刮刀,涂上原料,嵌在砖排里。砖就服服帖帖的躺在自己的处所,恰如小猪的躺在用自己的体温偎暖了的自己的角落里一般。

"要这么干的么?"在旁边作工的女学徒孚罗莫伐问道,于是红了脸。

"不这么,怎么呀?"西狄克莽撞地说。"在用别的法子涂着了罢。"

他讲话,总仿佛手上有着细索子,将这连结着的一样。脸是干枯的,面庞上满是皱。皱纹向各方面散开——从眼睛到耳朵,从下巴到鼻子,于是从此爬上鼻梁,溜到鼻尖,使鼻尖接近上唇,成为鹰嘴鼻。

"畜生,畜生,"他咂舌似的说着,爬到上面去,从那里注视着六十个突击队,皱着眉头,还常常将什么写在笔记本子上。

这永是冷静,镇定,充满着自信的他,今天是怎么了呀? 今天是有什么踬绊了他,有什么使他烦乱,皱眉,使他跑来跑去了。

今天,他又被奥波伦斯基的突击队比败了。

固然,在他,是有着辩解的话的。他的突击队——是砌红砖的专门家,来弄耐火砖,还是第一次,而且在他的突击队里,六十人中只有十一个是工人,此外——就都是学徒们和稷林一流的脚色。早晨,他问稷林道,"你以为要怎么竞争才好呢?"稷林答道,"只要跟着你,我是海底里也肯去的。"那里有怎样的海呢? 那就是海,是——正在掀起第九个浪来的——奥波伦斯基。但是,从稷林,从虽在集团里而几乎还是一个孩子的人,从虽在献身于集团而还没有创造的能力的孩子的人,又能够收获些什么呵! 然而奥波伦斯基的突击队,却大抵是中央劳动学校的学生,指导者们是从唐巴斯来的,他们在那里造过枯煤炉,有着经验。

在西狄克,是有辩解的话的。

但是，在这国度里，辩解是必要的么？ 能够总是依据着"客观底"原因么？ 不的。西狄克走来走去，他失了镇静，渐渐没有自信了。当他的突击队初碰见耐火砖的时候，他问道：

"怎样，大家？"

"和谁竞赛呀？"工人们问他说。"和奥波伦斯基么？ 什么，他还是一个乳臭未干的小子呢。"

这是的确的。一看见奥波伦斯基，就令人觉得诧异。他的姓名，是好像突击队的旗子一样，在广场上飘扬的，但他还不满二十一岁，显着少年的粉红的面颊，然而这他，却指挥着突击队，将西狄克的突击队打败了。

第一天，西狄克的突击队满怀着自信，用了稳重的脚步，走下到耐火砖的处所去，立刻占好自己的位置，含着微笑向别的突击队宣了战，动手工作起来。那时候，西狄克还相信是能得胜的。他和突击队都以极度的紧张，在作工时间中做个不歇——砖头当当的在响，木槌在敲。这天将晚，紧张也跟着增大了，用了恰如渔夫将跳着鱼儿的网，拉近岸来那时一样的力量。

但到晚上，西狄克的头发都竖起来了，他的突击队，每人迭了〇·五吨，可是奥波伦斯基的突击队却有———一·四吨。

"哦，"西狄克公开似的说。"明天一下子都赢他过来罢。"

然而明天又是新的低落。突击队在耐火砖上，在花样上碰了钉子了，无论怎样，一个人总不能迭到〇·九吨以上。其实，外国人①是原以每人〇·五吨为标准的，因为管理部知道着突击队的力量，所以加到〇·八吨。西狄克是已经超出了官定的标准了。但这说起话来，总是含着微笑，顺下眼睛的少年的康索谟尔奥波伦斯基，却将那他打败。

突击队的会议时，西狄克又发了和先前一样的质问：

---

① 当是从外国聘来的技师。——译者。

"但是，怎样，大家？"

"怎样？难呀，这砖头不好办。"

"难么？比建设社会主义还难的事情，是没有的，可是不正在建设着么。"西狄克回答说，一面自己首先研究起来。

他采用了奥波伦斯基的方法，将全部分成队伍，四人一队，两个工人放在两侧，中间配上两个学徒。他测定了砖匠们的一切的动作，不再在远处望着工作，却紧紧的钉住了在监督了。

"奋斗罢。教恶魔也要倒立起来的。"工人们兴奋地说。

于是西狄克的突击队，就肉搏了奥波伦斯基了，每人送了一·二吨，摩了他的垒。

然而昨天，奥波伦斯基又每人送了二·二吨。人们说，这是世界底记录。西狄克发抖了，他在一夜里，就瘦了下去，他的皱纹变成深沟，鼻子更加钩进去了，背脊也驼了，但眼睛却在敏捷的动，抓住了砌砖的全过程，分析出它的基础部分来。

西狄克的今天的静不下，就为了这缘故。

"畜生，畜生，"他喃喃地说。"缺陷在什么地方呢？"

在工人们么？工人们是在工作的。他们不但八点钟，还决心要做到十点钟，或者还要多——他们提议将全突击队分为轮流的两班，那么，一日一夜里，工人们可以做到十六点钟了。然而问题并不在这里。一日一夜做二十点钟工，是做得到的，为了砌砖而折断了脊梁，也做得到的。但是，建设事业是高兴这样的么？

这是无聊的想头。

那么，问题在那里呢？

在砌法么？不，耐火砖的砌法的技术，工人们好像已经学会了。加工钱么？笑话，突击队以这么大的紧张在作工，并非为了钱，是明明白白的。如果为了"卢布"，突击队只要照〇·八吨的标准，做下去就好，但在事实上，他们不是拿着一样的工钱，却每人砌着一·二吨么？

西狄克就这样地，天天找寻着缺陷，他注视着工作的进行，将这加以解剖,在笔记本子上画图,将工人们组织起来,又将他们改组,即使到了夜里,也还是坐在自己的屋子——隔壁总有小孩子哭着的棚屋里。

他连上床睡觉都忘掉了,他早晨往往被人叫醒,从桌子底下拉出来。

到今天六月一日,西狄克眼光闪闪地走到耐火砖这里来了。他看透了事情的本质。第一——是奥波伦斯基的突击队嵌砖嵌得很快,他们是已经和砖头完全驯熟了的。然而一切突击队,都有一个共通的缺陷,使他们迭得慢的,一定是递送砖头的人们,他们空开了时间,慢慢地递送,所以砖匠们只得空着手等候着。奥波伦斯基是仗着嵌砖嵌得快,从这缺陷逃出了。西狄克的突击队,还没有奥波伦斯基的突击队那样的和砖头驯熟。所以应该监督递送砖头的人们,借此去进逼奥波伦斯基的突击队。第二,是一到交代,走出去的时候,毫不替接手的人们想一想,随便放下了砖头。这里就将时间化费了,于是……

"独立会计,"西狄克说。"给我们一个地方罢,我们会负责任的。我们要分成两班,在一处地方,从头到底的工作下去,但递送的人们要归我们直接管理,我们要竭力多给他们工钱,按照着迭好的耐火砖的吨数来计算。"

自从将突击队改了独立会计之后,到第二天,西狄克才显出了一个大飞跃,逼近奥波伦斯基了。

夜。

工厂街的郊外(还没有工厂街,这还只是在基础里面的一个骨架),被散在的电灯的光照耀着。电灯在风中动摇,从远地里就看得见。库兹尼克斯特罗伊①——这是浮着几百只下了锚而在摇动的船

---

① "熔矿炉建设"的意思。——译者。

的大船坞。

都市在生长着。

二万四千的工人们，每天从基础里扛起都市来，那是二万四千的西狄克们，奥波伦斯基们，稷林。他们一面改造自然，使它从属于集团，一面改造自己本身，改造对于人们，对于劳动的自己的态度，于是在事实上，劳动就成为"名誉的事业，道德和英勇的事业"了。

现在我们又在耐火砖的处所了，我们的面前，有西狄克和奥波伦斯基在。

什么东西在推动他们，什么东西使他们忘记了睡觉的呢？

"我们到这里来，并不是为了卢布（卢布是我们随处可以弄到的，也不推却它），来的是为了要给人看看我们，看看我们康索谟尔是怎样的人。"奥波伦斯基回答说。

"我不懂，"西狄克开初说，停了一会，又添上去道，"我这里面有一条血管，是不能任凭它就是这模样，应该改造一下，应该给人们后来可以说——'西狄克和他的突击队，是很奋斗了的'那么地，从新创造一下的。"

我们的阶级正在创造。

我们是生在伟大的创造的时代。

未另发表。

初收 1933 年 3 月上海良友图书印刷公司版"良友文学丛书"之四《一天的工作》。

十九日

日记　晴。上午与广平携海婴俱往篠崎医院诊，付泉十一元四角。午同往粤店啜粥。下午编《新俄小说家二十人集》下册讫，名之曰《一天的工作》。得山本夫人信。晚季市来,赠以《三闲集》二本。

《一天的工作》后记

毕力涅克(Boris Pilniak)的真姓氏是鄂皋(Wogau),以一八九四年生于伏尔迦沿岸的一个混有日耳曼,犹太,俄罗斯,鞑靼的血液的家庭里。九岁时他就试作文章,印行散文是十四岁。"绥拉比翁的兄弟们"成立后,他为其中的一员,一九二二年发表小说《精光的年头》,遂得了甚大的文誉。这是他将内战时代所身历的酸辛,残酷,丑恶,无聊的事件和场面,用了随笔或杂感的形式,描写出来的。其中并无主角,倘要寻求主角,那就是"革命"。而毕力涅克所写的革命,其实不过是暴动,是叛乱,是原始的自然力的跳梁,革命后的农村,也只有嫌恶和绝望。他于是渐渐成为反动作家的渠魁,为苏联批评界所攻击了,最甚的时候是一九二五年,几乎从文坛上没落。但至一九三〇年,以五年计划为题材,描写反革命的阴谋及其失败的长篇小说《伏尔迦流到里海》发表后,才又稍稍恢复了一些声望,仍旧算是一个"同路人"。

《苦蓬》从《海外文学新选》第三十六编平冈雅英所译的《他们的生活之一年》中译出,还是一九一九年作,以时候而论,是很旧的,但这时苏联正在困苦中,作者的态度,也比成名后较为真挚。然而也还是近于随笔模样,将传说,迷信,恋爱,战争等零星小材料,组成一片,有嵌镶细工之观,可是也觉得颇为悦目。珂刚教授以为毕力涅克的小说,其实都是小说的材料(见《伟大的十年的文学》中),用于这一篇,也是评得很惬当的。

绥甫林娜(Lidia Seifullina)生于一八八九年;父亲是信耶教的鞑

鞑人，母亲是农家女。高等中学第七学级完毕后，她便做了小学的教员，有时也到各地方去演剧。一九一七年加入社会革命党，但至一九年这党反对革命的战争的时候，她就出党了。一九二一年，始给西伯利亚的日报做了一篇短短的小说，竟大受读者的欢迎，于是就陆续的创作，最有名的是《维里尼亚》（中国有穆木天译本）和《犯人》（中国有曹靖华译本，在《烟袋》中）。

《肥料》从《新兴文学全集》第二十三卷中富士辰马的译本译出，疑是一九二三年之作，所写的是十月革命时一个乡村中的贫农和富农的斗争，而前者终于失败。这样的事件，革命时代是常有的，盖不独苏联为然。但作者却写得很生动，地主的阴险，乡下革命家的粗鲁和认真，老农的坚决，都历历如在目前，而且绝不见有一般"同路人"的对于革命的冷淡模样，她的作品至今还为读书界所爱重，实在是无足怪的。

然而译她的作品却是一件难事业，原译者在本篇之末，就有一段《附记》说：

"真是用了农民的土话所写的绥甫林娜的作品，委实很难懂，听说虽在俄国，倘不是精通乡村的风俗和土音的人，也还是不能看的。竟至于因此有了为看绥甫林娜的作品而设的特别的字典。我的手头没有这样的字典。先前曾将这篇译载别的刊物上，这回是从新改译的。倘有总难了然之处，则求教于一个熟知农民事情的鞑靼的妇人。绥甫林娜也正是鞑靼系。但求教之后，却愈加知道这篇的难懂了。这回的译文，自然不能说是足够传出了作者的心情，但比起旧译来，却自以为好了不少。须到坦波夫或者那里的乡下去，在农民里面过活三四年，那也许能够得到完全的翻译罢。"

但译者却将求教之后，这才了然的土话，改成我所不懂的日本乡下的土话了，于是只得也求教于生长在日本乡下的 M 君，勉强译出，而于农民言语，则不再用某一处的土话，仍以平常的所谓"白话文"了事,因为我是深知道决不会有人来给我的译文做字典的。但于原作的精采,恐怕又损失不少了。

略悉珂(Nikolei Liashko)是在一八八四年生于哈里珂夫的一个小市上的,父母是兵卒和农女。他先做咖啡店的侍者,后来当了皮革制造厂,机器制造厂,造船厂的工人,一面听着工人夜学校的讲义。一九〇一年加入工人的秘密团体,因此转辗于捕缚,牢狱,监视,追放的生活中者近十年,但也就在这生活中开始了著作。十月革命后,为无产者文学团体"锻冶厂"之一员,著名的著作是《熔炉》,写内乱时代所破坏,死灭的工厂,由工人们自己的团结协力而复兴,格局与革拉特珂夫的《士敏土》颇相似。

《铁的静寂》还是一九一九年作,现在是从《劳农露西亚短篇集》内,外村史郎的译本重译出来的。看那作成的年代,就知道所写的是革命直后的情形,工人的对于复兴的热心,小市民和农民的在革命时候的自利,都在这短篇中出现。但作者是和传统颇有些联系的人,所以虽是无产者作家,而观念形态却与"同路人"较相近,然而究竟是无产者作家,所以那同情在工人一方面,是大略一看,就明明白白的。对于农民的憎恶,也常见于初期的无产者作品中,现在的作家们,已多在竭力的矫正了,例如法捷耶夫的《毁灭》,即为此费去不少的篇幅。

聂维洛夫(Aleksandr Neverov)真姓斯珂培莱夫(Skobelev),以一八八六年生为萨玛拉(Samara)州的一个农夫的儿子。一九〇五年师范学校第二级卒业后,做了村学的教师。内战时候,则为萨玛拉的革命底军事委员会的机关报《赤卫军》的编辑者。一九二〇至二一年大饥荒之际,他和饥民一同从伏尔迦逃往塔什干,二二年到墨斯科,加入"锻冶厂",二二年冬,就以心脏麻痹死去了,年三十七。他的最初的小说,在一九〇五年发表,此后所作,为数甚多,最著名的是《丰饶的城塔什干》,中国有穆木天译本。

《我要活》是从爱因斯坦因(Maria Einstein)所译,名为《人生的面目》(*Das Antlitz des Lebens*)的小说集里重译出来的。为死去的受苦的母亲,为未来的将要一样受苦的孩子,更由此推及一切受苦的人们而战斗,观念形态殊不似革命的劳动者。然而作者还是无产者文学初期的人,所以这也并不足令人诧异。珂刚教授在《伟大的十年的文学》里说:

> "出于'锻冶厂'一派的最是天才底的小说家,不消说,是将崩坏时代的农村生活,加以杰出的描写者之一的那亚历山大·聂维洛夫了。他全身浴着革命的吹嘘,但同时也爱生活。……他之于时事问题,是远的,也是近的。说是远者,因为他贪婪的爱着人生。说是近者,因为他看见站在进向人生的幸福和充实的路上的力量,觉到解放的力量。……

> "聂维洛夫的小说之一《我要活》,是描写自愿从军的红军士兵的,但这人也如聂维洛夫所写许多主角一样,高兴地爽快地爱着生活。他遇见春天的广大,曙光,夕照,高飞的鹤,流过洼地的小溪,就开心起来。他家里有一个妻子和两个小孩,他却去打仗了。他去赴死了。这是因为要活的缘故;因为有意义的人生观为了有意义的生活,要求着死的缘故;因为单是活着,并非就是生活的缘故;因为他记得洗衣服的他那母亲那里,每夜来些兵丁,脚夫,货车夫,流氓,好像打一匹乏力的马一般地殴打她,灌得醉到失了知觉,呆头呆脑的无聊的将她推倒在眠床上的缘故。"

玛拉式庚(Sergei Malashkin)是土拉省人,他父亲是个贫农。他自己说,他的第一个先生就是他的父亲。但是,他父亲很守旧的,只准他读《圣经》和《使徒行传》等类的书;他偷读一些"世俗的书",父亲就要打他的。不过他八岁时,就见到了果戈理,普式庚,莱尔孟多夫的作品。"果戈理的作品给了我很大的印象,甚至于使我常常做梦看见魔鬼和各种各式的妖怪。"他十一二岁的时候非常之淘气,到处捣乱。十三岁就到一个富农的家里去做工,放马,耕田,割草……在这富农家里,做了四个月。后来就到坦波夫省的一个店铺子里当学徒,虽然工作很多,可是他总是偷着功夫看书,而且更喜欢"捣乱和顽皮"。

一九〇四年,他一个人逃到了墨斯科,在一个牛奶坊里找着了工作。不久他就碰见了一些革命党人,加入了他们的小组。一九〇五年革命的时候,他参加了墨斯科十二月暴动,攻打过一个饭店,叫做"波浪"的,那饭店里有四十个宪兵驻扎着:很打了一阵,所以他就受了伤。一九〇六年他加入了布尔塞维克党,一直到现在。从一九〇九年之后,他就在俄国到处流荡,当苦力,当店员,当木料厂里的工头。欧战的时候,他当过兵,在"德国战线"上经过了不少次的残酷的战斗。他一直喜欢读书,自己很勤恳的学习,收集了许多少见的书籍(五千本)。

他到三十二岁,才"偶然的写些作品"。

"在五年的不断的文学工作之中,我写了一些创作(其中一小部分已经出版了)。所有这些作品,都使我非常之不满意,尤其因为我看见那许多伟大的散文创作:普式庚,莱尔孟多夫,果戈理,陀思妥夫斯基和蒲宁。研究着他们的创作,我时常觉着一种苦痛,想起我自己所写的东西——简直一无价值……就不知道怎么才好。

"而在我的前面正在咆哮着,转动着伟大的时代,我的同阶级的人,在过去的几百年里是沉默着的,是受尽了一切痛苦的,现在却已经在建设着新的生活,用自己的言语,大声的表演自己的阶级,干脆的说:我们是主人。

"艺术家之中,谁能够广泛的深刻的能干的在自己的作品里反映这个主人,——他才是幸福的。

"我暂时没有这种幸福，所以痛苦，所以难受。"（玛拉式庚自传）

他在文学团体里，先是属于"锻冶厂"的，后即脱离，加入了"十月"。一九二七年，出版了描写一个革命少女的道德底破灭的经过的小说，曰《月亮从右边出来》一名《异乎寻常的恋爱》，就卷起了一个大风暴，惹出种种的批评。有的说，他所描写的是真实，足见现代青年的堕落；有的说，革命青年中并无这样的现象，所以作者是对于青年的中伤；还有折中论者，以为这些现象是实在的，然而不过是青年中的一部分。高等学校还因此施行了心理测验，那结果，是明白了男女学生的绝对多数，都是愿意继续的共同生活，"永续的恋爱关系"的。珂刚教授在《伟大的十年的文学》中，对于这一类的文学，很说了许多不满的话。

但这本书，日本却早有太田信夫的译本，名为《右侧之月》，末后附着短篇四五篇。这里的《工人》，就从日本译本中译出，并非关于性的作品，也不是什么杰作，不过描写列宁的几处，是仿佛妙手的速写画一样，颇有神采的。还有一个不大会说俄国话的男人，大约就是史太林了，因为他原是生于乔具亚（Georgia）——也即《铁流》里所说起的克鲁怎的。

绥拉菲摩维支（A. Serafimovich）的真姓是波波夫（Aleksandr Serafimovich Popov），是十月革命前原已成名的作家，但自《铁流》发表后，作品既是划一时代的纪念碑底的作品，作者也更被确定为伟大的无产文学的作者了。靖华所译的《铁流》，卷首就有作者的自传，为省纸墨计，这里不多说罢。

《一天的工作》和《岔道夫》，都是文尹从《绥拉菲摩维支全集》第一卷直接译出来的，都还是十月革命以前的作品。译本的前一篇的前面，原有一篇序，说得很分明，现在就完全抄录在下面——

绥拉菲摩维支是《铁流》的作家，这是用不着介绍的了。可是,《铁流》出版的时候已经在十月之后;《铁流》的题材也已经是十月之后的题材了。中国的读者,尤其是中国的作家,也许很愿意知道:人家在十月之前是怎么样写的。是的!他们应当知道,他们必须知道。至于那些以为不必知道这个问题的中国作家,那我们本来没有这种闲功夫来替他们打算,——他们自己会找着李完用文集或者吉百林小说集……去学习,学习那种特别的巧妙的修辞和布局。骗人,尤其是骗群众,的确要有点儿本事!至于绥拉菲摩维支,他是不要骗人的,他要替群众说话,他并且能够说出群众所要说的话。可是,他在当时——十月之前,应当有骗狗的本事。当时的文字狱是多么残酷,当时的书报检查是多么严厉,而他还能够写,自然并不能够"畅所欲言",然而写始终能够写的,而且能够写出暴露社会生活的强有力的作品,能够不断的揭穿一切种种的假面具。

这篇小说:《一天的工作》,就是这种作品之中的一篇。出版的时候是一八九七年十月十二日——登载在《亚佐夫海边报》上。这个日报不过是顿河边的洛斯托夫地方的一个普通的自由主义的日报。读者如果仔细的读一读这篇小说,他所得的印象是什么呢?难道不是那种旧制度各方面的罪恶的一幅画像!这里没有"英雄",没有标语,没有鼓动,没有"文明戏"里的演说草稿。但是,……

这篇小说的题材是真实的事实,是诺沃赤尔卡斯克城里的药房学徒的生活。作者的兄弟,谢尔盖,在一千八百九十几年的时候,正在这地方当药房的学徒,他亲身受到一切种种的剥削。谢尔盖的生活是非常苦的。父亲死了之后,他就不能够再读书,中学都没有毕业,就到处找事做,换过好几种职业,当过水手;后来还是靠他哥哥(作者)的帮助,方才考进了药房,要想熬到制药师副手的资格。后来,绥拉菲摩维支帮助他在郭铁尔尼珂华站上自己开办了一个农村药房。绥拉菲摩维支时常到那地方去的;一九〇八年他就在这地方收集了材料,写了他那第一篇长篇小说:《旷野里的城市》。

范易嘉志。一九三二,三,三〇。

孚尔玛诺夫(Dmitriy Furmanov)的自传里没有说明他是什么地方的人,也没有说起他的出身。他八岁就开始读小说,而且读得很多,都是司各德,莱德,倍恩,陀尔等类的翻译小说。他是在伊凡诺沃·沃兹纳新斯克地方受的初等教育,进过商业学校,又在吉纳史马毕业了实科学校。后来进了墨斯科大学,一九一五年在文科毕业,可是没有经过"国家考试"。就在那一年当了军医里的看护士,被派到"土耳其战线",到了高加索,波斯边境,又到过西伯利亚,到过"西部战线"和"西南战线"……

一九一六年回到伊凡诺沃,做工人学校的教员。一九一七年革命开始之后,他热烈的参加。他那时候是社会革命党的极左派,所谓"最大限度派"("Maximalist")。

"只有火焰似的热情,而政治的经验很少,就使我先成了最大限度派,后来,又成了无政府派,当时觉得新的理想世界,可以用无治主义的炸弹去建设,大家都自由,什么都自由!"

"而实际生活使我在工人代表苏维埃里工作(副主席);之后,于一九一八年六月加入布尔塞维克党。孚龙兹(Frunze,是托罗茨基免职之后第一任苏联军事人民委员长,现在已经死了——译者)对于我的这个转变起了很大的作用,他和我的几次谈话把我的最后的无政府主义的幻想都扑灭了。"(自传)

不久,他就当了省党部的书记,做当地省政府的委员,这是在中央亚细亚,后来,同着孚龙兹的队伍参加国内战争,当了查范耶夫第二十五师的党代表,土耳其斯坦战线的政治部主任,古班军的政治部主任。他秘密到古班的白军区域里去做工作,当了"赤色陆战队"的党代表,那所谓"陆战队"的司令就是《铁流》里的郭如鹤(郭甫久鹤）。在这里，他脚上中了枪弹。他因为革命战争里的功劳，得了红旗勋章。

一九一七 —— 一八年他就开始写文章，登载在外省的以及中央的报章杂志上。一九二一年国内战争结束之后，他到了墨斯科，就开始写小说。出版了《赤色陆战队》,《查葩耶夫》,《一九一八年》。一九二五年，他著的《叛乱》出版（中文译本改做《克服》），这是讲一九二〇年夏天谢米列赤伊地方的国内战争的。谢米列赤伊地方在伊犁以西三四百里光景，中国旧书里，有译做"七河地"的，这是七条河的流域的总名称。

从一九二一年之后，孚尔玛诺夫才完全做文学的工作。不幸，他在一九二六年的三月十五日就病死了。他墓碑上刻着一把剑和一本书；铭很简单，是：特密忒黎·孚尔玛诺夫，共产主义者，战士，文人。

孚尔玛诺夫的著作，有：

《查葩耶夫》一九二三年。

《叛乱》一九二五年。

《一九一八年》一九二三年。

《史德拉克》短篇小说，一九二五年。

《七天》（《查葩耶夫》的缩本）一九二六年。

《斗争的道路》小说集。

《海岸》（关于高加索的"报告"）一九二六年。

《最后几天》一九二六年。

《忘不了的几天》"报告"和小说集，一九二六年。

《盲诗人》小说集，一九二七年。

《孚尔玛诺夫文集》四卷。

《市侩杂记》一九二七年。

《飞行家萨诺夫》小说集，一九二七年。

这里的一篇《英雄们》，是从斐檀斯的译本（D. Fourmanow: *Die*

roten Helden，deutsch Von A. Videns，Verlag der Jugendinternation-
ale，Berlin 1928)重译的，也许就是《赤色陆战队》。所记的是用一支
奇兵，将白军的大队打退，其中似乎还有些传奇色采，但很多的是身
历和心得之谈，即如由出发以至登陆这一段，就是给高谈专门家和
唠叨主义者的一个大教训。

将"Helden"译作"英雄们"，是有点流弊的，因为容易和中国旧
来的所谓"显英雄"的"英雄"相混，这里其实不过是"男子汉，大丈
夫"的意思。译作"别动队"的，原文是"Dessert"，源出法文，意云"追
加"，也可以引伸为饭后的点心，书籍的附录，本不是军用语。这里
称郭甫久鹤的一队为"rote Dessert"，恐怕是一个诨号，应该译作"红
点心"的，是并非正式军队，它的前去攻打敌人，不过给吃一点点心，
不算正餐的意思。但因为单是猜想，不能确定，所以这里就姑且译
作中国人所较为听惯的，也非正装军队的"别动队"了。

唆罗诃夫(Michail Sholochov)以一九〇五年生于顿州。父亲是
杂货，家畜和木材商人，后来还做了机器磨坊的经理。母亲是一个
土耳其女子的曾孙女，那时她带了她的六岁的小儿子——就是唆罗
诃夫的祖父——作为俘虏，从哥萨克移到顿州来的。唆罗诃夫在墨
斯科时，进了小学，在伏罗内希时，进了中学，但没有毕业，因为他们
为了侵进来的德国军队，避到顿州方面去了。在这地方，这孩子就
目睹了市民战，一九二二年，他曾参加了对于那时还使顿州不安的
马贼的战斗。到十六岁，他便做了统计家，后来是扶养委员。他的
作品于一九二三年这才付印，使他有名的是那大部的以市民战为材
料的小说《静静的顿河》，到现在一共出了四卷，第一卷在中国有贺
非译本。

《父亲》从《新俄新作家三十人集》中翻来，原译者是斯忒拉绥尔
(Nadja Strasser)；所描写的也是内战时代，一个哥萨克老人的处境
非常之难，为了小儿女而杀较长的两男，但又为小儿女所憎恨的悲

剧。和果戈理,托尔斯泰所描写的哥萨克,已经很不同,倒令人仿佛看见了在戈理基初期作品中有时出现的人物。契诃夫写到农民的短篇,也有近于这一类的东西。

班菲洛夫(Fedor Panferov)生于一八九六年,是一个贫农的儿子,九岁时就给人去牧羊,后来做了店铺的伙计。他是共产党员,十月革命后,大为党和政府而从事于活动,一面创作着出色的小说。最优秀的作品,是描写贫农们为建设农村的社会主义的斗争的《勃鲁斯基》,以一九二六年出版,现在欧美诸国几乎都有译本了。

关于伊连珂夫(V. Ilienkov)的事情,我知道得很少。只看见德文本《世界革命的文学》(*Literatur der Weltrevolution*)的去年的第三本里,说他是全俄无产作家同盟(拉普)中的一人,也是一个描写新俄的人们的生活,尤其是农民生活的好手。

当苏俄施行五年计画的时候,革命的劳动者都为此努力的建设,组突击队,作社会主义竞赛,到两年半,西欧及美洲"文明国"所视为幻想,妄谈,昏话的事业,至少竟有十个工厂已经完成了。那时的作家们,也应了社会的要求,应了和大艺术作品一同,一面更加提高艺术作品的实质,一面也用了报告文学,短篇小说,诗,素描的目前小品,来表示正在获胜的集团,工厂,以及共同经营农场的好汉,突击队员的要求,走向库兹巴斯,巴库,斯太林格拉特,和别的大建设的地方去,以最短的期限,做出这样的艺术作品来。日本的苏维埃事情研究会所编译的《苏联社会主义建设丛书》第一辑《冲击队》(一九三一年版)中,就有七篇这一种"报告文学"在里面。

《枯煤,人们和耐火砖》就从那里重译出来的,所说的是伏在地面之下的泥沼的成因,建设者们的克服自然的毅力,枯煤和文化的关系,炼造枯煤和建筑枯煤炉的方法,耐火砖的种类,竞赛的情形,监督和指导的要诀。种种事情,都包含在短短的一篇里,这实在不只是"报告文学"的好标本,而是实际的知识和工作的简要的教科书了。

但这也许不适宜于中国的若干的读者，因为倘不知道一点地质，炼煤，开矿的大略，读起来是很无兴味的。但在苏联却又作别论，因为在社会主义的建设中，智识劳动和筋肉劳动的界限也跟着消除，所以这样的作品也正是一般的读物。由此更可见社会一异，所谓"智识者"即截然不同，苏联的新的智识者，实在已不知道为什么有人会对秋月伤心，落花坠泪，正如我们的不明白为什么熔铁的炉，倒是没有炉底一样了。

《文学月报》的第二本上，有一篇周起应君所译的同一的文章，但比这里的要多三分之一，大抵是关于稷林的故事。我想，这大约是原本本有两种，并非原译者有所增减，而他的译本，是出于英文的。我原想借了他的译本来，但想了一下，就又另译了《冲击队》里的一本。因为详的一本，虽然兴味较多，而因此又掩盖了紧要的处所，简的一本则脉络分明，但读起来终不免有枯燥之感——然而又各有相宜的读者层的。有心的读者或作者倘加以比较，研究，一定很有所省悟，我想，给中国有两种不同的译本，决不会是一种多事的徒劳的。

但原译本似乎也各有错误之处。例如这里的"他讲话，总仿佛手上有着细索子，将这连结着的一样。"周译本作"他老是这样地说话，好像他衔了甚么东西在他的牙齿间，而且在紧紧地把它咬着一样。"这里的"他早晨往往被人叫醒，从桌子底下拉出来。"周译本作"他常常惊醒来了，或者更正确地说，从桌上抬起头来了。"想起情理来，都应该是后一译不错的，但为了免得杂乱起见，我都不据以改正。

从描写内战时代的《父亲》，一跳就到了建设时代的《枯煤，人们和耐火砖》，这之间的间隔实在太大了，但目下也没有别的好法子。因为一者，我所收集的材料中，足以补这空虚的作品很有限；二者，是虽然还有几篇，却又是不能绍介，或不宜绍介的。幸而中国已经有了几种长篇或中篇的大作,可以稍稍弥缝这缺陷了。

一九三二年九月十九日,编者。

未另发表。

初收 1933 年 3 月上海良友图书印刷公司版"良友文学丛书"之四《一天的工作》。

我 要 活

[苏联]A. 聂维洛夫

我们在一个大草原上的小村子里扎了营。我坐在人家前面的长椅子上,抚摩着一匹毛毧毧的大狗。这狗是遍身乱毛,很讨人厌的,然而它背上的长毛收藏着太阳的暖气,弯向它坐着,使我觉得舒服。间或有一点水滴,落在我的肩膀上。后园里鹅儿激烈的叫着。鸡也在叫,其间夹着低声的啼唱。窗前架着大炮,远远的伸长了钢的冰冷的颈子。汗湿淋淋的马匹,解了索,卸了鞍,在吃草。一条快要干涸了的小河,急急忙忙的在奔流。

我坐着,将我那朦胧的头交给了四月的太阳,凝眺着蓝云的裂片,在冰消雪化了的乌黑的地面上浮动。我的耳朵是没有给炮声震聋了的。我听见鹅儿的激烈的叫,鸡的高兴的叫。有时静稳地,谨慎地,落下无声的水滴来。……

这是我的战斗的春天。

也许是最末后罢……我在倾听那迎着年青的四月的春天而来的喧嚣,叫喊——我的心很感奋了。

在家里是我的女人和两个小孩子。一间小房在楼屋的最底下,提尖了的耳朵,凝神注意地静听着晚归的,夜里的脚步声。人在那里等候我,人在那里也许久已将我埋掉了。当我凝视着对面的小

220

河,凝视着炮架跟前跳来跳去的雀子的时候,我看见脸上青白少血的我的儿子绥柳沙,看见金黄色的辫发带着亮蓝带子的三岁的纽式加。他们坐在窗沿上,大家紧紧的靠起来,在从呵湿了的窗玻璃往外望。他们在从过往行人中找寻我,等我回来,将他们抱在膝髁上。这两个模胡的小脸,将为父的苦楚,填满了我的心了……

我从衣袋里掏出一封旧的,看烂了的信来。我的女人安慰我道:

"这在我是很为难的,但我没有哭……你也好好的干罢!……"

然而,当我离家的时候,她却说:

"你为什么要自去投军呢? 莫非你活得烦厌了么?"

我怕听随口乱说的话语。我怕我的女人不懂得我是怎样的爱人生。

眼泪顺着她的两颊滚下来。她说明了她的苦痛,她的爱和她的忧愁,然而我的腿并没有发抖。这回是我的女人勉励我道:

"竭力的干去! 不要为我们发愁! ……我是熬得起的,什么都不要紧。……"

还有一封绥柳沙的信。他还不知道写字母,只在纸上涂些线,杆,圈,块,又有一丛小树,伸开着枝条,却没有叶子。中间有他母亲的一句注脚道:

"随你自己去解释……"

我是懂得绥柳沙的标记的。

我第一回看这封信,是正值进军,要去袭击的时候,而那些杆子和圆块,便用了明亮的,鼓励的眼睛凝视着我。我偷偷的接了它一个吻,免得给伙伴们看见了笑起来,并且摸摸我的枪,说道:

"上去,父亲! 上去! ……"

而且到现在我也还是这样想。

我的去死,并非为了无聊,或者因为年老;也不是因为我对于生活觉得烦厌了。不是的。我要活! ……清新的无际的远境,平静的曙光和夕照，白鹤的高翔，洼地上的小溪的幽咽，一切都使我感奋起来。……我满怀着爱，用了我的眼光，去把握每一朵小云，每一丛小树，而我却去死……我去捏住了死，并且静静的迎上去。它飞来了，和震破春融的大地的沉重的炮弹在一起，和青烟闪闪，密集不断的枪弹在一起。我看见它包在黄昏中，埋伏在每个小树丛后面，每个小冈子后面，然而我去，并不迟疑。

我去死，就因为我要活……

我不能更简单地，用别的话来说明，然而周围是凶相的死，我并不觉得前来抓我的冷手。孩子的眼睛也留不住我。它起先是没有哭肿的。它还以天真的高兴，在含笑，于是给了我一个想象，这明朗的含笑的眼睛总有一回要阴郁起来，恰如我的眼睛，事情是过去得长远了，当我还是孩子时候一样……我不知道我的眼睛哭出过多少眼泪，谁的手拉着我的长发，……我只还知道一件事：我的眼睛是老了，满是忧苦了，……它已经不能笑，不再燃着天真的高兴的光焰，看不见现在和我这么相近的太阳。……

当我生下来的时候，是在一所别人的，"幸福者"所有的又大又宽的房屋里。我和我的母亲住的是一点潮湿的地下室的角落。我的母亲是洗衣服的。我的眼睛一会辨别东西，首先看见的就是稀湿的裤子和小衫挂在绳索上。太阳我见得很少。我没有见过我的父亲。他是个什么人呢？也许是住在地下室里的鞋匠。也许是每夜在圣像面前点灯的，商界中的静默而敬神的老人。或者是一个酗酒的官吏！

我的母亲生病了。

兵丁，脚夫，破小衫的货车夫，流氓和扒手，到她的角落里来找她。他们往往殴打她，好像打一匹乏力的马，灌得她醉到失了知觉，于是呆头呆脑的将她摔在眠床上，并不管我就在旁边……

我们是"不幸者"，我的母亲常常对我说：

"我们是不幸者，华式加！死罢，我的小宝宝！"

然而我没有死。我找寻职业,遇着了各样的人们。没有爱,没有温和,没有暖热的一瞥。我一匹小狗似的大了起来。如果人打我,我就哭。如果人抚摩我,我就笑。我不知道为什么我们是不幸者,而别人却是幸福者。我常常抬起我那衰老的,满是忧苦的眼睛向着高远的,青苍的天空。人说,那地方住着敬爱的上帝,会给人们的生活变好起来的。我正极愿意有谁也给我的生活变好,我祈求着望着高远的,青苍的天空。但敬爱的上帝不给我回答,不看我衰老的,哭肿了的眼睛。……

　　生活自己却给了我回答并且指教了我。它用毫不可破的真实来开发我,我一懂得它的意思,便将祈祷停止了,……我分明的懂得:我们是并非偶然地,也并非因了一人的意志,掉在地下室的角落里的,倒是因了一切这些人的意志,就是在我们之上,所有着明亮的,宽大的房屋的人们。因了全阶级的意志,所以几十万,几百万人就得像动物一般,在地下室的角落里蹩来蹩去了……

　　我也懂得了人们批她嘴巴的我的母亲,以及逼得她就在我面前,和"相好"躺在床上的不幸的根源了。如果她的眼睛镇静起来,我就在那里面看见一种这样的忧愁,一种很慈爱的,为母的微笑,致使我的心为着爱和同情而发了抖。因为她年青,貌美,穷困和没有帮助,便将她赶到街上,赶到冷冷的街灯的光下去了。

　　我懂得许多事。

　　我尤其懂得了的,是我活在这满是美丽和奢华的世界上,就如一个做一天吃一天的短工,一匹检吃面包末屑的健壮的,勤快的狗。……我七岁就开始做工了。我天天做工,然而我穷得像一个乞儿,我只是一块粪土。我的生活是被弄得这样坏,这样贱,我的臂膊的力气一麻痹,我的胸膛的坚实一宽缓,人就会将我从家里摔出去,像尘芥一般……我,亲手造出了价值的我,却没有当作一个人的价值,而那些人,使用着我的筋力的人,一遇见我病倒在床上,就立刻会欺侮我,还欺侮我的孩子们,他们一下子就将他们赶出到都市中的无情的街上去了。

现在，我如果一看绥柳沙的杆子和圆块，对于他的爱，就领导我去战争。我毫不迟疑。对于被欺侮了的母亲的爱，给了我脚力……这是很焦急的，如果我一设想，绥柳沙也像我一样，又恰是一匹不值一文的小狗，也来贩卖他壮健的筋肉，又是一个这样的没有归宿的小工。这是很焦急的，一想到金黄色的辫发上带着亮蓝带子的纽式加的身上……

直白的想起来，我的女儿会有一回，不再快活的微笑了，倒是牵歪了她那凋萎的，菲薄的嘴唇，顺下了她的含羞的眼，用了不稳的脚步走到冷冷的街灯的光下去，一到这样的直白的一想，我的心几乎要跳得迸裂了。……

我不看对准我的枪口，我不听劈劈拍拍的枪声，……我咬紧了牙齿。我伏在地上，用手脚爬，我又站起来，冲上去，……没有死亡，……也没有抚人入睡的春日，……我的心里蓬勃着一个别样的春天，……我满怀了年青的，抑制不住的大志，再也不听宇宙的媚人的春天的声息，倒是听着我的母亲的声音：

"上去，小宝宝！上去！"

我要活，所以我应该为我自己，为绥柳沙和纽式加，还为一切衰老的，哭肿了的眼睛不再能看的人们，由战斗来赢得光明的日子……

我的手已经被打穿了，然而这并不是最后的牺牲。我若不是长眠在雪化冰消，日光遍照的战场上，便当成为胜利者，回到家乡去，……此外再没有别的路。……而且我要活。我要绥柳沙和纽式加活，并且高兴，我要我们的全市区，挤在生活的尘芥坑上的他们活，并且高兴。……

所以，就因为我要活，所以再没有别的路，再没有更简单的，更容易的了。我的对于生活的爱，领导我去战斗。

我的路是长远的。

有许多回,曙光和夕照也还在战场上欢迎我,但我的悲哀给我以力量。

这是我的路……

原载 1932 年 10 月 15 日《文学月报》第 1 卷第 3 期。署隋洛文译。

初收 1933 年 3 月上海良友图书公司版"良友文学丛书"之四《一天的工作》。

铁的静寂

〔苏联〕И. 略悉珂

一

挂着成了蛛网一般的红旗的竿子,突出在工厂的烟通的乌黑的王冠里。那是春天时候,庆祝之日,为快乐的喊声和歌声所欢送,挂了起来的。这成为小小的血块,在苍穹中飘扬。从平野,树林,小小的村庄,烟霭中的小市街,都望得见。风将它撕破了,撕得粉碎了,并且将那碎片,运到为如死的斜坡所截断的广漠里去了。

乌鸦用竿子来磨嘴。哑哑地叫,悠然俯视着竖坑。十多年来,从这里飞去了烟色的鸟群,高高地,远远地。

工厂的玻璃屋顶上,到处是窟窿。成着圈子,屹然不动的皮带,从昏暗里凝眺着天空。发动机在打磕睡。雨丝雪片,损伤了因皮带的疾驱和拥抱而成银色的滑车轴。支材是来支干了的侧板了。电气起重机的有关节的手,折断着,无力地从接合板下垂。蚂蝗绊,尖脚规,革绊,螺丝转子,像散乱的骸骨一样,在巨灵的宝座似的刨削

225

机的床上,淡白地发闪。

兜着雪花的蛛网,在旋盘的吉达装置里颤动。削过了的铁条和挺子的凿的齿痕上,停滞的痂来蒙上了薄皮。沿着灿烂的螺旋的截口,铁舌伸出来将油舐尽,为了红锈的毒,使它缩做一团了。

从南边的墙壁上,古色苍然地,有铭——"至少请挂挂窗帘,气闷",贫寒地露着脸。墙壁还像先前一样。外面呢,已经受了枪弹和炸弹的伤。在这里面,可又曾爆发了多少信仰,哀愁,苦恼,欢喜,愤怒呵!

唉唉,石头呀!……还记得么?……

就这样,那全时代,在房角的莱伏里跋机和美利坚机的运转中,一面被皮带的呼啸和弹簧的咂舌和两齿车的对咬的音响,震得耳聋,一面悄悄地翻下小册子的页子去。他们是由了肌肉的温暖,来感觉那冰冷的车轮和杠杆的哀愁的罢?袭来的暴风雨,像农夫的播种一样,将他们撒散在地球面上了。尘封的刨削机的床,好几回做了他们的演坛。白地上写着金字的"万岁"的旗,挂在支木上,正如挂在大门口似的……

二

铁锅制造厂的附近,锅子当着风,在呜呜地呻吟。被光线所撕碎了的黑暗,向了破窗棂的窟窿张着大口。压榨机之间,嘶嘶地在发呼哨声。锈了的地板上,撒散着尖角光块。从窗际的积雪里,露出三脚台,箱子,弯曲的铁条来。手按的风箱,隐约可以看见。

在屋隅的墙壁上,在皮带好像带了褐色的通红的巨浪的轮子下,斑点已经变黑了。这——是血。一个铁匠,防寒手套给蚂蝗绊钩住了,带了上去,挂在巨浪之上,恰像处了磔刑。在水压机的螺旋的锐利的截口之处,蹲着两脚,直到发动机停住。血和肉就纷飞到墙壁上,地板上,以及压摇机上去。黄昏时候,将他从铁的十字架上放了下来。十字架和福音书,在应急而速成的桌子上晃耀。锅子的空虚里,歔欷似的抖着安息的赞歌。于是沉没于比户的工厂的喧嚣中了。蜡烛在染了铁的手里颤动。

……白发的米尔列基亚的圣尼古拉,从关了的铁厂的壁上,通过了严寒的珠贝的藻饰,在看铁锅制造厂。

每年五月九日罢工以后。铁厂的墙壁,为枫树,白桦,白杨的枝条所装饰,地板上满铺起开着小红花的苜蓿来。唱歌队唱歌了,受过毒打的脊梁弯曲了。从喷水斝飞进而出的水晶的翅子,洗净了他们和铁砧,锅炉,气锤,风箱。

因了妇女和孩子们的声音,微笑和新衣服,热闹得像佳节一样。铁匠们领了妻,未婚妻,孩子们在工厂里走。给他们看风箱和铁砧。

祈祷一完,活泼的杂色的流,从厂门接着流向小市街去。中涂分为几团,走过平野,漂往树林那面,崖谷中间。而且在那里施了各各的供养。广漠的四周,反响了嘹亮的震天的声音:"起来呀,起来呀。"……

三

院子里面,在雪下看见锈了的铁网和未曾在蒸气之下发过抖的汽罐,黄黄地成着连山,一直排到铁厂的入口。

发电所——熟睡了似的,孤独的,和别处隔绝的工厂的中心——被雪所压倒,正在发喘。号笛——曾经为了作工和争斗,召集人们,而且为了苦痛,发出悲鸣的声音,已经没有,——被人除去,不知道那里去了。

门栏拆掉了。垂木和三脚台做了柴,堆在事务所的门口。它们被折断,截短,成了骨头,在看狂舞的火焰。而且等着——自己的运命。

看守们在打瞌睡。火炉里面,毕毕剥剥发着爆音,还听到外面有被风所吹弯了的哑哑的乌鸦叫,事务所的冻了的窗,突出于积雪的院子中,在说昏话。这在先前,是为了汽锤的震动,为了旋转于它上面的声音,反响,杂音,呼啸,无时无刻不发抖的。有时候,铁忽然沉默了。从各工厂里,迸散了奔流一般的语声和叫唤,院子里面,翩翩了满是斑点的蓝色的工作衣,变了样子的脸,手。电铃猛烈地响,门开开了,哥萨克兵进来了。几中队的兵,闪着枪刺,走了过去。号令响朗,挥鞭有声。从各工厂里,密云似的飞出铁闩,蚂蝗绊,铁片来。马往后退了。并且惊嘶了。而一千的声音的合唱,则将屋顶震动了。

四

工厂的正对面,露店还照旧地摆着。在那背后,排着一行矮小的屋子。工人们已经走出这里,在市街上租了房屋了。留在这里的,只是些老人,寡妇,残废者,和以为与其富足,不如穷苦的人们。他们用小橇从林子里运了柴来。设法苦苦地过活。坚忍地不将走过的农人们的对于哑一般的工厂的嘲笑,放在心中,然而看见他们弯向工厂那边,到看守人这里,用麦和肉,去换那些露在窗口的铁和锡的碎片,却也皱起眉来了。

青苍的傍晚,看守们的女人用小橇将晚膳运到工厂里。但回去时,是将从农夫换来的东西,和劈得细细的木材和垂木的碎片,载着搬走了。从她们的背后,小屋那边就给一顿毒骂。

⋯⋯夜里,雪的表皮吸取了黄昏的淡黄的烟霭。从小小的市街和小小的人家里,有影子悄悄地走向工厂来了。一个一个,或者成了群,拆木栅,哨屋,遮阳,抽电线。看守人大声吆喝,开枪。影子变淡,不见了,然而等着。看守人走来走去。后来力气用完了,回到温暖的屋子去。

工厂望着撒满金沙的天空,在呻吟,叹息。从它这里拆了下来

228

的骨头,拖到街上,锵锵的响着。

风将雪吹进日见其大的木栅的破洞去,经过了除下的打破的玻璃,送到各个工厂里,这便成了铁的俘虏,随即碎为齑粉,哭着哭着,一直到死亡。

就这样,每天每天……荒废和看守和影子,将工厂剥削了去。

五

有时候,从小小的市街驶来了插着红旗的摩托车。一转眼间,大起来了。咆哮着驶过了矮小的房屋的旁边,在工厂门口停住。隐现着头巾,外套,熟皮短袄。看守们怯怯地在奔走。到来的人们顺着踏硬了的小路,往工厂去了。脚步声在冻了的铁的屋子里分明发声,反响。到来的人们侧耳听着那将音响化石的沉默。叹息之后,走出门外。出神地望着逼近工厂的平原。听听看守们关于失窃的陈述,将什么记在小本子上。到事务所里取暖,于是回去了。

看守们目送着带了翻风的血块的小了下去的摩托车。于是使着眼色,说道:

——怪人儿呵。真是……

——哼……

六

每星期一回,压着工厂的寂静,因咆哮的声音而发抖,吓得迸散了。各个工厂,都奏着猛烈的颤动的歌声。戢翼在工厂的王冠上的乌鸦吃了惊,叫着飞去了。

看守们受了铁的叫唤,连忙跑往铸铁厂。只见身穿短短的工作服,脚登蒙皮的毡靴的汉子,挥着铁锤,竭力在打旧的锅子。

——镗!……镗!……

这是先前的锻工斯觉波。人说他是呆的,然而那是谎话。他用了谜似的一只眼,看看走了近来的看守们,放下铁锤,冷嘲地问道:

——吃了惊了?

"好了,斯觉波……学捣乱……那里是我们的不好呢?"

"学捣乱……"斯觉波学着看守们的话。"你们静静地剥削工厂……倒能干罗。"于是笑着。

看守们扑向锤子去。冲上前去,想抢下锤子来。他挥着铁锤来防御,藏在压榨机的后面,藏在锅子的后面。接着蓬的一声——跳出窗外了。

并且在外面骂起来——

"连将我的锤子都在想卖掉罢?……阿呵,呵,呵……贼!"

铁锅快活地一齐复述他的叫喊——于是寂然了。但不久,铁在打铁厂的背后,铁锤之下绝叫起来。音响相交错,和风一同飞腾,在平野上反响。

矮小的人家的门口,现出人们来。摇着头,而且感动了——

"斯觉朋加又在打哩……"

"看哪,他……"

"真好像开了工似的……"

然而斯觉波的力衰惫了。铁锤从手中滑落。工厂就更加寂静起来。斯觉波藏好铁锤,脸上浮着幸福的微笑,沿了偷儿们所踏实了的小路,从工厂里走出。

他在路上站住,侧着头,倾耳静听……沉默压住着机器,工作台,锅子。斯觉波叹一口气。耸耸肩。走着,唠叨着——

"就是做着看守……真是,这时候……偷得多么凶呀……"

从他背后,在铸铁器的如刺的烟所熏蒸的壁上,爬拢了哑的铁的哀愁。他觉得这很接近。昂着头,热烈地跳进事务所里去。向看守们吆喝,吓唬。于是又忧郁地向市街走,在苏维埃的大门口跺着脚,对大家恳求,托大家再开了工厂。被宽慰,被勉励,回到自己的家里来。

梦中伸出了张着青筋的两只手,挣扎着,并且大叫道——

"喂,喂!……拿熔器!……烧透了!打呀,打呀!……"

未另发表。

初收 1933 年 3 月上海良友图书印刷公司版"良友文学丛书"之四《一天的工作》。

工　人

［苏联］S. 玛拉式庚

一

当我走进了斯泰林俱乐部的时候,在那里的人们还很有限。我就到俱乐部的干事那里去谈天。于是干事通知我道:

"今天是有同志罗提阿诺夫的演说的。"

"哦,关于怎样的问题的讲演呢?"我问。

但干事没有回答我的这质问。因为不知道为什么,爱好客串戏剧的同人将他叫到舞台那里去了。

我一面走过广场,一面想。还是到戏院广场的小园里,坐在长板椅子上,看看那用各种草花做成的共产党首领的肖像,看看那在我们的工厂附近,是不能见到的打扮的男人和女人,呼吸些新鲜空气罢,于是立刻就想这样,要走向门口去,这时忽然有人抓住了我的手,说起话来了:

"你不是伊凡诺夫么!"

"不错,我是伊凡诺夫——但什么事呀?"

"不知道么？"

"哦,什么事呢,可是一点也不明白呵……同志！"

"那么,总是想不起来么？"

"好像在什么地方见到过似的,但那地方,却有些想不起来了。"我回答说。

那想不起来了的男人,便露出阔大的牙齿,笑了起来。

"还是下象棋去罢——这么一来,你就会记起我是谁来的。"

"那么,就这么办罢。"我赞成说。"看起来,你好像是下得很好的？"

"是的,可以说,并不坏。"

"不错,在什么地方见过你的。对不对？"

"在什么地方？"他复述着,吃去了我这面的金将。"唔,在彼得堡呵。"

"哦,彼得堡？是的,是的,记起来了,记起来了哩。你不是在普谛罗夫斯基工厂做工的么？"

"对了。做过工！"

"在铸造厂,和我一起？但这以后,可是过了这么长久了。"

"是的,也颇长久了。"他说着,又提去了我的步兵。"你还是下得不很好呵。"

"你确是伊凡罢？"

"对哩。"——他回答着,说了自己的名姓,是伊凡·亚历山特罗微支·沛罗乌梭夫。

我看定了曾在同一个厂里作工的,老朋友的脸的轮廓。他,在先前——这是我很记得的……他的眼,是好看而透明,黑得发闪的,但那眼色,却已经褪成烧栗似的眼色了。

"你为什么在这么呆看我的？也还是记不起来么？"

"是的,也还是不大清楚……"我玩笑地答道。"你也很两样了呵。如果你不叫我,我就会将你……"

“那也没有什么希奇呀。”

“那固然是的。”我答说，“但你也很有了年纪了。”

“年纪总要大的！”他大声说，异样地摆一摆手，说道，“你我莫非还在自以为先前一样的年青么？和你别后，你想是有了几年了？”

“是的，有了十年了罢？”

“不，十二年了哩。我在一千九百十二年出了工厂，从这年的中段起，就在俄国各处走。这之间，几乎没有不到的地方，哪，兄弟，我是走着流浪了的。也到过高加索，也到过克里木，也曾在黑海里洗澡，也一直荡到西伯利亚的内地，在莱那金矿里做过工……后来战争开头了，我便投了军，做了义勇兵去打仗。这是战争不容分说，逼我出去的……话虽如此，但那原因也还是为了地球上没有一件什么有趣的，特别的事，也不过为了想做点什么有趣的，特别的事来试试罢了……”

“阿阿，你怎么又发见了这样的放浪哲学了？”我笑着，说。“初见你的时候，你那里是还没有这样的哲学的。”

“那是，的确的。我和一切的哲学，都全不相干。尤其是关于政治这东西。”

“对呀，一点不错。记得的！”我大声说，高兴得不免拍起手来。

“怎的，什么使你这样吃惊呀？”他摇着红的头发，凝视了我。

“你现在在墨斯科作工么？”我不管他的质问，另问道。

“比起我刚才问你的事来，你还有更要向我探问的事的罢？你要问：曾经诅咒一切政治家，完全以局外分子自居的我，为什么现在竟加入工人阶级的惟一的政党，最是革命底的政党了。唔，是的罢？”他说着，屹然注视了我的脸。

“是的，”我回答道。“老实说，这实在有些使我觉得诧异了的。”

“单是‘有些’么？”他笑着，仰靠在靠手椅子上，沉默了。

我看见他的脸上跑过了黯淡的影子，消失在额上的深皱中。薄薄的嘴唇，微细到仅能觉察那样地，那嘴角在发抖。

我们两个人都不说话。我看着驹，在想方法，来救这没有活路的绝境。

"已经不行了。"他突然对我说。"你一定输的。就是再走下去，也无趣得很。倒不如将我为什么对于政治有了兴味的缘故，讲给你听听罢。"

"好，那是最好不过的了。"我坐好了，说。

"还是喝茶去罢！"他道。

我叫了两杯茶和两份荷兰牛酪的夹馅面包，当这些东西拿来了的时候，他便满舀了一匙子茶，含在嘴里，于是讲了起来。

二

我已经说过，战争，是当了义勇兵去的。在莱那投了军，编在本地的军队里，过了两个月，就被送到德国的战线上去了。也曾参加了那有名的珊索诺夫斯基攻击，也曾在普鲁士的地下室里喝酒，用枪刺刺死了小猪，鸡，鸭之类大嚼一通。后来还用鹤嘴锄掘倒了华沙的体面的墙壁。——可是关于战争的情形，是谁也早已听厌了的，也不必再对你讲了。——但在我，是终于耐不住了三个月住在堑壕里，大家的互相杀人。于是到第四个月，我的有名誉的爱国者的名姓，便变了不忠的叛逆者，写在逃兵名簿上面了。然而这样的恶名，在我是毫不觉得一点痛痒。我倒觉得舒服，就在彼得堡近郊的农家里做短工，图一点面包过活。因为只要有限的面包和黄油，就给修理农具和机器，所以农夫们是非常看重我的。我就这样，在那地方一直住到罗马诺夫帝室倒掉，临时政府出现，以至凯伦斯基政府的树立。但革命的展开，使我不能不卷进那旋风里面去。我天天在外面走。看见了许多标语，如"以斗争获得自己的权利"呀，"凯伦斯基政府万岁"呀，还有沉痛的"打倒条顿人种"，堂皇的"同盟法国万岁"，"力战到得胜"之类。我很伤心。就这样子，我在彼得堡的街上大约彷徨了一个月。那时候,受了革命的刺戟,受了国会议事堂的露台上的大声演说和呼号的刺戟,有点厌世的人们,便当了义勇兵,往战线上去了。但我却无论是罗马诺夫帝室的时候,成了临时政府了的时候,都还是一个逃兵,避开了各种的驱策。随他们大叫着"力战到得胜"罢,我可总不上战线去。但我厌透了这样的吵闹了。不多久,又发布了对于逃兵的治罪法,我便又回到原先住过的农夫的家里去。这正是春天,将要种田的时节,于是很欢迎我,雇下了。还未到出外耕作之前,我就修缮农具和机器,钉马掌,自己能做的事不必说,连不能做的事也都做了起来。因此农夫们对我很合意,东西也总给吃得饱饱的。夏天一到,我被雇作佣工,爬到草地里去割草,草地是离村七威尔斯忒的湖边的潮湿的树林。我在那里过了一些时。白天去割草,到夜就烧起茶来,做鱼汤,吃面包。鱼在湖里,只要不懒,要多少就有多少。我原是不做打鱼的工作的,做的是东家的十岁的儿子。夜里呢,就喜欢驶了割草机,到小屋附近的邻家去玩去。那家里有两个很好的佣工。他们俩外表都很可爱,个子虽然并不高,却都是茁实的体格。一个是秃头,单是从耳根到后脑,生着一点头发。而且他和那伙友两样,总喜欢使身子在动弹。脸呢,颧骨是突出的,太阳穴这些地方却陷得很深。但下巴胡子却硬,看去好像向前翘起模样。小眼睛,活泼泼地,在阔大的额下闪闪地发光。在暗夜里,这就格外惹眼。上唇还有一点发红的小胡子,不过仅可以看得出来。

做完工作之后,在湖里洗澡,于是到邻家去。那时他们也一定做完了工作,烧起柴来,在用土灶煮茶,且做鱼汤的。

"好么,头儿?"那年纪较大的汉子,便从遮着秃头的小帽底下,仰看着我,亲热地伸出手来。紧紧地握一握手。别一个呢,对于我的招呼,却只略略抬头,在鼻子下面哼些不知道什么话。我当初很不高兴他。但不久知道他不很会说俄国话,也就不再气忿,时时这样和他开玩笑了——

"喂，大脑瓜！你的头就紧连着肩膀哩。"

他的头也实在圆，好像救火夫的帽子一样。就是这么闹，他也并不生气，反而哈哈大笑起来。

开了这样的玩笑之后，他们就开始用晚膳。我往往躺在草地上，看着天，等候他们吃完。在这里声明一句：我在放浪生活中，是变了很喜欢看天的了。躺在草地上，看着天，心就飘飘然，连心地也觉得轻松起来。而且什么也全都忘掉，从人类的无聊的讨厌的一切事情得到解放了。

总之，当他们吃完晚膳之前，我就这样地看着天。夜里的天很高，也很远，我这样地躺着，他们在吃晚膳的平野，简直像在井底一样。由这印象，而围绕着平野的林子，就令人觉得仿佛是马蹄似的。这样的暗夜，我走出堑壕，和战线作别了。在这样的暗夜里，我憎恶了战争，脱离战线，尽向着北方走，肚子一饿，是只要能入口，什么也都检来吃了的。我和那战争作别了，那一个暗夜，是永远不会忘记的。战争！这是多么该当诅咒呵……

"是的……"我附和说，又插进谈话去道，"那一夜出了什么可怕的事了么？"

他向我略略一瞥，才说道——

"但不比战争可怕的，这世上可还有么？"

"那大概是没有了！"我回答说。

"不，我见过比战争还要可怕的事。我见过单单的杀人。"

"不，那不是一样的事么？"

"不，决不一样的。固然，战争的发生，是由于资本家的机会和用作对于被压迫者的压制，然而在战争，却也有它本身的道德底法则，所谓资产阶级的道德——用一句话来说，就是对于败北者的慈悲……"

"那么……"

"我军突然开始撤退了。在奥古斯德威基森林的附近，偶然遇见了大约一千个德国兵,便将他们包围起来。但德国兵不交一战就投降了。我军带着这些俘虏,又接连退走了两昼夜。我军的司令官因为吃了德军的大亏,便决计要向他们报复,下了命令,说一个一个带了俘虏走近林边时,为节省时间和枪弹起见,就都用枪刺来刺死他。这就出现了怎样的情形呵!在那森林的附近,展开了怎样的呻吟,怎样的恳求,怎样的诅咒了呵!一千左右的德国兵,无缘无故都被刺杀了。也就在这一夜,我恨极了战争,而且正在这一夜,我那有名誉的爱国者的尊称就消失了。……"

"你也动了手么?……"

"不,"他回答说。"使那命令我去刺杀他的一个俘虏走在前面的时候,那俘虏非常害怕,发着抖,跄跄踉踉地走在我的前头。当听到他那伙伴的呻吟叫唤时,他就扑通跪下,用两手按住肚子,睁了发抖的眼望着我,瑟瑟地颤动着铁青了的嘴唇……"

沛罗乌梭夫说到这里,停住了他的话,向左右看了一回。

"我连他在说什么,也完全不懂。我也和他一样,动着嘴唇,说了句什么话。我决下心,将枪刺用力地刺在地上了。这时候,俘虏已经在逃走。枪刺陷在泥土里,一直到枪口。我觉得全身发抖,向了别的方面逃跑,直到天明,总听到死的呻吟声,眼前浮着对我跪着的俘虏的脸相。"

"对呵,那实在是,比战争还要讨厌的事呵——"我附和着他的话,说。

"从此之后,我就不能仰望那星星在发闪的夜的天空了。我觉得并不是星星在对我发闪,倒是奥古斯德威基森林的眼睛,正在凝视着我的一样……"

"是的!"他又增重了语尾的声音,说,"——总之,我当他们吃完晚膳之前,总还是仰天躺着,在看幽暗的天空的。也不记得这样地化去了多少时光了,因为有马蚁从脚上爬到身体里,我便清醒过来。抬头一看,却见那年纪较大的一个,用左手放在膝髁上支着面颊,坐在我的旁边,在看湖水和树林的漆黑的颜色。还有一个是伏着的,用两手托了下巴,也在望着湖水出神。我和他们,是天天就这个样子的,我从来没有看见他们望过一回天空。所以我就自己断定:他们是也讨厌天空和星星的。"

"你为什么在这样发抖的?"坐在我的旁边的那一个,凝视着我,问道。

"不知怎的有些不舒服……"我回答说。"不知怎的总好像我们并非躺在平野上,倒是睡在黑圈子里面似的。"

"那是,正是这样也难说的……"他赞和着,又凝视起我来了。我觉得他的小眼睛睁着,闪闪地射在昏暗里。

"我觉得我们是走不出这圈子以外的……"我一面说,也看着树林的幽暗和湖水。

"你很会讲道理呵……"他大声发笑了。

这话我没有回答,他也不再说什么下去了。我们三个人,都默默地看着森林和湖水。我们的周围,完全是寂静,寂静就完全罩住了我们。在这寂静中,听到水的流动声,白杨树叶的交擦声,络纬的啼叫声,蚊市的恼人的哭诉声,偶然也有小虫的鸣声,和冲破了森林和湖水的幽静的呼吸,而叫了的远处的小汽船的汽笛。

"你去打过仗了的罢!"忽然破了这沉默,他质问我了。他除下小帽来,在手上团团地转着。

我给这意外的质问吓了一下,转眼去看他,他却还是转着小帽,在看森林的幽暗和湖水。我看见了他那出色的秃头,和反射在那秃头上面的星星和天空……还有一个不会说俄国话的,则理乱不知地伏着在打鼾。

"唔,去过了呀。"暂时之后,我干笑起来。

"去过了?"他说,"那么,为什么现在不也去打仗的呢?"

"那是……"我拉长句子,避着详细的回答。"因为生病,退了伍的……"这之后,谈话便移到政治问题上去了。"现在是连看见打仗，听说打仗，也都讨厌起来！……"

"那又为什么呢？……"他说着，便将身子转到这边来。

"那是，我先前已经说过，政策第一，靠战争是不行的。况且现在国民也并无爱国心……"

"我以为你是爱国主义者，却并不是么？"

我在这话里，觉到了嘲笑，叱责和真理。但我竟一时忘却了我的对于战争的诅咒，开始拥护起我那早先的爱国主义来了。我以为靠了这主义，是人世的污浊，可以清净的。——因为我在那时，极相信战争的高尚和那健全的性质，而且那时的书籍，竟也有说战争是外科医生，战争从社会上割掉病者，将病者从社会上完全除灭，而导社会于进步的。

"是的，你并不错。我是非常的爱国主义者，至于自愿去打仗，去当义勇兵……"

"当义勇兵……"他睁大了吃惊的眼，用手赶着蚊子，用嘲笑的调子复述道。"当义勇兵……"

我向他看。他的秃头上，依然反射着幽暗的天和星星。我发起恨来了。

"你为什么嘲笑我的呢……"我诘问他说。

他并不回答我。他那大的秃头上，已经不再反射着幽暗的天和星星了。因为他戴上了小帽。他似乎大发感慨，轮着眼去望森林的幽暗和湖，仿佛在深思什么事。他在深思什么呢？我就擅自决定：他和我是一类的东西。

"你在气我么？"他终于微笑着，来问我道。

"不，你是说了真理的。——我诅咒战争。我是逃兵！"

"哦，这样——"他拖长了语尾，就又沉默了。

就是这样，我不再说一句话，他也不再说一句话。

伏着睡觉的那一个，唠叨起来了，一面用了他自己国里的话，叽哩咕噜的说着不知道什么事，一面回到小屋那面去了。不多久，我也就并不握手,告了别,回到自己的小屋里。孩子早已打着鼾,熟睡在蚊子的鸣声中。我没有换穿衣服,就躺在干草上面了。

有了这事以后,我一连几夜没有到邻家去。那可决不是因为觉得受了侮辱,只为了事情忙。天气的变化总很快,我常怕要下雨。况且女东家来到了,非将干草搅拌,集起来捆成束子不可……直到天下大雨,下得小屋漏到没有住处了的时候,这才做完了工。从这样的雨天起,总算能够到邻家去了,然而小屋里除了孩子和狗之外,什么人也不在。我于是问孩子道:

"这里的人们,那里去了呀?"

"上市去了。"孩子回答说。

"什么时候呢,那是?……"

"噚,已经三天以前了哩……"

那我就什么办法也没有。试再回到自己的小屋来,却是坐也不快活,睡也不快活。加以女东家又显着吓人的讨厌的样子,睁了大汤匙一般的眼,向我只是看。

"卢开利亚·彼得罗夫娜,你为什么那样地,老是看着这我的?"

然而她还是气喘吁吁,目不转睛地凝视我。我觉得有趣了,问道:

"怎么了呀? 不是有点不舒服么? 还是什么……"

"不,伊凡奴式加,"她吐了沉重的长太息,大声说道,"我喜欢了你哩!"

于是她忽地抱住了我的颈子。

——说到这里,我的朋友就住了口,凝视着茶杯。后来又讲起来道:

"唉唉,这婆子实在是,这婆子实在是……"

我发大声笑了起来。

"那么,这婆子给了你什么不好的结果了么?……"

"那里,她是非常执拗地爱了我的哩。尤其是在战事的时候……"他笑着,接下去说道,"这之后,我就暂时住在卢开利亚·彼得罗夫娜的家里,好容易这才逃到市里来的……很冒了些困难,才得走出。开初是恐吓我,说是布尔塞维克正在图谋造反,有不合伙的,就要活活地埋在坟里,或者抛到涅伐河里去……总之,是费了非常的苦心,才能从她那里逃出,待到走近了彼得堡,这总算可以安稳了……"

他拿起杯子来喝茶,我劝他换一点热的喝。

"哦,那多谢。"他说着,就取茶去了。

三

"是好女人。"他吐一口长气,说。"有了孩子哩。来信说,那可爱的孩子,总在叫着父亲父亲的寻人。我想,这夏天里,总得去看一看孩子……"

"那男人呢?"

"来信上说是给打死了。叫我去,住在一起。"他说着,就用劲地吸烟。

"好,这且不管它罢,我一到彼得堡市街的入口,马上就觉得了。情形已经完全两样,虽然不明白为什么,却只见市上人来人往,非常热闹,连路也不好走了。这是什么事呢?我就拉住了一个兵,问他说:

"这许多人们,是到那里去的,你知道么?"

那兵便看上看下,从我的脚尖直到头顶,捏好了枪,呸的吐了一口唾沫。

"你是什么!兵么?"

"兵呀!"我答着,给他看外套。

"兵?"他只回问了一声,什么话也不说,就走掉了。

"这是怎么一回事呵。"我不禁漏了叹息,但因为总觉得这里有些不平安,便跟在那兵的后面走。兵自然不只一个,在这些地方是多到挨挨挤挤的,但我去询问时,却没有一个会给我满足的回答,我终于一径走到调马场来了。在这里就钻进人堆的中央,倾听着演说。刚一钻进那里去,立刻听到了好像熟识的声音,我不禁吃惊了。我想走近演坛去,便从兵队和工人之间挤过,用肩膀推,用肘弯抵,开出路来,但没有一个人注意我。待到我挤到合式的处所,一抬头,我就吃惊得仿佛泼了一身热水似的了。在我的眼前的演坛上,不就站着个子并不很大,秃头的,我在草场那里每夜去寻访,闲谈,一同倾听了森林的寂静的那个人么?

"那是谁呢?"我伸长颈子,去问一个紧捏着枪的兵卒。但兵卒默然,什么话也没有回答我。我只看见那兵卒的嘴唇怎样地在发抖,怎样地在热烈起来。而且,这热情,也传染了我了。

"那是谁呵?"我推着那兵的肚子,又问道。然而他还是毫不回答,只将上身越加伸向前方,倾听着演说。我于是决计不再推他了,但拼命地看定了那知己的脸,要听得一字不遗,几分钟之后,我和兵就都像生了热病似的,咬牙切齿,捏紧拳头,连指节都要格格地作响。那个熟识的人,是用坚固的铁棍,将我们的精神打中了。

"要暴动,最要紧的是阶级意识和强固的决心。应该斗争到底。而且,同志们! 首先应该先为了工人和农人的政权而斗争……"

兵卒和工人的欢呼声,震动了调马场的墙壁。工人和兵卒,都欢欣鼓舞了。

"社会革命万岁!"

"我们的指导者万岁!"

"列宁!"我叫喊着,高兴和欢喜之余,不能自制了。每夜去访的那人,是怎样的人呢? 他们是为了工人阶级的伟大的事业,而在含辛茹苦的。不料我在草场上一同听了森林的寂静的人,正是这样的人物呵!

"列宁!"我再叫了一声,拔步要跑到演坛去。

"我愿意当义勇兵了! 当义勇兵!"

然而兵卒捏了我的手，拉住了。他便是我问过两回的兵卒，用了含着狂笑的嘴，向我大喝道：

　　"同志，怎的，你莫非以为我们是给鞭子赶了，才去打仗的么？"

　　我没有回答他。因为这是真实。我们眼和眼相看，互相握着手，行了一个热烈的接吻。

　　从这天起，我就分明成了布尔塞维克，当市民战争时代，总在战线上，我将先前的自己对于政治的消极主义，用武器来除掉了。

　　"现在是，政治在我，就是一切了！"他说着，便从靠手椅上站了起来。

　　"那是顶要紧的。"我回答说，和他行了紧紧的握手。

四

　　过了十五分钟，我们就走进讲堂，去听同志罗提阿诺夫的关于《工农国的内政状态》的演说去了。

　　　　　未另发表。
　　　　　初收 1933 年 3 月上海良友图书印刷公司版"良友文学丛书"之四《一天的工作》。

二十日

　　日记　晴。上午内山夫人来，赠蒲陶二房。下午得俞印民信。

致 郑伯奇

伯奇先生：

　　《新俄小说家二十人集》译稿，顷已全部编好，分二本，上本名

《竖琴》,下本名《一天的工作》,今一并交上。

格式由书店酌定,但以一律为宜。例如人地名符号,或在左,或在右;一段之下,或空一格或不空,稿上并不一律,希于排印时改归划一。

版税请交内山老版。需译者版权证否?候示遵办。

此上,即颂

著安。

迅　启上　九月二十日

二十一日

日记　昙。上午同广平携海婴俱往篠崎医院诊,付泉九元六角。下午雨一陈。以《淑姿的信》寄季市,以《三闲集》寄静农及霁野。

二十二日

日记　小雨。上午复山本夫人信。复季志仁信。下午寄熊文钧信,还小说稿。寄增田君《三闲集》一本。从内山书店买东京及京都版之『東方学报』各二本,共泉十二元八角。

二十三日

日记　晴。上午同广平携海婴俱往篠崎医院诊,共泉十元四角。

二十四日

日记　晴。午后以海婴及与许妈合摄之照片各一张寄母亲。下午得小峰信并版税泉百五十。晚濯足。夜蕴如及三弟来,并为从商务印书馆代买书四种四本,共泉一元八角五分,赠以孩子玩具四种。

二十五日

日记 星期。昙。上午与广平携海婴俱往篠崎医院诊，共付泉十元四角。阅文尹小说稿，下午毕。

二十六日

日记 昙。无事。

二十七日

日记 小雨。上午同广平携海婴往篠崎医院诊，付泉十元四角。下午往内山书局买『魏晋南北朝通史』一本，泉六元二角五分。

二十八日

日记 晴。上午坪井学士来为海婴诊。午后往文华别庄看屋。下午得季市信，即复。

致 许寿裳

季市兄：

顷接来函，才知道我将书寄错了。因为那时有好几包，一不留心，致将地址开错，寄兄的是有我作序的信，却寄到别处去了。

现在将《淑姿的信》一本，另行寄上，内附邮票一批，日本者多，满邮只一枚，因该地无书出版，与内山绝少来往也。

此外各国邮票，当随时留心。

《三闲集》似的杂感集，我想不必赠蔡公，希将两本一并转寄"北平后门皇城根七十九号台静农收"为感。

上海渐凉，弟病亦日就痊可，可释念也。

此布，即颂

曼福。

树　顿首　九月廿八日

致 台静农

静农兄：

　　前几天我的《三闲集》出版，因寄上两本，一托转霁野，到今天才知道弄错了，因为那时包好了几包书，一不小心，将住址写错，你所收到的大约是《淑姿的信》，这是别人所要的，但既已寄错，现在即以赠兄罢。

　　至于《三闲集》，则误寄在别一处，现已托其直接寄奉，到希检收，倘只一本，则必是另一本直寄霁野了。

迅　上　九月廿八日

二十九日

　　日记　晴。上午寄静农信。同广平携海婴往筱崎医院诊，付泉十元四角。午后得靖华译《粮食》剧本一册。得母亲信，二十五日发。得大江书店信。补祝海婴三周岁，下午邀王蕴如及孩子们，晚三弟亦至，并赠玩具帆船一艘，遂同用晚膳，临去赠孩子们以玩具四事，煎饼，水果各一囊。

三十日

　　日记　晴。下午往内山书店，得书三本共泉七元三角。得山本夫人寄赠海婴之糖食三合。得钦文信，六日汉口发，即复。

十月

一日

日记 晴。上午寄母亲信。寄三弟信。同广平携海婴均往篠崎医院诊,共付泉十元四角。下午收熊文钧信。晚蕴如及三弟来。

二日

日记 星期。晴。上午达夫来,赠以《铁流》,《毁灭》,《三闲集》各一本。下午得增田君信,九月二十七日发,夜复。

致 李小峰

小峰兄:

今天看《申报》,知《朝花夕拾》已出版,望照旧例送给我二十本,于便中交下。

年来每月所收上海及北平版税,不能云少,但亦仅足开支。不幸上月全寓生病,至今尚在服药,所以我想于本月多取若干,以备急用,可否希即示复为幸。

迅 上 十月二日

致 增田涉

增田兄:

九月二十七日の手紙は拝見致しました、絵と一所に。交際上の礼儀としてはほめなければならないが併し実に言へば其の絵はうまくないです。

支那の「ユーモア」と云ふ事は難問題です、「ユーモア」は本来、支那のものでないから。西洋の言葉で世の中のあらゆるものを一括しよーと云ふ考へに中毒されたから本屋がそんなものを出す様になったのでしょー。しからばいゝ加減に訳してやる外仕様がありません。

私の小説全部が井上紅梅氏に訳されて十月中改造社から出版するそーです。しかし、その小説と「ユーモア」とを読むものは種類が違ふからかまはないでしょー。

私達三人は九月中まる一月皆な病気にかゝりました。軽い病気ですが矢張医者にかゝりました、今は皆ななほって居ります。

二三日前、三閑集一冊送りましたがつまらないものです。雑誌類は大変圧迫されて居ます。　草々頓首

魯迅　十月二日

三日

　　日记　晴。上午寄小峰信。同广平携海婴往篠崎医院诊，付泉十元四角。以《竖琴》付良友公司出版，改名《星花》，下午收版税二百四十，分靖华七十。得山本夫人信。夜三弟来。

四日

　　日记　昙。午后买『科学画報叢書』四本，共泉八元。晚诗荃来。

五日

　　日记　晴。上午同广平携海婴往篠崎医院诊，付泉八元四角。

下午同往大陆新村看屋。买『科学画報叢書』一本,二元。晚达夫,映霞招饮于聚丰园,同席为柳亚子夫妇,达夫之兄嫂,林微音。

六日

日记　昙。下午得诗荃信,八月一日沙乐典培克发。得母亲信,三日发。晚洛扬来并赠桌上电灯一座。蔡永言来。

七日

日记　晴。上午同广平携海婴往篠崎医院诊,付泉八元四角。下午蔡永言来并赠海婴荔支一斤,牛肉脯,核桃糖各一合。

八日

日记　晴,风。上午得诗荃信。下午得钦文信,九月廿九日成都发。得增田君信片。理发。夜蕴如及三弟来。

九日

日记　星期。晴。上午同广平携海婴往篠崎医院诊,付泉八元六角,并游儿童公园。下午买『セザンヌ大画集』(2)一本,价七元。

十日

日记　晴。无事。

论"第三种人"

这三年来,关于文艺上的论争是沉寂的,除了在指挥刀的保护之下,挂着"左翼"的招牌,在马克斯主义里发见了文艺自由论,列宁主义里找到了杀尽共匪说的论客的"理论"之外,几乎没有人能够开口,然而,倘是"为文艺而文艺"的文艺,却还是"自由"的,因为他决没有收了卢布的嫌疑。但在"第三种人",就是"死抱住文学不放的人",又不免有一种苦痛的豫感:左翼文坛要说他是"资产阶级的走狗"。

代表了这一种"第三种人"来鸣不平的,是《现代》杂志第三和第六期上的苏汶先生的文章(我在这里先应该声明:我为便利起见,暂且用了"代表","第三种人"这些字眼,虽然明知道苏汶先生的"作家之群",是也如拒绝"或者","多少","影响"这一类不十分决定的字眼一样,不要固定的名称的,因为名称一固定,也就不自由了)。他以为左翼的批评家,动不动就说作家是"资产阶级的走狗",甚至于将中立者认为非中立,而一非中立,便有认为"资产阶级的走狗"的可能,号称"左翼作家"者既然"左而不作","第三种人"又要作而不敢,于是文坛上便没有东西了。然而文艺据说至少有一部分是超出于阶级斗争之外的,为将来的,就是"第三种人"所抱住的真的,永久的文艺。——但可惜,被左翼理论家弄得不敢作了,因为作家在未作之前,就有了被骂的豫感。

我相信这种豫感是会有的,而以"第三种人"自命的作家,也愈加容易有。我也相信作者所说,现在很有懂得理论,而感情难变的作家。然而感情不变,则懂得理论的度数,就不免和感情已变或略变者有些不同,而看法也就因此两样。苏汶先生的看法,由我看来,是并不正确的。

自然,自从有了左翼文坛以来,理论家曾经犯过错误,作家之中,也不但如苏汶先生所说,有"左而不作"的,并且还有由左而右,甚至于化为民族主义文学的小卒,书坊的老板,敌党的探子的,然而这些讨厌左翼文坛了的文学家所遗下的左翼文坛,却依然存在,不但存在,还在发展,克服自己的坏处,向文艺这神圣之地进军。苏汶先生问过:克服了三年,还没有克服好么? 回答是:是的,还要克服下去，三十年也说不定。然而一面克服着，一面进军着，不会做待到克服完成，然后行进那样的傻事的。但是，苏汶先生说过"笑话"：左翼作家在从资本家取得稿费；现在我来说一句真话，是左翼作家还在受封建的资本主义的社会的法律的压迫，禁锢，杀戮。所以左翼刊物，全被摧残，现在非常寥寥，即偶有发表，批评作品的也绝少，而偶有批评作品的，也并未动不动便指作家为"资产阶级的走狗"，而且不要"同路人"。左翼作家并不是从天上掉下来的神兵，或国外杀进来的仇敌，他不但要那同走几步的"同路人"，还要招致那站在路旁看看的看客也一同前进。

但现在要问：左翼文坛现在因为受着压迫，不能发表很多的批评，倘一旦有了发表的可能，不至于动不动就指"第三种人"为"资产阶级的走狗"么？我想，倘若左翼批评没有宣誓不说，又只从坏处着想，那是有这可能的，也可以想得比这还要坏。不过我以为这种豫测，实在和想到地球也许有破裂之一日，而先行自杀一样，大可以不必的。

然而苏汶先生的"第三种人"，却据说是为了这未来的恐怖而"搁笔"了。未曾身历，仅仅因为心造的幻影而搁笔，"死抱住文学不放"的作者的拥抱力，又何其弱呢？两个爱人，有因为豫防将来的社会上的斥责而不敢拥抱的么？

其实，这"第三种人"的"搁笔"，原因并不在左翼批评的严酷。真实原因的所在，是在做不成这样的"第三种人"，做不成这样的人，也就没有了第三种笔，搁与不搁，还谈不到。

生在有阶级的社会里而要做超阶级的作家，生在战斗的时代而要离开战斗而独立，生在现在而要做给与将来的作品，这样的人，实在也是一个心造的幻影，在现实世界上是没有的。要做这样的人，恰如用自己的手拔着头发，要离开地球一样，他离不开，焦躁着，然而并非因为有人摇了摇头，使他不敢拔了的缘故。

所以虽是"第三种人"，却还是一定超不出阶级的，苏汶先生就先在豫料阶级的批评了，作品里又岂能摆脱阶级的利害；也一定离不开战斗的，苏汶先生就先以"第三种人"之名提出抗争了，虽然"抗争"之名又为作者所不愿受；而且也跳不过现在的，他在创作超阶级的，为将来的作品之前，先就留心于左翼的批判了。

这确是一种苦境。但这苦境，是因为幻影不能成为实有而来的。即使没有左翼文坛作梗，也不会有这"第三种人"，何况作品。但苏汶先生却又心造了一个横暴的左翼文坛的幻影，将"第三种人"的幻影不能出现，以至将来的文艺不能发生的罪孽，都推给它了。

左翼作家诚然是不高超的，连环图画，唱本，然而也不到苏汶先生所断定那样的没出息。左翼也要托尔斯泰，弗罗培尔。但不要"努力去创造一些属于将来（因为他们现在是不要的）的东西"的托尔斯泰和弗罗培尔。他们两个，都是为现在而写的，将来是现在的将来，于现在有意义，才于将来会有意义。尤其是托尔斯泰，他写些小故事给农民看，也不自命为"第三种人"，当时资产阶级的多少攻击，终于不能使他"搁笔"。左翼虽然诚如苏汶先生所说，不至于蠢到不知道"连环图画是产生不出托尔斯泰，产生不出弗罗培尔来"，但却以为可以产出密开朗该罗，达文希那样伟大的画手。而且我相信，从唱本说书里是可以产生托尔斯泰，弗罗培尔的。现在提起密开朗该罗们的画来，谁也没有非议了，但实际上，那不是宗教的宣传画，《旧约》的连环图画么？而且是为了那时的"现在"的。

总括起来说，苏汶先生是主张"第三种人"与其欺骗，与其做冒牌货，倒还不如努力去创作，这是极不错的。

"定要有自信的勇气，才会有工作的勇气！"这尤其是对的。

然而苏汶先生又说，许多大大小小的"第三种人"们，却又因为豫感了不祥之兆——左翼理论家的批评而"搁笔"了！

"怎么办呢"？

十月十日。

原载 1932 年 10 月 15 日《文化月报》第 1 卷第 1 期,又刊 11 月 1 日《现代》第 2 卷第 1 期。

初收 1934 年 3 月上海同文书店版《南腔北调集》。

十一日

日记 晴。上午同广平携海婴往篠崎医院诊,付泉六元六角。下午得马珏信,四日发。内山君赠《斗南存稿》一本。

十二日

日记 昙。前寄靖华之第二次纸张上午退回,又付寄费十五元五角。午后为柳亚子书一条幅,云:"运交华盖欲何求,未敢翻身已碰头。旧帽遮颜过闹市,破船载酒泛中流。横眉冷对千夫指,俯首甘为孺子牛。躲进小楼成一统,管他冬夏与春秋。达夫赏饭,闲人打油,偷得半联,凑成一律以请"云云;下午并《士敏土之图》一本寄之。晚内山夫人来,邀广平同往长春路看插花展览会。得映霞信。得真吾信并书两本,九月二九日南宁发,内一本赠三弟。夜雨。

自　嘲

运交华盖欲何求,未敢翻身已碰头。

破帽遮颜过闹市,漏船载酒泛中流。

横眉冷对千夫指,俯首甘为孺子牛。

躲进小楼成一统,管它冬夏与春秋。

十月十二日

未另发表。

初收 1935 年 5 月上海群众图书公司版《集外集》。

十三日

日记 昙。上午复王映霞信。同广平携海婴往篠崎医院诊,付泉六元六角。午后复马珏信。下午得小峰信并版税百五十元,三版《朝华夕拾》二十本。

十四日

日记 晴。上午从柏林运到诗荃书籍一箱,为之寄存。午后往内山书店买『書物の敵』一本,二元。得母亲信,十一日发。

致 崔真吾

真吾兄:

昨收到九月二十八日信,书报共三本亦同时到。谢谢。

《贰心集》我已将稿子卖掉,现闻已排成,俟印出后当寄上。《三闲集》上月出版,已托书店寄上一本;又《朝花夕拾》一本,此书兄当已有,但因新排三板,故顺便同寄,内中毫无改动,大约不过多几个错字耳。

一切事都如旧,无可言;但我病了一月,顷已愈,可释念。出版界仍寥寂。上月将所译短篇编成两本(内含别人译本数篇),付良友公司排印,出版恐须明年,此后我拟不译短篇小说了。

迅 上 十月十四日

十五日

日记 晴。上午寄母亲信。寄真吾信并《朝花夕拾》,《三闲集》各一本。同广平携海婴往篠崎医院诊,付泉十六元六角。以新版 K. Kollwitz 画帖赠坪井学士。收大江书店版税七十一元一角。晚邀三弟全家来寓食蟹并夜饭。夜胃痛。

十六日

日记 星期。晴。下午得起应信并《文学月报》两本。

十七日

日记 晴。上午同广平携海婴往篠崎医院诊,付泉三元六角,又至鹊利格饮牛乳。午后风。访小峰,托其为许叔和作保证。晚雨。

十八日

日记 昙。上午内山书店送来『書道全集』(廿五及廿六)两本,价共五元二角,全书完。得母亲寄与之羊皮袍料一件,付税一元七角五分。下午雨。

十九日

日记 小雨。上午同广平携海婴往篠崎医院诊,付泉四元二角。下午费君持小峰信来,并代买之历史语言研究所所印书四种十三本,共泉十八元六角,即付以印鉴九千枚,赠以《士敏土之图》一本。

二十日

日记 昙。下午寄母亲信。寄小峰信。寄须藤医士信。

致 李小峰

小峰兄：

　　昨费君来，收来信并代买书籍四种，甚感。印鉴九千，亦即托其持归，想已察入。

　　通信正在钞录，尚不到三分之一，全部约当有十四五万字，则抄成恐当在年底。成后我当看一遍并作序，也略需时，总之今年恐不能付印了。届时当再奉闻。

　　《青年界》内之"少仙"，是否即李少仙？他在前年有小说稿（中篇）一卷寄来，今尚在我处。兄知道他最近时的住处否？如知道，请即示知，以便寄还小说稿，因去年他尚来问起也。

迅　上　十月廿日

二十一日

　　日记　晴。上午同广平携海婴往篠崎医院诊，付泉一元八角。晚得母亲信，十六日发。买铁瓶一，价六元。

二十二日

　　日记　晴。晚得小峰信并版税泉百五十。

二十三日

　　日记　星期。晴。上午同广平携海婴往篠崎医院诊，付泉一元四角。下午三弟及蕴如携婴儿来，留之晚餐并食蟹。

二十四日

　　日记　晴。下午买《现代散文家批评》二本赠何君，并《文始》

一本。

二十五日

日记 昙。上午同广平携海婴往篠崎医院诊,付泉一元四角。午后往内山书店,得『文学的遗产』(一至三)三本,『文芸家漫画像』一本,『葛饰北斋』一本,共泉二十九元;又得出版书肆所赠决定版『浮世画[绘]六大家』书箱一只,有野口米次郎自署。下午寄季市信。

"连环图画"辩护

我自己曾经有过这样一个小小的经验。有一天,在一处筵席上,我随便的说:用活动电影来教学生,一定比教员的讲义好,将来恐怕要变成这样的。话还没有说完,就埋葬在一阵哄笑里了。

自然,这话里,是埋伏着许多问题的,例如,首先第一,是用的是怎样的电影,倘用美国式的发财结婚故事的影片,那当然不行。但在我自己,却的确另外听过采用影片的细菌学讲义,见过全部照相,只有几句说明的植物学书。所以我深信不但生物学,就是历史地理,也可以这样办。

然而许多人的随便的哄笑,是一枝白粉笔,它能够将粉涂在对手的鼻子上,使他的话好像小丑的打诨。

前几天,我在《现代》上看见苏汶先生的文章,他以中立的文艺论者的立场,将"连环图画"一笔抹杀了。自然,那不过是随便提起的,并非讨论绘画的专门文字,然而在青年艺术学徒的心中,也许是一个重要的问题,所以我再来说几句。

我们看惯了绘画史的插图上,没有"连环图画",名人的作品的展览会上,不是"罗马夕照",就是"西湖晚凉",便以为那是一种下等物事,不足以登"大雅之堂"的。但若走进意大利的教皇宫——我没有游历意大利的幸福,所走进的自然只是纸上的教皇宫——去,就能看见凡有伟大的壁画,几乎都是《旧约》,《耶稣传》,《圣者传》的连环图画,艺术史家截取其中的一段,印在书上,题之曰《亚当的创造》,《最后之晚餐》,读者就不觉得这是下等,这在宣传了,然而那原画,却明明是宣传的连环图画。

在东方也一样。印度的阿强陀石窟,经英国人摹印了壁画以后,在艺术史上发光了;中国的《孔子圣迹图》,只要是明版的,也早为收藏家所宝重。这两样,一是佛陀的本生,一是孔子的事迹,明明是连环图画,而且是宣传。

书籍的插画,原意是在装饰书籍,增加读者的兴趣的,但那力量,能补助文字之所不及,所以也是一种宣传画。这种画的幅数极多的时候,即能只靠图像,悟到文字的内容,和文字一分开,也就成了独立的连环图画。最显著的例子是法国的陀莱(Gustave Doré),他是插图版画的名家,最有名的是《神曲》,《失乐园》,《吉诃德先生》,还有《十字军记》的插画,德国都有单印本(前二种在日本也有印本),只靠略解,即可以知道本书的梗概。然而有谁说陀莱不是艺术家呢?

宋人的《唐风图》和《耕织图》,现在还可找到印本和石刻;至于仇英的《飞燕外传图》和《会真记图》,则翻印本就在文明书局发卖的。凡这些,也都是当时和现在的艺术品。

自十九世纪后半以来,版画复兴了,许多作家,往往喜欢刻印一些以几幅画汇成一帖的"连作"(Blattfolge)。这些连作,也有并非一个事件的。现在为青年的艺术学徒计,我想写出几个版画史上已经有了地位的作家和有连续事实的作品在下面:

首先应该举出来的是德国的珂勒惠支(Käthe Kollwitz)夫人。她除了为霍普德曼的《织匠》(Die Weber)而刻的六幅版画外,还有三种,有题目,无说明——

一,《农民斗争》(*Bauernkrieg*),金属版七幅;

二,《战争》(*Der Krieg*),木刻七幅;

三,《无产者》(*Proletariat*),木刻三幅。

以《士敏土》的版画,为中国所知道的梅斐尔德(Carl Meffert),是一个新进的青年作家,他曾为德译本斐格纳尔的《猎俄皇记》(*Die Jagd nach Zaren von Wera Figner*)刻过五幅木版图,又有两种连作——

一,《你的姊妹》(*Deine Schwester*),木刻七幅,题诗一幅;

二,《养护的门徒》(原名未详),木刻十三幅。

比国有一个麦绥莱勒(Frans Masereel),是欧洲大战时候,像罗曼罗兰一样,因为非战而逃出过外国的。他的作品最多,都是一本书,只有书名,连小题目也没有。现在德国印出了普及版(*Bei Kurt Wolff,München*),每本三马克半,容易到手了。我所见过的是这几种——

一,《理想》(*Die Idee*),木刻八十三幅;

二,《我的祷告》(*Mein Stundenbuch*),木刻一百六十五幅;

三,《没字的故事》(*Geschichte ohne Worte*),木刻六十幅;

四,《太阳》(*Die Sonne*),木刻六十三幅;

五,《工作》(*Das Werk*),木刻,幅数失记;

六,《一个人的受难》(*Die Passion eines Menschen*),木刻二十五幅。

美国作家的作品,我曾见过希该尔木刻的《巴黎公社》(*The Paris Commune,A Story in Pictures* by William Siegel),是纽约的约翰李特社(John Reed Club)出版的。还有一本石版的格罗沛尔(W. Gropper)所画的书,据赵景深教授说,是“马戏的故事”,另译起来,恐怕要“信而不顺”,只好将原名照抄在下面——

Alay—Oop(Life and Love Among the Acrobats.)

英国的作家我不大知道，因为那作品定价贵。但曾经有一本小书，只有十五幅木刻和不到二百字的说明，作者是有名的吉宾斯（Robert Gibbings），限印五百部，英国绅士是死也不肯重印的，现在恐怕已将绝版，每本要数十元了罢。那书是——

《第七人》（*The 7th Man*）。

以上，我的意思是总算举出事实，证明了连环图画不但可以成为艺术，并且已经坐在"艺术之宫"的里面了。至于这也和其他的文艺一样，要有好的内容和技术，那是不消说得的。

我并不劝青年的艺术学徒蔑弃大幅的油画或水彩画，但是希望一样看重并且努力于连环图画和书报的插图；自然应该研究欧洲名家的作品，但也更注意于中国旧书上的绣像和画本，以及新的单张的花纸。这些研究和由此而来的创作，自然没有现在的所谓大作家的受着有些人们的照例的叹赏，然而我敢相信：对于这，大众是要看的，大众是感激的！

十月二十五日。

原载 1932 年 11 月 15 日《文学月报》第 1 卷第 4 号。

初收 1934 年 3 月上海同文书店版《南腔北调集》。

致 许寿裳

季市兄：

孔若君在津，不问亦不释，霁野（以他自己名义）曾去见尔和，五次不得见，孔家甚希望兄给霁野一绍介信，或能见面，未知可否？倘可，希直寄霁野，或由"北平后门皇城根台静农转"亦可。弟阖寓均安，可告慰也。此颂

曼福。

　　　　　　　　　　　弟树　顿首　十月廿五日
日耳曼邮票三枚附呈

二十六日

　　日记　晴。上午得山本夫人信，十九日发。寄三弟信。下午往野风画会。

二十七日

　　日记　昙。上午广平买阳澄湖蟹分赠镰田，内山各四枚，自食四枚于夜饭时。夜三弟来并为代买《殷周青铜器铭文研究》一部二本，价五元，赠以酒一瓶。

二十八日

　　日记　晴。上午同广平携海婴往篠崎医院诊，付泉一元四角。下午得增田君信，二十一日发。

二十九日

　　日记　昙，下午雨。无事。

三十日

　　日记　星期。晴。下午蕴如及三弟来，留之夜饭并食蟹。

三十一日

　　日记　晴。上午托广平往开明书店豫定插图本《中国文学史》一部，先取第二本，付与五元，又买杂书二本，一元五角。夜排比《两地书》讫，凡分三集。

两地书·二

广平兄：

今天收到来信，有些问题恐怕我答不出，姑且写下去看——

学风如何，我以为是和政治状态及社会情形相关的，倘在山林中，该可以比城市好一点，只要办事人员好。但若政治昏暗，好的人也不能做办事人员，学生在学校中，只是少听到一些可厌的新闻，待到出了校门，和社会相接触，仍然要苦痛，仍然要堕落，无非略有迟早之分。所以我的意思，以为倒不如在都市中，要堕落的从速堕落罢，要苦痛的速速苦痛罢，否则从较为宁静的地方突到闹处，也须意外地吃惊受苦，而其苦痛之总量，与本在都市者略同。

学校的情形，也向来如此，但一二十年前，看去仿佛较好者，乃是因为足够办学资格的人们不很多，因而竞争也不猛烈的缘故。现在可多了，竞争也猛烈了，于是坏脾气也就彻底显出。教育界的称为清高，本是粉饰之谈，其实和别的什么界都一样，人的气质不大容易改变，进几年大学是无甚效力的。况且又有这样的环境，正如人身的血液一坏，体中的一部分决不能独保健康一样，教育界也不会在这样的民国里特别清高的。

所以，学校之不甚高明，其实由来已久，加以金钱的魔力，本是非常之大，而中国又是向来善于运用金钱诱惑法术的地方，于是自然就成了这现象。听说现在是中学校也有这样的了。间有例外，大约即因年龄太小，还未感到经济困难或化费的必要之故罢。至于传入女校，当是近来的事，大概其起因，当在女性已经自觉到经济独立的必要，而藉以获得这独立的方法，则不外两途，一是力争，一是巧取。前一法很费力，于是就堕入后一手段去，就是略一清醒，又复昏睡了。可是这情形不独女界为然，男人也多如此，所不同者巧取之外，还有豪夺而已。

我其实那里会"立地成佛"，许多烟卷，不过是麻醉药，烟雾中也没有见过极乐世界。假使我真有指导青年的本领——无论指导得错不错——我决不藏匿起来，但可惜我连自己也没有指南针，到现在还是乱闯。倘若闯入深渊，自己有自己负责，领着别人又怎么好呢？我之怕上讲台讲空话者就为此。记得有一种小说里攻击牧师，说有一个乡下女人，向牧师沥诉困苦的半生，请他救助，牧师听毕答道："忍着罢，上帝使你在生前受苦，死后定当赐福的。"其实古今的圣贤以及哲人学者之所说，何尝能比这高明些。他们之所谓"将来"，不就是牧师之所谓"死后"么。我所知道的话就全是这样，我不相信，但自己也并无更好的解释。章锡琛先生的答话是一定要模胡的，听说他自己在书铺子里做伙计，就时常叫苦连天。

我想，苦痛是总与人生联带的，但也有离开的时候，就是当熟睡之际。醒的时候要免去若干苦痛，中国的老法子是"骄傲"与"玩世不恭"，我觉得我自己就有这毛病，不大好。苦茶加糖，其苦之量如故，只是聊胜于无糖，但这糖就不容易找到，我不知道在那里，这一节只好交白卷了。

以上许多话，仍等于章锡琛，我再说我自己如何在世上混过去的方法，以供参考罢——

一，走"人生"的长途，最易遇到的有两大难关。其一是"歧路"，倘是墨翟先生，相传是恸哭而返的。但我不哭也不返，先在歧路头坐下，歇一会，或者睡一觉，于是选一条似乎可走的路再走，倘遇见老实人，也许夺他食物来充饥，但是不问路，因为我料定他并不知道的。如果遇见老虎，我就爬上树去，等它饿得走去了再下来，倘它竟不走，我就自己饿死在树上，而且先用带子缚住，连死尸也决不给它吃。但倘若没有树呢？那么，没有法子，只好请它吃了，但也不妨也咬它一口。其二便是"穷途"了，听说阮籍先生也大哭而回，我却也像在歧路上的办法一样，还是跨进去，在刺丛里姑且走走。但我也并未遇到全是荆棘毫无可走的地方过，不知道是否世上本无所谓穷途，还是我幸而没有遇着。

二，对于社会的战斗，我是并不挺身而出的，我不劝别人牺牲什么之类者就为此。欧战的时候，最重"壕堑战"，战士伏在壕中，有时吸烟，也唱歌，打纸牌，喝酒，也在壕内开美术展览会，但有时忽向敌人开他几枪。中国多暗箭，挺身而出的勇士容易丧命，这种战法是必要的罢。但恐怕也有时会逼到非短兵相接不可的，这时候，没有法子，就短兵相接。

总结起来，我自己对于苦闷的办法，是专与袭来的苦痛捣乱，将无赖手段当作胜利，硬唱凯歌，算是乐趣，这或者就是糖罢。但临末也还是归结到"没有法子"，这真是没有法子！

以上，我自己的办法说完了，就不过如此，而且近于游戏，不像步步走在人生的正轨上（人生或者有正轨罢，但我不知道）。我相信写了出来，未必于你有用，但我也只能写出这些罢了。

鲁迅。三月十一日。

未另发表。

初收 1933 年 4 月上海青光书局版《两地书》。

两地书·四

广平兄：

这回要先讲"兄"字的讲义了。这是我自己制定，沿用下来的例子，就是：旧日或近来所识的朋友，旧同学而至今还在来往的，直接听讲的学生，写信的时候我都称"兄"；此外如原是前辈，或较为生疏,较需客气的,就称先生,老爷,太太,少爷,小姐,大人……之类。总之,我这"兄"字的意思,不过比直呼其名略胜一筹,并不如许叔重先生所说,真含有"老哥"的意义。但这些理由,只有我自己知道,则你一见而大惊力争,盖无足怪也。然而现已说明,则亦毫不为奇焉矣。

现在的所谓教育,世界上无论那一国,其实都不过是制造许多适应环境的机器的方法罢了。要适如其分,发展各各的个性,这时候还未到来,也料不定将来究竟可有这样的时候。我疑心将来的黄金世界里,也会有将叛徒处死刑,而大家尚以为是黄金世界的事,其大病根就在人们各各不同,不能像印版书似的每本一律。要彻底地毁坏这种大势的,就容易变成"个人的无政府主义者",如《工人绥惠略夫》里所描写的绥惠略夫就是。这一类人物的运命,在现在——也许虽在将来——是要救群众,而反被群众所迫害,终至于成了单身,忿激之余,一转而仇视一切,无论对谁都开枪,自己也归于毁灭。

社会上千奇百怪,无所不有;在学校里,只有捧线装书和希望得到文凭者,虽然根柢上不离"利害"二字,但是还要算好的。中国大约太老了,社会上事无大小,都恶劣不堪,像一只黑色的染缸,无论加进什么新东西去,都变成漆黑。可是除了再想法子来改革之外,也再没有别的路。我看一切理想家,不是怀念"过去",就是希望"将来",而对于"现在"这一个题目,都缴了白卷,因为谁也开不出药方。所有最好的药方,即所谓"希望将来"的就是。

"将来"这回事,虽然不能知道情形怎样,但有是一定会有的,就是一定会到来的,所虑者到了那时,就成了那时的"现在"。然而人们也不必这样悲观,只要"那时的现在"比"现在的现在"好一点,就很好了,这就是进步。

这些空想,也无法证明一定是空想,所以也可以算是人生的一种慰安,正如信徒的上帝。你好像常在看我的作品,但我的作品,太黑暗了,因为我常觉得惟"黑暗与虚无"乃是"实有",却偏要向这些作绝望的抗战,所以很多着偏激的声音。其实这或者是年龄和经历的关系,也许未必一定的确的,因为我终于不能证实:惟黑暗与虚无乃是实有。所以我想,在青年,须是有不平而不悲观,常抗战而亦自卫,倘荆棘非践不可,固然不得不践,但若无须必践,即不必随便去践,这就是我之所以主张"壕堑战"的原因,其实也无非想多留下几个战士,以得更多的战绩。

子路先生确是勇士,但他因为"吾闻君子死冠不免",于是"结缨而死",我总觉得有点迂。掉了一顶帽子,又有何妨呢,却看得这么郑重,实在是上了仲尼先生的当了。仲尼先生自己"厄于陈蔡",却并不饿死,真是滑得可观。子路先生倘若不信他的胡说,披头散发的战起来,也许不至于死的罢。但这种散发的战法,也就是属于我所谓"壕堑战"的。

时候不早了,就此结束了。

鲁迅。三月十八日。

未另发表。

初收 1933 年 4 月上海青光书局版《两地书》。

两地书·六

广平兄:

仿佛记得收到来信有好几天了,但因为偶然没有工夫,一直到今天才能写回信。

"一步步的现在过去",自然可以比较的不为环境所苦,但"现在的我"中,既然"含有原先的我",而这"我"又有不满于时代环境之心,则苦痛也依然相续。不过能够随遇而安——即有船坐船云云——则比起幻想太多的人们来,可以稍为安稳,能够敷衍下去而已。总之，人若一经走出麻木境界，便即增加苦痛，而且无法可想，所谓"希望将来"，不过是自慰——或者简直是自欺——之法，即所谓"随顺现在"者也一样。必须麻木到不想"将来"也不知"现在"，这才和中国的时代环境相合，但一有知识，就不能再回到这地步去了。也只好如我前信所说，"有不平而不悲观"，也即来信之所谓"养精蓄锐以待及锋而试"罢。

来信所说"时代的落伍者"的定义，是不对的。时代环境全部迁流，并且进步，而个人始终如故，毫无长进，这才谓之"落伍者"。倘若对于时代环境，怀着不满，要它更好，待较好时，又要它更更好，即不当有"落伍者"之称。因为世界上改革者的动机，大抵就是这对于时代环境的不满的缘故。

这回的教育次长的下台，我以为似乎是他自己的失策，否则，不至于此的。至于妨碍《民国日报》，乃是北京官场的老手段，实在可笑。停止一种报章，他们的天下便即太平么？这种漆黑的染缸不打破，中国即无希望，但正在准备毁坏者，目下也仿佛有人，只可惜数目太少。然而既然已有，即可望多起来，一多，可就好玩了——但是这自然还在将来，现在呢，只是准备。

我如果有所知道，当然不至于不说的，但这种满纸是"将来"和"准备"的指教，其实不过是空言，恐怕于"小鬼"也无甚益处。至于时间，那倒不要紧的，因为我即使不写信，也并不做着什么了不得的事。

　　　　　　　　　　　　　　　　　鲁迅。三月二十三日。

未另发表。

初收 1933 年 4 月上海青光书局版《两地书》。

两地书·八

广平兄：

现在才有写回信的工夫，所以我就写回信。

那一回演剧时候，我之所以先去者，实与剧的好坏无关，我在群集里面，是向来坐不久的。那天观众似乎不少，筹款的目的，该可以达到一点了罢。好在中国现在也没有什么批评家，鉴赏家，给看那样的戏剧，已经尽够了。严格的说起来，则那天的看客，什么也不懂而胡闹的很多，都应该用大批的蚊烟，将它们熏出去的。

近来的事件，内容大抵复杂，实不但学校为然。据我看来，女学生还要算好的，大约因为和外面的社会不大接触之故罢，所以还不过谈谈衣饰宴会之类。至于别的地方，怪状更是层出不穷，东南大学事件就是其一，倘细细剖析，真要为中国前途万分悲哀。虽至小事，亦复如是，即如《现代评论》上的"一个女读者"的文章，我看那行文造语，总疑心是男人做的，所以你的推想，也许不确。世上的鬼蜮是多极了。

说起民元的事来，那时确是光明得多，当时我也在南京教育部，觉得中国将来很有希望。自然，那时恶劣分子固然也有的，然而他总失败。一到二年二次革命失败之后，即渐渐坏下去，坏而又坏，遂成了现在的情形。其实这也不是新添的坏，乃是涂饰的新漆剥落已尽，于是旧相又显了出来。使奴才主持家政，那里会有好样子。最初的革命是排满，容易做到的，其次的改革是要国民改革自己的坏根性，于是就不肯了。所以此后最要紧的是改革国民性，否则，无论是专制，是共和，是什么什么，招牌虽换，货色照旧，全不行的。

但说到这类的改革，便是真叫作"无从措手"。不但此也，现在虽只想将"政象"稍稍改善，尚且非常之难。在中国活动的现有两种"主义者"，外表都很新的，但我研究他们的精神，还是旧货，所以我现在无所属,但希望他们自己觉悟,自动的改良而已。例如世界主义者而同志自己先打架,无政府主义者的报馆而用护兵守门,真不知是怎么一回事。土匪也不行,河南的单知道烧抢,东三省的渐趋于保护雅片,总之是抱"发财主义"的居多,梁山泊劫富济贫的事,已成为书本子上的故事了。军队里也不好,排挤之风甚盛,勇敢无私的一定孤立,为敌所乘,同人不救,终至阵亡,而巧滑骑墙,专图地盘者反很得意。我有几个学生在军中,倘不同化,怕终不能占得势力,但若同化,则占得势力又于将来何益。一个就在攻惠州,虽闻已胜,而终于没有信来,使我常常苦痛。

我又无拳无勇,真没有法,在手头的只有笔墨,能写这封信一类的不得要领的东西而已。但我总还想对于根深蒂固的所谓旧文明,施行袭击,令其动摇,冀于将来有万一之希望,而且留心看看,居然也有几个不问成败而要战斗的人,虽然意见和我并不尽同,但这是前几年所没有遇到的。我所谓"正在准备破坏者目下也仿佛有人"的人,不过这么一回事。要成联合战线,还在将来。

希望我做一点什么事的人,也颇有几个了,但我自己知道,是不行的。凡做领导的人,一须勇猛,而我看事情太仔细,一仔细,即多疑虑,不易勇往直前,二须不惜用牺牲,而我最不愿使别人做牺牲(这其实还是革命以前的种种事情的刺激的结果),也就不能有大局面。所以,其结果,终于不外乎用空论来发牢骚,印一通书籍杂志。你如果也要发牢骚,请来帮我们,倘曰"马前卒",则吾岂敢,因为我实无马,坐在人力车上,已经是阔气的时候了。

投稿到报馆里,是碰运气的,一者编辑先生总有些胡涂,二者投稿一多,确也使人头昏眼花。我近来常看稿子,不但没有空闲,而且人也疲乏了,此后想不再给人看,但除了几个熟识的人们。你投稿虽不写什么"女士",我写信也改称为"兄",但看那文章,总带些女性。我虽然没有细研究过,但大略看来,似乎"女士"的说话的句子排列法,就与"男士"不同,所以写在纸上,一见可辨。

北京的印刷品现在虽然比先前多，但好的却少。《猛进》很勇，而论一时的政象的文字太多。《现代评论》的作者固然多是名人，看去却很显得灰色。《语丝》虽总想有反抗精神，而时时有疲劳的颜色，大约因为看得中国的内情太清楚，所以不免有些失望之故罢。由此可知见事太明，做事即失其勇，庄子所谓"察见渊鱼者不祥"，盖不独谓将为众所忌，且于自己的前进亦复大有妨碍也。我现在还要找寻生力军，加多破坏论者。

鲁迅。三月三十一日。

未另发表。

初收 1933 年 4 月上海青光书局版《两地书》。

两地书·一〇

广平兄：

我先前收到五个人署名的印刷品，知道学校里又有些事情，但并未收到薛先生的宣言，只能从学生方面的信中，猜测一点。我的习性不大好，每不肯相信表面上的事情，所以我疑心薛先生辞职的意思，恐怕还在先，现在不过借题发挥，自以为去得格外好看。其实"声势汹汹"的罪状，未免太不切实，即使如此，也没有辞职的必要的。如果自己要辞职而必须牵连几个学生，我觉得办法有些恶劣。但我究竟不明白内中的情形，要之，那普通所想得到的，总无非是"用阴谋"与"装死"，学生都不易应付的。现在已没有中庸之法，如果他的所谓罪状，不过是"声势汹汹"，则殊不足以制人死命，有那一回反驳的信，已经可以了。此后只能平心静气，再看后来，随时用质直的方法对付。

这回演剧，每人分到二十余元，我以为结果并不算坏，前年世界语学校演剧筹款，却赔了几十元。但这几个钱，自然不够旅行，要旅行只好到天津。其实现在也何必旅行，江浙的教育，表面上虽说发达，内情何尝佳，只要看母校，即可以推知其他一切。不如买点心，一日吃一元，反有实益。

大同的世界，怕一时未必到来，即使到来，像中国现在似的民族，也一定在大同的门外。所以我想，无论如何，总要改革才好。但改革最快的还是火与剑，孙中山奔波一世，而中国还是如此者，最大原因还在他没有党军，因此不能不迁就有武力的别人。近几年似乎他们也觉悟了，开起军官学校来，惜已太晚。中国国民性的堕落，我觉得并不是因为顾家，他们也未尝为"家"设想。最大的病根，是眼光不远，加以"卑怯"与"贪婪"，但这是历久养成的，一时不容易去掉。我对于攻打这些病根的工作，倘有可为，现在还不想放手，但即使有效，也恐很迟，我自己看不见了。由我想来——这只是如此感到，说不出理由——目下的压制和黑暗还要增加，但因此也许可以发生较激烈的反抗与不平的新分子，为将来的新的变动的萌蘗。

"关起门来长吁短叹"，自然是太气闷了，现在我想先对于思想习惯加以明白的攻击，先前我只攻击旧党，现在我还要攻击青年。但政府似乎已在张起压制言论的网来，那么，又须准备"钻网"的法子——这是各国鼓吹改革的人们照例要遇到的。我现在还在寻有反抗和攻击的笔的人们，再多几个，就来"试他一试"，但那效果，仍然还在不可知之数，恐怕也不过聊以自慰而已。所以一面又觉得无聊，又疑心自己有些暮气，"小鬼"年青，当然是有锐气的，可有更好，更有聊的法子么？

我所谓"女性"的文章，倒不专在"唉，呀，哟……"之多，就是在抒情文，则多用好看字样，多讲风景，多怀家庭，见秋花而心伤，对明月而泪下之类。一到辩论之文，尤易看出特别。即历举对手之语，从头至尾，逐一驳去，虽然犀利，而不沉重，且罕有正对"论敌"之要害,仅以一击给与致命的重伤者。总之是只有小毒而无剧毒,好作长文而不善于短文。

《猛进》昨已送上五期,想已收到,此后如不被禁止,我当寄上,因为我这里有好几份。

鲁迅。四月八日。

□□女士的举动似乎不很好:听说她办报章时,到加拉罕那里去募捐,说如果不给,她就要对于俄国说坏话云云。

未另发表。

初收 1933 年 4 月上海青光书局版《两地书》。

两地书·一二

广平兄:

有许多话,那天本可以口头答复,但我这里从早到夜,总有几个各样的客在坐,所以只能论到天气之好坏,风之大小。因为虽是平常的话,但偶然听了一段,也容易莫名其妙,由此造出谣言,所以还不如仍旧写回信。

学校的事,也许暂时要不死不活罢。昨天听人说,章太太不来,另荐了两个人。一个也不来,一个是不去请。还有□太太却很想做,而当局似乎不敢请教,听说评议会的挽留倒不算什么,而问题却在不能得人。当局定要在"太太类"中选择,固然也过于拘执,但别的一时可也没有,此实不死不活之大原因也。后事如何,且听下回分解可耳。

来信所说的意见,我实在也无法说一定是错的,但是不赞成,一是由于全局的估计,二是由于自己的偏见。第一,这不是少数人所能做，而这类人现在很不多，即或有之，更不该轻易用去；还有，是纵使有一两回类此的事件，实不足以震动国民，他们还很麻木，至于坏种，则警备极严，也未必就肯洗心革面。还有，是此事容易引起坏影响，例如民二，袁世凯也用这方法了，革命者所用的多青年，而他的乃是用钱雇来的奴子，试一衡量，还是这一面吃亏。但这时革命者们之间，也曾用过雇工以自相残杀，于是此道乃更堕落，现在即使复活，我以为虽然可以快一时之意，而与大局是无关的。第二，我的脾气是如此的，自己没有做的事，就不大赞成。我有时也能辣手评文，也尝煽动青年冒险，但有相识的人，我就不能评他的文章，怕见他的冒险，明知道这是自相矛盾的，也就是做不出什么事情来的死症，然而终于无法改良，奈何不得——姑且由他去罢。

"无处不是苦闷，苦闷（此下还有四个和……）"，我觉得"小鬼"的"苦闷"的原因是在"性急"。在进取的国民中，性急是好的，但生在麻木如中国的地方，却容易吃亏，纵使如何牺牲，也无非毁灭自己，于国度没有影响。我记得先前在学校演说时候也曾说过，要治这麻木状态的国度，只有一法，就是"韧"，也就是"锲而不舍"。逐渐的做一点，总不肯休，不至于比"踔厉风发"无效的。但其间自然免不了"苦闷，苦闷（此下还有四个并……）"，可是只好便与这"苦闷……"反抗。这虽然近于劝人耐心做奴隶，而其实很不同，甘心乐意的奴隶是无望的，但若怀着不平，总可以逐渐做些有效的事。

我有时以为"宣传"是无效的，但细想起来，也不尽然。革命之前，第一个牺牲者，我记得是史坚如，现在人们都不大知道了，在广东一定是记得的人较多罢，此后接连的有好几人，而爆发却在湖北，还是宣传的功劳。当时和袁世凯妥协，种下病根，其实却还是党人实力没有充实之故。所以鉴于前车，则此后的第一要图，还在充足实力，此外各种言动，只能稍作辅佐而已。

文章的看法，也是因人不同的，我因为自己好作短文，好用反语，每遇辩论，辄不管三七二十一，就迎头一击，所以每见和我的办法不同者便以为缺点。其实畅达也自有畅达的好处，正不必故意减缩（但繁冗则自应删削），例如玄同之文，即颇汪洋，而少含蓄，使读者览之了然，无所疑惑，故于表白意见，反为相宜，效力亦复很大，我的东西却常招误解，有时竟大出于意料之外，可见意在简练，稍一不慎，即易流于晦涩，而其弊有不可究诘者焉（不可究诘四字颇有语病，但一时想不出适当之字，姑仍之，意但云"其弊颇大"耳）。

前天仿佛听说《猛进》终于没有定妥，后来因为别的话岔开，不说下去了。如未定，便中可见告，当寄上。我虽说忙，其实也不过"口头禅"，每日常有闲坐及讲空话的时候，写一个信面，尚非大难事也。

鲁迅。四月十四日。

未另发表。

初收 1933 年 4 月上海青光书局版《两地书》。

两地书·一五

广平兄：

十六和廿日的信都收到了，实在对不起，到现在才一并回答。几天以来，真所谓忙得不堪，除些琐事以外，就是那可笑的"□□周刊"。这一件事，本来还不过一种计划，不料有一个学生对邵飘萍一说，他就登出广告来，并且写得那么夸大可笑。第二天我就代拟了一个别的广告，硬令登载，又不许改动，不料他却又加上了几句无聊的案语。做事遇着隔膜者，真是连小事情也碰头。至于我这一面，则除百来行稿子以外，什么也没有，但既然受了广告的鞭子的强迫，也不能不跑了，于是催人去做，自己也做，直到此刻，这才勉强凑成，而今天就是交稿的日子。统看全稿，实在不见得高明，你不要那么热望,过于热望,要更失望的。但我还希望将来能够比较的好一点。如有稿子,也望寄来,所论的问题也不拘大小。你不知定有《京报》否?如无,我可以嘱他们将《莽原》——即所谓"□□周刊"——寄上。

但星期五,你一定在学校先看见《京报》罢。那"莽原"二字,是一个八岁的孩子写的,名目也并无意义,与《语丝》相同,可是又仿佛近于"旷野"。投稿的人名都是真的,只有末尾的四个都由我代表,然而将来从文章上恐怕也仍然看得出来,改变文体,实在是不容易的事。这些人里面,做小说的和能翻译的居多,而做评论的没有几个:这实在是一个大缺点。

薛先生已经复职,自然极好,但来来去去,似乎未免太劳苦一点了。至于今之教育当局,则我不知其人。但看他挽孙中山对联中之自夸,与对于完全"道不同"之段祺瑞之密切,为人亦可想而知。所闻的历来的言行,盖是一大言无实,欺善怕恶之流而已。要之,能在这昏浊的政局中,居然出为高官,清流大约无这种手段。由我看来,王九龄要好得多罢。校长之事,部中毫无所闻,此人之来,以整顿教育自命,或当别有一反从前一切之新法(他是大不满于今之学风的),但是否又是大言,则不得而知,现在鬼鬼祟祟之人太多,实在无从说起。

我以前做些小说,短评之类,难免描写,或批评别人,现在不知道怎么,似乎报应已至,自己忽而变了别人的文章的题目了。张王两篇,也已看过,未免说得我太好些。我自己觉得并无如此"冷静",如此能干,即如"小鬼"们之光降,在未得十六来信以前,我还未悟到已被"探检"而去,倘如张君所言,从第一至第三,全是"冷静",则该早已看破了。但你们的研究,似亦不甚精细,现在试出一题,加以考试:我所坐的有玻璃窗的房子的屋顶,是什么样子的? 后园已经到过,应该可以看见这个,仰即答复可也!

星期一的比赛"韧性",我确又失败了,但究竟抵抗了一点钟,成绩还可以在六十分以上。可惜众寡不敌,终被逼上午门,此后则遁入公园，避去近于"带队"之厄。我常想带兵抢劫，固然无可讳言，但若一变而为带女学生游历，则未免变得离题太远，先前之逃来逃去者，非怕"难为"，"出轨"等等，其实不过是逃脱领队而已。

琴心问题，现在总算明白了。先前，有人说是司空蕙，有人说是陆晶清，而孙伏园坚谓俱不然，乃是一个新出台的女作者。盖投稿非其自写，所以是另一样笔迹，伏园以善认笔迹自负，岂料反而上当。二则所用的红信封绿信纸，早将伏园善识笔迹之眼睛吓昏，遂愈加疑不到司空蕙身上去了。加以所作诗文，也太近于女性，今看他署着真名之文，也是一样色彩，本该容易识破，但他人谁会想到他为了争一点无聊的名声，竟肯如此钩心斗角，无所不至呢。他的"横扫千人"的大作，今天在《京报副刊》上似乎也露一点端倪；所扫的一个是批评廖仲潜小说的芳子，但我现在疑心芳子就是廖仲潜，实无其人，和琴心一样的。第二个是向培良，则识力比他坚实得多，琴心的扫帚，未免太软弱一点。但培良已往河南去办报，不会有答复的了，这实在可惜，使我们少见许多痛快的议论。

《民国公报》的实情，我不知道，待探听了再回答罢。普通所谓考试编辑，多是一种手段，大抵因为荐条太多，无法应付，便来装作这一种门面，故作秉公选用之状，以免荐送者见怪，其实却是早已暗暗定好，别的应试者不过陪他变一场戏法罢了。但《民国公报》是否也这样，却尚难决（我看十之九也这样）。总之，先去打听一回罢。我的意见，以为做编辑是不会有什么进步的，我近来常与周刊之类相关，弄得看书和休息的工夫也没有了，因为选用的稿子，也常须动笔改削，倘若任其自然，又怕闹出笑话来。还是"人之患"较为从容，即使有时逼上午门，也不过费两三个钟头而已。

鲁迅。四月二十二日夜。

未另发表。
初收1933年4月上海青光书局版《两地书》。

两地书·一七

广平兄：

　　来信收到了。今天又收到一封文稿，拜读过了，后三段是好的，首一段累坠一点，所以看纸面如何，也许将这一段删去。但第二期上已经来不及登，因为不知"小鬼"何意，竟不署作者名字。所以请你捏造一个，并且通知我，并且必须于下星期三上午以前通知，并且回信中不准说"请先生随便写上一个可也"之类的油滑话。

　　现在的小周刊，目录必在角上者，是为订成本子之后，读者容易翻检起见，倘要检查什么，就不必全本翻开，才能够看见每天的细目。但也确有隔断读者注意的弊病，我想了另一格式，是专用第一版上层的，如下：则目录既在边上，容易检查，又无隔断本文之弊，可惜《莽原》第一期已经印出，不能便即变换了，但到二十期以后，我想来"试他一试"。至于印在末尾，书籍尚可，定期刊却不合宜，放在

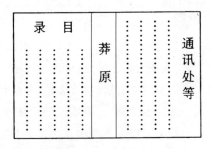

第一版中央，尤为不便，擅起此种"心理作用"，应该记大过二次。

　　《莽原》第一期的作者和性质，诚如来信所言；长虹确不是我，乃是我今年新认识的，意见也有一部分和我相合，而似是安那其主义者。他很能做文章，但大约因为受了尼采的作品的影响之故罢，常有太晦涩难解处，第二期登出的署着 CH 的，也是他的作品。至于《棉袍里的世界》所说的"掠夺"问题，则敢请少爷不必多心，我辈赴贵校教书，每月明明写定"致送脩金十三元五角正"，夫既有"十三元

五角"而且"正",则又何"掠夺"之有也欤哉！

割舌之罪，早在我的意中，然而倒不以为意。近来整天的和人谈话，颇觉得有点苦了，割去舌头，则一者免得教书，二者免得陪客，三者免得做官，四者免得讲应酬话，五者免得演说，从此可以专心做报章文字，岂不舒服。所以你们应该趁我还未割去舌头之前，听完《苦闷的象征》，前回的不肯听讲而逼上午门，也就应该记大过若干次。而我六十分，则必有无疑。因为这并非"界限分得太清"之故，我无论对于什么学生，都不用"冲锋突围而出"之法也。况且，窃闻小姐之类，大抵容易潸然泪下，倘我挥拳打出，诸君在后面哭而送之，则这一篇文章的分数，岂非当在零分以下？现在不然，可知定为六十分者，还是自己客气的。

但是这次考试，我却可以自认失败，因为我过于大意，以为广平少爷未必如此"细心"，题目出得太容易了。现在也只好任凭排卦拈签，不再辩论，装作舌头已经割去之状。惟报仇题目，却也不再交卷，因为时间太严。那信是星期一上午收到的，午后即须上课，其间更无作答的工夫，而一经上课，则无论答得如何正确，也必被冤为"临时预备夹带然后交卷"，倒不如拼出，交了白卷便宜。

中国现今文坛（？）的状况，实在不佳，但究竟做诗及小说者尚有人。最缺少的是"文明批评"和"社会批评"，我之以《莽原》起哄，大半也就为了想由此引些新的这一种批评者来，虽在割去敝舌之后，也还有人说话，继续撕去旧社会的假面。可惜所收的至今为止的稿子，也还是小说多。

鲁迅。四月二十八日。

未另发表。

初收 1933 年 4 月上海青光书局版《两地书》。

两地书·一九

广平兄：

四月卅的信收到了。闲话休提，先来攻击朱老夫子的"假名论"罢。

夫朱老夫子者，是我的老同学，我对于他的在窗下孜孜研究，久而不懈，是十分佩服的，然此亦惟于古学一端而已，若夫评论世事，乃颇觉其迂远之至者也。他对于假名之非难，实不过其最偏的一部分。如以此诬陷毁谤个人之类，才可谓之"不负责任的推诿的表示"，倘在人权尚无确实保障的时候，两面的众寡强弱，又极悬殊，则须又作别论才是。例如子房为韩报仇，从君子看来，盖是应该写信给秦始皇，要求两人赤膊决斗，才算合理的。然而博浪一击，大索十日而终不可得，后世亦不以为"不负责任"者，知公私不同，而强弱之势亦异，一匹夫不得不然之故也。况且，现在的有权者，是什么东西呢？他知道什么责任呢？《民国日报》案故意拖延月余，才来裁判，又决罚至如此之重，而叫喊几声的人独要硬负片面的责任，如孩子脱衣以入虎穴，岂非大愚么？朱老夫子生活于平安中，所做的是《萧梁旧史考》，负责与否，没有大关系，也并没有什么意外的危险，所以他的侃侃而谈之谈，仅可供他日共和实现之后的参考，若今日者，则我以为只要目的是正的——这所谓正不正，又只专凭自己判断——即可用无论什么手段，而况区区假名真名之小事也哉。此我所以指窗下为活人之坟墓，而劝人们不必多读中国之书者也！

本来还要更长更明白的骂几句，但因为有所顾忌，又哀其胡子之长，就此收束罢。那么，话题一转，而论"小鬼"之假名问题。那两个"鱼与熊掌"，虽并为足下所喜，但我以为用于论文，却不相宜，因为以真名招一种无聊的麻烦，固然不值得，但若假名太近于滑稽，则足以减少论文的重量，所以也不很好。你这许多名字中，既然"非心"总算还未用过，我就以"编辑"兼"先生"之威权，给你写上这一个罢。假如于心不甘，赶紧发信抗议，还来得及，但如到星期二夜为止并无痛哭流涕之抗议，即以默认论，虽驷马也难于追回了。而且此后的文章，也应细心署名，不得以"因为忙中"推诿！

试验题目出得太容易了，自然也算得我的失策，然而也未始没有补救之法的。其法即称之为"少爷"，刺之以"细心"，则效力之大，也抵得记大过二次。现在果然慷慨激昂的来"力争"了，而且写至七行之多，可见费力不少。我的报复计划，总算已经达到了一部分，"少爷"之称，姑且准其取消罢。

历来的《妇周》，几乎还是一种文艺杂志，议论很少，即偶有之，也不很好，前回的那一篇，则简直是笑话。请他们诸公来"试他一试"，也不坏罢。然而咱们的《莽原》也很窄，寄来的多是小说与诗，评论很少，倘不小心，也容易变成文艺杂志的。我虽然被称为"编辑先生"，非常骄气，但每星期被逼作文，却很感痛苦，因为这就像先前学校中的星期考试。你如有议论，敢乞源源寄来，不胜荣幸感激涕零之至！

缝纫先生听说又不来了，要寻善于缝纫的，北京很多，本不必发电号召，奔波而至，她这回总算聪明。继其后者，据现状以观，总还是太太类罢。其实这倒不成为什么问题，不必定用毛瑟，因为"女人长女校"，还是社会的公意，想章士钊和社会奋斗，是不会的，否则，也不成其为章士钊。老爷类中也没有什么相宜的人，名人不来，来也未必一定能办好。我想：校长之类，最好是请无大名而真肯做事的人做，然而目下无之。

我也可以"不打自招"：东边架上一盒盒的确是书籍。但我已将废去考试法不用，倘有必须报复之处，则尊称之曰"少爷"，就尽够了。

鲁迅。五月三日。

（其间缺鲁迅五月八日信一封。）

未另发表。

初收 1933 年 4 月上海青光书局版《两地书》。

两地书·二二

广平兄：

两信均收到，一信中并有稿子，自然照例"感激涕零"而阅之。小鬼"最怕听半截话"，而我偏有爱说半截话的毛病，真是无可奈何。本来想做一篇详明的"朱老夫子论"呈政，而心绪太乱，又没有工夫。简捷地说一句罢，就是：他历来所走的都是最稳的路，不做一点小小冒险事，所以他偶然的话倒是不负责任的，待到别人因此而被祸，他不作声了。

群众不过如此，由来久矣，将来恐怕也不过如此。公理也和事之成败无关。但是，女师大的教员也太可怜了，只见暗中活动之鬼，而竟没有站出来说话的人。我近来对于□先生之赴西山，也有些怀疑了，但也许真真恰巧，疑之者倒是我自己的神经过敏。

我现在愈加相信说话和弄笔的都是不中用的人，无论你说话如何有理，文章如何动人，都是空的。他们即使怎样无理，事实上却着着得胜。然而，世界岂真不过如此而已么？我要反抗，试他一试。

提起牺牲，就使我记起前两三年被北大开除的冯省三。他是闹讲义风潮之一人，后来讲义费撤消了，却没有一个同学再提起他。我那时曾在《晨报副刊》上做过一则杂感，意思是：牺牲为群众祈福，祀了神道之后，群众就分了他的肉，散胙。

听说学校当局有打电报给学生家属之类的举动，我以为这些手段太毒了。教员之类该有一番宣言，说明事件的真相，几个人也可以的。如果没有一个人肯负这一点责任（署名），那么，即使校长竟去,学籍也恢复了,也不如走罢。全校没有人了,还有什么可学?

鲁迅。五月十八日。

未另发表。

初收 1933 年 4 月上海青光书局版《两地书》。

两地书·二四

广平兄:

午回来,看见留字。现在的现象是各方面都黑暗,所以有这情形,不但治本无从说起,便是治标也无法,只好跟着时局推移而已。至于《京报》事,据我所闻却不止秦小姐一人,还有许多人去运动,结果是说定两面的新闻都不载,但久而久之,也许会反而帮牠们(男女一群,所以只好用"牠")的。办报的人们,就是这样的东西。——其实报章的宣传,于实际上也没有多大关系。

今天看见《现代评论》,所谓西滢也者,对于我们的宣言出来说话了,装作局外人的样子,真会玩把戏。我也做了一点寄给《京副》,给他碰一个小钉子。但不知于伏园饭碗之安危如何。牠们是无所不为的,满口仁义,行为比什么都不如。我明知道笔是无用的,可是现在只有这个,只有这个而且还要为鬼魅所妨害。然而只要有地方发表,我还是不放下;或者《莽原》要独立,也未可知。独立就独立,完结就完结,都无不可。总而言之,倘笔舌尚存,是总要使用的,东滢西滢,都不相干也。

西滢文托之"流言",以为此次风潮是"某系某籍教员所鼓动",那明明是说"国文系浙籍教员"了,别人我不知道,至于我之骂杨荫榆,却在此次风潮之后,而"杨家将"偏偏来诬赖,可谓卑劣万分。但浙籍也好,夷籍也好,既经骂起,就要骂下去,杨荫榆尚无割舌之权,总还要被骂几回的。

现在老实说一句罢,"世界岂真不过如此而已么?……"这些话,确是"为对小鬼而说的"。我所说的话,常与所想的不同,至于何以如此,则我已在《呐喊》的序上说过:不愿将自己的思想,传染给别人。何以不愿,则因为我的思想太黑暗,而自己终不能确知是否正确之故。至于"还要反抗",倒是真的,但我知道这"所以反抗之故",与小鬼截然不同。你的反抗,是为了希望光明的到来罢?我想,一定是如此的。但我的反抗,却不过是与黑暗捣乱。大约我的意见,小鬼很有几点不大了然,这是年龄,经历,环境等等不同之故,不足为奇。例如我是诅咒"人间苦"而不嫌恶"死"的,因为"苦"可以设法减轻而"死"是必然的事,虽曰"尽头",也不足悲哀。而你却不高兴听这类话,——但是,为什么将好好的活人看作"废物"的?这就比不做"痛哭流涕的文字"还"该打"!又如来信说,凡有死的同我有关的,同时我就憎恨所有与我无关的……,而我正相反,同我有关的活着,我倒不放心,死了,我就安心,这意思也在《过客》中说过,都与小鬼的不同。其实,我的意见原也一时不容易了然,因为其中本含有许多矛盾,教我自己说,或者是人道主义与个人主义这两种思想的消长起伏罢。所以我忽而爱人,忽而憎人;做事的时候,有时确为别人,有时却为自己玩玩,有时则竟因为希望生命从速消磨,所以故意拼命的做。此外或者还有什么道理,自己也不甚了然。但我对人说话时,却总拣择那光明些的说出,然而偶不留意,就露出阎王并不反对,而"小鬼"反不乐闻的话来。总而言之,我为自己和为别人的设想,是两样的。所以者何,就因为我的思想太黑暗,但究竟是否真确,又不得而知,所以只能在自身试验,不敢邀请别人。其实小鬼希望父兄长存,而自视为"废物",硬去替"大众请命",大半也是如此。

《莽原》实在有些穿棉花鞋了,但没有撒泼文章,真也无法。自己呢,又做惯了晦涩的文章,一时改不过来,下笔时立志要显豁,而后来往往仍以晦涩结尾,实在可气之至! 现在除附《京报》分送外,另售千五百,看的人也不算少。待"闹潮"略有结束,你这一匹"害群之马"多来发一点议论罢。

鲁迅。五月三十日。

未另发表。

初收 1933 年 4 月上海青光书局版《两地书》。

两地书·二六

广平兄:

拆信案件,或者牠们有些受了冤,因为卅一日的那一封,也许是我自己拆过的。那时已经很晚,又写了许多信,所以自己不大记得清楚,只记得将其中之一封拆开(从下方),在第一张上加了一点细注。如你所收的第一张上有小注,那就确是我自己拆过的了。

至于别的信,我却不能代牠们辩护。其实,私拆函件,本是中国的惯技,我也早料到的。但是这类技俩,也不过心劳日拙而已。听说明的方孝孺,就被永乐皇帝灭十族,其一是"师",但也许是齐东野语,我没有考查过这事的真伪。可是从西滢的文字上看来,此辈一得志,则不但灭族,怕还要"灭系","灭籍"了。

明明将学生开除,而布告文中文其词曰"出校",我当时颇叹中国文字之巧。今见上海印捕击杀学生,而路透电则云,"华人不省人事",可谓异曲同工,但此系中国报译文,不知原文如何。

其实我并不很喝酒,饮酒之害,我是深知道的。现在也还是不喝的时候多,只要没有人劝喝。多住些时,固无不可的。短刀我的确有,但这不过为夜间防贼之用,而偶见者少见多怪,遂有"流言",皆不足信也。

汪懋祖先生的宣言发表了，而引"某女士"之言以为重，可笑。牠们大抵爱用"某"字，不知何也？又观其意，似乎说是"某籍某系"想将学校解散，也是一种奇谈。黑幕中人面目渐露，亦殊可观，可惜他自己又说要"南归"了。躲躲闪闪，躲躲闪闪，此其所以为"黑幕中人"欤!? 哈哈！

迅。六月二日。

未另发表。

初收 1933 年 4 月上海青光书局版《两地书》。

两地书·二九

广平兄：

六月六日的信早收到了，但我久没有复；今天又收到十二夕信，并文稿。其实我并不做什么事，而总是忙，拿不起笔来，偶然在什么周刊上写几句，也不过是敷衍，近几天尤其甚。这原因大概是因为"无聊"，人到无聊，便比什么都可怕，因为这是从自己发生的，不大有药可救。喝酒是好的，但也很不好。等暑假时闲空一点，我很想休息几天，什么也不做，什么也不看，但不知道可能够。

第一，小鬼不要变成狂人，也不要发脾气了。人一发狂，自己或者没有什么——俄国的梭罗古勃以为倒是幸福——但从别人看来，却似乎一切都已完结。所以我倘能力所及，决不肯使自己发狂，实未发狂而有人硬说我有神经病，那自然无法可想。性急就容易发脾气，最好要酌减"急"的角度，否则，要防自己吃亏，因为现在的中国，总是阴柔人物得胜。

上海的风潮，也出于意料之外。可是今年的学生的动作，据我看来是比前几回进步了。不过这些表示，真所谓"就是这么一回事"。试想：北京全体（？）学生而不能去一章士钉，女师大大多数学生而不能去一杨荫榆，何况英国和日本。但在学生一方面，也只能这么做，唯一的希望，就是等候意外飞来的"公理"。现在"公理"也确有点飞来了，而且，说英国不对的，还有英国人。所以无论如何，我总觉得洋鬼子比中国人文明，货只管排，而那品性却很有可学的地方。这种敢于指摘自己国度的错误的，中国人就很少。

所谓"经济绝交"者，在无法可想中，确是一个最好的方法。但有附带条件，要耐久，认真。这么办起来，有人说中国的实业就会借此促进，那是自欺欺人之谈。（前几年排斥日货时，大家也那么说，然而结果不过做成功了一种"万年糊"。草帽和火柴发达的原因，尚不在此。那时候，是连这种万年糊也不会做的，排货事起，有三四个学生组织了一个小团体来制造，我还是小股东，但是每瓶卖八枚铜子的糊，成本要十枚，而且货色总敌不过日本品。后来，折本，闹架，关门。现在所做的好得多，进步得多了，但和我辈无关也。）因此获利的却是美法商人。我们不过将送给英日的钱，改送美法，归根结蒂，二五等于一十。但英日却究竟受损，为报复计，亦足快意而已。

可是据我看来，要防一个不好的结果，就是白用了许多牺牲，而反为巧人取得自利的机会，这种在中国是常有的。但在学生方面，也愁不得这些，只好凭良心做去，可是要缓而韧，不要急而猛。中国青年中，有些很有太"急"的毛病（小鬼即其一），因此，就难于耐久（因为开首太猛，易将力气用完），也容易碰钉子，吃亏而发脾气，此不佞所再三申说者也，亦自己所曾经实验者也。

前信反对喝酒，何以这回自己"微醉"（？）了？ 大作中好看的字面太多，拟删去一些，然后赐列第□期《莽原》。

□□的态度我近来颇怀疑，因为似乎已与西滢大有联络。其登载几篇反杨之稿，盖出于不得已。今天在《京副》上，至于指《猛进》，《现代》，《语丝》为"兄弟周刊"，大有卖《语丝》以与《现代》拉拢之观。或者《京副》之专载沪事，不登他文，也还有别种隐情（但这也许是我的妄猜），《晨副》即不如此。

我明知道几个人做事，真出于"为天下"是很少的。但人于现状，总该有点不平，反抗，改良的意思。只这一点共同目的，便可以合作。即使含些"利用"的私心也不妨，利用别人，又给别人做点事，说得好看一点，就是"互助"。但是，我总是"罪孽深重，祸延"自己，每每终于发见纯粹的利用，连"互"字也安不上，被用之后，只剩下耗了气力的自己一个。有时候，他还要反而骂你；不骂你，还要谢他的洪恩。我的时常无聊，就是为此，但我还能将一切忘却，休息一时之后，从新再来，即使明知道后来的运命未必会胜于过去。

本来有四张信纸已可写完，而牢骚发出第五张上去了。时候已经不早，非结束不可，止此而已罢。

迅。六月十三夜。

然而，这一点空白，也还要用空话来填满。司空蕙前回登过启事，说要到欧洲去，现在听说又不到欧洲去了。我近来收到一封信，署名"捏蚊"，说要加入《莽原》，大约就是"雪纹"，也即司空蕙。这回《民众文艺》上所登的署名"聂文"的，我看也是他。碰一个小钉子，就说要到欧洲去，一不到欧洲去，就又闹"琴心"式的老玩艺了。

这一点空白即以这样填满。

未另发表。

初收 1933 年 4 月上海青光书局版《两地书》。

两地书·三二

（前缺。）

那一首诗，意气也未尝不盛，但此种猛烈的攻击，只宜用散文，如"杂感"之类,而造语还须曲折,否,即容易引起反感。诗歌较有永久性,所以不甚合于做这样题目。

沪案以后,周刊上常有极锋利肃杀的诗,其实是没有意思的,情随事迁,即味如嚼蜡。我以为感情正烈的时候,不宜做诗,否则锋铓太露,能将"诗美"杀掉。这首诗有此病。

我自己是不会做诗的,只是意见如此。编辑者对于投稿,照例不加批评,现遵来信所嘱,妄说几句,但如投稿者并未要知道我的意见,仍希不必告知。

迅 六月二十八日。

未另发表。

初收 1933 年 4 月上海青光书局版《两地书》。

两地书·三三

广平兄:

昨夜,或者今天早上,记得寄上一封信,大概总该先到了。刚才得二十八日函,必须写几句回答,就是小鬼何以屡次诚惶诚恐的赔罪不已,大约也许听了"某籍"小姐的什么谣言了罢?辟谣之举,是不可以已的:

第一,酒精中毒是能有的,但我并不中毒。即使中毒,也是自己的行为,与别人无干。且夫不佞年届半百,位居讲师,难道还会连喝酒多少的主见也没有,至于被小娃儿所激么!? 这是决不会的。

第二,我并不受有何种"戒条"。我的母亲也并不禁止我喝酒。我到现在为止,真的醉止有一回半,决不会如此平和。

然而"某籍"小姐为粉饰自己的逃走起见,一定将不知从那里拾来的故事(也许就从太师母那里得来的),加以演义,以致小鬼也不免吓得赔罪不已了罢。但是,虽是太师母,观察也未必就对,虽是太太师母,观察也未必就对。我自己知道,那天毫没有醉,更何至于胡涂,击房东之拳,吓而去之的事,全都记得的。

所以,此后不准再来道歉,否则,我"学笈单洋,教鞭17载",要发杨荫榆式的宣言以传布小姐们胆怯之罪状了。看你们还敢逞能么?

来稿有过火处,或者须改一点。其中的有些话,大约是为反对往执政府请愿而说的罢。总之,这回以打学生手心之马良为总指挥,就可笑。

《莽原》第十期,与《京报》同时罢工了,发稿是星期三,当时并未想到要停刊,所以并将目录在别的周刊上登载了。现在正在交涉,要他们补印,还没有头绪;倘不能补,则旧稿须在本星期五出版。

《莽原》的投稿,就是小说太多,议论太少。现在则并小说也少,大约大家专心爱国,要"到民间去",所以不做文章了。

迅。六,二九,晚。

(其间当缺往来信札数封,不知确数。)

未另发表。

初收 1933 年 4 月上海青光书局版《两地书》。

两地书·三四

广平仁兄大人阁下,敬启者:前蒙投赠之

大作,就要登出来,而我或将被作者暗暗咒骂。因为我连题目也已经改换,而所以改换之故,则因为原题太觉怕人故也。收束处太没有力量,所以添了几句,想来也未必与尊意背驰;但总而言之:殊为专擅。尚希曲予

海涵,免施

贵骂,勿露"勃豀"之技,暂羁"害马"之才,仍复源源投稿,以光敝
报,不胜侥幸之至!

至于大作之所以常被登载者,实在因为《莽原》有些闹饥荒之故
也:我所要多登的是议论,而寄来的偏多小说,诗。先前是虚伪的
"花呀""爱呀"的诗,现在是虚伪的"死呀""血呀"的诗。呜呼,头
痛极了! 所以倘有近于议论的文章,即易于登出,夫岂"骗小孩"
云乎哉! 又,新做文章的人,在我所编的报上,也比较的易于登
出,此则颇有"骗小孩"之嫌疑者也。但若做得稍久,该有更进步
之成绩,而偏又偷懒,有敷衍之意,则我要加以猛烈之打击:小心
些罢!

肃此布达,敬请

"好说话的"安!

　　　　　　　　　　　　"老师"谨训。七月九日。

报言章士钉将辞,屈映光继之,此即浙江有名之"兄弟素不吃
饭"人物也,与士钉盖伯仲之间,或且不及。所以我总以为不革
内政,即无一好现象,无论怎样游行示威。

（其间当缺往来信札约五六封。）

　　　　未另发表。
　　　　初收 1933 年 4 月上海青光书局版《两地书》。

两地书·三五

广平兄:

在好看的天亮还未到来之前,再看了一遍大作,我以为还不如

不发表。这类题目，其实，在现在，是只能我做的，因为大概要受攻击。然而我不要紧，一则，我自有还击的方法；二则，现在做"文学家"似乎有些做厌了，仿佛要变成机械，所以倒很愿意从所谓"文坛"上摔下来。至于如诸君之雪花膏派，则究属"嫩"之一流，犯不上以一篇文章而招得攻击或误解，终至于"泣下沾襟"。

那上半篇，倘在小说，或回忆的文章里，固然毫不足奇，但在论文中，而给现在的中国读者看，却还太直白。至于下半篇，则实在有点迂。我在那篇文章里本来说：这种骂法，是"卑劣"的。而你却硬诬赖我"引以为荣"，真是可恶透了。

其实，对于满抱着传统思想的人们，也还大可以这样骂。看目下有些批评文字，表面上虽然没有什么，而骨子里却还是"他妈的"思想，对于这样批评的批评，倒不如直捷爽快的骂出来，就是"即以其人之道，还治其人之身"，于人我均属合适。我常想：治中国应该有两种方法，对新的用新法，对旧的仍用旧法。例如"遗老"有罪，即该用清朝法律：打屁股。因为这是他所佩服的。民元革命时，对于任何人都宽容（那时称为"文明"），但待到二次革命失败，许多旧党对于革命党却不"文明"了：杀。假使那时（元年）的新党不"文明"，则许多东西早已灭亡，那里会来发挥他们的老手段？现在用"他妈的"来骂那些背着祖宗的木主以自傲的人们，夫岂太过也欤哉！？

还有一篇，今天已经发出去，但将两段并作一个题目了：《五分钟与半年》。多么漂亮呀。

天只管下雨，绣花衫不知如何？放晴的时候，赶紧晒一晒罢，千切千切！

迅。七月二十九，或三十，随便。

未另发表。

初收 1933 年 4 月上海青光书局版《两地书》。

两地书·三六

广平兄：

我九月一日夜半上船，二日晨七时开，四日午后一时到厦门，一路无风，船很平稳，这里的话，我一字都不懂，只得暂到客寓，打电话给林语堂，他便来接，当晚即移入学校居住了。

我在船上时，看见后面有一只轮船，总是不远不近地走着，我疑心就是"广大"。不知你在船中，可看见前面有一只船否？倘看见，那我所悬拟的便不错了。

此地背山面海，风景佳绝，白天虽暖——约八十七八度——夜却凉。四面几无人家，离市面约有十里，要静养倒好的。普通的东西，亦不易买。听差懒极，不会做事也不肯做事；邮政也懒极，星期六下午及星期日都不办事。

因为教员住室尚未造好（据说一月后可完工，但未必确），所以我暂住在一间很大的三层楼上，上下虽不便，眺望却佳。学校开课是二十日，还有许多日可闲。

我写此信时，你还在船上，但我当于明天发出，则你一到校，此信也就到了。你到校后，望即见告，那时再写较详细的情形罢，因为现在我初到，还不知道什么。

迅。九月四日夜。

未另发表。

初收 1933 年 4 月上海青光书局版《两地书》。

两地书·四〇

（明信片背面）

从后面（南普陀）所照的厦门大学全景。

前面是海，对面是鼓浪屿。

最右边的是生物学院和国学院，第三层楼上有·❀记的便是我所住的地方。

昨夜发飓风，拔木发屋，但我没有受损害。

迅。九，十一。

（明信片正面）

想已到校，已开课否？

此地二十日上课。

十三日。

未另发表。

初收 1933 年 4 月上海青光书局版《两地书》。

两地书·四一

广平兄：

依我想，早该得到你的来信了，然而还没有。大约闽粤间的通邮，不大便当，因为并非每日都有船。此地只有一个邮局代办所，星期六下午及星期日不办事，所以今天什么信件也没有——因为是星期——且看明天怎样罢。

我到厦门后发一信（五日），想早到。现在住了已经近十天，渐渐习惯起来了，不过言语仍旧不懂，买东西仍旧不便。开学在二十日，我有六点钟功课，就要忙起来，但未开学之前，却又觉得太闲，有些无聊，倒望从速开学，而且合同的年限早满。学校的房子尚未造齐，所以我暂住在国学院的陈列所空屋里，是三层楼上，眺望风景，极其合宜，我已写好一张有这房子照相的明信片，或者将与此信一同发出。上遂的事没有结果，我心中很不安，然而也无法可想。

十日之夜发飓风，十分利害，语堂的住宅的房顶也吹破了，门也吹破了，粗如笔管的铜闩也都挤弯，毁东西不少。我住的屋子只破了一扇外层的百叶窗，此外没有损失。今天学校近旁的海边漂来不少东西，有桌子，有枕头，还有死尸，可见别处还翻了船或漂没了房屋。

此地四无人烟，图书馆中书籍不多，常在一处的人，又都是"面笑心不笑"，无话可谈，真是无聊之至。海水浴倒是很近便，但我多年没有浮水了，又想，倘若你在这里，恐怕一定不赞成我这种举动，所以没有去洗，以后也不去洗罢，学校有洗浴处的。夜间，电灯一开，飞虫聚集甚多，几乎不能做事，此后事情一多，大约非早睡而一早起来做不可。

迅。九月十二夜。

今天（十四日）上午到邮政代办所去看看，得到你六日八日的两封来信，高兴极了。此地的代办所太懒，信件往往放在柜台上，不送来，此后来信，可于厦门大学下加"国学院"三字，使他易于投递，且看如何。这几天，我是每日去看的，昨天还未见你的信，因想起报载英国鬼子在广州胡闹，进口船或者要受影响，所以心中很不安，现在放心了。看上海报，北京已戒严，不知何故；女师大已被合并为女子学院，师范部的主任是林素园（小研究系），而且于四日武装接收了，真令人气愤，但此时无暇管也无法管，只得暂且不去理会它，还有将来呢。

回上去讲我途中的事，同房的是一个五十多岁的广东人，姓魏或韦，我没有问清楚，似乎也是民党中人，所以还可谈，也许是老同盟会员罢。但我们不大谈政事，因为彼此都不知道底细，也曾问他从厦门到广州的走法，据说最好是从厦门到汕头，再到广州，和你所闻于客栈中人的话一样。船中的饭菜顿数，与"广大"同，也有鸡粥；船也很平；但无耶稣教徒，比你所遭遇的好得多了。小船的倾侧，真太危险，幸而终于"马"已登陆，使我得以放心。我到厦门时，亦以小船搬入学校，浪也不小，但我是从小惯于坐小船的，所以一点也没有什么。

我前信似乎说过这里的听差很不好，现在熟识些了，觉得殊不尽然。大约看惯了北京的听差的唯唯从命的，即容易觉得南方人的倔强，其实是南方的等级观念，没有北方之深，所以便是听差，也常有平等言动，现在我和他们的感情好起来了，觉得并不可恶。但茶水很不便，所以我现在少喝茶了，或者这倒是好的。烟卷似乎也比先前少吸。

我上船时，是克士送我去的，还有客栈里的茶房。当未上船之前，我们谈了许多话，我才知道关于我的事情，伏园已经大大的宣传过了，还做些演义。所以上海的有些人，见我们同车到此，便深信伏园之说了，然而也并不为奇。

我已不喝酒了，饭是每餐一大碗（方底的碗，等于尖底的两碗），但因为此地的菜总是淡而无味（校内的饭菜是不能吃的，我们合雇了一个厨子，每月工钱十元，每人饭菜钱十元，但仍然淡而无味），所以还不免吃点辣椒末，但我还想改良，逐渐停止。

我的功课，大约每周当有六小时，因为语堂希望我多讲，情不可却。其中两点是小说史，无须豫备；两点是专书研究，须豫备；两点是中国文学史，须编讲义。看看这里旧存的讲义，则我随便讲讲就很够了，但我还想认真一点，编成一本较好的文学史。你已在大大地用功，豫备讲义了罢，但每班一小时，八时相同，或者不至于很费力罢。此地北伐顺利的消息也甚多，极快人意。报上又常有闽粤风云紧张之说，在这里却看不出，不过听说鼓浪屿上已有很多寓客，极少空屋了,这屿就在学校对面,坐舢板一二十分钟可到。

迅。九月十四日午。

未另发表。

初收 1933 年 4 月上海青光书局版《两地书》。

两地书·四二

广平兄:

十三日发的给我的信,已经收到了。我从五日发了一信之后,直到十四日才发信,十四以前,我只是等着等着,并没有写信,这一封才是第三封。前天,我寄上了《彷徨》和《十二个》各一本。

看你所开的职务,似乎很繁重,住处亦不见佳。这种四面"碰壁"的住所,北京没有,上海是有的,在厦门客店里也看见过,实在使人气闷。职务有定,除自己心知其意,善为处理外,更无他法;住室却总该有一间较好的才是,否则,恐怕要瘦下。

本校今天行开学礼,学生在三四百人之间,就算作四百人罢,分为豫科及本科七系,每系分三级,则每级人数之寥寥,亦可想而知。此地不但交通不便,招考极严,寄宿舍也只容四百人,四面是荒地,无屋可租,即使有人要来,也无处可住,而学校当局还想本校发达,真是梦想。大约早先就是没有计画的,现在也很散漫,我们来后,都被搁在须作陈列室的大洋楼上,至今尚无一定住所。听说现正赶造着教员的住所,但何时造成,殊不可知。我现在如去上课,须走石阶九十六级,来回就是一百九十二级;喝开水也不容易,幸而近来倒已习惯,不大喝茶了。我和兼士及朱山根,是早就收到聘书的,此外还有几个人,已经到此,而忽然不送聘书,玉堂费了许多力,才于前天送来;玉堂在此似乎也不大顺手,所以上遂的事,竟无法开口。

我的薪水不可谓不多,教科是五或六小时,也可以算很少,但别的所谓"相当职务",却太繁,有本校季刊的作文,有本院季刊的作文,有指导研究员的事(将来还有审查),合计起来,很够做了。学校当局又急于事功,问履历,问著作,问计画,问年底有什么成绩发表,令人看得心烦。其实我只要将《古小说钩沉》整理一下拿出去,就可以作为研究教授三四年的成绩了,其余都可以置之不理,但为了玉堂好意请我,所以我除教文学史外,还拟指导一种编辑书目的事,范围颇大,两三年未必能完,但这也只能做到那里算那里了。

在国学院里的,朱山根是胡适之的信徒,另外还有两三个,好像都是朱荐的,和他大同小异,而更浅薄,一到这里,孙伏园便要算可以谈谈的了。我真想不到天下何其浅薄者之多。他们面目倒漂亮的,而语言无味,夜间还要玩留声机,什么梅兰芳之类。我现在惟一的方法是少说话;他们的家眷到来之后,大约要搬往别处去了罢。从前在女师大做办事员的白果是一个职员兼玉堂的秘书,一样浮而不实,将来也许会兴风作浪,我现在也竭力地少和他往来。此外,教员内有一个熟人,是先前往陕西去时认识的,似乎还好;集美中学内有师大旧学生五人,都是国文系毕业的,昨天他们请我们吃饭,算作欢迎,他们是主张白话的,在此好像有点孤立。

这一星期以来,我对于本地更加习惯了,饭量照旧,这几天而且更能睡觉,每晚总可以睡九至十小时;但还有点懒,未曾理发,只在前晚用安全剃刀刮了一回髭须而已。我想从此整理为较有条理的生活,大约只要少应酬,关起门来,是做得到的。此地的点心很好;鲜龙眼已吃过了,并不见佳,还是香蕉好。但我不能自己去买东西,因为离市有十里,校旁只有一个小店,东西非常之少,店中人能说几句"普通话",但我懂不到一半。这里的人似乎很有点欺生。因为是闽南了,所以称我们为北人;我被称为北人,这回是第一次。

现在的天气正像北京的夏末,虫类多极了,最利害的是蚂蚁,有大有小，无处不至，点心是放不过夜的。蚊子倒不多，大概是因为我在三层楼上之故。生疟疾的很多，所以校医给我们吃金鸡纳。霍乱已经减少了。但那街道，却真是坏，其实是在绕着人家的墙下，檐下走，无所谓路的。

兼士似乎还要回京去，他要我代他的职务，我不答应他。最初的布置，我未与闻，中途接手，一班绝不相干的人，指挥不灵，如何措手，还不如关起门来，"自扫门前雪"罢，况且我的工作也已经够多了。

章锡琛托建人写信给我，说想托你给《新女性》做一点文章，嘱我转达。不知可有这兴致？如有，可先寄我，我看后转寄去。《新女性》的编辑，近来好像是建人了，不知何故。那第九（？）期，我已寄上，想早到了。

我从昨日起，已停止吃青椒，而改为胡椒了，特此奉闻。再谈。

迅。九月二十日下午。

未另发表。

初收 1933 年 4 月上海青光书局版《两地书》。

两地书·四四

广平兄：

十七日的来信，今天收到了。我从五日发信后，只在十三日发一信片，十四日发一信，中间间隔，的确太多，致使你猜我感冒，我真不知怎样说才好。回想那时，也有些傻气，因为我到此以后，正听见嗅人在广州肇事，遂疑你所坐的船，亦将为彼等所阻，所以只盼望来信，连寄信的事也拖延了。这结果，却使你久不得我的信。

现在十四的信，总该早到了罢。此后，我又于同日寄《新女性》

一本,于十八日寄《彷徨》及《十二个》各一本,于二十日寄信一封(信面却写了廿一),想来都该到在此信之前。

我在这里,不便则有之,身体却好,此地并无人力车,只好坐船或步行,现在已经炼得走扶梯百余级,毫不费力了。眠食也都好,每晚吃金鸡纳霜一粒,别的药一概未吃。昨日到市去,买了一瓶麦精鱼肝油,拟日内吃它。因为此地得开水颇难,所以不能吃散拿吐瑾。但十天内外,我要移住到旧的教员寄宿所去了,那时情形又当与此不同,或者易得开水罢。(教员寄宿舍有两所,一所住单身人者曰"博学楼",一所住有夫人者曰"兼爱楼",不知何人所名,颇可笑。)

教科也不算忙,我只六时,开学之结果,专书研究二小时无人选,只剩了文学史,小说史各二小时了。其中只有文学史须编讲义,大约每星期四五千字即可,我想不管旧有的讲义,而自己好好的来编一编,功罪在所不计。

这学校化钱不可谓不多,而并无基金,也无计划,办事散漫之至,我看是办不好的。

昨天中秋,有月,玉堂送来一筐月饼,大家分吃了,我吃了便睡,我近来睡得早了。

迅。九月二十二日下午。

未另发表。

初收 1933 年 4 月上海青光书局版《两地书》。

两地书·四六

广平兄:

十八日之晚的信,昨天收到了。我十三日所发的明信片既然已经收到,我惟有希望十四日所发的信也接着收到。我惟有以你现在一定已经收到了我的几封信的事,聊自慰解而已。至于你所寄的七,九,十二,十七的信,我却都收到了,大抵是我或孙伏园从邮务代办处去寻来的,他们很乱,或送或不送,堆成一团,只要有人去说要拿那几封,便给拿去,但冒领的事倒似乎还没有。我或伏园是每日自去看一回。

看厦大的国学院,越看越不行了。朱山根是自称只佩服胡适陈源两个人的,而田千顷,辛家本,白果三人,似皆他所荐引。白果尤善兴风作浪,他曾在女师大做过职员,你该知道的罢,现在是玉堂的襄理,还兼别的事,对于较小的职员,气焰不可当,嘴里都是油滑话。我因为亲闻他密语玉堂,"谁怎样不好"等等,就看不起他了。前天就很给他碰了一个钉子,他昨天借题报复,我便又给他碰了一个大钉子,而自己则辞去国学院兼职。我是不与此辈共事的,否则,何必到厦门。

我原住的房屋,要陈列物品了,我就须搬。而学校之办法甚奇,一面催我们,却并不指出搬到那里,教员寄宿舍已经人满,而附近又无客栈,真是无法可想。后来总算指给我一间了,但器具毫无,向他们要,则白果又故意特别刁难起来(不知何意,此人大概是有喜欢给别人吃点小苦头的脾气的),要我开账签名具领,于是就给碰了一个钉子而又大发其怒。大发其怒之后,器具就有了,还格外添了一把躺椅,总务长亲自监督搬运。因为玉堂邀请我一场,我本想做点事,现在看来,恐怕是不行的,能否到一年,也很难说。所以我已决计将工作范围缩小,希图在短时日中,可以有点小成绩,不算来骗别人的钱。

此校用钱并不少,也很不搏节,而有许多悭吝举动,却令人难耐。即如今天我搬房时,就又有一件。房中原有两个电灯,我当然只用一个的,而有电机匠来,必要取去其一个玻璃泡,止之不可。其实对于一个教员,薪水已经化了这许多了,多点一个电灯或少点一个,又何必如此计较呢。

至于我今天所搬的房,却比先前的静多了,房子颇大,是在楼上。前回的明信片上,不是有照相么?中间一共五座,其一是图书馆,我就住在那楼上,间壁是孙伏园和张颐教授(今天才到,原先也是北大教员),那一面是钉书作场,现在还没有人。我的房有两个窗门,可以看见山。今天晚上,心就安静得多了,第一是离开了那些无聊人,也不必一同吃饭,听些无聊话了,这就很舒服。今天晚饭是在一个小店里买了面包和罐头牛肉吃的,明天大概仍要叫厨子包做。又自雇了一个当差的,每月连饭钱十二元,懂得两三句普通话,但恐怕颇有点懒。如果再没有什么麻烦事,我想开手编《中国文学史略》了。来听我的讲义的学生,一共有二十三人(内女生二人),这不但是国文系全部,而且还含有英文,教育系的;这里的动物学系,全班只有一人,天天和教员对坐而听讲。

但是我也许还要搬。因为现在是图书馆主任正请假着,由玉堂代理,所以他有权。一旦本人回来,或者又有变化也难说。在荒地里开学校,无器具,无房屋给教员住,实在可笑。至于搬到那里去,现在是无从揣测的。

现在的住房还有一样好处,就是到平地只须走扶梯二十四级,比原先要少七十二级了。然而"有利必有弊",那"弊"是看不见海,只能见轮船的烟通。

今夜的月色还很好,在楼下徘徊了片时,因有风,遂回,已是十一点半了。我想,我的十四的信,到二十,二十一或二十二总该寄到了罢,后天(二十七)也许有信来,因先来写了这两张,待二十八日寄出。

二十二日曾寄一信,想已到了。

迅。二十五日之夜。

今天是礼拜,大风,但比起那一次来,却差得远了。明天未必一定有从粤来的船,所以昨天写好的两张信,我决计于明天一早寄出。

昨天雇了一个人，叫作流水，然而是替工，今天本人来了，叫作春来，也能说几句普通话，大约可以用罢。今天又买了许多器具，大抵是铝做的，又买了一只小水缸，所以现在是不但茶水饶足，连吃散拿吐瑾也不为难了。（我从这次旅行，才觉到散拿吐瑾是补品中之最麻烦者，因为它须兼用冷水热水两种，别的补品不如此。）

今天忽然有瓦匠来给我刷墙壁了，懒懒地乱了一天。夜间大约也未必能静心编讲义，玩一整天再说罢。

迅。九月二十六日晚七点钟。

未另发表。

初收 1933 年 4 月上海青光书局版《两地书》。

两地书·四八

广平兄：

廿七日寄上一信，收到了没有？今天是我在等你的信了，据我想，你于廿一二大约该有一封信发出，昨天或今天要到的，然而竟还没有到，所以我等着。

我所辞的兼职（研究教授），终于辞不掉，昨晚又将聘书送来了，据说林玉堂因此一晚睡不着。使玉堂睡不着，我想，这是对他不起的，所以只得收下，将辞意取消。玉堂对于国学院，不可谓不热心，但由我看来，希望不多，第一是没有人才，第二是校长有些掣肘（我觉得这样）。但我仍然做我该做的事，从昨天起，已开手编中国文学史讲义，今天编好了第一章。眠食都好，饭两浅碗，睡觉是可以有八或九小时。

从前天起，开始吃散拿吐瑾，只是白糖无法办理，这里的蚂蚁可怕极了,有一种小而红的,无处不到。我现在将糖放在碗里,将碗放在贮水的盘中,然而倘若偶然忘记,则顷刻之间,满碗都是小蚂蚁。点心也这样。这里的点心很好,而我近来却怕敢买了,买来之后,吃过几个,其余的竟无法安放,我住在四层楼上的时候,常将一包点心和蚂蚁一同抛到草地里去。

风也很利害,几乎天天发,较大的时候,令人疑心窗玻璃就要吹破;若在屋外,则走路倘不小心,也可以被吹倒的。现在就呼呼地吹着。我初到时,夜夜听到波声,现在不听见了,因为习惯了,再过几时,风声也会习惯的罢。

现在的天气,同我初来时差不多,须穿夏衣,用凉席,在太阳下行走,即遍身是汗。听说这样的天气,要继续到十月(阳历?)底。

L.S. 九月二十八日夜。

今天下午收到廿四发的来信了,我所料的并不错。但粤中学生情形如此,却真出我的"意表之外",北京似乎还不至此。你自然只能照你来信所说的做,但看那些职务,不是忙得连一点闲空都没有了么?我想,做事自然是应该做的,但不要拼命地做才好。此地对于外面的情形,也不大了然,看今天的报章,登有上海电(但这些电报是什么来路,却不明),总结起来:武昌还未降,大约要攻击;南昌猛扑数次,未取得;孙传芳已出兵;吴佩孚似乎在郑州,现正与奉天方面暗争保定大名。

我之愿合同早满者,就是愿意年月过得快,快到民国十七年,可惜来此未及一月,却如过了一年了。其实此地对于我的身体,仿佛倒好,能吃能睡,便是证据,也许肥胖一点了罢。不过总有些无聊,有些不高兴,好像不能安居乐业似的,但我也以转瞬便是半年,一年,聊自排遣,或者开手编讲义,来排遣排遣,所以眠食是好的。我在这里的情形,就是如此,还可以无需帮助,你还是给学校办点事的好。

中秋的情形,前信说过了。谢君的事,原已早向玉堂提过的,没有消息。听说这里喜欢用"外江佬",理由是因为倘有不合,外江佬卷铺盖就走了,从此完事,本地人却永久在近旁,容易结怨云。这也是一种特别的哲学。谢君的令兄我想暂且不去访问他,否则,他须来招呼我,我又须去回谢他,反而多一番应酬也。

伏园今天接孟馀一电,招他往粤办报,他去否似尚未定。这电报是廿三发的,走了七天,同信一样慢,真奇。至于他所宣传的,大略是说:他家不但常有男学生,也常有女学生,但他是爱高的那一个的,因为她最有才气云云。平凡得很,正如伏园之人,不足多论也。

此地所请的教授,我和兼士之外,还有朱山根。这人是陈源之流,我是早知道的,现在一调查,则他所安排的羽翼,竟有七人之多,先前所谓不问外事,专一看书的舆论,乃是全都为其所骗。他已在开始排斥我,说我是"名士派",可笑。好在我并不想在此挣帝王万世之业,不去管他了。

我到邮政代办处的路,大约有八十步,再加八十步,才到便所,所以我一天总要走过三四回,因为我须去小解,而它就在中途,只要伸首一窥,毫不费事。天一黑,就不到那里去了,就在楼下的草地上了事。此地的生活法,就是如此散漫,真是闻所未闻。我因为多住了几天,渐渐习惯,而且骂来了一些用具,又自买了一些用具,又自雇了一个用人,好得多了,近几天有几个初到的教员,被迎进在一间冷房里,口干则无水,要小便则须旅行,还在"茫茫若丧家之狗"哩。

听讲的学生倒多起来了,大概有许多是别科的。女生共五人。我决定目不邪视,而且将来永远如此,直到离开了厦门。嘴也不大乱吃,只吃了几回香蕉,自然比北京的好,但价亦不廉,此地有一所小店,我去买时,倘五个,那里的一位胖老婆子就要"吉格浑"(一角钱),倘是十个,便要"能(二)格浑"了。究竟是确要这许多呢,还是欺我是外江佬之故,我至今还不得而知。好在我的钱原是从厦门骗来的,拿出"吉格浑""能格浑"去给厦门人,也不打紧。

我的功课现在有五小时了,只有两小时须编讲义,然而颇费事,因为文学史的范围太大了。我到此之后，从上海又买了一百元书。克士已有信来，说他已迁居，而与一个同事姓孙的同住，我想，这人是不好的，但他也不笨，或不至于上当。

要睡觉了，已是十二时，再谈罢。

迅。九月三十日之夜。

未另发表。

初收 1933 年 4 月上海青光书局版《两地书》。

两地书·五〇

广平兄：

一日寄出一信并《莽原》两本，早到了罢。今天收到九月廿九的来信了，忽然于十分的邮票大发感慨，真是孩子气。花了十分，比寄失不是好得么？我先前闻粤中学生情形，颇"出于意表之外"，今闻教员情形，又"出于意表之外"，我先前总以为广东学界状况，总该比别处好得多，现在看来，似乎也只是一种幻想。你初作事，要努力工作，我当然不能说什么，但也须兼顾自己，不要"鞠躬尽瘁"才好。至于作文，我怎样鼓舞，引导呢？我说，大胆做来，先寄给我，不够么？好否我先看，即使不好，现在太远，不能打手心，只得记账，这就已可以放胆下笔，无须退缩的了，还要怎么样呢？

从信上推测起你的住室来，似乎比我的阔些，我用具寥寥，只有六件，皆从奋斗得来者也。但自从买了火酒灯之后，我也忙了一点，因为凡有饮用之水，我必煮沸一回才用，因为忙，无聊也仿佛减少了。酱油已买，也常吃罐头牛肉，何尝省钱！！！火腿我却不想吃，在北京时吃怕了。在上海时，我和建人因为吃不多，便只叫了一碗炒饭,不料又惹出影响,至于不在先施公司多买东西,孩子之神经过敏,真令人无法可想。相距又远,鞭长不及马腹,也还是姑且记在账上罢。

我在此常吃香蕉,柚子,都很好;至于杨桃,却没有见过,又不知道是甚么名字,所以也无从买起。鼓浪屿也许有罢,但我还未去过,那地方大约也不过像别处的租界,我也无甚趣味,终于懒下来了。此地雨倒不多,只有风,现在还热,可是荷叶却干了。一切花,我大抵不认识;羊是黑的。防止蚂蚁,我现也用四面围水之法,总算白糖已经安全,而在桌上,则昼夜总有十余匹爬着,拂去又来,没有法子。

我现在专取闭关主义,一切教职员,少与往来,也少说话。此地之学生似尚佳,清早便运动,晚亦常有;阅报室中也常有人。对我之感情似亦好,多说文科今年有生气了,我自省自己之懒惰,殊为内愧。小说史有成书,所以我对于编文学史讲义,不愿草率,现已有两章付印了,可惜本校藏书不多,编起来很不便。

北京信已有收到,家里是平安的,煤已买,每吨至二十元。学校还未开课,北大学生去缴学费,而当局不收,可谓客气,然则开学之毫无把握可知。女师大的事没有听到什么,单知道教员都换了男师大的,大概暂时当是研究系势力。总之,环境如此,女师大是决不会单独弄好的。

上遂要搬家眷回南,自己行踪未定,我曾为之写信向天津学校设法,但恐亦无效。他也想赴广东,而无介绍。此地总无法想,玉堂也不能指挥如意,许多人的聘书,校长压了多日才发下来。校长是尊孔的,对于我和兼士,倒还没有什么,但因为化了这许多钱,汲汲要有成效,如以好草喂牛,要挤些牛乳一般。玉堂盖亦窥知此隐,故不日要开展览会,除学校自买之泥人(古冢中土偶也)而外,还要将我的石刻拓片挂出。其实这些古董,此地人那里会要看,无非胡里胡涂,忙碌一番而已。

在这里好像刺戟少些,所以我颇能睡,但也做不出文章来,北京来催，只好不理。□□书店想我有书给他印，我还没有；对于北新，则我还未将《华盖集续编》整理给他，因为没有工夫。长虹和这两店，闹起来了，因为要钱的事。沉钟社和创造社，也闹起来了，现已以文章口角；创造社伙计内部，也闹起来了，已将柯仲平逐出，原因我不知道。

迅。十，四，夜。

未另发表。

初收 1933 年 4 月上海青光书局版《两地书》。

两地书·五三

广平兄：

十月四日得九月廿九日来信后，即于五日寄一信，想已收到了。人间的纠葛真多，兼士直到现在，未在应聘书上签名，前几天便拟于国学研究院成立会一开毕，便往北京去，因为那边也有许多事待他料理。玉堂大不以为然，而兼士却非去不可。我便从中调和，先令兼士在应聘书上签名，然后请假到北京去一趟，年内再来厦门一次，算是在此半年，兼士有些可以了，玉堂又坚执不允，非他在此整半年不可。我只好退开。过了两天，玉堂也可以了，大约也觉得除此更无别路了罢。现在此事只要经校长允许后，便要告一结束了。兼士大约十五左右动身，闻先将赴粤一看，再向上海。伏园恐怕也同行，至是否便即在粤，抑接洽之后，仍回厦门一次，则不得而知。孟余请他是办副刊，他已经答应了，但何时办起，则似未定。

据我想：兼士当初是未尝不豫备常在这里的，待到厦门一看，觉交通之不便，生活之无聊，就不免"归心如箭"了。这实在是无可奈何的事,教我如何劝得他。

这里的学校当局,虽出重资聘请教员,而未免视教员如变把戏者,要他空拳赤手,显出本领来。即如这回开展览会,我就吃苦不少。当开会之前,兼士要我的碑碣拓片去陈列,我答应了。但我只有一张小书桌和小方桌,不够用,只得摊在地上,伏着,一一选出。及至拿到会场去时,则除孙伏园自告奋勇,同去陈列之外,没有第二人帮忙,寻校役也寻不到,于是只得二人陈列,高处则须桌上放一椅子,由我站上去。弄至中途,白果又硬将孙伏园叫去了,因为他是"襄理"(玉堂的),有叫孙伏园去之权力。兼士看不过去,便自来帮我,他已喝了一点酒,这回跳上跳下,晚上就大吐了一通。襄理的位置,正如明朝的太监,可以倚靠权势,胡作非为,而受害的不是他,是学校。昨天因为白果对书记们下条子(上谕式的),下午同盟罢工了,后事不知如何。玉堂信用此人,可谓胡涂。我前回辞国学院研究教授而又中止者,因怕兼士与玉堂觉得为难也,现在看来,总非坚决辞去不可,人亦何苦因为别人计,而自轻自贱至此哉!

此地的生活也实在无聊,外省的教员,几乎无一人作长久之计,兼士之去,固无足怪。但我比兼士随便一些,又因为见玉堂的兄弟及太太,都很为我们的生活操心;学生对我尤好,只恐怕在此住不惯,有几个本地人,甚至于星期六不回家,豫备星期日我若往市上去玩,他们好同去作翻译。所以只要没有什么大下不去的事,我总想在此至少讲一年,否则,我也许早跑到广州或上海去了。(但还有几个很欢迎我的人,是要我首先开口攻击此地的社会等等,他们好跟着来开枪。)

今天是双十节,却使我欢喜非常,本校先行升旗礼,三呼万岁,于是有演说,运动,放鞭爆。北京的人,仿佛厌恶双十节似的,沉沉如死,此地这才像双十节。我因为听北京过年的鞭爆听厌了,对鞭爆有了恶感,这回才觉得却也好听。中午同学生上饭厅,吃了一碗不大可口的面(大半碗是豆芽菜);晚上是恳亲会,有音乐和电影,电影因为电力不足，不甚了然，但在此已视同宝贝了。教员太太将最新的衣服都穿上了，大约在这里，一年中另外也没有什么别的聚会了罢。

听说厦门市上今天也很热闹，商民都自动的地挂旗结彩庆贺，不像北京那样，听警察吩咐之后，才挂出一张污秽的五色旗来。此地的人民的思想，我看其实是"国民党的"的，并不怎样老旧。

自从我到此之后，寄给我的各种期刊很杂乱，忽有忽无。我有时想分寄给你，但不见得期期有，勿疑为邮局失落。好在这类东西，看过便罢，未必保存，完全与否亦无什么关系。

我来此已一月余，只做了两篇讲义，两篇稿子给《莽原》；但能睡，身体似乎好些。今天听到一种传说，说孙传芳的主力兵已败，没有什么可用的了，不知确否。我想，一二天内该可以得到来信，但这信我明天要寄出了。

迅。十月十日。

未另发表。

初收 1933 年 4 月上海青光书局版《两地书》。

两地书·五四

广平兄：

昨天刚寄出一封信，今天就收到你五日的来信了。你这封信，在船上足足躺了七天多，因为有一个北大学生来此做编辑员的，就于五日从广州动身，船因避风，或行或止，直到今天才到，你的信大约就与他同船的。一封信的往返，往往要二十天，真是可叹。

我看你的职务太烦剧了，薪水又这么不可靠，衣服又须如此变化,你够用么?我想:一个人也许应该做点事,但也无须乎劳而无功。天天看学生的脸色办事,于人我都无益,这也就是所谓"敝精神于无用之地",听说在广州寻事做并不难,你又何必一定要等到学期之末呢?忙自然不妨,但倘若连自己休息的时间都没有,那可是不值得的。

我的能睡,是出于自然的,此地虽然不乏琐事,但究竟没有北京的忙,即如校对等事,在这里就没有。酒是自己不想喝,我在北京,太高兴和太愤懑时就喝酒,这里虽然仍不免有小刺戟,然而不至于"太",所以可以无须喝了,况且我本来没有瘾。少吸烟卷,可不知道是怎么一回事,大约因为编讲义,只要调查,无须思索之故罢。但近几天中又多吸了一点,因为我连做了四篇《旧事重提》。这东西还有两篇便完,拟下月再做,从明天起,又要编讲义了。

兼士尚未动身,他连替他的人也还未弄妥,但因为急于回北京,听说不往广州了。孙伏园似乎还要去一趟。今天又得李逢吉从大连来信,知道他往广州,但不知道他去作何事。

广东多雨,天气和厦门竟这么不同么?这里不下雨,不过天天有风,而风中很少灰尘,所以并不讨厌。我自从买了火酒灯以后,开水不生问题了,但饭菜总不见佳。从后天起,要换厨子了,然而大概总还是差不多的罢。

迅。十月十二夜。

八日的信,今天收到了;以前的九月廿四,廿九,十月五日的信,也都收到。看你收入和做事的比例,实在相距太远了。你不知能即另作他图否?我以为如此情形,努力也都是白费的。

"经过一次解散而去的",自然要算有福,倘我们还在那里,一定比现在要气愤得多。至于我在这里的情形,我信中都已陆续说出,其实也等于卖身。除为了薪水之外,再没有别的什么,但我现在或者还可以暂时敷衍,再看情形。当初我也未尝不想起广州,后来一听情形,暂时不作此想了。你看陈惺农尚且站不住,何况我呢。

我在这里不大高兴的原因，首先是在周围多是语言无味的人物，令我觉得无聊。他们倘肯让我独自躲在房里看书，倒也罢了，偏又常常寻上门来，给我小刺戟。但也很有一班人当作宝贝看，和在北京的天天提心吊胆，要防危险的时候一比，平安得多，只要自己的心静一静，也未尝不可以暂时安住。但因为无人可谈，所以将牢骚都在信里对你发了。你不要以为我在这里苦得很，其实也不然的，身体大概比在北京还要好一点。

你收入这样少，够用么？我希望你通知我。

今天本地报上的消息很好，但自然不知道可确的，一，武昌已攻下；二，九江已取得；三，陈仪（孙之师长）等通电主张和平；四，樊锺秀已入开封，吴佩孚逃保定（一云郑州）。总而言之，即使要打折扣，情形很好总是真的。

迅。十月十五日夜。

未另发表。

初收 1933 年 4 月上海青光书局版《两地书》。

两地书·五六

广平兄：

今天（十六日）刚寄一信，下午就收到双十节的来信了。寄我的信，是都收到的。我一日所寄的信，既然未到，那就恐怕已和《莽原》一同遗失。我也记不清那信里说的是什么了，由它去罢。

我的情形，并未因为怕你神经过敏而隐瞒，大约一受刺激，便心烦，事情过后，即平安些。可是本校情形实在太不见佳，朱山根之流已在国学院大占势力，□□（□□）又要到这里来做法律系主任了，从此《现代评论》色彩，将弥漫厦大。在北京是国文系对抗着的，而这里的国学院却弄了一大批胡适之陈源之流，我觉得毫无希望。你想：兼士至于如此模胡，他请了一个朱山根，山根就荐三人，田难干，辛家本，田千顷，他收了；田千顷又荐两人，卢梅，黄梅，他又收了。这样，我们个体，自然被排斥。所以我现在很想至多在本学期之末，离开厦大。他们实在有永久在此之意，情形比北大还坏。

另外又有一班教员，在作两种运动：一，是要求永久聘书，没有年限的；一，是要求十年二十年后，由学校付给养老金终身。他们似乎要想在这里建立他们理想中的天国，用橡皮做成的。谚云"养儿防老"，不料厦大也可以"防老"。

我在这里又有一事不自由，学生个个认得我了，记者之类亦有来访，或者希望我提倡白话，和旧社会闹一通；或者希望我编周刊，鼓吹本地新文艺；而玉堂他们又要我在《国学季刊》上做些"之乎者也"，还有到学生周会去演说，我其[真]没有这三头六臂。今天在本地报上载着一篇访我的记事，对于我的态度，以为"没有一点架子，也没有一点派头，也没有一点客气，衣服也随便，铺盖也随便，说话也不装腔作势……"觉得很出意料之外。这里的教员是外国博士很多，他们看惯了那俨然的模样的。

今天又得了朱家骅君的电报，是给兼士玉堂和我的，说中山大学已改职（当是"委"字之误）员制，叫我们去指示一切。大概是议定学制罢。兼士急于回京，玉堂是不见得去的。我本来大可以借此走一遭，然而上课不到一月，便请假两三星期，又未免难于启口，所以十之九总是不能去了，这实是可惜，倘在年底，就好了。

无论怎么打击，我也不至于"秘而不宣"，而且也被打击而无怨。现在柚子是不吃已有四五天了，因为我觉得不大消化。香蕉却还吃，先前是一吃便要肚痛的，在这里却不，而对于便秘，反似有好处，所以想暂不停止它，而且每天至多也不过四五个。

一点泥人和一点拓片便开展览会，你以为可笑么？还有可笑的呢。田千顷并将他所照的照片陈列起来,几张古壁画的照片,还可以说是与"考古"相关,然而还有什么"牡丹花","夜的北京","北京的刮风","苇子"……。倘使我是主任,就非令撤去不可,但这里却没有一个人觉得可笑,可见在此也惟有田千顷们相宜。又国学院从商科借了一套历代古钱来,我一看,大半是假的,主张不陈列,没有通过。我说,那么,应该写作"古钱标本"。后来也不实行,听说是恐怕商科生气。后来的结果如何呢? 结果是看这假古钱的人们最多。

这里的校长是尊孔的,上星期日他们请我到周会演说,我仍说我的"少读中国书"主义,并且说学生应该做"好事之徒"。他忽而大以为然,说陈嘉庚也正是"好事之徒",所以肯兴学,而不悟和他的尊孔冲突。这里就是如此胡里胡涂。

L.S. 十月十六日之夜。

未另发表。

初收 1933 年 4 月上海青光书局版《两地书》。

两地书·五八

广平兄:

伏园今天动身了。我于十八日寄你一信,恐怕就在邮局里一直躺到今天,将与伏园同船到粤罢。我前几天几乎也要同行,后来中止了。要同行的理由,小半自然也有些私心,但大部分却是为公,我以为中山大学既然需我们商议,应该帮点忙,而且厦大也太过于闭关自守,此后还应该与他大学往还。玉堂正病着,医生说三四天可好,我便去将此意说明,他亦深以为然,约定我先去,倘尚非他不可,我便打电报叫他,这时他病已好,可以坐船了。不料昨天又有了变化，他不但自己不说去，而且对于我的自去也翻了成议，说最好是向校长请假。教员请假，向来是归主任管理的，现在他这样说，明明是拿难题给我做。我想了一想，就中止了。此外还有一个原因，大概因为和南洋相距太近之故罢，此地实在太斤斤于银钱，"某人多少钱一月"等等的话，谈话中常听见；我们在此，当局者也日日希望我们从速做许多工作，发表许多成绩，像养牛之每日挤牛乳一般。某人每日薪水几元，大约是大家都念念不忘的。我一走，至少需两星期，有些人一定将以为我白白骗去了他们半月薪水，玉堂之不愿我旷课，或者就因为顾虑着这一节。我已收了三个月薪水，而上课才一月，自然不应该又请假，但倘计划远大，就不必拘拘于此，因为将来可以尽力之日正长。然而他们是眼光不远的，我也不作久远之想，所以我便不走，拟于本年中为他们作一篇季刊上的文章，到学术讲演会去讲演一次，又将我所辑的《古小说钩沉》献出，则学校可以觉得钱不白化，而我也可以来去自由了。至于研究教授，那自然不再去辞，因为即使辞掉，他们也仍要想法使你做别的工作，使收成与国文系教授之薪水相当的，还是任它拖着的好。

"现代评论"派的势力，在这里我看要膨涨起来，当局者的性质，也与此辈相合。理科也很忌文科，正与北大一样。闽南与闽北人之感情颇不洽，有几个学生极希望我走，但并非对我有恶意，乃是要学校倒楣。

这几天此地正在欢迎两位名人。一个是太虚和尚到南普陀来讲经，于是佛化青年会提议，拟令童子军捧鲜花，随太虚行踪而散之，以示"步步生莲花"之意。但此议竟未实行，否则和尚化为潘妃，倒也有趣。一个是马寅初博士到厦门来演说，所谓"北大同人"，正在发昏章第十一，排班欢迎。我固然是"北大同人"之一，也非不知银行之可以发财，然而于"铜子换毛钱，毛钱换大洋"学说，实在没有什么趣味，所以都不加入，一切由它去罢。

二十日下午。

写了以上的信之后，躺下看书，听得打四点的下课钟了，便到邮政代办所去看，收得了十五日的来信。我那一日的信既已收到，那很好。邪视尚不敢，而况"瞪"乎？至于张先生的伟论，我也很佩服，我若作文，也许这样说的。但事实怕很难，我若有公之于众的东西，那是自己所不要的，否则不愿意。以己之心，度人之心，知道私有之念之消除，大约当在二十五世纪，所以决计从此不瞪了。

这里近三天凉起来了，可穿夹衫，据说到冬天，比现在冷得不多，但草却已有黄了的。学生方面，对我仍然很好；他们想出一种文艺刊物，已为之看稿，大抵尚幼稚，然而初学的人，也只能如此，或者下月要印出来。至于工作，我不至于拼命，我实在比先前懒得多了，时常闲着玩，不做事。

你不会起草章程，并不足为能力薄弱之证据。草章程是别一种本领，一须多看章程之类，二须有法律趣味，三须能顾到各种事件。我就最怕做这东西，或者也非你之所长罢。然而人又何必定须会做章程呢？即使会做，也不过一个"做章程者"而已。

据我想，伏园未必做政论，是办副刊。孟馀们的意思，盖以为副刊的效力很大，所以想大大的干一下。上遂还是找不到事做，真是可叹，我不得已，已嘱伏园面托孟馀去了。

北伐军得武昌，得南昌，都是确的。浙江确也独立了，上海附近也许又要小战，建人又要逃难，此人也是命运注定，不大能够安逸的，但走几步便是租界，大概不要紧。

重九日这里放一天假，我本无功课，毫无好处；登高之事，则厦门似乎不举行。肉松我不要吃，不去查考了。我现在买来吃的，只是点心和香蕉，偶然也买罐头。

明天要寄你一包书，都是零零碎碎的期刊之类，历来积下，现在一总寄出了。内中的一本《域外小说集》，是北新书局新近寄来的，夏天你要，我托他们去买，回说北京没有，这回大约是碰见了，所以寄来的罢，但不大干净，也许是久不印，没有新书之故。现在你不教国文,已没有用,但他们既然寄来,也就一并寄上,自己不要,可以送人的。

我已将《华盖集续编》编好,昨天寄去付印了。

迅。二十日灯下。

未另发表。

初收1933年4月上海青光书局版《两地书》。

两地书·六〇

广平兄:

我今天上午刚发一信,内中说到厦门佛化青年会欢迎太虚的笑话,不料下午便接到请柬,是南普陀寺和闽南佛学院公宴太虚,并邀我作陪,自然也还有别的人。我决计不去,而本校的职员硬要我去,说否则他们将以为本校看不起他们。个人的行动,会涉及全校,真是窘极了,我只得去。罗庸说太虚"如初日芙蓉",我实在看不出这样,只是平平常常。入席,他们要我与太虚并排上坐,我终于推掉,将一位哲学教员供上完事。太虚倒并不专讲佛事,常论世俗事情,而作陪之教员们,偏好问他佛法,什么"唯识"呀,"涅槃"哪,真是其愚不可及,此所以只配作陪也欤。其时又有乡下女人来看,结果是跪下大磕其头,得意之状可掬而去。

这样,总算白吃了一餐素斋。这里的酒席,是先上甜菜,中间咸菜,末后又上一碗甜菜,这就完了,并无饭及稀饭。我吃了几回,都是如此。听说这是厦门的特别习惯,福州即不然。

散后,一个教员和我谈起,知道有几个这回同来的人物之排斥我,渐渐显著了,因为从他们的语气里,他已经听得出来,而且他们似乎还同他去联络。他于是叹息说："玉堂敌人颇多，但对于国学院不敢下手者，只因为兼士和你两人在此也。兼士去而你在，尚可支持，倘你亦走，敌人即无所顾忌，玉堂的国学院就要开始动摇了。玉堂一失败，他们也站不住了。而他们一面排斥你，一面又个个接家眷，准备作长久之计，真是胡涂"云云。我看这是确的，这学校，就如一部《三国志演义》，你枪我剑，好看煞人。北京的学界在都市中挤轧，这里是在小岛上挤轧，地点虽异，挤轧则同。但国学院内部的排挤现象，外敌却还未知道（他们误以为那些人们倒是兼士和我的小卒，我们是给他们来打地盘的），将来一知道，就要乐不可支。我于这里毫无留恋，吃苦的还是玉堂，但我和玉堂的交情，还不到可以向他说明这些事情的程度，即使说了，他是否相信，也难说的。我所以只好一声不响，自做我的事，他们想攻倒我，一时也很难，我在这里到年底或明年，看我自己的高兴。至于玉堂，我大概是爱莫能助的了。

二十一日灯下。

十九的信和文稿，都收到了。文是可以用的，据我看来。但其中的句法有不妥处，这是小姐们的普通病，其病根在于粗心，写完之后，大约自己也未必再看一遍。过一两天，改正了寄去罢。

兼士拟于廿七日动身向沪，不赴粤；伏园却已走了，打听陈惺农，该可以知道他的住址。但我以为他是用不着翻译的，他似认真非认真，似油滑非油滑，模模胡胡的走来走去，永远不会遇到所谓"为难"。然而行旌所过，却往往会留一点长远的小麻烦来给别人打扫。我不是雇了一个工人么？他却给这工人的朋友绍介，去包什么"陈源之徒"的饭，我教他不要多事，也不听。现在是"陈源之徒"常常对我骂饭菜坏，好像我是厨子头，工人则因为帮他朋友，我的事不大来做了。我总算出了十二块钱给他们雇了一个厨子的帮工，还要听埋怨。今天听说他们要不包了，真是感激之至。

上遂的事，除嘱那该打的伏园面达外，昨天又同兼士合写了一封信给孟馀他们，可做的事已做，且听下回分解罢。至于我的别处的位置，可从缓议，因为我在此虽无久留之心，但目前也还没有决去之必要，所以倒非常从容。既无"患得患失"的念头，心情也自然安泰，决非欲"骗人安心，所以这样说"的：切祈明鉴为幸。

理科诸公之攻击国学院，这几天也已经开始了，因国学院房屋未造，借用生物学院屋，所以他们的第一着是讨还房子。此事和我辈毫不相关，就含笑而旁观之，看一大堆泥人儿搬在露天之下，风吹雨打，倒也有趣。此校大约颇与南开相像，而有些教授，则惟校长之喜怒是伺，妒别科之出风头，中伤挑眼，无所不至，妾妇之道也。我以北京为污浊，乃至厦门，现在想来，可谓妄想，大沟不干净，小沟就干净么？此胜于彼者，惟不欠薪水而已。然而"校主"一怒，亦立刻可以关门也。

我所住的这么一所大洋楼上，到夜，就只住着三个人：一张颐教授，一伏园，一即我。张因不便，住到他朋友那里去了，伏园又已走，所以现在就只有我一人。但我却可以静观默想，所以精神上倒并不感到寂寞。年假之期又已近来，于是就比先前沉静了。我自己计算，到此刚五十天，而恰如过了半年。但这不只我，兼士们也这样说，则生活之单调可知。

我新近想到了一句话，可以形容这学校的，是"硬将一排洋房，摆在荒岛的海边上"。然而虽是这样的地方，人物却各式俱有，正如一滴水，用显微镜看，也是一个大世界。其中有一班"妾妇"们，上面已经说过了。还有希望得爱，以九元一盒的糖果恭送女教员的老外国教授；有和著名的美人结婚，三月复离的青年教授；有以异性为玩艺儿，每年一定和一个人往来，先引之而终拒之的密斯先生；有打听糖果所在，群往吃之的无耻之徒……。世事大概差不多，地的繁华和荒僻，人的多少，都没有多大关系。

浙江独立，是确的了；今天听说陈仪的兵已与卢永祥开仗，那么，陈在徐州也独立了，但究竟确否，却不能知。闽边的消息倒少听见，似乎周荫人是必倒的，而民军则已到漳州。

长虹又在和韦漱园吵闹了，在上海出版的《狂飙》上大骂，又登了一封给我的信，要我说几句话。这真是吃得闲空，然而我却不愿意奉陪了，这几年来，生命耗去不少，也陪得够了，所以决计置之不理。况且闹的原因，据说是为了《莽原》不登向培良的剧本，但培良和漱园在北京发生纠葛，而要在上海的长虹破口大骂，还要在厦门的我出来说话，办法真是离奇得很。我那里知道其中的底细曲折呢。

此地天气凉起来了，可穿夹衣。明天是星期，夜间大约要看影戏，是林肯一生的故事。大家集资招来的，需六十元，我出一元，可坐特别席。林肯之类的故事，我是不大要看的，但在这里，能有好的影片看吗？大家所知道而以为好看的，至多也不过是林肯的一生之类罢了。

这信将于明天寄出，开学以后，邮政代办所在星期日也办公半日了。

L. S. 十月二十三日灯下。

未另发表。

初收 1933 年 4 月上海青光书局版《两地书》。

两地书·六二

广平兄：

廿三日得十九日信及文稿后，廿四日即发一信，想已到。廿二日寄来的信，昨天收到了。闽粤间往来的船，当有许多艘，而邮递信件，似乎被一个公司所包办，惟它的船才带信，所以一星期只有两回，上海也如此。我疑心这公司是太古。

我不得同意，不见得用对付少爷们之法，请放心。但据我想，自己是恐怕决不开口的，真是无法可想。这样食少事烦的生活，怎么持久？但既然决心做一学期，又有人来帮忙，做做也好，不过万不要拼命。人固然应该办"公"，然而总须大家都办，倘人们偷懒，而只有几个人拼命，未免太不"公"了，就该适可而止，可以省下的路少走几趟，可以不管的事少做几件，自己也是国民之一，应该爱惜的，谁也没有要求独独几个人应该做得劳苦而死的权利。

我这几年来，常想给别人出一点力，所以在北京时，拼命地做，忘记吃饭，减少睡眠，吃了药来编辑，校对，作文。谁料结出来的，都是苦果子。有些人就将我做广告来自利，不必说了；便是小小的《莽原》，我一走也就闹架。长虹因为社里压下（压下而已）了投稿，和我理论，而社里则时时来信，说没有稿子，催我作文。我实在有些愤愤了，拟至二十四期止，便将《莽原》停刊，没有了刊物，看大家还争持些什么。

我早已有些想到过，你这次出去做事，会有许多莫名其妙的人们来访问你的，或者自称革命家，或者自称文学家，不但访问，还要要求帮忙。我想，你是会去帮的，然而帮忙之后，他们还要大不满足，而且怨恨，因为他们以为你收入甚多，这一点即等于不帮，你说竭力的帮了，乃是你吝啬的谎话。将来或有些失败，便都一哄而散，甚者还要下石，即将访问你时所见的态度，衣饰，住处等等，作为攻击之资，这是对于先前的吝啬的罚。这种情形，我都曾一一尝过了，现在你大约也正要开始尝着这况味。这很使人苦恼，不平，但尝尝也好，因为知道世事就可以更加真切了。但这状态是永续不得的，经验若干时之后，便须恍然大悟，斩钉截铁地将他们撇开，否则，即使将自己全部牺牲了，他们也仍不满足，而且仍不能得救。其实呢，就是你现在见得可怜的所谓"妇孺"，恐怕也不在这例外。

以上是午饭前写的。现在是四点钟，今天没有事了。兼士昨天已走,早上来别。伏园已有信来,云船上大吐(他上船之前喝了酒,活该!),现寓长堤的广泰来客店,大概我信到时,他也许已走了。浙江独立已失败,那时外面的报上虽然说得热闹,但我看见浙江本地报,却很吞吐其词,好像独立之初,本就灰色似的,并不如外间所传的轰轰烈烈。福建事也难明真相,有一种报上说周荫人已为乡团所杀,我看也未必真。

这里可穿夹衣,晚上或者可加棉坎肩,但近几天又无需了。今天下雨,也并不凉。我自从雇了一个工人之后,比较的便当得多。至于工作,其实也并不多,闲工夫尽有,但我总不做什么事,拿本无聊的书玩玩的时候多,倘连编三四点钟讲义,便觉影响于睡眠,不容易睡着,所以我讲义也编得很慢,而且遇有来催我做文章的,大抵置之不理,做事没有上半年那么急进了,这似乎是退步,但从别一面看,倒是进步也难说。

楼下的后面有一片花圃,用有刺的铁丝拦着,我因为要看它有怎样的拦阻力,前几天跳了一回试试。跳出了,但那刺果然有效,给了我两个小伤,一股上,一膝旁,可是并不深,至多不过一分。这是下午的事,晚上就全愈了,一点没有什么。恐怕这事会招到诰诫,但这是因为知道没有什么危险,所以试试的,倘觉可虑,就很谨慎。例如,这里颇多小蛇,常见被打死着,颚部多不膨大,大抵是没有什么毒的,但到天暗,我便不到草地上走,连夜间小解也不下楼去了,就用磁的唾壶装着,看夜半无人时,即从窗口泼下去。这虽然近于无赖,但学校的设备如此不完全,我也只得如此。

玉堂病已好了。白果已往北京去接家眷,他大概决计要在这里安身立命。我身体是好的,不喝酒,胃口亦佳,心绪比先前较安帖。

迅。十月二十八日。

未另发表。

初收 1933 年 4 月上海青光书局版《两地书》。

两地书·六四

广平兄：

前日（廿七）得廿二日的来信后，写一回信，今天上午自己送到邮局去，刚投入邮箱，局员便将二十三发的快信交给我了。这两封信是同船来的，论理本该先收到快信，但说起来实在可笑，这里的情形是异乎寻常的。普通信件，一到就放在玻璃箱内，我们倒早看见；至于挂号的呢，则秘而不宣，一个局员躲在房里，一封一封上帐，又写通知单，叫人带印章去取。这通知单也并不送来，仍然供在玻璃箱里，等你自己走过看见。快信也同样办理，所以凡挂号信和"快"信，一定比普通信收到得迟。

我暂不赴粤的情形，记得又在二十一日的信里说过了。现在伏园已有信来，并未有非我即去不可之概；开学既然在明年三月，则年底去也还不迟。我固然很愿意现在就走一趟，但事实的牵扯也实在太利害，就是：走开三礼拜后，所任的事搁下太多，倘此后一一补做，则工作太重，倘不补，就有占了便宜的嫌疑。假如长在这里，自然可以慢慢地补做，不成问题，但我又并不作长久之计，而况还有玉堂的苦处呢。

至于我下半年那里去，那是不成问题的。上海，北京，我都不去，倘无别处可走，就仍在这里混半年。现在去留，专在我自己，外界的鬼祟，一时还攻我不倒。我很想尝尝杨桃，其所以熬着者，为己，只有一个经济问题，为人，就只怕我一走，玉堂立刻要被攻击，因此有些彷徨。一个人就能为这样的小问题所牵掣，实在可叹。

才发信，没有什么事了，再谈罢。

迅。十，二九。

未另发表。

初收 1933 年 4 月上海青光书局版《两地书》。

两地书·六六

广平兄：

十月廿七的信，今天收到了；十九，二十二，二十三的，也都收到。我于廿四，廿九，卅日均发信，想已到。至于刊物，则查载在日记上的，是廿一，廿，各一回，什么东西，已经忘却，只记得有一回内中有《域外小说集》。至于十月六日的刊物，则不见于日记上，不知道是失载，还是其实是廿一所发，而我将月日写错了。只要看你是否收到廿一寄的一包，就知道，倘没有，那是我写错的了；但我仿佛又记得六日的是别一包，似乎并不是包，而是三本书对叠，像普通寄期刊那样的。

伏园已有信来，据说上遂的事很有希望，学校的别的事情却没有提，他大约不久当可回校，我可以知道一点情形，如果中大定要我去，我到后于学校有益，那我就于开学之前到那边去。此处别的都不成问题，只在对不对得起玉堂。但玉堂也太胡涂——不知道还是老实——至今还迷信着他的"襄理"，这是一定要糟的，无药可救。山根先生仍旧专门荐人，图书馆有一缺，又在计画荐人了，是胡适之的书记，但这回好像不大顺手似的。至于学校方面，则这几天正在大敷衍马寅初。昨天浙江学生欢迎他，硬要拖我去一同照相，我竭力拒绝，他们颇以为怪。呜呼，我非不知银行之可以发财也，其如"道不同不相为谋"何。明天是校长赐宴，陪客又有我，他们处心积虑，一定要我去和银行家扳谈，苦哉苦哉！但我在知单上只写了一个"知"字，不去可知矣。

据伏园信说，副刊十二月开手，那么，他回校之后，两三礼拜便又须去了，也很好。

十一月一日午后。

　　但我对于此后的方针，实在很有些徘徊不决；那就是：做文章呢，还是教书？因为这两件事，是势不两立的：作文要热情，教书要冷静。兼做两样的，倘不认真，便两面都油滑浅薄，倘都认真，则一时使热血沸腾，一时使心平气和，精神便不胜困惫，结果也还是两面不讨好。看外国，兼做教授的文学家，是从来很少有的。我自己想，我如写点东西，也许于中国不无小好处，不写也可惜；但如果使我研究一种关于中国文学的事，大概也可以说出一点别人没有见到的话来，所以放下也似乎可惜。但我想，或者还不如做些有益的文章，至于研究，则于余暇时做，不过倘使应酬一多，可又不行了。

　　此地这几天很冷，可穿夹袍，晚上还可以加棉背心。我是好的，胃口照常，但菜还是不能吃，这在这里是无法可想的。讲义已经一共做了五篇，从明天起，想做季刊的文章了。

迅。十一月一日灯下。

未另发表。

初收 1933 年 4 月上海书局版《两地书》。

两地书·六八

广平兄：

　　昨天刚发一信，现在也没有什么话要说，不过有一些小闲事，可以随便谈谈。我又在玩——我这几天不大用功，玩着的时候多——所以就随便写它下来。

　　今天接到一篇来稿，是上海大学的女生曹轶欧寄来的，其中讲起我在北京穿着洋布大衫在街上走的事，下面注道，"这是我的朋友

P. 京的 H. M. 女校生亲口对我说的"。P. 自然是北京,但那校名却奇怪,我总想不出是那一个学校来。莫非就是女师大,和我们所用是同一意义么?

今天又知道一件事,有一个留学生在东京自称我的代表去见盐谷温氏,向他索取他所印的《三国志平话》,但因为书尚未装成,没有拿去。他怕将来盐谷氏直接寄我,将事情弄穿,便托 C. T. 写信给我,要我追认他为代表,还说,否则,于中国人之名誉有关。你看,"中国人的名誉"是建立在他和我的说谎之上了。

今天又知道一件事。先前朱山根要荐一个人到国学院,但没有成。现在这人终于来了,住在南普陀寺。为什么住到那里去的呢?因为伏园在那寺里的佛学院有几点钟功课(每月五十元),现在请人代着,他们就想挖取这地方。从昨天起,山根已在大施宣传手段,说伏园假期已满(实则未满)而不来,乃是在那边已经就职,不来的了。今天又另派探子,到我这里来探听伏园消息。我不禁好笑,答得极其神出鬼没,似乎不来,似乎并非不来,而且立刻要来,于是乎终于莫名其妙而去。你看"现代"派下的小卒就这样阴鸷,无孔不入,真是可怕可厌。不过我想这实在难对付,譬如要我去和此辈周旋,就必须将别的事情放下,另用一番心机,本业抛荒,所得的成绩就有限了。"现代"派学者之无不浅薄,即因为分心于此等下流事情之故也。

迅。十一月三日大风之夜。

十月卅日的信,今天收到了。马又要发脾气,我也无可奈何。事情也只得这样办,索性解决一下,较之天天对付,劳而无功的当然好得多。教我看戏目,我就看戏目,在这里也只能看戏目,不过总希望勿太做得力尽神疲,一时养不转。

今天有从中大寄给伏园的信到来,可见他已经离开广州,但尚未到,也许到汕头或福州游玩去了。他走后给我两封信,关于我的事,一字不提。今天看见中大的考试委员名单,文科中人多得很,他也在内,郭沫若,郁达夫也在,那么,我的去不去也似乎没有多大关系,可以不必急急赶到了。

关于我所用的听差的事,说起来话长了。初来时确是好的,现在也许还不坏,但自从伏园要他的朋友去给大家包饭之后,他就忙得很,不大见面。后来他的朋友因为有几个人不大肯付钱(这是据听差说的),一怒而去,几个人就算了,而还有几个人却要他接办。此事由伏园开端,我也没法禁止,也无从一一去接洽,劝他们另寻别人。现在这听差是忙,钱不够,我的饭钱和他自己的工钱,都已豫支一月以上。又,伏园临走宣言:自己不在时仍付饭钱。然而只是一句话,现在这一笔帐也在向我索取。我本来不善于管这些琐事,所以常常弄得头昏眼花。这些代付和豫支的款,不消说是不能收回的,所以在十月这一个月中,我就是每日得一盆脸水,吃两顿饭,而共需大洋约五十元。这样贵的听差,用得下去的么?"解铃还仗系铃人",所以这回伏园回来,我仍要他将事情弄清楚。否则,我大概只能不再雇人了。

明天是季刊文章交稿的日期,所以我昨夜写信一张后,即开手做文章,别的东西不想动手研究了,便将先前弄过的东西东抄西撮,到半夜,并今天一上午,做好了,有四千字,并不吃力,从此就又玩几天。

这里已可穿棉坎肩,似乎比广州冷。我先前同兼士往市上去,见他买鱼肝油,便趁热闹也买了一瓶。近来散拿吐瑾吃完了,就试服鱼肝油,这几天胃口仿佛渐渐好起来似的,我想再试几天看,将来或者就改吃这鱼肝油(麦精的,即"帕勒塔")也说不定。

迅。十一月四日灯下。

未另发表。

初收 1933 年 4 月上海青光书局版《两地书》。

两地书·六九

广平兄：

昨上午寄出一信，想已到。下午伏园就回来了，关于学校的事，他不说什么。问了的结果，所知道的是：(1)学校想我去教书，但无聘书；(2)上遂的事尚无结果，最后的答复是"总有法子想"；(3)他自己除编副刊外，也是教授，已有聘书；(4)学校又另电请几个人，内有"现代"派。这样看来，我的行止，当看以后的情形再定。但总当于阴历年假去走一回，这里阳历只放几天，阴历却有三礼拜。

李逢吉前有信来，说访友不遇，要我给他设法绍介，我即寄了一封绍介于陈惺农的信，从此无消息。这回伏园说遇诸途，他早在中大做职员了，也并不去见惺农，这些事真不知是怎么的，我如在做梦。他寄一封信来，并不提起何以不去见陈，但说我如往广州，创造社的人们很喜欢云云，似乎又与他们在一处，真是莫名其妙。

伏园带了杨桃回来，昨晚吃过了，我以为味道并不十分好，而汁多可取，最好是那香气，出于各种水果之上。又有"桂花蝉"和"龙虱"，样子实在好看，但没有一个人敢吃。厦门也有这两种东西，但不吃。你吃过么？什么味道？

以上是午前写的，写到那地方，须往外面的小饭店去吃饭。因为我的听差不包饭了，说是本校的厨子要打他（这是他的话，确否殊不可知），我们这里虽吃一口饭也就如此麻烦。在饭店里遇见容肇祖（东莞人，本校讲师）和他的满口广东话的太太。对于桂花蝉之类，他们俩的主张就不同，容说好吃的，他的太太说不好吃的。

　　　　　　　　　　　　　　　　　六日灯下。

从昨天起，吃饭又发生了问题，须上小馆子或买面包来，这种问题都得自己时时操心，所以也不大静得下。我本可以于年底将此地决然舍去，我所迟疑的是怕广州比这里还烦劳，认识我的人们也多，不几天就忙得如在北京一样。

中大的薪水比厦大少,这我倒并不在意,所虑的是功课多,听说每周最多可至十二小时,而做文章一定也万不能免,即如伏园所办的副刊,就非投稿不可,倘再加上别的事情,我就又须吃药做文章了。在这几年中,我很遇见了些文学青年,由经验的结果,觉他们之于我,大抵是可以使役时便竭力使役,可以诘责时便竭力诘责,可以攻击时自然是竭力攻击,因此我于进退去就,颇有戒心,这或也是颓唐之一端,但我觉得这也是环境造成的。

其实我也还有一点野心,也想到广州后,对于"绅士"们仍然加以打击,至多无非不能回北京去,并不在意。第二是与创造社联合起来,造一条战线,更向旧社会进攻,我再勉力写些文字。但不知怎的,看见伏园回来吞吞吐吐之后,便又不作此想了。然而这也不过是近一两天如此,究竟如何,还当看后来的情形的。

今天大风,仍为吃饭而奔忙;又是礼拜,陪了半天客,无聊得头昏眼花了,所以心绪不大好,发了一通牢骚,望勿以为虑,静一静又会好的。

明天想寄给你一包书,没有什么好的,自己如不要,可以分给别人。

迅。十一月七日灯下。

昨天在信上发了一通牢骚后,又给《语丝》做了一点《厦门通信》,牢骚已经发完,舒服得多了。今天又已约定一个厨子包饭,每月十元,饭菜还过得去,大概可以敷衍半月一月罢。

昨夜玉堂来打听广东的情形,我们因劝其将此处放弃,明春同赴广州。他想了一会,说,我来时提出条件,学校一一允许,怎能忽然不干呢?他大约决不离开这里的了。但我看现在的一批人物,国学院是一定没有希望的,至多,只能小小补苴,混下去而已。

浙江独立早已灰色,夏超确已死了,是为自己的兵所杀的,浙江的警备队,全不中用。今天看报,知九江已克,周凤岐(浙兵师长)

降,也已见于路透电,定是确的,则孙传芳仍当声势日蹙耳,我想浙江或当还有点变化。

L. S. 十一月八日午后。

未另发表。

初收 1933 年 4 月上海青光书局版《两地书》。

两地书·七一

广平兄：

昨天上午寄出一包书并一封信,下午即得五日的来信。我想如果再等来信而后写,恐怕要隔许多天了,所以索性再写几句,明天付邮,任它和前信相接,或一同寄到罢。

对于学校也只能这么办。但不知近来如何? 如忙,则不必详叙,因为我也并不怎样放在心里,情形已和对杨荫榆时不同也。

伏园已回厦门,大约十二月中再去。逢吉只托他带给我一封含含胡胡的信,但我已推测出,他前信说在广州无人认识是假的。《语丝》第百一期上,徐耀辰所做的《送南行的爱而君》的 L 就是他,他给他好几封信,绍介给熟人(＝创造社中人),所以他和创造社人在一处了,突然遇见伏园,乃是意外之事,因此对我便只好吞吞吐吐。"老实"与否,可研究之。

忽而匿名写信来骂,忽而又自来取消的乌文光,也和他在一处;另外还有些我所认识的人们。我这几天忽而对于到广州教书的事,很有些踌躇了,恐怕情形会和在北京时相像。厦门当然难以久留,此外也无处可走,实在有些焦躁。我其实还敢站在前线上,但发见当面称为"同道"的暗中将我作傀儡或从背后枪击我,却比被敌人所

329

伤更其悲哀。我的生命,碎割在给人改稿子,看稿子,编书,校字,陪坐这些事情上者,已经很不少,而有些人因此竟以主子自居,稍不合意,就责难纷起,我此后颇想不再蹈这覆辙了。

忽又发起牢骚来,这回的牢骚似乎发得日子长一点,已经有两三天。但我想,明后天就要平复了,不要紧的。

这里还是照先前一样,并没有什么,只听说漳州是民军就要入城了。克复九江,则其事当甚确。昨天又听到一消息,说陈仪入浙后,也独立了,这使我很高兴,但今天无续得之消息,必须再过几天,才能知道真假。

中国学生学什么意大利,以趋奉北政府,还说什么"树的党",可笑极了。别的人就不能用更粗的棍子对打么? 伏园回来说广州学生情形,真很出我意外。

迅。十一月九日灯下。

未另发表。
初收 1933 年 4 月上海青光书局版《两地书》。

两地书·七三

广平兄:

十日寄出一信,次日即得七日来信,略略一懒,便迟到今天才写回信了。

对于侄子的帮助,你的话是对的。我愤激的话多,有时几乎说:"宁我负人,毋人负我。"然而自己也往往觉得太过,实行上或者且正与所说的相反。人也不能将别人都作坏人看,能帮也还是帮,不过最好是量力,不要拼命就是了。

"急进"问题,我已经不大记得清楚了,这意思,大概是指"管事"而言,上半年还不能不管事者,并非因为有人和我淘气,乃是身在北京,不得不尔,譬如挤在戏台面前,想不看而退出,也是不很容易的。至于不以别人为中心,也很难说,因为一个人的中心并不一定在自己,有时别人倒是他的中心,所以虽说为人,其实也是为己,因此而不能"以自己定夺"的事,也就往往有之。

我先前在北京为文学青年打杂,耗去生命不少,自己是知道的。但到这里,又有几个学生办了一种月刊,叫作《波艇》,我却仍然去打杂。这也还是上文所说,不能因为遇见过几个坏人,便将人们都作坏人看的意思。但先前利用过我的人,现在见我偃旗息鼓,遁迹海滨,无从再来利用,就开始攻击了,长虹在《狂飙》第五期上尽力攻击,自称见过我不下百回,知道得很清楚,并捏造许多会话(如说我骂郭沫若之类)。其意即在推倒《莽原》,一方面则推广《狂飙》的销路,其实还是利用,不过方法不同。他们那时的种种利用我,我是明白的,但还料不到他看出活着他不能吸血了,就要打杀了煮吃,有如此恶毒。我现在姑且置之不理,看看他技俩发挥到如何。总之,他戴着见了我"不下百回"的假面具,现在是除下来了,我还要子细的看看。

校事不知如何? 如少暇,简略的告知几句就好。我已收到中大聘书,月薪二百八,无年限的,大约那计画是将以教授治校,所以凡认为非军阀帮闲的,就不立年限。但我的行止,一时也还不能决定。此地空气恶劣,当然不愿久居,而到广州也有不合的几点:(一)我对于行政方面,素不留心,治校恐非所长;(二)听说政府将移武昌,则熟人必多离粤,我独以"外江佬"留在校内,大约未必有味;而况(三)我的一个朋友或者将往汕头,则我虽至广州,又与在厦门何异。所以究竟如何,当看情形再定了,好在开学还在明年三月初,很有考量的余地。

我在静夜中,回忆先前的经历,觉得现在的社会,大抵是可利用时则竭力利用,可打击时则竭力打击,只要于他有利。我在北京这么忙,来客不绝,但一受段祺瑞,章士钊们的压迫,有些人就立刻来索还原稿,不要我选定,作序了。其甚者还要乘机下石,连我请他吃过饭也是罪状了,这是我在运动他;请他喝过好茶也是罪状了,这是我奢侈的证据。借自己的升沉,看看人们的嘴脸的变化,虽然很有益,也有趣,但我的涵养工夫太浅了,有时总还不免有些愤激,因此又常迟疑于此后所走的路:(一)死了心,积几文钱,将来什么事都不做,顾自己苦苦过活;(二)再不顾自己,为人们做些事,将来饿肚也不妨,也一任别人唾骂;(三)再做一些事,倘连所谓"同人"也都从背后枪击我了,为生存和报复起见,我便什么事都敢做,但不愿失了我的朋友。第二条我已行过两年了,终于觉得太傻。前一条当先托庇于资本家,恐怕熬不住。末一条则颇险,也无把握(于生活),而且又略有所不忍。所以实在难于下一决心,我也就想写信和我的朋友商议,给我一条光。

昨天今天此地都下雨,天气稍凉。我仍然好的,也不怎么忙。

迅。十一月十五日灯下。

未另发表。

初收 1933 年 4 月上海青光书局版《两地书》。

两地书·七五

广平兄:

十六日寄出一信,想已到。十二日发的信,今天收到了。校事已见头绪,很好,总算结束了一件事。至于你此后所去的地方,却教我很难代下断语。你初出来办事,到各处看看,历练历练,本来也很好的,但到太不熟悉的地方去,或兼任的事情太多,或在一个小地方拜帅,却并无益处,甚至会变成浅薄的政客之流。我不知道你自己是否仍旧愿在广州,抑非走开不可,倘非决欲离开,则伏园下月中旬当赴粤,我可以托他问一问,看中大女生指导员之类有无缺额,他一定肯绍介的。上遂的事,我也要托他办。

曹轶欧大约不是男生假托的,因为回信的地址是女生宿舍,但这些都不成问题,由它去罢。中山生日的情形,我以为和他本身是无关的,只是给大家看热闹;要是我,实在是"身后名,不如即时一杯酒",恐怕连盛大的提灯会也激不起来的了。但在这里,却也太没有生气,只见和尚自做水陆道场,男男女女上庙拜佛,真令人看得索然气尽。我近来只做了几篇付印的书的序跋,虽多牢骚,却有不少真话;还想做一篇记事,将五年来我和种种文学团体的关涉,讲一个大略,但究竟做否,现在还未决定。至于真正的用功,却难,这里无须用功,也不是用功的地方。国学院也无非装门面,不要实际。对于教员的成绩,常要查问,上星期我气起来,就对校长说,我原已辑好了古小说十本,只须略加整理,学校既如此着急,月内便去付印就是了。于是他们就从此没有后文。你没有稿子,他们就天天催,一有,却并不真准备付印的。

我虽然早已决定不在此校,但时期是本学期末抑明年夏天,却没有定,现在是至迟至本学期末非走不可了。昨天出了一件可笑可叹的事。下午有校员恳亲会,我是向来不到那种会去的,而一个同事硬拉我去,我不得已,去了。不料会中竟有人演说,先感谢校长给我们吃点心,次说教员吃得多么好,住得多么舒服,薪水又这么多,应该大发良心,拼命做事,而校长如此体帖我们,真如父母一样……我真要立刻跳起来,但已有别一个教员上前驳斥他了,闹得不欢而散。

还有希奇的事情,是教员里面,竟有对于驳斥他的教员,不以为然的。他说,在西洋,父子和朋友不大两样,所以倘说谁和谁如父子，也就是谁和谁如朋友的意思。这人是西洋留学生，你看他到西洋一番，竟学得了这样的大识见。

昨天的恳亲会是第三次，我却初次到，见是男女分房的，不但分坐。

我才知道在金钱下的人们是这样的，我决计要走了，但我不想以这一件事为口实，且仍于学期之类作一结束。至于到那里去，一时也难定，总之无论如何，年假中我必到广州走一遭，即使无噉饭处，厦门也决不住下去的了。又我近来忽然对于做教员发生厌恶，于学生也不愿意亲近起来，接见这里的学生时，自己觉得很不热心，不诚恳。

我还要忠告玉堂一回，劝他离开这里，到武昌或广州做事去。但看来大半是无效的，这里是他的故乡，他不肯轻易决绝，同来的鬼祟又遮住了他的眼睛，一定要弄到大失败才罢，我的计画，也不过聊尽同事一场的交情而已。

迅。十八，夜。

未另发表。
初收 1933 年 4 月上海青光书局版《两地书》。

两地书·七九

广平兄：

十九日寄出一信；今天收到十三，六，七日的来信了，一同到的。看来广州有事做，所以你这么忙，这里是死气沉沉，也不能改革，学生也太沉静，数年前闹过一次，激烈的都走出，在上海另立大夏大学了。我决计至迟于本学期末（阳历正月底）离开这里，到中山大学去。

中大的薪水是二百八十元,可以不搭库券。朱骝先还对伏园说,也可以另觅兼差,照我现在的收入之数,但我并不计较这一层,实收百余元,大概已经够用,只要不在不死不活的空气里就好了。我想我还不至于完在这样的空气里,到中大后,也许不难择一并不空耗精力而较有益于学校或社会的事。至于厦大,其实是不必请我的,因为我虽颓唐,而他们还比我颓唐得利害。

玉堂今天辞职了,因为减缩豫算的事,但只辞国学院秘书,未辞文科主任。我已托伏园转达我的意见,劝他不必烂在这里,他无回话。我还要自己对他说一回。但我看他的辞职是不会准的。

从昨天起,我又很冷静了,一是因为决定赴粤,二是因为决定对长虹们给一打击。你的话大抵不错的,但我之所以愤慨,却并非因为他们使我失望,而在觉得了他先前日日吮血,一看见不能再吮了,便想一棒打杀,还将肉作罐头卖以获利。这回长虹笑我对章士钊的失败道,"于是遂戴其纸糊的'思想界的权威者'之假冠,而入于身心交病之状态矣。"但他八月间在《新女性》上登广告,却云"与思想界先驱者鲁迅合办《莽原》",一面自己加我"假冠"以欺人,一面又因别人所加之"假冠"而骂我,真是轻薄卑劣,不成人样。有青年攻击或讥笑我,我是向来不去还手的,他们还脆弱,还是我比较的禁得起践踏。然而他竟得步进步,骂个不完,好像我即使避到棺材里去,也还要戮尸的样子。所以我昨天就决定,无论什么青年,我也不再留情面,先作一个启事,将他利用我的名字,而对于别人用我名字,则加笑骂等情状,揭露出来,比他的唠唠叨叨的长文要刻毒得多,即送登《语丝》,《莽原》,《新女性》,《北新》四种刊物。我已决定不再彷徨,拳来拳对,刀来刀当,所以心里也很舒服了。

我大约也终于不见得为了小障碍而不走路,不过因为神经不好,所以容易说愤话。小障碍能绊倒我,我不至于要离开厦门了。我也很想走坦途,但目前还不能,非不愿,势不可也。至于你的来厦,我以为大可不必,"劳民伤财",都无益处;况且我也并不觉得"孤独",没有什么"悲哀"。

你说我受学生的欢迎,足以自慰么?不,我对于他们不大敢有希望,我觉得特出者很少,或者竟没有。但我做事是还要做的,希望全在未见面的人们;或者如你所说:"不要认真"。我其实毫不懈怠,一面发牢骚,一面编好《华盖集续编》,做完《旧事重提》,编好《争自由的波浪》(董秋芳译的小说),看完《卷葹》都分头寄出去了。至于还有人和我同道,那自然足以自慰的,并且因此使我自勉,但我有时总还虑他为我而牺牲。而"推及一二以至无穷",我也不能够。有这样多的么?我倒不要这样多,有一个就好了。

提起《卷葹》,又想到了一件事。这是王品青送来的,淦女士所作,共四篇,皆在《创造》上发表过。这回送来要印入《乌合丛书》,据我看来,是因为创造社不征作者同意,将这些印成小丛书,自行发卖,所以这边也出版,借谋抵制的。凡未在那边发表过者,一篇都不在内,我要求再添几篇新的,品青也不肯。创造社量狭而多疑,一定要以为我在和他们捣乱,结果是成仿吾借别的事来骂一通。但我给她编定了,不添就不添罢,要骂就骂去罢。

我过了明天礼拜,便又要编讲义,余闲就玩玩,待明年换了空气,再好好做事。今天来客太多,无工夫可写信,写了这两张,已经是夜十二点半了。

和这信同时,我还想寄一束杂志,其中的《语丝》九七和九八,前回曾经寄去过,但因为那是切光的。所以这回补寄毛边者两本。你大概是不管这些的,不过我的脾气如此,所以仍寄。

迅。十一月廿日。

未另发表。

初收 1933 年 4 月上海青光书局版《两地书》。

两地书·八一

广平兄：

二十一日寄一信，想已到。十七日所发的又一简信，二十二日收到了；包裹还未来，大约包裹及书籍之类，照例比普通信件迟，我想明天也许要到，或者还有信，我等着。我还想从上海买一合较好的印色来，印在我到厦门后所得的书上。

近日因为校长要减少国学院豫算，玉堂颇愤慨，要辞去主任，我因劝其离开此地，他极以为然。今天和校长开谈话会，我即提出强硬之抗议，以去留为孤注，不料校长竟取消前议了，别人自然大满足，玉堂亦软化，反一转而留我，谓至少维持一年，因为教员中途难请云云。又，我将赴中大消息，此地报上亦经揭载，大约是从广州报上抄来的，学生因亦有劝我教满他们一年者。这样看来，我年底大概未必能走了，虽然校长的维持豫算之说，十之九不久又会取消，问题正多得很。

我自然要从速离开此地，但什么时候，殊不可知。我想 H. M. 不如不管我怎样，而到自己觉得相宜的地方去，否则，也许因此去做很牵就，非意所愿的事务，比现在的事情还无聊。至于我，再在这里熬半年，也还做得到的，以后如何，那自然此时还无从说起。

今天本地报上的消息很好，泉州已得，浙陈仪又独立，商震反戈攻张家口，国民一军将至潼关。此地报纸大概是民党色采，消息或倾于宣传，但我想，至少泉州攻下总是确的。本校学生中，民党不过三十左右，其中不少是新加入者，昨夜开会，我觉得他们都没有历练，不深沉，连设法取得学生会以供我用的事情都不知道，真是奈何奈何。开一回会，空嚷一通，徒令当局者因此注意，那夜反民党的职员就在门外窃听。

二十五日之夜，大风时。

写了一张之（刚写了这五个字，就来了一个客，一直坐到十二点）后，另写了一张应酬信，还不想睡，再写一点罢。伏园下月准走，十二月十五左右，一定可到广州了。上遂的事，则至今尚无消息，不知何故。我同兼士曾合写一信，又托伏园面说，又写一信，都无回音，其实上遂的办事能力，比我高得多。

我想 H. M. 正要为社会做事，为了我的牢骚而不安，实在不好，想到这里，忽然静下来了，没有什么牢骚了。其实我在这里的不方便，仔细想起来，大半是由于言语不通，例如前天厨房不包饭了，我竟无法查问是厨房自己不愿做了呢，还是听差和他冲突，叫我不要他做了。不包则不包亦可。乃同伏园去到一个福州馆，要他包饭，而馆中只有面，问以饭，曰无有，废然而返。今天我托一个福州学生去打听，才知道无饭者，乃适值那时无饭，并非永远无饭也，为之大笑。大约明天起，当在这一个福州馆包饭了。

仍是二十五日之夜，十二点半。

此刻是上午十一时，到邮务代办处去看了一回，没有信。而我这信要寄出了，因为明天大约有从厦门赴粤之船，倘不寄，便须待下星期三这一艘了。但我疑心此信一寄，明天便要收到来信，那时再写罢。

记得约十天以前，见报载新宁轮由沪赴粤，在汕头被盗劫，纵火。不知道我的信可有被烧在内。我的信是十日之后，有十六，十九，二十一等三封。

此外没有什么事了，下回再谈罢。

迅。十一月二十六日。

午后一时经过邮局门口，见有别人的东莞来信，而我无有，那么，今天是没有信的了，就将此发出。

未另发表。
初收 1933 年 4 月上海青光书局版《两地书》。

338

两地书·八三

广平兄：

二十六日寄出一信，想当已到。次日即得二十三日来信，包裹的通知书，也一并送到了，即向邮政代办处取得收据，星期六下午已来不及。星期日不办事，下星期一（廿九日）可以取来，这里的邮政，就是如此费事。星期六这一天，我同玉堂往集美学校讲演，以小汽船来往，还耗去了一整天；夜间会客，又耗去了许多工夫，客去正想写信，间壁的礼堂里走了电，校役吵嚷，校警吹哨，闹得"石破天惊"，究竟还是物理学教授有本领，走进去关住了总电门，才得无事，只烧焦了几块木头。我虽住在并排的楼上，但因为墙是石造的，知道不会延烧，所以并不搬动，也没有损失，不过因了电灯俱熄，洋烛的光摇摇而昏暗，于是也不能写信了。

我一生的失计，即在向来不为自己生活打算，一切听人安排，因为那时豫料是活不久的。后来豫料并不确中，仍能生活下去，遂至弊病百出，十分无聊。再后来，思想改变了，但还是多所顾忌，这些顾忌，大部分自然是为生活，几分也为地位，所谓地位者，就是指我历来的一点小小工作而言，怕因我的行为的剧变而失去力量。这些瞻前顾后，其实也是很可笑的，这样下去，更将不能动弹。第三法最为直截了当，而细心一点，也可以比较的安全，所以一时也决不定。总之，我先前的办法已是不妥，在厦大就行不通，我也决计不再敷衍了，第一步我一定于年底离开这里，就中大教授职。但我极希望 H. M. 也在同地，至少可以时常谈谈，鼓励我再做些有益于人的工作。

昨天我向玉堂提出以本学期为止，即须他去的正式要求，并劝他同走。对于我走这一层，略有商量的话，终于他无话可说了。他自己呢，我看未必走，再碰几个钉子，则明年夏天可以离开。

此地无甚可为。近来组织了一种期刊，而作者不过寥寥数人，或则受创造社影响,过于颓唐,或则像狂飙社嘴脸,大言无实;又在日报上添了一种文艺周刊,恐怕也不见得有什么好结果。大学生都很沉静,本地人文章,则"之乎者也"居多,他们一面请马寅初写字,一面要我做序,真是一视同仁,不加分别。有几个学生因为我和兼士在此而来的,我们一走,大约也要转学到中大去。

离开此地之后,我必须改变我的农奴生活;为社会方面,则我想除教书外,仍然继续作文艺运动,或其他更好的工作,俟那时再定。我觉得现在 H. M. 比我有决断得多,我自到此地以后,仿佛全感空虚,不再有什么意见,而且有时确也有莫明其妙的悲哀,曾经作了一篇我的杂文集的跋,就写着那时的心情,十二月末的《语丝》上可以发表,你一看就知道。自己也明知道这是应该改变的,但现在无法,明年从新来过罢。

逢吉既知道通信地方,何以又须详询住址,举动颇为离奇。我想,他是在研究 H. M. 是否真在广州办事,也说不定。因他们一群中流言甚多,或者会有 H. M. 亦在厦门之说也。

女师校长给三主任的信,我在报上早见过了。现在未知如何?无米之炊,是人力所做不到的。能别有较好之地,自以从速走开为宜。但在这个时候,不知道可有这样凑巧的处所?

迅。十一月廿八日午十二时。

未另发表。

初收 1933 年 4 月上海青光书局版《两地书》。

两地书·八五

广平兄:

上月廿九日寄一信,想已收到了。廿七日发来的信,今天已到。

同时伏园也得陈惺农信，知道政府将移武昌，他和孟馀都将出发，报也移去，改名《中央日报》，叫伏园直接往那边去，因为十二月下旬须出版。所以伏园大约不再赴广州；广州情状，恐怕比较地要不及先前热闹了。

至于我呢，仍然决计于本学期末离开这里而往广州中大，教半年书看看再说。一则换换空气，二则看看风景，三则……。教不下去时，明年夏天又走，如果住得便，多教几时也可以。不过"指导员"一节，无人先为打听了。

其实，你的事情，我想还是教几点钟书好。要豫备足，则钟点不宜多。办事与教书，在目下都是淘气之事，但我们舍此亦无可为。我觉得教书与办别事实在不能并行，即使没有风潮，也往往顾此失彼，不知你此后可有教书之处（国文之类），有则可以教几点钟，不必多，每日匀出三四点钟来看书，也算豫备，也算是自己的享乐，就好了；暂时也算是一种职业。你大约世故没有我这么深，所以思想虽较简单，却也较为明快，研究一种东西，不会困难的，不过那粗心要纠正。还有一个吃亏之处是不能看别国书，我想较为便利的是来学日本文，从明年起我当勒令学习，反抗就打手心。

至于中央政府迁移而我到广州，于我倒并没有什么。我并不在追踪政府，许多人和政府一同移去，我或者反而可以闲暇些，不至于又大欠文章债，所以无论如何，我还是到中大去的。

包裹已经取来了，背心已穿在小衫外，很暖，我看这样就可以过冬，无需棉袍了。印章很好，其实这大概就是称为"金星石"的，并不是"玻璃"。我已经写信到上海去买印泥，因为旧有的一盒油太多，印在书上是不合适的。

计算起来，我在此至多也只有两个月了，其间编编讲义，烧烧开水，也容易混过去。厨子的菜又变为不能吃了，现在是单买饭，伏园自己做一点汤，且吃罐头。他十五左右当去。我是什么菜也不会做的，那时只好仍包菜，但好在其时离放学已只四十多天了。

阅报，知北京女师大失火，焚烧不多，原因是学生自己做菜，烧伤了两个人：杨立侃，廖敏。姓名很生，大约是新生，你知道么？她们后来都死了。

以上是午后四点钟写的，因琐事放下，接着是吃饭，陪客，现在已是夜九点钟了。在金钱下呼吸，实在太苦，苦还罢了，受气却难耐。大约中国在最近几十年内，怕未必能够做若干事，即得若干相当的报酬，干干净净。（写到这里，又放下了，因为有客来。我这里是毫无躲避处，有人要进来就直冲进来的。你看如此住处，岂能用功。）往往须费额外的力，受无谓的气，无论做什么事，都是如此。我想此后只要能以工作赚得生活费，不受意外的气，又有一点自己玩玩的余暇，就可以算是万分幸福了。

我现在对于做文章的青年，实在有些失望；我看有希望的青年，恐怕大抵打仗去了，至于弄弄笔墨的，却还未遇着真有几分为社会的，他们多是挂新招牌的利己主义者。而他们竟自以为比我新一二十年，我真觉得他们无自知之明，这也就是他们之所以"小"的地方。

上午寄出一束刊物，是《语丝》，《北新》各两本，《莽原》一本。《语丝》上有我的一篇文章，不是我前信所说发牢骚的那一篇，那一篇还未登出，大概当在一〇八期。

迅。十二月二日之夜半。

未另发表。

初收 1933 年 4 月上海青光书局版《两地书》。

两地书·八六

广平兄：

今天刚发一信，也许这信要一同寄到罢，你初看或者会以为又有甚么要事了，其实并不，不过是闲谈。前回的信，我半夜投在邮筒中；这里邮筒有两个，一个在所内，五点后就进不去了，夜间便只能投入所外的一个。而近日邮政代办所里的伙计是新换的，满脸呆气，我觉得他连所外的一个邮筒也未必记得开，我的信不知送往总局否，所以再写几句，俟明天上午投到所内的一个邮筒里去。

我昨夜的信里是说：伏园也得恂农信，说国民政府要搬了，叫他直接上武昌去，所以他不再往广州。至于我则无论如何，仍于学期之末离开厦门而往中大，因为我倒并不一定要跟随政府，熟人较少，或者反而可以清闲些。但你如离开师范，不知在本地可有做事之处，我想还不如教一点国文，钟点以少为妙，可以多豫备。大略不过如此。

政府一搬，广东的"外江佬"要减少了。广东被"外江佬"刮了许多天，此后也许要向"遗佬"报仇，连累我未曾搜刮的"外江佬"吃苦，但有"害马"保镖，所以不妨胆大。《幻洲》上有一篇文章，很称赞广东人，使我更愿意去看看，至少也住到夏季。大约说话是一点不懂，与在此盖相同，但总不至于连买饭的处所也没有。我还想吃一回蛇，尝一点龙虱。

到我这里来空谈的人太多，即此一端也就不宜久居于此。我到中大后，拟静一静，暂时少与别人往来，或用点功，或玩玩。我现在身体是好的，能吃能睡，但今天我发见我的手指有点抖，这是吸烟太多了之故，近来我吸到每天三十支了，从此必须减少。我回忆在北京的时候，曾因节制吸烟而给人大碰钉子，想起来心里很不安，自觉脾气实在坏得可以。但不知怎的，我于这一事自制力竟会如此薄弱，总是戒不掉。但愿明年能够渐渐矫正，并且也不至于再闹脾气的了。

我明年的事，自然是教一点书；但我觉得教书和创作，是不能并立的，近来郭沫若郁达夫之不大有文章发表，其故盖亦由于此。所以我此后的路还当选择：研究而教书呢，还是仍作游民而创作？倘须兼顾，即两皆没有好成绩。或者研究一两年，将文学史编好，此后教书无须豫备，则有余暇，再从事于创作之类也可以。但这也并非紧要问题，不过随便说说。

《阿 Q 正传》的英译本已经出版了，译得似乎并不坏，但也有几个小错处。你要否？如要，当寄上，因为商务印书馆有送给我的。

写到这里，还不到五点钟，也没有什么别的事了，就此封入信封，赶今天寄出罢。

迅。十二月三日下午。

未另发表。

初收 1933 年 4 月上海青光书局版《两地书》。

两地书·八八

广平兄：

三日寄出一信，并刊物一束，系《语丝》等五本，想已到。今天得二日来信，可谓快矣。对于廿六日函中的一段话，我于廿九日即发一函，想当我接到此信时，那边必亦已到，现在我也无须再说了。其实我这半年来并不发生什么"奇异感想"，不过"我不太将人当作牺牲么"这一种思想——这是我向来常常想到的思想——却还有时起来，一起来，便沉闷下去，就是所谓"静下去"，而间或形于词色。但也就悟出并不尽然，故往往立即恢复，二日得中央政府迁移消息后，便连夜发一信（次日又发一信），说明我的意思与廿九日信中所说者并无变更，实未有愿你"终生颠倒于其中而不自拔"之意，当时仅以为在社会上阅历几时，可以得较多之经验而已，并非我将永远静着，以至于冷眼旁观，将 H. M. 卖掉，而自以为在孤岛中度寂寞生活，咀嚼着寂寞，即足以自慰自赎也。

但廿六日信中的事，已成往事，也不必多说了。中大的钟点虽然较多，我想总可以设法教一点担子稍轻的功课，以求有休息的余暇，况且抄录材料等等，又可有帮我的人，所以钟点倒不成问题。每周二十时左右者，大抵是纸面文章，也未必实做的。

你们的学校，真是好像"湿手捏了干面粉"，粘缠极了，虽然"天下兴亡，匹夫有责"，但在位者不讲信用，专责"匹夫"，使几个人挑着重担，未免太任意将人来做无谓的牺牲。我想，事到如此，该以自己为主了，觉得耐不住，便即离开，倘因生计或别的关系，非暂时敷衍不可，便再敷衍它几日。"以德感"，"以情系"这些老话头，只好置之度外。只有几个人是做不好的。还傻什么呢？"匹夫匹妇之为谅也，自经于沟渎而莫之知也！"

伏园须直往武昌了，不再转广州，前信似已说过。昨有人（据云系民党）从汕头来，说陈启修因为泄漏机密，已被党部捕治了。我和伏园正惊疑，拟电询，今日得你信，知二日曾经看见他，以日期算来，则此人是造谣言的。但何以要造如此谣言，殊不可解。

前一束刊物不知到否？记得先前也有一次，久不到，而终在学校的邮件中寻来。三日又寄一束，到否也是问题。此后寄书，殆非挂号不可。《桃色的云》再版已出了，拟寄上一册，但想写几个字，并用新印，而印泥才向上海去带，大约须十日后才来，那时再寄罢。

迅。十二月六日之夜。

未另发表。

初收 1933 年 4 月上海青光书局版《两地书》。

两地书·八九

广平兄：

本月六日接到三日来信后，次日（七日）即发一信，想已到。我猜想昨今两日当有信来，但没有；明天是星期，没有信件到校的了。我想或者是你因校事太忙，没有发，或者是轮船误了期。

计算从今天到一月底，只有了五十天，我到这里，已经三个月又一星期了。现在倒没有什么事。我每天能睡八九小时，然而仍然懒。有人说我胖一点了，不知确否？恐怕也未必。对于学生，我已经说明了学期末要离开，有几个因我在此而来的，大约也要走。至于有一部分，那简直无药可医，他们整天的读《古文观止》。

伏园就要动身，仍然十五左右；但也许仍从广州，取陆路往武昌去。

我想一两日内，当有信来，我的廿九日信的回信也应该就到了，那时再写罢。

　　　　　　　　　　　　　　迅。十二月十一日之夜。

未另发表。

初收 1933 年 4 月上海青光书局版《两地书》。

两地书·九三

广平兄：

今天早上寄了一封信。现在是虽在星期日，邮政代办所也开半天了。我今天起得早，因为平民学校的成立大会要我演说，我去说了五分钟，又恭听校长辈之胡说至十一时。有一曾经留学西洋之教授曰：这学校之有益于平民也，例如底下人认识了字，送信不再会送错，主人就喜欢他，要用他，有饭吃，……。我感佩之极，溜出会场，再到代办所去一看，果然已有三封信在，两封是七日发的，一封是八日发的。

金星石虽然中国也有，但看印匣的样子，还是日本做的，不过这也没有什么关系。"随便叫它曰玻璃"，则可谓胡涂，玻璃何至于这样脆，又岂可"随便"到这样？若夫"落地必碎"，则一切印石，大抵如斯，岂独玻璃为然？特买印泥，亦非"多事"，因为不如此，则不舒服也。

近来对于厦大，什么都不过问了，但他们还要常来找我演说，一演说，则与当局者的意见一定相反，真是无聊。玉堂现在亦深知其不可为，有相当机会，什九是可以走的。我手已不抖，前信竟未说明。至于寄给《语丝》的那篇文章，因由未名社转寄，被社中截留了，登在《莽原》第廿三期上。其中倒没有什么未尽之处。当时动笔的原因，一是恨自己为生活起见，不能不暂戴假面，二是感到了有些青年之于我，见可利用则尽情利用，倘觉不能利用了，便想一棒打杀，所以很有些悲愤之言。不过这种心情，现在早已过去了。我时时觉得自己很渺小；但看他们的著作，竟没有一个如我，敢自说是戴着假面和承认"党同伐异"的，他们说到底总必以"公平"或"中立"自居。因此，我又觉得我或者并不渺小。现在拼命要蔑视我和骂倒我的人们的眼前，终于黑的恶鬼似的站着"鲁迅"这两个字者，恐怕就为此。

我离厦门后，有几个学生要随我转学，还有一个助教也想同我走，他说我对于金石的知识于他有帮助。我在这里，常有客来谈空天，弄得自己的事无暇做，这样下去，是不行的。我将来拟在校中取得一间屋，算是住室，作为豫备功课及会客之用，另在外面觅一相当的地方，作为创作及休息之用，庶几不至于起居无节，饮食不时，再蹈在北京时之覆辙。但这可俟到粤后再说，无须雨绸缪。总之，我的主意，是在想少陪无聊之客而已。倘在学校，谁都可以直冲而入，并无可谈，而东拉西扯，坐着不走，殊讨厌也。

现在我们的饭是可笑极了，外面仍无好的包饭处，所以还是从本校厨房买饭，每人每月三元半，伏园做菜，辅以罐头。而厨房屡次宣言：不买菜，他要连饭也不卖了。那么，我们为买饭计，必须月出十元，一并买他毫不能吃之菜。现在还敷衍着。伏园走后，我想索性一并买菜，以省麻烦，好在日子也已经有限了。工人则欠我二十元，其中二元，是他兄弟急病时借去的，我以为他穷，说这二元不要他还了，算是欠我十八元，他即于次日又借去二元，仍凑足二十元之数。厦门之对于"外江佬"，好像也颇要愚弄似的。

以中国人一般的脾气而论，失败之后的著作，是没有人看的，他们见可役使则尽量地役使，见可笑骂则尽量地笑骂，虽一向怎样常常往来，也即刻翻脸不识，看和我往来最久的少爷们的举动，便可推知。但只要作品好，大概十年或数十年后，就又有人看了，不过这只是书坊老板得益，至于作者，则也许早被逼死，不再有什么相干。遇到这样的时候，为省事计，则改业也行，走外国也行；为赌气计，则无所不为也行，倒行逆施也行。但我还没有细想过，因为这还不是急切的问题，此刻不过发发空议论。

"能食能睡"，是的确的，现在还如此，每天可睡至八九小时。然而人还是懒，这大约是气候之故。我想厦门的气候，水土，似乎于居民都不宜，我所见的本地人，胖子很少，十之九都黄瘦，女性也很少有丰满活泼的；加以街道污秽，空地上就都是坟，所以人寿保险的价格，居厦门者比别处贵。我想国学院倒大可以缓办，不如作卫生运动，一面将水，土壤，都分析分析，讲一个改善之方。

此刻已经夜一时了，本来还可以投到所外的箱子里去，但既有"命令"，就待至明晨罢，真是可惧，"我着实为难"。

迅。十二月十二日。

未另发表。
初收 1933 年 4 月上海青光书局版《两地书》。

348

两地书·九五

广平兄：

昨（十三日）寄一信，今天则寄出期刊一束，怕失少，所以挂号，非因特别宝贵也。束中有《新女性》一本，大作在内，又《语丝》两期，即登着我之发牢骚文，盖先为未名社截留，到底又被小峰夺过去了，所以仍在《语丝》上。

慨自寄了二十三日之信，几乎大不得了，伟大之钉子，迎面碰来，幸而上帝保佑，早有廿九日之信发出，声明前此一函，实属大逆不道，应即取消，于是始蒙褒为"傻子"，赐以"命令"，作善者降之百祥，幸何如之。

现在对于校事，已悉不问，专编讲义，作一结束，授课只余五星期，此后便是考试了。但离校恐当在二月初，因为一月份薪水，是要等着拿走的。

中大又有信来，催我速去，且云教员薪水，当设法增加，但我还是只能于二月初出发。至于伏园，却在二十左右要走了，大约先至粤，再从陆路入武汉。今晚语堂饯行，亦颇有活动之意，而其太太则大不谓然，以为带着两个孩子，常常搬家，如何是好。其实站在她的地位上来观察，的确也困苦的，旅行式的家庭，教管理家政的女性如何措手。然而语堂殊激昂。后事如何，只得"且听下回分解"了。

狂飙中人一面骂我，一面又要用我了。培良要我在厦门或广州寻地方，尚钺要将小说编入《乌合丛书》去，并谓前系误骂，后当停止，附寄未发表的骂我之文稿，请看毕烧掉云。我想，我先前的种种不客气，大抵施之于同年辈或地位相同者，而对于青年，则必退让，或默然甘受损失。不料他们竟以为可欺，或纠缠，或奴役，或责骂，或诬蔑，得步进步，闹个不完。我常叹中国无"好事之徒"，所以什么也没有人管，现在看来，做"好事之徒"实在也大不容易，我略管闲事,就弄得这么麻烦。现在是方针要改变了,地方也不寻,丛书也不编,文稿也不看,也不烧,回信也不写,关门大吉,自己看书,吸烟,睡觉。

《妇女之友》第五期上,有沄沁给你的一封公开信,见了没有?内中也没有什么,不过是对于女师大再被毁坏的牢骚。我看《世界日报》,似乎程干云仍在校,罗静轩却只得滚出了,报上有一封她的公开信,说卖文也可以过活,我想,怕很难罢。

今天白天有雾,器具都有点潮湿。蚊子很多,过于夏天,真是奇怪。叮得可以,要躲进帐子里去了,下次再写。

十四日灯下。

天气今天仍热,但大风,蚊子忽而很少了,不知道是怎么一回事。于是编了一篇讲义。印泥已从上海寄来,此刻就在《桃色的云》上写了几个字,将那"玻璃"印和印泥都第一次用在这上面,豫备等《莽原》第二十三期到来时,一同寄出。因为天气热,印泥软,所以印得不大好,但那也不要紧。必须如此办理,才觉舒服,虽被斥为"多事",亦不再辩,横竖受攻击惯了的,听点申斥又算得什么。

本校并无新事发生。惟山根先生仍是日日夜夜布置安插私人;白果从北京到了,一个太太,四个小孩,两个用人,四十件行李,大有"山河永固"之意。不知怎地我忽而记起了"燕巢危幕"的故事,看到这一大堆人物,不禁为之凄然。

十五夜。

十二日的来信,今天(十六)就到了,也算快的。我看广州厦门间的邮信船大约每周有二次。假如星期二,五开的罢,那么,星期一,四发的信更快,三,六发的就慢了,但我终于研究不出那船期是星期几。

贵校的情形,实在不大高妙,也如别的学校一样,恐怕不过是不死不活,不上不下。一沾手,一定为难。倘使直截痛快,或改革,或被打倒,爽快,或苦痛,那倒好了。然而大抵不如此。就是办也办不好,放也放不下,不爽快,也并不大苦痛,只是终日浑身不舒服,那种感觉,我们那里有一句俗话,叫作"穿湿布衫",就是恰如将没有晒干的小衫,穿在身体上。我所经历的事情,几乎无不如此,近来的作文印书,即是其一。我想接手之后,随俗敷衍,你一定不能;改革呢,能办到固然好,即使自己因此失败也不妨,但看你来信所说,是恐怕没有改革之望的。那就最好是不接手,倘难却,则仿"前校长"的老法子:躲起来。待有结束后,再出来另觅事情做。

政治经济,我晓得你是没有研究的,幸而只有三星期。我也有这类苦恼,常不免被逼去做"非所长","非所好"的事。然而往往只得做,如在戏台下一般,被挤在中间,退不开去了,不但于己有损,事情也做不好。而别人见你推辞,却以为谦虚或偷懒,仍然坚执要你去做。这样地玩"杂耍"一两年,就只剩下些油滑学问,失了专长,而也逐渐被社会所弃,变了"药渣"了,虽然也曾煎熬了请人喝过汁。一变药渣,便什么人都来践踏,连先前喝过汁的人也来践踏,不但践踏,还要冷笑。

牺牲论究竟是谁的"不通"而该打手心,还是一个疑问。人们有自志取舍,和牛羊不同,仆虽不敏,是知道的。然而这"自志"又岂出于本来,还不是很受一时代的学说和别人的言动的影响的么?那么,那学说的是否真实,那人的是否确当,就是一个问题,我先前何尝不出于自愿,在生活的路上,将血一滴一滴地滴过去,以饲别人,虽自觉渐渐瘦弱,也以为快活。而现在呢,人们笑我瘦弱了,连饮过我的血的人,也来嘲笑我的瘦弱了。我听得甚至有人说:"他一世过着这样无聊的生活,本早可以死了的,但还要活着,可见他没出息。"于是也乘我困苦的时候,竭力给我一下闷棍,然而,这是他们在替社会除去无用的废物呵!这实在使我愤怒,怨恨了,有时简直想报复。我并没有略存求得称誉,报答之心,不过以为喝过血的人们,看见没有血喝了就该走散,不要记着我是血的债主,临走时还要打杀我,并且为消灭债券计,放火烧掉我的一间可怜的灰棚。我其实并不以债主自居，也没有债券。他们的这种办法，是太过的。我近来的渐渐倾向个人主义，就是为此；常常想到像我先前那样以为"自所甘愿，即非牺牲"的人，也就是为此；常常劝别人要一并顾及自己，也就是为此。但这是我的意思，至于行为，和这矛盾的还很多，所以终于是言行不一致，恐怕不足以服足下之心，好在不久便有面谈的机会，那时再辩论罢。

我离厦门的日子，还有四十多天，说"三十多"，少算了十天了，然则心粗而傻，似乎也和"傻气的傻子"差不多，"半斤八两相等也"。伏园大约一两日内启行，此信或者也和他同船出发。从今天起，我们兼包饭菜了，先前单包饭的时候，每人只得一碗半（中小碗），饭量大的人，兼吃两人的也不够，今天是多一点了，你看厨子多么利害。这里的工役，似乎都与当权者有些关系，换不掉的，所以无论如何，只好教员吃苦，即如这个厨子，原是国学院听差中之最懒而最狡猾的，兼士费了许多力，才将他弄走，而他的地位却更好了。他那时的主张，是：他是国学院的听差，所以别人不能使他做事。你想，国学院是一所房子，会开口叫他做事的么？

我向上海买书很便当，那两本当即去带，并遵来命，年底面呈。

迅。十六日下午。

未另发表。

初收 1933 年 4 月上海青光书局版《两地书》。

两地书·九六

广平兄：

十六日得十二日信后，即复一函，想已到。我猜想一两日内当有信来,但此刻还没有,就先写几句,豫备明天发出。

伏园前天晚上走了,昨晨开船。现在你也许已经看见过。中大有无可做的事,我已托他探问,但不知结果如何。上遂南归,杳无消息,真是奇怪,所以他的事情也无从计划。

我这里是什么事也没有发生,不过前几天很阔了一通,将伏园的火腿用江瑶柱煮了一大锅,吃了。我又从杭州带来茶叶两斤,每斤二元,喝着。伏园走后,庶务科便派人来和我商量,要我搬到他所住过的半间小屋子里去。我即和气的回答他:一定可以,不过可否再缓一个多月的样子,那时我一定搬。他们满意而去了。

其实,教员的薪水,少一点倒不妨的,只是必须顾到他的居住饮食,并给以相当的尊重。可怜他们全不知道,看人如一把椅子或一个箱子,搬来搬去,弄不完,幸而我就要搬出,否则,恐怕要成为旅行式的教授的。

朱山根已经知道我必走,较先前安静得多了,但听说他的"学问"好像也已讲完,渐渐讲不出来,在讲堂上愈加装口吃。田千顷是只能在会场上唱昆腔,真是到了所谓"俳优蓄之"的境遇。但此辈也正和此地相宜。

我很好,手指早已不抖,前信已经声明。厨房的饭又克减了,每餐复归于一碗半,幸而我还够吃,又幸而只有四十天了。北京上海的信虽有来的,而印刷物多日不到,不知其故何也。再谈。

　　　　　　　　　　　　　迅。十二月二十日午后。

现已夜十一时,终不得信,此信明天寄出罢。

　　　　　　　　　　　　　　　二十日夜

未另发表。

初收 1933 年 4 月上海青光书局版《两地书》。

两地书·九八

广平兄：

十九日信今天到，十六的信没有收到，怕是遗失了，所以终于不知寄信的地方。此信也不知能收到否？我于十二上午寄一信，此外尚有十六，廿一两信，均寄学校。

前日得郁达夫及逄吉信，十四日发的，似于中大颇不满，都走了。次日又得中大委员会十五来信，言所定"正教授"只我一人，催我速往。那么，恐怕是主任了。不过我仍只能结束了学期再走，拟即复信说明，但伏园大概已经替我说过。至于主任，我想不做，只要教教书就够了。

这里一月十五考起，阅卷完毕，当在廿五左右，等薪水，所以至早恐怕要在一月廿八才可以动身罢。我想先住客栈，此后如何，看情形再说，现在可以不必豫先酌定。

电灯坏了。洋烛所余无几，只得睡了。倘此信能收到，可告我更详确的地址，以便写信面。

迅。十二月廿三夜。

怕此信失落，另写一封寄学校。

两地书·九九

广平兄：

今日得十九来信，十六日信终于未到，所以我不知你住址，但照信面所写的发了一信，不知能到否？因此另写一信，挂号寄学校，冀两信中有一信可到。

前日得郁达夫及逄吉信，说当于十五离粤，似于中大颇不满。又得中大委员会信,十五发,催我速往,言正教授只我一人。然则当是主任。拟即作复,说一月底才可以离厦,但也许伏园已经替我说明了。

我想不做主任。只教书。

厦校一月十五考试,阅卷及等候薪水等,恐至早须廿八九才得动身。我想先住客栈,此后则看情形再定。

我除十二,十三,各寄一信外,十六,二十一,又俱发信,不知收到否?

电灯坏了,洋烛已短,又无处买添,只得睡觉,这学校真是不便极了!

此地现颇冷,我白天穿夹袍,夜穿皮袍,其实棉袍已够,而我懒于取出。

迅。十二月廿三夜。

告我通信地址。

未另发表。

初收 1933 年 4 月上海青光书局版《两地书》。

两地书·一〇一

广平兄:

昨(廿三)得十九日信,而十六日信待至今晨还没有到,以为一定遗失的了,因写两信,一寄高第街,一挂号寄学校,内容是一样的,上午发出,想该有一封可以收到。但到下午,十六日发的一封信竟收到了,一共走了九天,真是奇特的邮政。

学校现状,可见学生之无望,和教职员之聪明,独做傻子,实在不值得,还不如暂逃回家,不闻不问。这种事我也遇到过好几次,所以世故日深，而有量力为之，不拼死命之说，因为别人太巧，看得生气也。伏园想早到粤，已见过否？他曾说要为你向中大一问。

郁达夫已走，有信来。又听说成仿吾也要走。创造社中人，似乎和中大有什么不对似的，但这不过是我的猜测。达夫逢吉则信上确有愤言。我且不管，旧历年底仍往粤。算起来只有一个多月了。

现在在这里还没有什么不舒服，因为横竖不远要走，什么都心平气和了。今晚去看了一回电影。川岛夫妇已到，他们还只看见山水花木的新奇。我这里常有学生来，也不大能看书；有几个还要转学广州，他们总是迷信我，真是无法可想。

玉堂恐怕总弄不下去，但国学院是一时不会倒的，不过不死不活，"学者"和白果，已在联络校长了，他们就会弄下去。然而我们走后，不久他们也要滚出的。为什么呢，这里所要的人物，是：学者皮而奴才骨。他们却连皮也太奴才了，这又使校长看不起，非走不可。

再谈。

迅。十二月二十四日灯下。（电灯修好了。）

未另发表。

初收 1933 年 4 月上海青光书局版《两地书》。

两地书·一〇二

广平兄：

廿五日寄一函，想已到。今天以为当得来信，而竟没有，别的粤信，都到了。伏园已寄来一函，今附上，可借知中大情形。上遂与你的地方，大概都极易设法。我已写信通知上遂，他本在杭州，目下不知怎样。

看来中大似乎等我很急，所以我想就与玉堂商量，能早走则早走。况且我在厦大，他们并不以为必要，为之结束学期与否，不成什么问题也。但你信只管发，即我已走，也有人代收寄回。

厦大我只得抛开了，中大如有可为，我还想为之尽一点力，但自然以不损自己之身心为限。我来厦门，虽是为了暂避军阀官僚"正人君子"们的迫害。然而小半也在休息几时，及有些准备，不料有些人遽以为我被夺掉笔墨了，不再有开口的可能，便即翻脸攻击，想踏着死尸站上来，以显他的英雄，并报他自己心造的仇恨。北京似乎也有流言，和在上海所闻者相似，且云长虹之拼命攻击我，乃为此。这真出我意外，但无论如何，用这样的手段，想来征服我，是不行的，我先前对于青年的唯唯听命，乃是退让，何尝是无力战斗。现既逼迫不完，我就偏又出来做些事，而且偏在广州，住得更近点，看他们躲在黑暗里的诸公其奈我何。然而这也许是适逢其会的借口，其实是即使并无他们的闲话，我也还是要到广州的。

再谈。

迅。十二月廿九日灯下。

未另发表。

初收 1933 年 4 月上海青光书局版《两地书》。

两地书·一〇四

广平兄：

自从十二月廿三，四日得十九，六日信后，久不得信，真是好等，今天（一月二日）上午，总算接到十二月廿四的来信了。伏园想或已见过,他到粤后所问的事情,我已于三十日函中将他的信附上,收到了罢。至于刊物,则十一月廿一之后,我又寄过两次,一是十二月三日,恐已遗失,一是十四日,挂号的,也许还会到,门房连公物都据为己有,真可叹,所以工人地位升高的时候,总还须有教育才行。

前天,十二月卅一日,我已将正式的辞职书提出,截至当日止,辞去一切职务。这事很给学校当局一点苦闷:为虚名计,想留我,为干净,省事计,愿放走我,所以颇为难。但我和厦大根本冲突,无可调和,故无论如何,总是收得后者的结果的。今日学生会也举代表来留。自然是具文而已。接着大概是送别会,有恭维和愤慨的演说。学生对于学校并不满足,但风潮是不会有的,因为四年前曾经失败过一次。

上月的薪水,听说后天可发;我现在是在看试卷,两三天即完。此后我便收拾行李,至迟于十四五以前,离开厦门。但其时恐怕已有转学的学生同走了,须为之交涉安顿。所以此信到后,不必再寄信来,其已经寄出的,也不妨,因为有人代收。至于器具,我除几种铝制的东西和火酒炉而外,没有什么,当带着,恭呈钧览。

想来二十日以前,总可以到广州了。你的工作的地方,那时当能设法,我想即同在一校也无妨,偏要同在一校,管他妈的。

今天照了一个相,是在草莽丛中,坐在一个洋灰的坟的祭桌上的,但照得好否,要后天才知道。

迅。一月二日下午。

未另发表。

初收 1933 年 4 月上海青光书局版《两地书》。

两地书·一〇五

广平兄：

　　伏园想已见过了。他于十二月廿九日给我一封信，今裁出一部分附上，未知以为何如？我想，助教是不难做的，并不必讲授功课，而给我做助教尤其容易，我可以少摆教授架子。

　　这几天，"名人"做得太苦了，赴了几处送别会，都要演说，照相。我原以为这里是死海，不料经这一搅，居然也有了些波动，许多学生因此而愤慨，有些人颇恼怒，有些人则借此来攻击学校或人们，而被攻击者是竭力要将我之为人说得坏些，以减轻自己的伤害。所以近来谣言颇多，我但袖手旁观，煞是有趣。然而这些事故，于学校是仍无益处的，这学校除全盘改造之外，没有第二法。

　　学生至少有二十个也要走。我确也非走不可了，因为我在这里，竟有从河南中州大学转学而来的，而学校的实际又是这模样，我若再帮同来招徕，岂不是误人子弟？所以我一面又做了一篇《通信》，去登《语丝》，表明我已离开厦门。我好像也已经成了偶像了，记得先前有几个学生拿了《狂飙》来，力劝我回骂长虹，说道：你不是你自己的了，许多青年等着听你的话！我曾为之吃惊，心里想，我成了大家的公物，那是不得了的，我不愿意。还不如倒下去，舒服得多。

　　现在看来，还得再硬做"名人"若干时，这才能够罢手。但也并无大志，只要中大的文科办得还像样，我的目的就达了，此外都不管。我近来改变了一点态度，诸事都随手应付，不计利害，然而也不很认真，倒觉得办事很容易，也不疲劳。

　　此信以后，我在厦门大约不再发信了。

迅。一月五日午后。

未另发表。

初收 1933 年 4 月上海青光书局版《两地书》。

两地书·一〇九

广平兄：

五日寄一信，想当先到了。今天得十二月卅日信，所以再来写几句。

中大拟请你作助教，并非伏园故意谋来，和你开玩笑的，看我前次附上的两信便知，因为这原是李逢吉的遗缺，现在正空着。北大和厦大的助教，平时并不授课，厦大的规定是教授请假半年或几月时，间或由助教代课，但这样的事是很少见的，我想中大当不至于特别罢。况且教授编而助教讲，也太不近情理，足下所闻，殆谣言也。即非谣言，亦有法想，似乎无须神经过敏。未发聘书，想也不至于中变，其于上遂亦然。我想中学职员可不必去做，即有中变，我当托人另行设法。

至于引为同事，恐因谣言而牵连自己，——我真奇怪，这是你因为碰了钉子，变成神经过敏，还是广州情形，确是如此的呢？倘是后者，那么，在广州做人，要比北京还难了。不过我是不管这些的，我被各色人物用各色名号相加，由来久矣，所以被怎么说都可以。这回去厦，这里也有各种谣言，我都不管，专用徐大总统哲学：听其自然。

我十日以前走不成了，因为上月的薪水，至今还没有付给我，说是还得等几天。但无论怎样，我十五日以前总要动身的。我看这是他们的一点小玩艺，无非使我不能早走，在这里白白的等几天。不过这种小巧，恐怕反而失策了：校内大约要有风潮，现正在酝酿，两三日内怕要爆发。这已由挽留运动转为改革学校运动，本已与我不相干，不过我早走，则学生少一刺戟，或者不再举动，但拖下去可不行了。那时一定又有人归罪于我，指为"放火者"，然而也只得"听其自然"，放火者就放火者罢。

这几天全是赴会和饯行，说话和喝酒，大概这样的还有两三天。这种无聊的应酬，真是和生命有仇，即如这封信，就是夜里三点钟写的，因为赴席后回来是十点钟，睡了一觉起来，已是三点了。

那些请吃饭的人，蓄意也种种不同，所以席上的情形，倒也煞是好看。我在这里是许多人觉得讨厌的，但要走了却又都恭维为大人物。中国老例，无论谁，只要死了，挽联上不都说活着的时候多么好，没有了又多么可惜么？于是连白果也称我为"吾师"了，并且对人说道，"我是他的学生呀，感情当然很好的。"他今天还要办酒给我饯行，你想这酒是多么难喝下去。

这里的惰气，是积四五年之久而弥漫的，现在有些学生们想借我的四个月的魔力来打破它，我看不过是一个幻想。

迅。一月六日灯下。

未另发表。
初收 1933 年 4 月上海青光书局版《两地书》。

两地书·一一二

广平兄：

五日与七日的两函，今天（十一）上午一同收到了。这封挂号信，却并无要事，不过我因为想发几句议论，倘被遗失，未免可惜，所以宁可做得稳当些。

这里的风潮似乎还在蔓延，但结果是决不会好的。有几个人已在想利用这机会高升,或则向学生方面讨好,或则向校长方面讨好,真令人看得可叹。我的事情大致已了,本可以动身了,今天有一只船,来不及坐,其次,只有星期六有船,所以于十五日才能走。这封信大约要和我同船到粤,但姑且先行发出。我大概十五日上船,也许要到十六才开,则到广州当在十九或二十日。我拟先住广泰来栈,待和学校接洽之后,便暂且搬入学校,房子是大钟楼,据伏园来信说,他所住的一间就留给我。

助教是伏园出力,中大聘请的,俺何敢"自以为给"呢?至于其余等等,则"爆发"也好,发爆也好,我就是这么干,横竖种种谨慎,也还是重重逼迫,好像是负罪无穷。现在我就来自画招供,自卸甲胄,看看他们的第二拳是怎样的打法。我对于"来者",先是抱着博施于众的心情,但现在我不,独于其一,抱了独自求得的心情了。(这一段也许我误解了原意,但已经写下,不再改了。)这即使是对头,是敌手,是枭蛇鬼怪,我都不问;要推我下来,我即甘心跌下来,我何尝高兴站在台上?我对于名声,地位,什么都不要,只要枭蛇鬼怪够了,对于这样的,我就叫作"朋友"。谁有什么法子呢?但现在之所以还只(!)说了有限的消息者:一,为己,是总还想到生计问题;二,为人,是可以暂借我已成之地位,而作改革运动。但要我兢兢业业,专为这两事牺牲,是不行了。我牺牲得不少了,而享受者还不够,必要我奉献全部的性命。我现在不肯了,我爱对头,我反抗他们。

这是你知道的,单在这三四年中,我对于熟识的和初初相识的文学青年是怎么样,只要有可以尽力之处就尽力,并没有什么坏心思。然而男的呢,他们自己之间也掩不住嫉妒,到底争起来了,一方面于心不满足,就想打杀我,给那方面也失了助力。看见我有女生在座,他们便造流言。这些流言,无论事之有无,他们是在所必造的,除非我和女人不见面。他们大抵是貌作新思想者,骨子里却是暴君酷吏,侦探,小人。如果我再隐忍,退让,他们更要得步进步,不会完的。我蔑视他们了。我先前偶一想到爱,总立刻自己惭愧,怕不配,因而也不敢爱某一个人,但看清了他们的言行思想的内幕,便使我自信我决不是必须自己贬抑到那么样的人了,我可以爱!

那流言,是直到去年十一月,从韦漱园的信里才知道的。他说,由沉钟社里听来,长虹的拼命攻击我是为了一个女性,《狂飙》上有一首诗,太阳是自比,我是夜,月是她。他还问我这事可是真的,要知道一点详细。我这才明白长虹原来在害"单相思病",以及川流不息的到我这里来的原因,他并不是为《莽原》,却在等月亮。但对我竟毫不表示一些敌对的态度,直待我到了厦门,才从背后骂得我一个莫名其妙,真是卑怯得可以。我是夜,则当然要有月亮的,还要做什么诗,也低能得很。那时就做了一篇小说,和他开了一些小玩笑,寄到未名社去了。

那时我又写信去打听孤灵,才知道这种流言,早已有之,传播的是品青,伏园,玄倩,微风,宴太。有些人又说我将她带到厦门去了,这大约伏园不在内,是送我上车的人们所流布的。白果从北京接家眷来此,又将这带到厦门,为攻击我起见,便和田千顷分头广布于人,说我之不肯留居厦门,乃为月亮不在之故。在送别会上,田千顷且故意当众发表,意图中伤。不料完全无效,风潮并不稍减,因为此次风潮,根柢甚深,并非由我一人而起,而他们还要玩些这样的小巧,真可谓"至死不悟"了。

现在是夜二时,校中暗暗的熄了电灯,帖出放假布告,当即被学生发见,撕掉了。此后怕风潮还要扩大一点。

我现在真自笑我说话往往刻薄,而对人则太厚道,我竟从不疑及玄倩之流到我这里来是在侦探我,虽然他的目光如鼠,各处乱翻,我有时也有些觉得讨厌。并且今天才知道我有时请他们在客厅里坐,他们也不高兴,说我在房里藏了月亮,不容他们进去了。你看这是多么难以伺候的大人先生呵。我托令弟买了几株柳,种在后园,拔去了几株玉蜀黍,母亲很可惜,有些不高兴,而宴太即大放谣诼,说我在纵容着学生虐待她。力求清宁,偏多滓秽,我早先说,呜呼老家，能否复返，是一问题，实非神经过敏之谈也。

　　但这些都由它去，我自走我的路。不过这次厦大风潮之后，许多学生，或要同我到广州，或想转学到武昌去，为他们计，在这一年半载之中，是否还应该暂留几片铁甲在身上，此刻却还不能骤然决定。这只好于见到时再商量。不过不必连助教都怕做，同事都避忌，倘如此，可真成了流言的囚人，中了流言家的诡计了。

　　　　　　　　　　　　　　　　迅。一月十一日。

　　未另发表。

　　初收 1933 年 4 月上海青光书局版《两地书》。

两地书·一一三

广平兄：

　　现在是十七夜十时，我在"苏州"船中，泊香港海上。此船大约明晨九时开，午后四时可到黄埔，再坐小船到长堤，怕要八九点钟了。

　　这回一点没有风浪，平稳如在长江船上，明天是内海，更不成问题。想起来真奇怪，我在海上，竟历来不遇到风波，但昨天也有人躺下不能起来的，或者我比较的不晕船也难说。

　　我坐的是唐餐间，两人一房，一个人到香港上去了，所以此刻是独霸一间。至于到广州后，住那一家客栈，现在不能决定。因为有一个侦探性的学生跟住我。此人大概是厦大当局所派，探听消息的，因为那边的风潮未平，他怕我帮助学生，在广州活动。我在船上用各种方法拒斥，至于恶声厉色，令他不堪，但是不成功，他终于嬉皮笑脸，谬托知己，并不远离。大约此后的手段是和我住同一客栈，时时在我房中,打听中大情形。我虽并不怀挟秘密,而尾随着这么一个东西,却也讨厌,所以我当相机行事,能将他撇下便撇下,否则再设法。

此外还有三个学生,是广东人,要进中大的,我已通知他们一律戒严,所以此人在船上,也探不到什么消息。

迅。

未另发表。

初收 1933 年 4 月上海青光书局版《两地书》。

两地书·一一六

H. M. D:

在沪宁车上,总算得了一个坐位,渡江上了平浦通车,也居然定着一张卧床。这就好了。吃过夜饭,十一点睡觉,从此一直睡到第二天十二点,醒来时,不但已出江苏境,并且通过了安徽界蚌埠,到山东界了。不知道你可能如此大睡,恐怕不能这样罢。

车上和渡江的船上,遇见许多熟人,如幼渔之侄,寿山之友,未名社的人物,还有几个阔人,自说是我的学生,但我不认识他们了。

今天午后到前门站,一切大抵如旧,因为正值妙峰山香市,所以倒并不冷静。正大风,饱餐了三年未吃的灰尘。下午发一电,我想,倘快,则十六日下午可达上海了。

家里一切也如旧;母亲精神容貌仍如三年前,但关心的范围好像减小了不少,谈的都是邻近的琐事,和我毫不相干的。以前似乎常常有客来住,久至三四个月,连我的日记本子也都翻过了,这很讨厌,大约是姓车的男人所为,莫非他以为我一定死在外面,不再回家了么？

　　不过这种情形，我倒并不气恼，自然也不喜欢；久说必须回家一趟，现在是回来了，了却一件事，总是好的。此刻是夜十二点，静得很，和上海大不相同。我不知道她睡了没有？我觉得她一定还未睡着，以为我正在大谈三年来的经历了，其实并未大谈，却在写这封信。

　　今天就是这样罢，下次再谈。

EL　五月十五夜。

　　未另发表。

　　初收 1933 年 4 月上海青光书局版《两地书》。

两地书·一一七

H. D：

　　昨天寄上一函，想已到。今天下午我访了未名社一趟，又去看幼渔，他未回，马珏是因病进了医院许多日子了。一路所见，倒并不怎样萧条，大约所减少的不过是南方籍的官僚而已。

　　关于咱们的事，闻南北统一后，此地忽然盛传，研究者也颇多，但大抵知不确切。我想，这忽然盛传的缘故，大约与小鹿之由沪入京有关的。前日到家，母亲即问我害马为什么不一同回来，我正在付车钱，匆忙中即答以有些不舒服，昨天才告诉她火车震动，不宜于孩子的事，她很高兴，说，我想也应该有了，因为这屋子里早应该有小孩子走来走去了。这种"应该"的理由，虽然和我们的意见很不同，但总之她非常高兴。

　　这里很暖，可穿单衣了。明天拟去访徐旭生，此外再看几个熟

人，别的也无事可做。尹默凤举，似已倾心于政治，尹默之汽车，晚
[昨]天和电车相撞，他臂膊也碰肿了，明天也想去看他，并还草帽。
静农为了一个朋友，听说天天在查电码，忙不可当。林振鹏在西山
医胃病。

附笺一纸，可交与赵公。又通知老三，我当于日内寄书一包（约
四五本）给他，其实是托他转交赵公的，到时即交去。

我的身体是好的，和在上海时一样，勿念。但 H. 也应该善自保
养，使我放心。我相信她正是如此。

迅。五月十七夜。

未另发表。

初收 1933 年 4 月上海青光书局版《两地书》。

两地书·一一八

D. H：

听说上海北平之间的信件，最快是六天，但我于昨天（十八）晚
上姑且去看看信箱——这是我们出京后新设的——竟得到了十四
日发来的信，这使我怎样意外地高兴呀。未曾四条胡同，尤其令我
放心，我还希望你善自消遣，能食能睡。

母亲的记忆力坏了些了，观察力注意力也略减，有些脾气颇近
于小孩子了。对于我们的感情是很好的。也希望老三回来，但其实
是毫无事情。

前天幼渔来看我，要我往北大教书，当即婉谢。同日又看见执
中，他万不料我也在京，非常高兴。他们明天在来今雨轩结婚，我想
于上午去一趟，已托羡苏买了绸子衣料一件，作为贺礼带去。新人

是女子大学学生,音乐系。

昨晚得到你的来信后,正在看,车家的男女突然又来了,见我已归,大吃一惊,男的便到客栈去,女的今天也走了。我对他们很冷淡,因为我又知道了车男住客厅时,不但乱翻日记,并且将书厨的锁弄破,并书籍也查抄了一通。

以上十九日之夜十一点写。

二十日上午,你十六日所发的信也收到了,也很快。你的生活法,据报告,很使我放心。我也好的,看见的人,都说我精神比在北京时好。这里天气很热,已穿纱衣,我于空气中的灰尘,已不习惯,大约就如鱼之在浑水里一般,此外却并无什么不舒服。

昨天往中央公园贺李执中,新人一到,我就走了。她比执中短一点,相貌适中。下午访沈尹默,略谈了一些时;又访兼士,风举,耀辰,徐旭生,都没有会见。就这样的过了一天。夜九点钟,就睡着了,直至今天七点才醒。上午想择取些书籍,但头绪纷繁,无从下手,也许终于没有结果的,恐怕《中国字体变迁史》也不是在上海所能作罢。

今天下午我仍要出去访人,明天是往燕大演讲。我这回本来想决不多说话,但因为有一些学生渴望我去,所以只得去讲几句。我于月初要走了,但决不冒险,千万不要担心。《冰块》留下两本,其余可分送赵公们。《奔流》稿可请赵公写回信寄还他们,措辞和上次一样。

愿你好好保养,下回再谈。

以上二十一日午后一时写。

ELEF.

未另发表。

初收 1933 年 4 月上海青光书局版《两地书》。

两地书・一二一

D. H. M：

  二十一日午后发了一封信，晚上便收到十七日来信，今天上午又收到十八日来信，每信五天，好像交通十分准确似的。但我赴沪时想坐船，据风举说，日本船并不坏，二等六十元，不过比火车为慢而已。至于风浪，则夏期一向很平静。但究竟如何，还须俟十天以后看情形决定。不过我是总想于六月四五日动身的，所以此信到时，倘是廿八九，那就不必写信来了。

  我到北平，已一星期，其间无非是吃饭，睡觉，访人，陪客，此外什么也不做。文章是没有一句。昨天访了几个教育部旧同事，都穷透了，没有事做，又不能回家。今天和张风举谈了两点钟天，傍晚往燕京大学讲演了一点钟，照例说些成仿吾徐志摩之类，听的人颇不少——不过也不是都为了来听讲演的。这天有一个人对我说：燕大是有钱而请不到好教员，你可以来此教书了。我即答以我奔波了几年，已经心粗气浮，不能教书了。D. H.，我想，这些好地方，还是请他们绅士们去占有罢，咱们还是漂流几时的好。沈士远也在那里做教授，听说全家住在那里面，但我没有工夫去看他。

  今天寄到一本《红玫瑰》，陈西滢和凌叔华的照片都登上了。胡适之的诗载于《礼拜六》，他们的像见于《红玫瑰》，时光老人的力量，真能逐渐的显出"物以类聚"的真实。

  云南腿已将吃完，很好，肉多，油也足，可惜这里的做法千篇一律，总是蒸。带回来的鱼肝油也已吃完，新买了一瓶，价钱是二元二角。

  云章未到西三条来，所以不知道她住在何处，小鹿也没有来过。

  北平久不下雨，比之南方的梅雨天，真有"霄壤之别"。所有带来的夹衣，都已无用，何况绒衫。我从明天起，想去医牙齿，大约有一星期,总可以补好了。至于时局,若以询人,则因其人之派别,而所答不同,所以我也不加深究。总之,到下月初,京津车总该是可走的。那么,就可以了。

这里的空气真是沉静,和上海的烦扰险恶,大不相同,所以我是平安的。然而也静不下,惟看来信,知道你在上海都好,也就暂自宽慰了。但愿能够这样的继续下去,不再疏懈才好。

L.五月廿二夜一时

未另发表。

初收1933年4月上海青光书局版《两地书》。

两地书·一二二

D. H. M:

此刻是二十三日之夜十点半,我独自坐在靠壁的桌前,这旁边,先前是有人屡次坐过的,而她此刻却远在上海。我只好来写信算作谈天了。

今天上午,来了六个北大国文系学生的代表,要我去教书,我即谢绝了。后来他们承认我回上海,只要豫定下几门功课,何时来京,便何时开始,我也没有答应他们。他们只得回去,而希望我有一回讲演,我已约于下星期三去讲。

午后出街,将寄给你的信投入邮箱中。其次是往牙医寓,拔去一齿,毫不疼痛,他约我于廿七上午去补好,大约只要一次就可以了。其次是走了三家纸铺,集得中国纸印的信笺数十种,化钱约七元,也并无什么妙品,如这信所用的一种,要算是很漂亮的了。还有两三家未去,便中当再去走一趟,大约再用四五元,即将琉璃厂略佳之笺收备了。

计到北平，已将十日，除车钱外，自己只化了十五元，一半买信笺，一半是买碑帖的。至于旧书，则仍然很贵，所以一本也不买。

明天仍当出门，为士衡的饭碗去设设法；将来又想往西山看看漱园，听他朋友的口气，恐怕总是医不好的了。韦丛芜却长大了一点。待廿九日往北大讲演后，便当作回沪之准备，听说日本船有一只名"天津丸"的，是从天津直航上海，并不绕来绕去，但不知在我赴沪的时候，能否相值耳。

今天路过前门车站，看见很扎着些素彩牌坊了，但这些典礼，似乎只有少数人在忙。

我这次回来，正值暑假将近，所以很有几处想送我饭碗，但我对于此种地位，总是毫无兴趣。为安闲计，住北平是不坏的，但因为和南方太不同了，所以几乎有"世外桃源"之感。我来此虽已十天，却毫不感到什么刺戟，略不小心，确有"落伍"之惧的。上海虽烦扰，但也别有生气。

下次再谈罢。我是很好的。

L.五月二十三日。

未另发表。

初收 1933 年 4 月上海青光书局版《两地书》。

两地书·一二五

H.D：

昨天上午寄上一函，想已到。十点左右有沉钟社的人来访我，至午邀我至中央公园去吃饭，一直谈到五点才散。内有一人名郝荫潭,是女师大学生,但是新的,我想你未必认识罢。中央公园昨天是开放的,但到下午为止,游人不多,风景大略如旧,芍药已开过,将谢了,此外则"公理战胜"的牌坊上,添了许多蓝地白字的标语。

从公园回来之后,未名社的人来访我了,谈了一点钟。他们去后,就接到你的十九,二十所写的两函。我毫不"拚命的写,做,干,想,……"至今为止,什么也不想,干,写……。昨天因为说话太多了,十点钟便睡觉,一点醒了一次,即刻又睡,再醒已是早上七点钟,躺到九点,便是现在,就起来写这信。

绍平的信,吞吞吐吐,初看颇难解,但一细看,就知道那意思是想将他的译稿,由我为之设法出售,或给北新,或登《奔流》,而又要居高临下,不肯自己开口,于是就写成了那样子。但我是决不来做这样傻子的了,莫管目前闲事,免惹他日是非。

今天尚无客来,这信安安静静的写到这里,本可以永远写下去,但要说的也大略说过了,下次再谈罢。

L.五月廿五日上午十点钟。

未另发表。

初收 1933 年 4 月上海青光书局版《两地书》。

两地书·一二六

H. D.：

此刻是二十五日之夜的一点钟。我是十点钟睡着的,十二点醒来了,喝了两碗茶,还不想睡,就来写几句。

今天下午,我出门时,将寄你的一封信投入邮筒,接着看见邮局门外帖着条子道:"奉安典礼放假两天。"那么,我的那一封信,须在二十七日才会上车的了。所以我明天不再寄信,且待"奉安典礼"完毕之后罢。刚才我是被炮声惊醒的,数起来共有百余响,亦"奉安典礼"之一也。

我今天的出门,是为士衡寻地方去的,和幼渔接洽,已略有头绪;访风举却未遇。途次往孔德学校,去看旧书,遇金立因,胖滑有加,唠叨如故,时光可惜,默不与谈;少顷,则朱山根叩门而入,见我即踯躅不前,目光如鼠,终即退去,状极可笑也。他的北来,是为了觅饭碗的,志在燕大,否则清华,人地相宜,大有希望云。

傍晚往未名社闲谈,知燕大学生又在运动我去教书,先令宗文劝诱,我即谢绝。宗文因吞吞吐吐说,彼校教授中,本有人早疑心我未必肯去,因为在南边有唔唔唔……。我答以原因并不在"在南边有唔唔唔……",那非大树,不能迁移,那是也可以同到北边的,但我也不来做教员,也不想说明别的原因之所在。于是就在混沌中完结了。

明天是星期日,恐怕来访之客必多,我要睡了。现在已两点钟,遥想你在"南边"或也已醒来,但我想,因为她明白,一定也即睡着的。

二十五夜。

星期日上午,因为葬式的行列,道路几乎断绝交通,下午可以走了,但只有紫佩一人来谈,所以我能够十分休息。夜十点入睡,此刻两点又醒了,吸一枝烟,照例是便能睡着的。明天十点要去镶牙,所以就将闹钟拨在九点上。

看现在的情形,下月之初·火车大概还可以走,倘如此,我想坐六月三日的通车回上海,即使有耽误之事,六日总该可以到了罢——倘若不去访上遂。但这仍须临时再行决定,因为距今还有十天,变化殊不可测也。

明天想当有信来,但此信我当于上午先行发出。

二十六夜二点半。

ELEF.

未另发表。

初收 1933 年 4 月上海青光书局版《两地书》。

两地书·一二八

D. H. M：

今天——二十七日——下午，果然收到你廿一日所发信。我十五日信所用的笺纸，确也选了一下，觉得这两张很有思想的，尤其是第二张。但后来各笺，却大抵随手取用，并非幅幅含有义理，你不要求之过深，百思而不得其解，以致无端受苦为要。

阿菩如此吃苦，实为可怜，但既是出牙，则也无法可想，现在必已全好了罢。我今天已将牙齿补好，只花了五元，据云将就一二年，即须全盘做过了。但现在试用，尚觉合式。晚间是徐旭生张凤举等在中央公园邀我吃饭，也算饯行，因为他们已都相信我确无留在北平之意。同席约十人。总算为士衡寻得了一个饭碗。

旭生说，今天女师大因两派对于一教员之排斥和挽留，发生冲突，有甲者，以钱袋击乙之头，致乙昏厥过去，抬入医院。小姐们之挥拳，在北平似以此为嚆矢云。

明天拟往东城探听船期，晚则幼渔邀我夜饭；后天往北大讲演；大后天拟赴西山看韦漱园。这三天中较忙，也许未必能写什么信了。

计我回北平以来，已两星期，除应酬之外，读书作文，一点也不做，且也做不出来。那间灰棚，一切如旧，而略增其萧瑟。深夜独坐，时觉过于森森然。幸而来此已两星期，距回沪之期渐近了。新租的屋,已说明为堆什物及住客之用,客厅之书不动,也不住人。

此刻不知你睡着还是醒着。我在这里只能遥愿你天然的安眠,并且人为的保重。

L.五月廿七夜十二时。

未另发表。

初收 1933 年 4 月上海青光书局版《两地书》。

两地书·一二九

D. H:

廿一日所发的信,是前天到的,当夜写了一点回信,于昨天寄出。昨今两天,都未曾收到来信,我想,这一定是因为葬式的缘故,火车被耽搁了。

昨天下午去问日本船,知道从天津开行后,因须泊大连两三天,至快要六天才到上海。我看现在,坐车还不妨,所以想六月三日动身,顺便看看上遂,而于八日或九日抵沪。倘到下月初发见不宜于坐车,那时再改走海道,不过到沪又要迟几天了。总之,我当择最妥当的方法办理,你可以放心。

昨天又买了些笺纸,这便是其一种,北京的信笺搜集,总算告一段落了。

晚上是在幼渔家里吃饭,马珏还在生病,未见,病也不轻,但据说可以没有危险。谈了些天,回寓时已九点半。十一点睡去,一直睡到今天七点钟。

此刻是上午九点钟,闲坐无事,写了这些。下午要到未名社去,七点起是在北大讲演。讲毕之后,恐怕还有尹默他们要来拉去吃夜饭。倘如此,则回寓时又要十点左右了。

D. H. ET D. L.,我是好的,很能睡,饭量和在上海时一样,酒喝得极少,不过一小杯蒲陶酒而已。家里有一瓶别人送的汾酒,连瓶也没有开。倘如我的豫计,那么,再有十天便可以面谈了。D. H.,愿你安好,并保重为要。

EL. 五月廿九日。

未另发表。

初收 1933 年 4 月上海青光书局版《两地书》。

两地书·一三二

D. H:

此刻是二十九夜十二点,原以为可得你的来信的了,因为我料定你于廿一日的信以后,必已发了昨今可到的两三信,但今未得,这一定是被奉安列车耽搁了,听说星期一的通车,也还没有到。

今天上午来了一个客。下午到未名社去,晚上他们邀我去吃晚饭,在东安市场森隆饭店,七点钟到北大第二院演讲一小时,听者有千余人,大约北平寂寞已久,所以学生们很以这类事为新鲜了。八时,尹默凤举等又为我饯行,仍在森隆,不得不赴,但吃得少些,十一点才回寓。现已吃了三粒消化丸,写了这一张信,即将睡觉了,因为明天早晨,须往西山看韦漱园去。

今天虽因得不到来信,稍觉怅怅,但我知道迟延的原因,所以睡得着的,并祝你在上海也睡得安适。

L. 二十九夜。

三十日午后二时,我从西山访韦漱园回来,果然得到你的廿三及廿五日两封信，彼此都为邮局寄递之忽迟忽早所捉弄，真是令人生气。但我知道你已经收到我的信，略得安慰，也就借此稍稍自慰了。

今天我是早晨八点钟上山的，用的是摩托车，霁野等四人同去。漱园还不准起坐，因日光浴，晒得很黑，也很瘦，但精神却好，他很喜欢，谈了许多闲天。病室壁上挂着一幅陀斯妥夫斯基的画像，我有时瞥见这用笔墨使读者受精神上的苦刑的名人的苦脸，便仿佛记得有人说过，漱园原有一个爱人，因为他没有全愈的希望，已与别人结婚；接着又感到他将终于死去——这是中国的一个损失——便觉得心脏一缩，暂时说不出话，然而也只得立刻装出欢笑，除了这几刹那之外，我们这回的聚谈是很愉快的。

他也问些关于我们的事，我说了一个大略。他所听到的似乎还有许多谣言，但不愿谈，我也不加追问。因为我推想得到，这一定是几位教授所流布，实不过怕我去抢饭碗而已。然而我流宕三年了，并没有饿死，何至于忽而去抢饭碗呢，这些地方，我觉得他们实在比我小气。

今天得小峰信，云因战事，书店生意皆不佳，但由分店划给我二百元。不过此款现在还未交来。

你廿五的信今天到，则交通无阻可知，但四五日后就又难说，三日能走即走，否则当改海道，不过到沪当在十日前后了。总之，我当选一最安全的走法，决不冒险，千万放心。

L.五月卅日下午五时。

未另发表。

初收 1933 年 4 月上海青光书局版《两地书》。

两地书·一三五

D. L. ET D. H. M：

现在是三十日之夜一点钟，我快要睡了。下午已寄出一信，但我还想讲几句话，所以再写一点——

前几天，春菲给我一信，说他先前的事，要我查考鉴察。他的事情，我来"查考鉴察"干什么呢，置之不答。下午从西山回，他却已等在客厅中，并且知道他还先曾向母亲房里乱闯，大家都吓得心慌意乱，空气甚为紧张。我即出而大骂之，他竟毫不反抗，反说非常甘心。我看他未免太无刚骨，而他自说其实是勇士，独对于我，却不反抗。我说，我是愿意人对我反抗，不合则拂袖而去的。他却道正因为如此，所以佩服而愈不反抗了。我只得为之好笑，乃送而出之大门之外，大约此后当不再来缠绕了罢。

晚上来了两个人，一个是忙于翻检电码之静农，一个是帮我校过《唐宋传奇集》之建功，同吃晚饭，谈得很为畅快，和上午之纵谈于西山，都是近来快事。他们对于北平学界现状，似俱不欲多言，我也竭力的避开这题目。其实，这是我到此不久，便已感觉了出来的：南北统一后，"正人君子"们树倒猢狲散，离开北平，而他们的衣钵却没有带走，被先前和他们战斗的有些人拾去了。未改其原来面目者，据我所见，殆惟幼渔兼士而已。由是又悟到我以前之和"正人君子"们为敌，也失之不通世故，过于认真，所以现在倒非常自在，于衮衮诸公之一切言动，全都漠然。即下午之呵斥春菲，事后思之，也觉得大可不必。因叹在寂寞之世界里，虽欲得一可以对垒之真敌人，亦不易也。

这两星期以来，我一点也不颓唐，但此刻想到你之采办布帛之类，先事经营，却实在觉得一点凄苦。这种性质，真是怎么好呢？我应该快到上海，去约制她。

三十日夜一点半。

D. H.，三十一日晨被母亲叫醒，睡眠时间缺少了一点，所以晚上九点钟便睡去，一觉醒来，此刻已是三点钟了。泡了一碗茶，坐在桌前，想起 H. M. 大约是躺着，但不知道是睡着还是醒着。五月卅一这一天，没有什么事，只在下午有三个日本人来看我所搜集的关于佛教石刻拓本，以为已经很多，力劝我作目录，这是并不难的，于学术上也许有点用处，然而我此刻也并无此意。晚间紫佩来，已为我购得车票，是三日午后二时开，他在报馆里，知道车还可以坐，至多，不过误点（迟到）而已。所以我定于三日启行，有一星期，就可以面谈了。此信发后，拟不再寄信，如果中途去访上遂，自然当从那里再发一封。

　　　　　　　　　EL. 六月一日黎明前三点。

D. S：

　　写了以上的几行信以后，又写了几封给人的回信，天也亮起来了，还有一篇讲演稿要改，此刻大约是不能睡的了，再来写几句——

　　我自从到此以后，总计各种感受，知道弥漫于这里的，依然是"敬而远之"和倾陷，甚至于比"正人君子"时代还要分明——但有些学生和朋友自然除外。再想上去，则我的创作和编著一发表，总有一群攻击或嘲笑的人们，那当然是应该的，如果我的作品真如所说的庸陋。然而一看他们的作品，却比我的还要坏；例如小说史罢，好几种出在我的那一本之后，而陵乱错误，更不行了。这种情形，即使我大胆阔步，小觑此辈，然而也使我不复专于一业，一事无成。而且又使你常常担心，"眼泪往肚子里流"。所以我也对于自己的坏脾气，时时痛心，想竭力的改正一下。我想，应该一声不响，来编《中国字体变迁史》或《中国文学史》了。然而那里去呢？在上海，创造社中人一面宣传我怎样有钱，喝酒，一面又用《东京通信》诬栽我有杀戮青年的主张，这简直是要谋害我的生命，住不得了。北京本来还可住，图书馆里的旧书也还多，但因历史关系，有些人必有奉送饭碗之举,而在别一些人即怀来抢饭碗之疑,在瓜田中,可以不纳履,而要使人信为永不纳履是难的,除非你赶紧走远。D. H. ,你看,我们到那里去呢?我们还是隐姓埋名,到什么小村里去,一声也不响,大家玩玩罢。

D. H. M. ET D. L. ,你不要以为我在这里时时如此呆想,我是并不如此的。这回不过因为睡够了,又值没有别的事,所以就随便谈谈。吃了午饭以后,大约还要睡觉。行期在即,以后也许要忙一些。小米(H. 吃的),梻子面(同上),果脯等,昨天都已买齐了。

这封信的下端,是因为加添两张,自己拆过的。

L.六月一日晨五时。

未另发表。
初收 1933 年 4 月上海青光书局版《两地书》。

十一月

一日

日记 晴。下午得林竹宾信,夜复。

二日

日记 晴。夜蕴如及三弟来。得林淡秋信,即复。

三日

日记 晴。下午买『满铁支那月誌』三本,共泉一元八角。得季市信,晚复。

致 许寿裳

季市兄:

顷接一日手书,敬悉。介函已寄静农,甚感。邮票已托内山夫人再存下,便中寄呈。顷得满邮一枚,便以附上。

此次回教徒之大举请愿,有否他故,所不敢知。其实自清朝以来,冲突本不息止,新甘二省,或至流血,汉人又油腔滑调,喜以秽语诬人,及遇寻仇,则延颈受戮,甚可叹也。北新所出小册子,弟尚未见,要之此种无实之言,本不当宣传,既启回民之愤怒,又导汉人之轻薄,彼局有编辑四五人,而悠悠忽忽,漫不经心,视一切事如儿戏,其误一也。及被回人代表诘责,弟以为惟有直捷爽快,自认失察,焚弃存书,登报道歉耳。而彼局又延宕数日(有事置之不理,是北新老手段，弟前年之几与涉讼，即为此），迨遭重创，始于报上登载启事，其误二也。此后如何，盖不可知。北新为绍介文学书最早之店，与弟关系亦深，倘遇大创，弟亦受影响，但彼局内溃已久，无可救药，只能听之而已。

上海已转寒，阖寓无恙，请释远念。此复，即颂

曼福。

弟树　顿首　十一月三日

广平附笔问安。

四日

日记　晴。以《一天的工作》归良友公司出版，午后收版税泉二百四十，分与文尹六十。夜校《竖琴》。

五日

日记　昙。晚蕴如携晔儿来，少顷三弟亦至，留之夜饭。夜雨。

六日

日记　星期。昙，大风。上午往篠崎医院为海婴延坪井学士来诊，午后至，云是喘息。下午往内山书店，得『支那古明器泥象図鑑』第四辑一帖十枚，价六元。得母亲信，十月三十日发。

致　郑伯奇

君平先生：

《竖琴》已校毕，今奉上，其中错误太多，改正之后，最好再给我

看一遍（但必须连此次校稿，一同掷下）。

又，下列二点，希一并示知：

1．内缺目录。不知是有意删去，抑系遗失？

2．顶上或有横线（最初数页），或无，何故？

此上，即请

著安。

迅　启　十一月六日

七日

日记　晴。晨坪井学士来为海婴诊。上午寄郑君平信并《竖琴》校稿。下午得钦文信，十月二十三日成都发。广平制孩子衣冒等四种成，托内山君转寄松藻女士。

致 增田涉

拝啓　先日十月廿一日の手紙をいただき今日は十一月三日の手紙がつきました。今に注釈したものを送り帰します。

近頃絵は退学し翻訳をやって居る事は大変よい事と思ひます。絵をいたゞいた時には頗るほめて上げたかったがつくづく熟覧の揚句、遂に攻撃の方針を取りました。それは実にすまない事、しかも、仕方のない事です。

井上紅梅氏に拙作が訳された事は僕にも意外の感がしました。同氏と僕とは道がちがひます。併し訳すと云ふのだから仕方がありません。先日、同氏の『酒、阿片、麻雀』と云ふ本を見たら、も一一層慨嘆しました。併しもう訳したのだから仕方がありません。今日『改造』に出た広告をも拝見しましたが作者は非常にえらく書かれて居ります、これも、慨嘆すべき事です。つまりあなたの書いた『某傳』は広告のつとめになりました、世の中はどんなに妙な事でしょう。

僕は『小説史略』もあぶないと思ふ。

僕の病気はなほりましたが小供は不相変病気続き、今の住居は北向だから小供に不適当かも、知りません。北新書局は政府からやめられるかも知りません、そーすると僕の生活に影響して食ふ事の為めに他の所に行かなければならないだろう。然しこれも転地療養にもなる。併しそれは来年の春末の事で当分の内では不相変、このガラス戸に対するテーブルに向って腰掛て居ります。

　草々

迅　上　十一月七日の夜

増田兄几下

致 山本初枝

　奥様:大変御無沙汰致しました。別に忙しいと云ふ訳でもないが盆槍でブラブラして居るからこー云ふ結果になったのです。大昔、餓鬼が『ドロップス』をいただいて其の内容を食べて仕舞ひ、又別ものを入れて又食べて仕舞ひそう云ふ風に四五回、やりました。併し僕は今に御礼を申し上げます。実になまけなものです、御免下さい。此頃、何か書かうと頻る思って居りますが何も書けません。政府と其の犬達に罐詰にされて社会との接触は殆んど出来ませんなんだ、其上小供は病気続き。住ひは北向だから小供に不適当かも知りません。併し転居する気も出ません。来年の春頃に又漂流しようかとも思って居ります。が、それもあてになら

ないかも知りません。小供は厄介なものだ。有ると色々な邪魔
をします。あなたはどう思ひますか? 僕はこの頃殆んど年中小
供の為めに奔走して居ります。併し既にうんだのだから矢張り
育てなければ成りません、つまりむくひですから憤慨もそーなか
った。上海は不相変さびしい、内山書店には漫談はそう振はない
が景気は私から見れば、ほかの店よりもよい様です、老板も忙し
い。私の小説は井上紅梅氏に訳されて改造社から出版する様に
なりました。増田君は頗る意外にうたれたが私も頗る意外であ
りました。併し訳したいと云ふのだから私もいかんとは云へませ
ん。ここに於いて訳されました。あなたも屹度二元搾り取られ
るだろーが私の罪だと思はないで下さい、増田君が早くやったら
善いのに。支那には上海は寒くなり、北京ではもう雪が降ったそ
うです。東京は如何がですか? 私は殆んど東京の天気の有様を
わすれて仕舞ひました。御主人様はまだ子守していますか? 何
時に活動しだしますか? 私も子守をして居ります。そうすると
御互に遇ふ事が出来ません。両方とも漂流し出したら何処かに
遇ふ様になるのでありましょう。　草々頓首

　　　　　　　魯迅　十一月七日よる一時

　　八日
　　日记　晴。上午寄母亲信。午后内山夫人来并赠海婴糖食二
种。下午往北新书局买书四种,又为内山书店买《曼殊集》三部。

　　九日
　　日记　昙。上午同广平携海婴往篠崎医院诊。下午寄山本夫
人信。寄增田君信。寄和森书五本,赠其子长连。夜三弟来,交北
平来电,云母病速归。浴。

十日

日记　雨。上午往北火车站问车。往中国旅行社买车票,付泉五十五元五角。得紫佩航空信,七日发。下午内山夫人来并赠母亲绒被一床。费君来。合义昌煤号经理王君来兜售石炭。晚往内山书店辞行,托以一切。夜三弟及蕴如来。屏当行李少许。

十一日

日记　昙。晨八时至北火车站登沪宁车,九时半开。晚五时至江边,即渡江登北宁车,七时发浦口。

十二日

日记　晴。在车中。

十三日

日记　星期。晴。午后二半钟抵前门站,三时至家,见母亲已稍愈。下午寄三弟信。寄广平信。晚长连来,赠以书三本。

致 许广平

乖姑:

我已于十三日午后二时到家,路上一切平安,眠食有加。

母亲是好的,看起来不要紧。自始至现在,止看了两回医生,我想于明天再请来看看。

你及海婴好吗,为念。

迅　上　十一月十三下午

致 许广平

乖姑：

到后草草寄出一信，先到否？看母亲情形，并无妨碍，大约因年老力衰，而饮食不慎，胃不消化，则突然精力不济，遂现晕眩状态。明日当延医再诊，并问养生之法，倘肯听从，必可全愈也。

我一路甚好，每日食两餐，睡整夜，亦无识我者，但车头至廊坊附近而坏，至误点两小时，故至前门站时，已午后二时半矣。

北平似一切如旧，西三条亦一切如旧，我仍坐在靠壁之桌前，而止一人，于百静中，自然不能不念及乖姑及小乖姑，或不至于嚷"要Papa"乎。

其实我在此亦无甚事可为，大约俟疗至母亲可以自己坐立，则吾事毕矣。

存款尚有八百余，足够疗治之用，故上海可无须寄来，看将来用去若干，或任之，或补足，再定。

此地甚暖和，水尚未冰，与上海仿佛，惟木叶已槁而未落，可知无大风也。

你们母子近况如何，望告知，勿隐。

迅　十一月十三夜一时

致 内山完造

拝啓　十一月十一日晨上海より出発して一路平安。列車は天津附近にて二時間程立往生しましたけれども兎角十三日午後二時頃北京につきました。家に帰へたのは二時半です。

母親はもう先よりよくなって居ります。蓋し年寄だから血液が

387

少なくなり其の上胃がわるくなると直ちに衰弱します。こゝの同仁医院に塩沢博士がいらしゃるのだから明日診察を乞ふて養生の方法をうかがへばそれで僕の用は済むわけです。

御贈与下さった蒲団を母親に差しあげました、非常によろこんで厚く御礼を申し上げる様にと云ひましたから謹んで伝言致します。

私は汽車のなかによく食ひ、よく睡むりましたから極く元気になって居ります。　草々

魯迅　十一月十三夜

内山先生几下
　奥様によろしく

十四日

　日记　昙,风。上午寄内山君信。寄广平信。午紫佩来。午后盐泽博士来为母亲诊视,付泉十二元四角并药费。

十五日

　日记　晴,风。午后得广平信,十二日发。下午往北新书局访小峰,已回上海。访齐寿山,已往兰州。访静农,不得其居,因至北京大学留笺于建功,托其转达。访幼渔,不遇。

致 许广平

乖姑:

　　十三十四各寄一信,想已到。今十五日午后得十二日所发信,

甚喜。十一二《申报》亦到。你不太自行劳苦,正如我之所愿,海婴近如何,仍念。母亲说,以后不得称之为狗屁也。

昨请同仁医院之盐泽博士来,为母亲诊察,与之谈,知实不过是慢性之胃加答,因不卫生而发病,久不消化,遂至衰弱耳,决无危险,亦无他疾云云。今日已好得多了。明日仍当诊察,大约好好的调养一星期,即可起坐。但这老太太颇发脾气,因其学说为:"医不好,则立刻死掉,医得好,即立刻好起",故殊为焦躁也,而且今日头痛方愈,便已偷偷的卧而编毛绒小衫矣。

午后访小峰,知已回沪,版税如无消息,可与老三商追索之法,北平之百元,则已送来了。访齐寿山,门房云已往兰州,或滦州,听不清楚;访幼渔,则不在家,投名片而出。访人之事毕矣。

我很好,一切心平气和,眠食俱佳,可勿念。现在是夜二时,未睡,因母亲服泻药,起来需人扶持,而她不肯呼人,有自己起来之虑,故需轮班守之也,但我至三时亦当睡矣。此地仍暖,颇舒服,岂因我惯于北方,故不觉其寒欤。

迅　十五夜

十三日所发信十六下午到。海婴已愈否?但其甚乖,为慰。重看校稿,校正不少,殊可嘉尚,我不料其乖至于此也。

今日盐泽博士来,云母亲已好得多了,允许其吃挂面,但此后食品,须永远小心云云。我看她再有一星期,便可以坐立了。

我并不操心,劳碌,几乎终日无事,只觉无聊,上午整理破书,拟托子佩去装订,下午马幼渔来,谈了一通,甚快。此地盖亦乌烟瘴气,惟朱老夫子已为学生所排斥,被邹鲁聘往广州中大去了。

闻吕云章为师大校女生部舍监。

川岛因父病回家,孙在北平。

此地北新的门面,红墙白字,难看得很。

天气仍暖和,但静极,与上海较,真如两个世界,明年春天大家来玩个把月罢。某太太于我们颇示好感,闻当初二太太曾来鼓动,劝其想得开些,多用些钱,但为老太太纠正。后又谣传 H. M. 肚子又大了,二太太曾愤愤然来报告,我辈将生孩子而她不平,可笑也。

再谈。

L. 十一月十六日夜十时半

十六日

日记　晴。下午幼渔来。舒及其妹来。盐泽博士来为母亲诊,即往取药并付泉十一元八角。得广平信,十三日发。

十七日

日记　晴。上午寄广平信。静农及季野来。下午建功来。

十八日

日记　晴。晨得幼渔信。下午盐泽博士来为母亲诊视,即令潘妈往医院取药,付泉十二元八角。霁野,静农来,晚维钧来,即同往同和居夜饭,兼士及仲澐已先在,静农并赠《东京及大连所见中国小说书目提要》一本。得广平信,十五日发。

十九日

日记　晴。午后因取书触扁额仆,伤右趾,稍肿痛。下午访幼渔,见留夜饭,同席兼士,静农,建功,仲澐,幼渔及其幼子,共七人,临行又赠《晋盛德隆熙之碑》并阴拓本共二枚。

二十日

日记　星期。晴。上午趾痛愈。寄广平信。德元来。午后紫佩来。下午静农来。晚得广平信,十七日发。

致 许广平

乖姑：

　　此刻是十九日午后一时半，我和两乖姑离开，已是九天了。现在闲坐无事，就来写几句。

　　十七日寄出一信，想已达。昨得十五日来信，我相信乖姑的话，所以很高兴，小乖姑大约总该好起来了。我也很好；母亲也好得多了，但她又想吃不消化的东西，真是令人为难，不过经我一劝，也就停止了。她和我谈的，大抵是二三十年前的和邻居的事情，我不大有兴味，但也只得听之。她和我们的感情很好，海婴的照片放在床头，逢人即献出，但二老爷的孩子们的照相则挂在墙上，初，我颇不平，但现在乃知道这是她的一种外交手段，所以便无芥蒂了。二太太将其父母迎来，而虐待得真可以，至于一见某太太，二老人也不免流涕云。

　　这几天较有来客，前天霁野，静农，建功来。昨天又来，且请我在同和居吃饭，兼士亦至，他总算不变政客，所以也不得意。今天幼渔邀我吃夜饭，拟三点半去，此外我想不应酬了。

　　周启明颇昏，不知外事，废名是他荐为大学讲师的，所以无怪攻击我，狗能不为其主人吠乎？刘复之笑话不少，大家都和他不对，因为他捧住李石曾之后，早不理大家了。

　　这里真是和暖得很，外出可以用不着外套，本地人还不穿皮袍，所以我带来的衣服，还不必都穿在身上也。

　　现在是夜九点半，我从幼渔家吃饭回来了，同席还是昨天那些人，所讲的无非是笑话。现在这里是"现代"派拜帅了，刘博士已投入其麾下，闻彼一作校长，其夫人即不理二太太，因二老爷不过为一教员而已云。

　　再谈。

　　　　　　　　　　　迅。

致 许广平

乖姑：

今（廿日）晨刚寄一函，晚即得十七日信，海婴之乖与就痊，均使我很欢喜。我是极自小心的，每餐（午，晚）只喝一杯黄酒，饭仍一碗，惟昨下午因取书，触一板倒，打在脚趾上，颇痛，即搽兜安氏止痛药，至今晨已全好了。

那张照片，我确放在内山店，见其收入门口帐桌之中央抽斗中，上写"MR. K. Chow"者即是，后来我取信，还见过几次，今乃大索不得，殊奇。至于另一张，我已记不清放在那里，恐怕是在桌灯旁边的一叠纸堆里，亦未可知，可一查，如查得，则并附上之一条纸一并交出，否则，只好由它去了。

我到此后，紫佩，静农，寄野，建功，兼士，幼渔，皆待我甚好，这种老朋友的态度，在上海势利之邦是看不见的。我已应允他们于星期二（廿二）到北大，辅仁大学各讲演一回，又要到女子学院去讲一回，日子未定。至于所讲，那不消说是平和的，也必不离于文学，可勿远念。

此地并不冷，报上所说，并非事实，且谓因冷而火车误点，亦大可笑，火车莫非也怕冷吗。我在这里，并不觉得比上海冷（但夜间在屋外则颇冷），当然不至于感冒也。

母亲虽然还未起床，但是好的，我在此不过作翻译，余无别事，所以住至月底，我想走了，倘不收到我延期之信，你至二十六止，便可以不寄信来。

再谈。

"哥"。十一月二十日夜八点

我现在睡得早，至迟十一点，因无事也。

二十一日

日记 晴。上午寄广平信。下午得三弟信，十八日发。盐泽博士来为母亲诊察，即往取药，付泉十一元六角。

二十二日

日记 晴。晨复三弟信。午后得广平信，十九日发。下午紫佩来并见借泉一百。静农来，坐少顷，同往北京大学第二院演讲四十分钟，次往辅仁大学演讲四十分钟。时已晚，兼士即邀赴东兴楼夜饭，同席十一人，临别并赠《清代文字狱档》六本。

今春的两种感想

十一月二十二日在北平辅仁大学演讲

我是上星期到北平的，论理应当带点礼物送给青年诸位，不过因为奔忙匆匆未顾得及，同时也没有什么可带的。

我近来是在上海，上海与北平不同，在上海所感到的，在北平未必感到。今天又没豫备什么，就随便谈谈吧。

昨年东北事变详情我一点不知道，想来上海事变诸位一定也不甚了然。就是同在上海也是彼此不知，这里死命的逃死，那里则打牌的仍旧打牌，跳舞的仍旧跳舞。

打起来的时候，我是正在所谓火线里面，亲遇见捉去许多中国青年。捉去了就不见回来，是生是死也没人知道，也没人打听，这种情形是由来已久了，在中国被捉去的青年素来是不知下落的。东北事起，上海有许多抗日团体，有一种团体就有一种徽章。这种徽章，如被日军发现死是很难免的。然而中国青年的记性确是不好，如抗日十人团，一团十人，每人有一个徽章，可是并不一定抗日，不过把它放在袋里。但被捉去后这就是死的证据。还有学生军们，以前是天天练操，不久就无形中不练了，只有军装的照片存在，并且把操衣放在家中，自己也忘却了。然而一被日军查出时是又必定要送命的。像这一般青年被杀，大家大为不平，以为日人太残酷。其实这完全是因为脾气不同的缘故，日人太认真，而中国人却太不认真。中国的事情往往是招牌一挂就算成功了。日本则不然。他们不像中国这样只是作戏似的。日本人一看见有徽章，有操衣的，便以为他们一定是真在抗日的人，当然要认为是劲敌。这样不认真的同认真的碰在一起，倒霉是必然的。

中国实在是太不认真，什么全是一样。文学上所见的常有新主义，以前有所谓民族主义的文学也者，闹得很热闹，可是自从日本兵一来，马上就不见了。我想大概是变成为艺术而艺术了吧。中国的政客，也是今天谈财政，明日谈照像，后天又谈交通，最后又忽然念起佛来了。外国不然。以前欧洲有所谓未来派艺术。未来派的艺术是看不懂的东西。但看不懂也并非一定是看者知识太浅，实在是它根本上就看不懂。文章本来有两种：一种是看得懂的，一种是看不懂的。假若你看不懂就自恨浅薄，那就是上当了。不过人家是不管看懂与不懂的——看不懂如未来派的文学，虽然看不懂，作者却是拼命的，很认真的在那里讲。但是中国就找不出这样例子。

还有感到的一点是我们的眼光不可不放大，但不可放的太大。

我那时看见日本兵不打了，就搬了回去，但忽然又紧张起来了。后来打听才知道是因为中国放鞭炮引起的。那天因为是月蚀，故大家放鞭炮来救她。在日本人意中以为在这样的时光，中国人一定全忙于救中国抑救上海，万想不到中国人却救的那样远，去救月亮去了。

我们常将眼光收得极近，只在自身，或者放得极远，到北极，或到天外，而这两者之间的一圈可是绝不注意的，譬如食物吧，近来馆子里是比较干净了，这是受了外国影响之故，以前不是这样。例如某家烧卖好，包子好，好的确是好，非常好吃，但盘子是极污秽的，去吃的人看不得盘子,只要专注在吃的包子烧卖就是,倘使你要注意到食物之外的一圈,那就非常为难了。

在中国做人,真非这样不成,不然就活不下去。例如倘使你讲个人主义,或者远而至于宇宙哲学,灵魂灭否,那是不要紧的。但一讲社会问题,可就要出毛病了。北平或者还好,如在上海则一讲社会问题,那就非出毛病不可,这是有验的灵药,常常有无数青年被捉去而无下落了。

在文学上也是如此。倘写所谓身边小说,说苦痛呵,穷呵,我爱女人而女人不爱我呵,那是很妥当的,不会出什么乱子。如要一谈及中国社会,谈及压迫与被压迫,那就不成。不过你如果再远一点,说什么巴黎伦敦,再远些,月界,天边,可又没有危险了。但有一层要注意,俄国谈不得。

上海的事又要一年了,大家好似早已忘掉了,打牌的仍旧打牌,跳舞的仍旧跳舞。不过忘只好忘,全记起来恐怕脑中也放不下。倘使只记着这些,其他事也没工夫记起了。不过也可以记一个总纲。如"认真点","眼光不可不放大但不可放的太大",就是。这本是两句平常话,但我的确知道了这两句话,是在死了许多性命之后。许多历史的教训,都是用极大的牺牲换来的。譬如吃东西罢,某种是毒物不能吃,我们好像全惯了,很平常了。不过,这一定是以前有多少人吃死了,才知道的。所以我想,第一次吃螃蟹的人是很可佩服的,不是勇士谁敢去吃它呢?螃蟹有人吃,蜘蛛一定也有人吃过,不过不好吃,所以后人不吃了。像这种人我们当极端感谢的。

我希望一般人不要只注意在近身的问题,或地球以外的问题,社会上实际问题是也要注意些才好。

原载 1932 年 11 月 30 日《世界日报》"教育"栏。记录稿(吴昌曾、邢新镛记录)经作者修订。

初收拟编书稿《集外集拾遗》。

二十三日

日记　昙，午后小雨。得广平信，二十日发，下午复。盐泽博士来为母亲诊察，云已愈，即令潘妈往取药，并诊费共付泉十二元七角。往留黎厂买信笺四合，玩具二事。晚郑石君，李宗武来。

致 许广平

乖姑：

二十一日寄一函，想已到。昨得十九所寄信，今午又得二十日信，俱悉。关于信件，你随宜处分，甚好，岂但"原谅"，还该嘉奖的。

北京不冷，仍无需外套，真奇。我亦很好，昨天往北大讲半点钟，听者七八百，因我要求以国文系为限，而不料尚有此数；次即往辅仁大学讲半点钟，听者千一二百人，将夕，兼士即在东兴楼招宴，同席十一人，多旧相识，此地人士，似尚存友情，故颇欢畅，殊不似上海文人之反脸不相识也。

明日拟至女子学院讲半点钟，此外即不再往了。

母亲已日见其好起来，但仍看医生，我拟请其多服药几天也。坪井先生甚可感，有否玩具可得，拟至西安[单]市场一看再说，但恐必窳劣，无佳品耳。"雪景"亦未必佳。山本夫人拟买信笺送之，至于少爷，恐怕只可作罢。

我独坐靠墙之桌边，虽无事，而亦静不下，不能作小说，只可乱翻旧书，看看而已。夜眠甚安，酒已不喝，因赴宴时须喝，恐太多，故平时节去也。

云章为师大舍监，正在被逐，今剪报附上，她不知我在此也。

L.十一月廿三下午

二十四日

日记　晴,风。上午朱自清来,约赴清华讲演,即谢绝。下午范仲澐来,即同往女子文理学院讲演约四十分钟,同出至其寓晚饭,同席共八人。

二十五日

日记　晴,风。上午何春才来。午后往北新书局,得版税泉百。往商务印书馆为海婴买动物棋一合,三角。在新书店为母亲买《海上花列传》一部四本,一元二角。至松古斋买纸三百枚,九角。下午游西单牌楼商场,被窃去泉二元余。得广平信,廿二日发,附小峰笺。得和森信,由绥远来。晚师范大学代表三人来邀讲演,约以星期日。

致 许广平

乖姑:

二十三日下午发一信,想已到。昨天到女子学院讲演,都是一些"毛丫头",盖无一相识者。明日又有一处讲演,后天礼拜,而因受师大学生之坚邀,只得约于下午去讲。我本拟星期一启行,现在看来,恐怕至早于星期二才能走,因为紫佩以太太之病,忙得瘦了一半,而我在这几天中,忙得连往旅行社去的工夫也没有也。但我现在的意思,星二(廿九)是必走的。

二十二发的信,今日收到。观北新办法,盖还要弄下去,其对我们之态度,亦尚佳,今日下午我走过支店门口,店员将我叫住,付我百元,则小峰之说非谎,我想,本月版税,就这样算了罢。

川岛夫人好意可感,但她的住处,我竟打听不出来,无从面谒,只得将来另想办法了。

我今天出去,是想买些送人的东西,结果一无所得。西单商场很热闹了,而玩具铺只有两家,"雪景"无之,他物皆恶劣,不买一物,而被扒手窃去二元余,盖我久不惯于围巾手套等,万分臃肿,举动木然,故贼一望而知为乡下佬也。现但有为小狗屁而买之小物件三种,皆得之商务印书馆,别人实无法可想,不得已,则我想只能后日往师大讲演后,顺便买些蜜饯,携回上海,每家两合,聊以塞责,而或再以"请吃饭"补之了。

现在这里的天气还不冷,无需外套,真奇。旧友对我,亦甚好,殊不似上海之专以利害为目的,故倘我们移居这里,比上海是可以较为有趣的。但看这几天的情形,则我一北来,学生必又要迫我去教书,终或招人忌恨,其结果将与先前之非离北京不可。所以,这就又费踌躇了。但若于春末来玩几天,则无害。

母亲尚未起床,但是好的,前天医生来,已宣告无须诊察,只连续服药一星期即得,所以她也很高兴了。我也好的,在家不喝酒,勿念为要。

吕云章还在被逐中,剪报附上,此公真是"倭支葛搭"的一世。我若于星期二能走,那么在这里就不再发信了。

"哥" 十一月廿六〔五〕夜八点半

二十六日

日记 晴。上午寄季市信。寄广平信。午后游白塔寺庙会。刘小芋来。下午幼渔及仲璲来。静农来,并持来《考古学论丛》(弍)一本,《辅仁学志》第一卷第二期至第三卷第二期共五本,皆兼士所赠。

致 许寿裳

季茀兄:

十日因得母病电,次日匆匆便回,昨得广平函,知承见访,而不得晤谈，至为怅怅。家母实只胃病，年老力衰，病发便卧，延医服药后，已就痊可，弟亦拟于月底回沪去矣。北新以文字获大咎，颇多损失，但日来似大有转圜之望，本月版税，亦仍送来，可见其必不关门也，知念特闻。此间尚暖，日间出门，可无需着外套，曾见幼渔，曾询兄之近况，亦见兼士，皆较前稍苍老矣，仲云亦见过，则在作教员也。专此布达，即颂

曼福。

弟令飞　顿首　十一月廿六夜

二十七日

日记　星期。晴。上午诗英来。吕云章来。午紫佩来还以泉百。午后往师范大学讲演。往信远斋买蜜饯五种，共泉十一元五角。下午静农来。朱自清来。孙席珍来，不见。晚得广平信，二十四日发。矛尘来邀往广和饭店夜饭，座中为郑石君，矛尘及其夫人等，共四人。夜风。

二十八日

日记　晴。上午诗英来。午前往中国大学讲演二十分钟。紫佩来。沈琳等四人来。下午静农相送至东车站，矛尘及其夫人已先在，见赠香烟一大合。晚五时十七分车行。

二十九日

日记　晴。在车中。夜足痛复作。

三十日

日记　晴。晨八时至浦口，即渡江登车，十一时车行。下午六时抵上海北站，雇车回寓。见钦文信。见张露薇信。见山本夫人信，十

399

五日发。见内山松藻信,二十日发。见林竹宾信。见谢冰莹信。见真吾信并杂志一束。见姚克信。得内山书店送到之『版芸術』七本,日译『鲁迅全集』二本,共直九元。晚三弟来,赠以糖果二合。

致 台静农

静农兄:

　　廿八日破费了你整天的时光和力气,甚感甚歉。车中相识的人并不少,但无关系,三十日夜到了上海了,一路均好,特以奉闻。

迅　上　十一月卅夜

十二月

一日

日记 晴。上午往内山书店,赠以糖果两合,松仁一斤。下午寄母亲信。寄静农信。晚访坪井先生,赠以糖果两盒,松仁一斤,『鲁迅全集』一本。

二日

日记 昙。上午得山本夫人信,十一月二十二日发。得季市信,一日发。下午以书籍分寄真吾,云章,静农,仲服。下午小雨。

致 许寿裳

季市兄:

顷接一日惠函,谨悉种种。故都人口,已多于五六年前,房主至不敢明帖招帖,但景象如旧,商店多搭彩棚,作大廉售,而顾客仍寥寥。敝寓之街上,昔尚有小街灯,今也则无,而道路亦被煤球灰填高数尺矣。此次见诗英一回,系代学校来邀讲演者,但辞未往,旧友中只一访寿山,已往兰州,又访幼渔,亦见兼士,意气皆已不如往日。联合展览会之设,未及注意,故遂不往。北新版税,上月尚付我二百五十元,而是否已经疏解,则未详,大约纵令封禁,亦当改名重张耳。此次南来时,适与护教团代表同车,见送者数百人,气势甚盛,然则此事似尚未了,每当历代势衰,回教徒必有动作,史实如此,原因甚深,现今仅其发端,窃疑将来必有更巨于此者也。肃复,敬颂曼福。

弟俟　顿首　十二月二日

广平敬问安不另。

三日

　　日记　昙。上午复季市信。复姚克信。雨。午后往内山书店买《金文馀释之馀》一本,价三元。寄季市书二本。晚霁。夜三弟及蕴如来。

四日

　　日记　星期。昙。下午寄紫佩信。

五日

　　日记　雨。晚诗荃来,赠以信笺二十枚。

六日

　　日记　晴。午后得母亲信。得卓治信。下午诗荃来,赠以《秋明集》一部。

七日

　　日记　晴。无事。

八日

　　日记　晴。下午往内山书店,得 *Marc Chagall* 一本,价五元六角。

402

九日

日记 晴。上午内山书店送来『鈴木春信』(六大浮世绘师之一)一本,价五元六角。同广平携海婴往篠崎医院诊。下午维宁及其夫人赠海婴积铁成象玩具一合。为冈本博士写二短册,为静农写一横幅。

十日

日记 昙。夜三弟及蕴如来。小雨。

辱骂和恐吓决不是战斗
致《文学月报》编辑的一封信

起应兄:

前天收到《文学月报》第四期,看了一下。我所觉得不足的,并非因为它不及别种杂志的五花八门,乃是总还不能比先前充实。但这回提出了几位新的作家来,是极好的,作品的好坏我且不论,最近几年的刊物上,倘不是姓名曾经排印过了的作家,就很有不能登载的趋势,这么下去,新的作者要没有发表作品的机会了。现在打破了这局面,虽然不过是一种月刊的一期,但究竟也扫去一些沉闷,所以我以为是一种好事情。但是,我对于芸生先生的一篇诗,却非常失望。

这诗,一目了然,是看了前一期的别德纳衣的讽刺诗而作的。然而我们来比一比罢,别德纳衣的诗虽然自认为"恶毒",但其中最甚的也不过是笑骂。这诗怎么样? 有辱骂,有恐吓,还有无聊的攻击:其实是大可以不必的。

例如罢,开首就是对于姓的开玩笑。一个作者自取的别名,自然可以窥见他的思想,譬如"铁血","病鹃"之类,固不妨由此开一点

403

小玩笑。但姓氏籍贯,却不能决定本人的功罪,因为这是从上代传下来的,不能由他自主。我说这话还在四年之前,当时曾有人评我为"封建余孽",其实是捧住了这样的题材,欣欣然自以为得计者,倒是十分"封建的"的。不过这种风气,近几年颇少见了,不料现在竟又复活起来,这确不能不说是一个退步。

尤其不堪的是结末的辱骂。现在有些作品,往往并非必要而偏在对话里写上许多骂语去,好像以为非此便不是无产者作品,骂詈愈多,就愈是无产者作品似的。其实好的工农之中,并不随口骂人的多得很,作者不应该将上海流氓的行为,涂在他们身上的。即使有喜欢骂人的无产者,也只是一种坏脾气,作者应该由文艺加以纠正,万不可再来展开,使将来的无阶级社会中,一言不合,便祖宗三代的闹得不可开交。况且即是笔战,就也如别的兵战或拳斗一样,不妨伺隙乘虚,以一击制敌人的死命,如果一味鼓噪,已是《三国志演义》式战法,至于骂一句爹娘,扬长而去,还自以为胜利,那简直是"阿Q"式的战法了。

接着又是什么"剖西瓜"之类的恐吓,这也是极不对的,我想。无产者的革命,乃是为了自己的解放和消灭阶级,并非因为要杀人,即使是正面的敌人,倘不死于战场,就有大众的裁判,决不是一个诗人所能提笔判定生死的。现在虽然很有什么"杀人放火"的传闻,但这只是一种诬陷。中国的报纸上看不出实话,然而只要一看别国的例子也就可以恍然:德国的无产阶级革命(虽然没有成功),并没有乱杀人;俄国不是连皇帝的宫殿都没有烧掉么?而我们的作者,却将革命的工农用笔涂成一个吓人的鬼脸,由我看来,真是卤莽之极了。

自然,中国历来的文坛上,常见的是诬陷,造谣,恐吓,辱骂,翻一翻大部的历史,就往往可以遇见这样的文章,直到现在,还在应用,而且更加厉害。但我想,这一份遗产,还是都让给叭儿狗文艺家去承受罢,我们的作者倘不竭力的抛弃了它,是会和他们成为"一丘之貉"的。

不过我并非主张要对敌人陪笑脸,三鞠躬。我只是说,战斗的作者应该注重于"论争";倘在诗人,则因为情不可遏而愤怒,而笑骂,自然也无不可。但必须止于嘲笑,止于热骂,而且要"喜笑怒骂,皆成文章",使敌人因此受伤或致死,而自己并无卑劣的行为,观者也不以为污秽,这才是战斗的作者的本领。

刚才想到了以上的一些,便写出寄上,也许于编辑上可供参考。总之,我是极希望此后的《文学月报》上不再有那样的作品的。

专此布达,并问

好。

鲁迅。十二月十日。

原载 1932 年 12 月 15 日《文学月报》第 1 卷第 5、6 期合刊。

初收 1934 年 3 月上海同文书店版《南腔北调集》。

十一日

日记 星期。昙。下午寄母亲信。治馔六种邀乐扬,维宁及其夫人夜饭,三弟亦至。

十二日

日记 晴。大风。下午得静农信。买玩偶二具,分赠阿玉,阿菩。

致 曹靖华

靖华兄:

上月因为母亲有病,到北平去了一趟,月底回上海,看见兄十月

405

十，二十，廿七日三函，才知道并未旅行。我的游历，时候已过，事实上也不可能，自然只好作罢了。我病早愈，但在北平又被倒下之木板在脚上打了一下，跛行数日，而现在又已全愈，请勿念。女人孩子也都好的，生活在目前很可维持，明年自然料不定，但我想总还可以过得去。肖三兄诗稿至今未到，不知是否并未寄出？《粮食》稿早收到，尚未找到出版处，想来明年总有法想，因为上海一到年底付账期近，书店即不敢动弹也。

周连兄近来没有什么成绩可说，《北斗》已被停刊，现在我们编的只有《文学月报》，第三四期已出，日内当寄上。《小说二十人集》上卷已校毕，内系曹雪琴珂，伦支，斐定，理定，左祝黎，英培尔等短篇，《星花》亦编在内，此篇得版税七十元（二千部），已归入兄之存款项下，连先前的一共有三百二十元了，此项我存在银行内，倘要用，什么时候都可以取的。下卷是毕力涅克，赛夫林那，绥拉菲摩维支，聂维洛夫，班菲洛夫等之作，尚未排校，恐怕出版要在明年夏初了。该书出版后，我当寄兄每种十部，分赠作者。

《铁流》是光华书局再版的，但该局很不好，他将纸板取去，至今不付款，再版也径自印卖，不来取"印证"，我们又在重压之下，难以出头理论，算是上了一个当。再版书我当设法一问，倘取得，当以数册寄上。

Д. Бедный 的*Некогда Плюнуть!* 已由它兄译出登《文学月报》上，原想另出单行本，加上插图，而原书被光华书局失掉（我疑心是故意没收的），所以我想兄再觅一本，有插画的，即行寄下，以便应用。

又兄前寄我*Русские Писатели*，第二本一册，不知那第一本，现在还可以买到否？倘还有，亦祈买寄一册为望。

上海已经冷起来了，但较之兄所住的地方，自然比不上。这一次到北平去，静，霁都看见的，一共住了十六天，讲演了五次，我就回上海来了。那边压迫还没有这里利害，但常有关于日本出兵的谣言,所以住民也不安静。倘终于没有什么事,我们明年也许到那边去住一两年,因为我想编一本《中国文学史》,那边较便于得到参考书籍。

此致,即颂

安好。

弟豫　启上　卅二年十二月十二日

附它兄信一张。

十三日

日记　晴。午后得小峰信并版税泉百。下午往内山书店,得『版芸術』(十二月号)一本,价六角,并见赠日历一坐。得钦文信,十一月二十八日成都发。得紫佩信,十日发。夜蕴如及三弟来。

致 台静农

静农兄:

日前寄上书籍二包,又字一卷,不知已收到否?字写得坏极,请勿裱挂,为我藏拙也。

来函及小说两本又画报一份,均收到。照相能得到原印片一份,则甚感。大约问师大学生自治会中人,当能知道的。记文甚怪,中有"新的主人"云云,我实在没有说过这样一句话。

此上,即颂

近好。

迅　上　十二月十三夜

十四日

日记　晴。午后寄靖华信。寄静农信。下午收井上红梅寄赠之所译『鲁迅全集』一本，略一翻阅，误译甚多。自选旧日创作为一集，至夜而成，计二十二篇，十一万字，并制序。

《自选集》自序

我做小说，是开手于一九一八年，《新青年》上提倡"文学革命"的时候的。这一种运动，现在固然已经成为文学史上的陈迹了，但在那时，却无疑地是一个革命的运动。

我的作品在《新青年》上，步调是和大家大概一致的，所以我想，这些确可以算作那时的"革命文学"。

然而我那时对于"文学革命"，其实并没有怎样的热情。见过辛亥革命，见过二次革命，见过袁世凯称帝，张勋复辟，看来看去，就看得怀疑起来，于是失望，颓唐得很了。民族主义的文学家在今年的一种小报上说，"鲁迅多疑"，是不错的，我正在疑心这批人们也并非真的民族主义文学者，变化正未可限量呢。不过我却又怀疑于自己的失望，因为我所见过的人们，事件，是有限得很的，这想头，就给了我提笔的力量。

"绝望之为虚妄，正与希望相同。"

既不是直接对于"文学革命"的热情，又为什么提笔的呢？想起来，大半倒是为了对于热情者们的同感。这些战士，我想，虽在寂寞中，想头是不错的，也来喊几声助助威罢。首先，就是为此。自然，在这中间，也不免夹杂些将旧社会的病根暴露出来，催人留心，设法加以疗治的希望。但为达到这希望计，是必须与前驱者取同一的步调的，我于是删削些黑暗，装点些欢容，使作品比较的显出若干亮色,那就是后来结集起来的《呐喊》,一共有十四篇。

这些也可以说,是"遵命文学"。不过我所遵奉的,是那时革命的前驱者的命令,也是我自己所愿意遵奉的命令,决不是皇上的圣旨,也不是金元和真的指挥刀。

后来《新青年》的团体散掉了,有的高升,有的退隐,有的前进,我又经验了一回同一战阵中的伙伴还是会这么变化,并且落得一个"作家"的头衔,依然在沙漠中走来走去,不过已经逃不出在散漫的刊物上做文字,叫作随便谈谈。有了小感触,就写些短文,夸大点说,就是散文诗,以后印成一本,谓之《野草》。得到较整齐的材料,则还是做短篇小说,只因为成了游勇,布不成阵了,所以技术虽然比先前好一些,思路也似乎较无拘束,而战斗的意气却冷得不少。新的战友在那里呢? 我想,这是很不好的。于是集印了这时期的十一篇作品,谓之《彷徨》,愿以后不再这模样。

"路漫漫其修远兮,吾将上下而求索。"

不料这大口竟夸得无影无踪。逃出北京,躲进厦门,只在大楼上写了几则《故事新编》和十篇《朝花夕拾》。前者是神话,传说及史实的演义,后者则只是回忆的记事罢了。

此后就一无所作,"空空如也"。

可以勉强称为创作的,在我至今只有这五种,本可以顷刻读了的,但出版者要我自选一本集。推测起来,恐怕因为这么一办,一者能够节省读者的费用,二则,以为由作者自选,该能比别人格外明白罢。对于第一层,我没有异议;至第二层,我却觉得也很难。因为我向来就没有格外用力或格外偷懒的作品,所以也没有自以为特别高妙,配得上提拔出来的作品。没有法,就将材料,写法,都有些不同,可供读者参考的东西,取出二十二篇来,凑成了一本,但将给读者一种"重压之感"的作品,却特地竭力抽掉了。这是我现在自有我的想头的:

"并不愿将自以为苦的寂寞,再来传染给也如我那年青时候似的正做着好梦的青年。"

然而这又不似做那《呐喊》时候的故意的隐瞒，因为现在我相信，现在和将来的青年是不会有这样的心境的了。

一九三二年十二月十四日，鲁迅于上海寓居记。

最初印入 1933 年 3 月上海天马书店版《鲁迅自选集》。

初收 1934 年 3 月上海同文书店版《南腔北调集》。

十五日

日记　晴。上午得仲瑄信，十日发。下午寄靖华《文学月报》二本，《文化月报》一本，《现代》八本。寄敦南《同仁医学》四本。以选集之稿付书店印行，收版税泉支票三百。

致 山本初枝

　拝啓　先月の十日頃に北京へ一度行きました、母親が重病だと云ふ電報を受け取ったから。帰って医者に聞いて見たら胃加答児で大丈夫だと云ふ、そこで五六回の通弁の役をつとめて又上海へもどりました。上海へ帰ったら又もとの通りごたごたして居ります。母親は無論もうよくなって今は起きて居るそうです。北京は四年前とそう変り有りません、寒さはそうひどくもないが何んだか人にきびしい感じを与へます。手紙を書く時に使ふ箋紙を買って来、二箱を内山老版に頼んで送りました、歌を書くに丁度よいと思ひましたから、到達したか知ら？正路君に送る可き玩具をも気を附けて居ましたが適当なものを見つかりませんでした、別によい機会を狙ひませう。上海に帰ったら御手紙をいただきました。有難う存じます。井上紅梅氏からは其の訳した拙作を一

冊くれました。上海は未だそう寒くない。私は北京に十六日居、
五回の演説をやり、教授達に頗るにくまれました。併しからだは
達者です。あなたがた一家の健康を祈ります。　　草々

　　　　　　　　　　　　　　　　魯迅　十二月十五夜
山本初枝夫人几下

十六日

日记　晴。上午寄山本夫人信。下午得母亲信,十一日发。

《两地书》序言

　　这一本书,是这样地编起来的——

　　一九三二年八月五日,我得到霁野,静农,丛芜三个人署名的
信,说漱园于八月一日晨五时半,病殁于北平同仁医院了,大家想搜
集他的遗文,为他出一本纪念册,问我这里可还藏有他的来信没有。
这真使我的心突然紧缩起来。因为,首先,我是希望着他能够全愈
的,虽然明知道他大约未必会好;其次,是我虽然明知道他未必会
好,却有时竟没有想到,也许将他的来信统统毁掉了,那些伏在枕
上,一字字写出来的信。

　　我的习惯,对于平常的信,是随复随毁的,但其中如果有些议
论,有些故事,也往往留起来。直到近三年,我才大烧毁了两次。

　　五年前,国民党清党的时候,我在广州,常听到因为捕甲,从甲
这里看见乙的信,于是捕乙,又从乙家搜得丙的信,于是连丙也捕去
了,都不知道下落。古时候有牵牵连连的"瓜蔓抄",我是知道的,但
总以为这是古时候的事,直到事实给了我教训,我才分明省悟了做
今人也和做古人一样难。然而我还是漫不经心,随随便便。待到一

九三〇年我签名于自由大同盟,浙江省党部呈请中央通缉"堕落文人鲁迅等"的时候,我在弃家出走之前,忽然心血来潮,将朋友给我的信都毁掉了。这并非为了消灭"谋为不轨"的痕迹,不过以为因通信而累及别人,是很无谓的,况且中国的衙门是谁都知道只要一碰着,就有多么的可怕。后来逃过了这一关,搬了寓,而信札又积起来,我又随随便便了。不料一九三一年一月,柔石被捕,在他的衣袋里搜出有我名字的东西来,因此听说就在找我。自然罗,我只得又弃家出走,但这回是心血潮得更加明白,当然先将所有信札完全烧掉了。

因为有过这样的两回事,所以一得到北平的来信,我就担心,怕大约未必有,但还是翻箱倒箧的寻了一通,果然,无踪无影。朋友的信一封也没有,我们自己的信倒寻出来了,这也并非对于自己的东西特别看作宝贝,是因为那时时间很有限,而自己的信至多也不过蔓在自身上,因此放下了的。此后这些信又在枪炮的交叉火线下,躺了二三十天,也一点没有损失。其中虽然有些缺少,但恐怕是自己当时没有留心,早经遗失,并不是由于什么官灾兵燹的。

一个人如果一生没有遇到横祸,大家决不另眼相看,但若坐过牢监,到过战场,则即使他是一个万分平凡的人,人们也总看得特别一点。我们对于这些信,也正是这样。先前是一任他垫在箱子底下的,但现在一想起他曾经几乎要打官司,要遭炮火,就觉得他好像有点特别,有些可爱似的了。夏夜多蚊,不能静静的写字,我们便略照年月,将他编了起来,因地而分为三集,统名之曰《两地书》。

这是说:这一本书,在我们自己,一时是有意思的,但对于别人,却并不如此。其中既没有死呀活呀的热情,也没有花呀月呀的佳句;文辞呢,我们都未曾研究过"尺牍精华"或"书信作法",只是信笔写来,大背文律,活该进"文章病院"的居多。所讲的又不外乎学校风潮,本身情况,饭菜好坏,天气阴晴,而最坏的是我们当日居漫天幕中,幽明莫辨,讲自己的事倒没有什么,但一遇到推测天下大事,就不免胡涂得很,所以凡有欢欣鼓舞之词,从现在看起来,大抵成了梦呓了。如果定要恭维这一本书的特色,那么,我想,恐怕是因为他的平凡罢。这样平凡的东西,别人大概是不会有,即有也未必存留的,而我们不然,这就只好谓之也是一种特色。

然而奇怪的是竟又会有一个书店愿意来印这一本书。要印,印去就是,这倒仍然可以随随便便,不过因此也就要和读者相见了,却使我又得加上两点声明在这里,以免误解。其一,是:我现在是左翼作家联盟中之一人,看近来书籍的广告,大有凡作家一旦向左,则旧作也即飞升,连他孩子时代的啼哭也合于革命文学之概,不过我们的这书是不然的,其中并无革命气息。其二,常听得有人说,书信是最不掩饰,最显真面的文章,但我也并不,我无论给谁写信,最初,总是敷敷衍衍,口是心非的,即在这一本中,遇有较为紧要的地方,到后来也还是往往故意写得含胡些,因为我们所处,是在"当地长官",邮局,校长……,都可以随意检查信件的国度里。但自然,明白的话,是也不少的。

还有一点,是信中的人名,我将有几个改掉了,用意有好有坏,并不相同。此无他,或则怕别人见于我们的信里,于他有些不便,或则单为自己,省得又是什么"听候开审"之类的麻烦而已。

回想六七年来,环绕我们的风波也可谓不少了,在不断的挣扎中,相助的也有,下石的也有,笑骂诬蔑的也有,但我们紧咬了牙关,却也已经挣扎着生活了六七年。其间,含沙射影者都逐渐自己没入更黑暗的处所去了,而好意的朋友也已有两个不在人间,就是漱园和柔石。我们以这一本书为自己记念,并以感谢好意的朋友,并且留赠我们的孩子,给将来知道我们所经历的真相,其实大致是如此的。

一九三二年十二月十六日,鲁迅。

未另发表。

最初印入1933年4月上海青光书局版《两地书》;又收入1934年3月上海同文书店版《南腔北调集》。

十七日

日记　晴。午后理发。内山君赠万两并松竹一盆。夜雾。

十八日

日记　星期。晴。下午蕴如及三弟来。晚明之来。夜雾。

十九日

日记　昙。下午往内山书店，得『大東京百景版画集』一本，山本夫人寄赠。得陈耀唐信并木刻八幅，即复。得增田君信并质疑，十日发，夜复。

致 增田涉

拜啓：十日の御手紙は今日拝見致しました、質問をば今に送帰します。

『ユーモア』の部数は実に余り少ないです、時は不景気で人々はもう「ユーモア」などを読む暇を持たない為だろーと思ひます。

僕は母親の病気の為めに先月一度北京へ行きました、二週間立つと病気が直りましたから又上海へもどりました、スチームはもう通って居ますが併し天気は未そう寒くない。秋から小供が時々病気にかゝって困りました。今にも尚薬をのまして居ます、腸カタルが慢性になったらしい。今の住居は空気はそう悪くないが太陽が這入らないから大変よくないと思ひます。来年少しくあたゝかくなったら転居でもしよーかと思って居ます。

井上氏訳の『魯迅全集』が出版して上海に到着しました、訳者からも僕に一冊くれました、ちょっと開けて見ると其誤訳の多に驚き

ました。あなたと佐藤先生の訳したものをも対照しなかったらし
い、実にひどいやりかただと思ひます。

御家族一同の幸福を祈ります。　草々頓首

魯迅　上　十二月十九夜

増田兄

二十日

日记　晴。下午得王志之信，十四日发。得母亲信，十六日发。
往内山书店买『動物図鑑』一本，二元，拟赠三弟。

二十一日

日记　晴。下午往野风社闲话。得增田君信，夜复。得小峰信
并版税泉百。为杉本勇乘师书一簾。

致 王志之

志之兄：

十四日信收到。刊物出版后，当投稿，如"上海通信"之类。

小说当于明年向书店商量，因为现已年底，商人急于还账，无力
做新事情，故不能和他谈起。

静农事殊出意外，不知何故？其妇孺今在何处？倘有所知，希
示知。此间报载有教授及学生多人被捕，但无姓名。

我此次赴北平，殊不值得纪念，但如你的友人一定要出纪念册，
则我希望二事：一，讲演稿的节略，须给我看一看，我可以于极短时
期寄还，因为报上所载，有些很错误，今既印成本子，就得改正；二，

倘搜罗报上文章，则攻击我的那些，亦须编入，如上海《社会新闻》之类，倘北平无此报，我当抄上。

此复即颂

时祉。

迅　启　十二月廿一夜

二十二日

日记　晴。上午寄母亲信。寄穆诗信并泉十。下午复王志之信。往内山书店买『東方学報』（东京之三）一本，四元二角。又得『版芸術』（八）一本，六角。得母亲信，十八日发。得霁野信。

二十三日

日记　昙。上午内山君送来玩具飞机一合，以赠海婴。下午寄矛尘书三本。寄兼士信并书三本，以赠其子。夜雨。

致 李小峰

小峰兄：

前日蒙送来版税钱一百，甚感。

这半年来，沪寓中总是接连生病，加以北平，实在亏空得可以，北新书局又正有事情，我不好来多开口，于是只得自选了一本选集，并将书信集豫约给一个书店，支用了几百元版税，此集现在虽未编成，自然更未交去，但取还的交涉，恐怕是很难的，倘再扣住，也许会两面脱柄，像《二心集》一样。

北新的灾难也真多，而且近来好像已不为读书界所重视，以这

416

么多年的辛苦造成的历史而至于如此，也实在可惜。不过我是局外人，不便多说。但此后若有一定的较妥的办法（这并非指对于我的版税而言，是指书店本身），我的稿子自然也不至于送来送去了。

迅　上　十二月廿三夜

二十四日

日记　昙。下午买『文学思想研究』（第一辑）一本，价二元五角。寄小峰信。夜蕴如及三弟来。雨。

二十五日

日记　星期。雨。上午长谷川君赠海婴玩具摩托车一辆。下午得维宁信并赠火腿爪一枚，答以文旦饴二合。晚雨稍大。

二十六日

日记　昙。午后得霁野信。得紫佩信。得志之信。下午往内山书店买『中世欧洲文学史』一本，三元。得山本夫人信。若君来。得张冰醒信，即复。夜同广平访三弟。雨。濯足。

致　张冰醒

冰醒先生：

来信收到，奖誉我太过，不敢当的。我本没有什么根本知识，只因偶弄笔墨，遂为一部份人所注意，实在惭愧得很。现在行止颇不自由，也不很做文章，即做，也很难发表，所以对于　先生的希望，真是无法奉酬，尚希谅察为幸。

迅　启上　十二月廿六日

二十七日

日记　昙。无事。

二十八日

日记　昙。上午同广平携海婴往篠崎医院诊。下午得维宁信并诗，即复。小峰及林兰来并交版税泉百五十。晚坪井先生来邀至日本饭馆食河豚，同去并有滨之上医士。

二十九日

日记　昙。上午寄绍兴朱宅泉八十。午后为梦禅及白频写《教授杂咏》各一首，其一云："作法不自毙，悠然过四十。何妨赌肥头，抵当辨证法。"其二云："可怜织女星，化为马郎妇。乌鹊疑不来，迢迢牛奶路。"下午得『版芸術』（十）一本，其值六角。得紫佩贺年片。得伊罗生信。夜三弟来。

教授杂咏

作法不自毙，悠然过四十。
何妨赌肥头，抵当辨证法。

其　二

可怜织女星，化为马郎妇。

乌鹊疑不来,迢迢牛奶路。

其 三

世界有文学,少女多丰臀。
鸡汤代猪肉,北新遂掩门。

其 四

名人选小说,入线云有限。
虽有望远镜,无奈近视眼。

十二月

未另发表。据手稿编入。
初未收集。

三十日

日记 晴。上午同广平携海婴往篠崎医院诊,付药泉二元四角。午后得母亲信,二十五日发。下午达夫来。赠内山君松子三斤,笋六枚。赠篠崎医院译员刘文铨蛋糕一合,板鸭二只。晚三弟来并为代买得西泠印社印泥一合,价四元;书籍三种五本,共泉四元八角。勇乘师赠海婴玩具电车,气枪各一。

祝中俄文字之交

十五年前,被西欧的所谓文明国人看作半开化的俄国,那文学,在世界文坛上,是胜利的;十五年以来,被帝国主义者看作恶魔的苏联,那文学,在世界文坛上,是胜利的。这里的所谓"胜利",是说:以它的内容和技术的杰出,而得到广大的读者,并且给与了读者许多有益的东西。

它在中国,也没有出于这例子之外。

我们曾在梁启超所办的《时务报》上,看见了《福尔摩斯包探案》的变幻,又在《新小说》上,看见了焦士威奴(Jules Verne)所做的号称科学小说的《海底旅行》之类的新奇。后来林琴南大译英国哈葛德(H. Rider Haggard)的小说了,我们又看见了伦敦小姐之缠绵和菲洲野蛮之古怪。至于俄国文学,却一点不知道,——但有几位也许自己心里明白,而没有告诉我们的"先觉"先生,自然是例外。不过在别一方面,是已经有了感应的。那时较为革命的青年,谁不知道俄国青年是革命的,暗杀的好手?尤其忘不掉的是苏菲亚,虽然大半也因为她是一位漂亮的姑娘。现在的国货的作品中,还常有"苏菲"一类的名字,那渊源就在此。

那时——十九世纪末——的俄国文学,尤其是陀思妥夫斯基和托尔斯泰的作品,已经很影响了德国文学,但这和中国无关,因为那时研究德文的人少得很。最有关系的是英美帝国主义者,他们一面也翻译了陀思妥夫斯基,都介涅夫,托尔斯泰,契诃夫的选集了,一面也用那做给印度人读的读本来教我们的青年以拉玛和吉利瑟那(Rama and Krishna)的对话,然而因此也携带了阅读那些选集的可能。包探,冒险家,英国姑娘,菲洲野蛮的故事,是只能当醉饱之后,在发胀的身体上搔搔痒的,然而我们的一部分的青年却已经觉得压迫,只有痛楚,他要挣扎,用不着痒痒的抚摩,只在寻切实的指示了。

那时就看见了俄国文学。

那时就知道了俄国文学是我们的导师和朋友。因为从那里面,看见了被压迫者的善良的灵魂,的酸辛,的挣扎;还和四十年代的作品一同烧起希望,和六十年代的作品一同感到悲哀。我们岂不知道那时的大俄罗斯帝国也正在侵略中国,然而从文学里明白了一件大事,是世界上有两种人:压迫者和被压迫者!

从现在看来,这是谁都明白,不足道的,但在那时,却是一个大发见,正不亚于古人的发见了火的可以照暗夜,煮东西。

俄国的作品,渐渐的绍介进中国来了,同时也得了一部分读者的共鸣,只是传布开去。零星的译品且不说罢,成为大部的就有《俄国戏曲集》十种和《小说月报》增刊的《俄国文学研究》一大本,还有《被压迫民族文学号》两本,则是由俄国文学的启发,而将范围扩大到一切弱小民族,并且明明点出"被压迫"的字样来了。

于是也遭了文人学士的讨伐,有的主张文学的"崇高",说描写下等人是鄙俗的勾当,有的比创作为处女,说翻译不过是媒婆,而重译尤令人讨厌。的确,除了《俄国戏曲集》以外,那时所有的俄国作品几乎都是重译的。

但俄国文学只是绍介进来,传布开去。

作家的名字知道得更多了,我们虽然从安特来夫(L. Andreev)的作品里遇到了恐怖,阿尔志跋绥夫(M. Artsybashev)的作品里看见了绝望和荒唐,但也从珂罗连珂(V. Korolenko)学得了宽宏,从戈理基(Maxim Gorky)感受了反抗。读者大众的共鸣和热爱,早不是几个论客的自私的曲说所能掩蔽,这伟力,终于使先前膜拜曼殊斐儿(Katherine Mansfield)的绅士也重译了都介涅夫的《父与子》,排斥"媒婆"的作家也重译着托尔斯泰的《战争与和平》了。

这之间,自然又遭了文人学士和流氓警犬的联军的讨伐。对于绍介者,有的说是为了卢布,有的说是意在投降,有的笑为"破锣",有的指为共党,而实际上的对于书籍的禁止和没收,还因为是秘密的居多,无从列举。

但俄国文学只是绍介进来,传布开去。

有些人们,也译了《莫索里尼传》,也译了《希特拉传》,但他们绍介不出一册现代意国或德国的白色的大作品,《战后》是不属于希特拉的卐字旗下的,《死的胜利》又只好以"死"自傲。但苏联文学在我们却已有了里培进斯基的《一周间》，革拉特珂夫的《士敏土》，法捷耶夫的《毁灭》，绥拉菲摩微支的《铁流》；此外中篇短篇，还多得很。凡这些，都在御用文人的明枪暗箭之中，大踏步跨到读者大众的怀里去，给一一知道了变革，战斗，建设的辛苦和成功。

　　但一月以前，对于苏联的"舆论"，刹时都转变了，昨夜的魔鬼，今朝的良朋，许多报章，总要提起几点苏联的好处，有时自然也涉及文艺上："复交"之故也。然而，可祝贺的却并不在这里。自利者一淹在水里面，将要灭顶的时候，只要抓得着，是无论"破锣"破鼓，都会抓住的，他决没有所谓"洁癖"。然而无论他终于灭亡或幸而爬起，始终还是一个自利者。随手来举一个例子罢，上海称为"大报"的《申报》，不是一面甜嘴蜜舌的主张着"组织苏联考察团"（三二年十二月二十八日时评），而一面又将林克多的《苏联闻见录》称为"反动书籍"（同二十七日新闻）么？

　　可祝贺的，是在中俄的文字之交，开始虽然比中英，中法迟，但在近十年中，两国的绝交也好，复交也好，我们的读者大众却不因此而进退；译本的放任也好，禁压也好，我们的读者也决不因此而盛衰。不但如常，而且扩大；不但虽绝交和禁压还是如常，而且虽绝交和禁压而更加扩大。这可见我们的读者大众，是一向不用自私的"势利眼"来看俄国文学的。我们的读者大众，在朦胧中，早知道这伟大肥沃的"黑土"里，要生长出什么东西来，而这"黑土"却也确实生长了东西，给我们亲见了：忍受，呻吟，挣扎，反抗，战斗，变革，战斗，建设，战斗，成功。

　　在现在，英国的萧，法国的罗兰，也都成为苏联的朋友了。这，也是当我们中国和苏联在历来不断的"文字之交"的途中，扩大而与世界结成真的"文字之交"的开始。

　　这是我们应该祝贺的。

十二月三十日。

原载 1932 年 12 月 15 日《文学月报》第 1 卷第 5、6 期
合刊。

初收 1934 年 3 月上海同文书店版《南腔北调集》。

三十一日

日记 昙,风。午后季市来。下午得介福,伽等信。为知人写字五幅,皆自作诗。为内山夫人写云:"华灯照宴敞豪门,娇女严装侍玉樽。忽忆情亲焦土下,佯看罗袜掩啼痕。"为滨之上学士云:"故乡黯黯锁玄云,遥夜迢迢隔上春。岁暮何堪再惆怅,且持卮酒食河豚。"为坪井学士云:"皓齿吴娃唱柳枝,酒阑人静暮春时。无端旧梦驱残醉,独对灯阴忆子规。"为达夫云:"洞庭浩荡楚天高,眉黛心红浣战袍。泽畔有人吟亦险,秋波渺渺失'离骚'。"又一幅云:"无情未必真豪杰,怜子如何不丈夫。知否兴风狂啸者,回眸时看小於菟。"

所 闻

华灯照宴敞豪门,娇女严装侍玉樽。

忽忆情亲焦土下,佯看罗袜掩啼痕。

十二月

未另发表。据手稿编入。

初未收集。

无题二首

故乡黯黯锁玄云,遥夜迢迢隔上春。

岁暮何堪再惆怅,且持卮酒食河豚。

其 二

皓齿吴娃唱柳枝,酒阑人静暮春时。

无端旧梦驱残醉,独对灯阴忆子规。

未另发表。据手稿编入。

初未收集。

无 题

洞庭木落楚天高,眉黛猩红浣战袍。

泽畔有人吟不得,秋波渺渺失离骚。

十二月

未另发表。

初收 1935 年 5 月上海群众图书公司版《集外集》。

答 客 诮

无情未必真豪杰,怜子如何不丈夫。

知否兴风狂啸者,回眸时看小於菟。

十二月

未另发表。据手稿编入。

初未收集。

书 帐

世界裸体美術全集（一）一本　六・〇〇　一月六日

世界地理風俗大系（一至三）三本　一五・〇〇　一月九日

Andron Neputevii（一本）　靖华寄来　一月十一日

世界古代文化史一本　一七・〇〇　一月十二日

園芸植物図譜（一）一本　四・〇〇

铜板苏格拉第像一枚　诗荃寄来

マルチンの犯罪一本　二・二〇　一月十三日

Book—Illustration in B. and A. 一本　七・〇〇　一月十八日

中国史话四本　二・〇〇　一月十九日

司马迁年谱一本　〇・五〇

班固年谱一本　〇・三〇

两周金文辞大系一本　八・〇〇　一月二十二日

世界美術全集（别册二）一本　二・八〇　一月二十六日

世界地理風俗大系（别册二及三）二本　一〇・〇〇　七四・八〇〇

陈老莲博古酒牌一本　〇・七〇　二月十日

翻汪本阮嗣宗集一本　一・六〇　二月十六日

绵州造象记六枚　六・〇〇

鄱阳王刻石拓片一枚　一・五〇

天监井阑题字拓片一枚　一・〇〇

湘中纪行诗拓片一枚　〇・三〇

樊谏议集七家注二本　一・六〇　二月十九日

王子安集注六本　四・〇〇　二月二十日

温飞卿集笺注二本　二・〇〇

安阳发掘报告（一及二）二本　三・〇〇　二月二十六日　二一・〇〇〇

程荣本阮嗣宗集二本　三・〇〇　［三月一日］

唐小虎造象拓片一枚　一・〇〇　［三月一日］

汪士贤本阮嗣宗集二本　二・〇〇　三月四日

商周金文拾遗一本　一・〇〇

九州释名一本　一・〇〇

矢彝考释质疑一本　〇・八〇

四洪年谱四本　二・〇〇　三月八日

古籀馀论二本　一・二〇

陈森梅花梦二本　〇・八〇

王子安集佚文一本　一・〇〇　三月十七日

函青阁金石记二本　一・六〇

書道全集（二十三）一本　二・六〇　三月二十七日

世界芸術発達史一本　四・〇〇　三月三十日

颐志斋四谱一本　〇・六〇

亿年堂金石记一本　〇・七〇　　　　　　　　　　二四・三〇〇

影印萧云从离骚图二本　四・〇〇　四月三日

影印耕织图诗一本　一・五〇

影印凌烟阁功臣图一本　二・〇〇

吹网录鸥陂渔话四本　四・〇〇

疑年录汇编八本　七・五〇

张溥本阮步兵集一本　一・二〇

龟甲兽骨文字二本　二・五〇　四月四日

冯浩注玉谿生诗文集十二本　一二・〇〇

乡言解颐四本　一・〇〇

原色貝類図一本　二・四〇　四月十五日

人生漫画帖一本　二・四〇　四月二十四日

ノアノア（岩波文庫本）一本　〇・五〇　四月二十八日

426

古東多卍（四月号）一本　山本夫人贈　四月三十日　　　四一・〇〇〇

国际的门塞维克主义之面貌一本　靖华寄来　五月一日

版画自修书一本　同上

友達一本　二・五〇　五月二日

世界美術全集（別册十一）一本　三・二〇　五月四日

世界美術全集（又十四）一本　三・二〇

古東多卍（第一年二至三）二本　二・五〇　五月六日

古東多卍（第二年一至三）三本　三・九〇

近代支那の学芸一本　六・八〇

唐宋元明名画大観二本　高良女士寄贈　五月十七日

書道全集（二十五）一本　二・四〇　五月十九日

書道全集（二及九）二本　四・八〇　五月二十日

石濤（関雪作）一本　三・二〇　五月二十二日

建設期のソヴエート文学一本　一・八〇　五月二十六日

史底唯物論一本　一・七〇

古東多卍（五）一本　山本夫人寄贈　五月三十日

文学の連続性一本　〇・五〇　五月三十一日　　　三七・五〇〇

支那文学史綱要一本　一・〇〇　六月三日

G. Vereisky 石版文学家像一本　靖华寄来　六月三日

A. Ostraoomova 画集一本　同上

P. Pavlinov 木刻画一幅　同上

A. Gontcharov 木刻画十六幅　同上

Wirinea 一本　四・二〇　六月四日

世界地理風俗大系六本　三一・〇〇

J. Millet 画集一本　靖华寄来　六月七日

Th. A. Steinlen 画集一本　同上

G. Grosz 画集一本　同上

I. N. Pavlov 画集一本　同上

A. Kravtchenko 木刻一幅　同上

N. Piskarev 木刻十三幅　同上

V. Favorski 木刻六幅　同上

I. Pavlov 木刻自修书一本　同上

世界地理風俗大系(二十一)一本　五・〇〇　六月十日

世界地理風俗大系(別卷)一本　五・〇〇

建設期のソウエート文学一本　二・〇〇　六月十四日

歴史学批判叙説一本　二・二〇

喜多川歌麿一本附図一幅　九・八〇

王忠慤公遺集(第一集)十六本　静农寄贈　六月十八日

世界地理風俗大系(別卷)一本　五・〇〇　六月二十二日

川柳漫画全集(七)一本　二・〇〇

欧米に於ケる支那古鏡一本　一三・〇〇　六月二十三日

鹿の水かがみ一本　二・〇〇

小杉放庵画集一本　五・五〇　六月二十六日

プロと文化の問題一本　一・五〇　六月二十九日

民族文化の発展一本　一・三〇

東洲斎写楽一本　七・七〇　六月三十日　　　　　　　　　　九八・〇〇

古燕半瓦二十种拓片四枚　静农寄贈　七月十一日

詭弁の研究一本　一・五〇　七月二十一日

セザンヌ大画集(1)一本　七・五〇　七月二十八日　　　　　九・〇〇〇

李龙眠九歌图册一本　一・一〇　八月二日

仇文合作飞燕外传一本　一・五〇

仇文合作西厢会真记图二本　三・〇〇

沈石田灵隐山图卷一本　一・一〇

释石涛东坡时序诗意一本　一・〇〇

石涛山水册一本　〇・六〇

石涛和尚八大山人山水合册一本　〇・七〇

黄尊古名山写真册一本　　〇·六〇

梅瘻山黄山胜迹图册一本　　一·四〇

地理風俗大系十五本　　五三·〇〇　　八月四日

芸術学研究（第一辑）一本　　一·五〇　　八月六日

金文丛考一函四本　　一二·〇〇　　八月八日

支那住宅誌一本　　六·〇〇　　八月九日

石印筠清馆法帖六本　　一·五〇　　八月十一日

明清名人尺牍一至三集十八本　　二·七〇

石印景宋本陶渊明集一本　　〇·二〇

文始二部二本　　〇·六〇

支那古明器図鑑（一）一帖　　七·〇〇　　八月十六日

支那古明器図鑑（二）一帖　　七·〇〇

鳥居清長一本　　七·〇〇　　八月十七日

読書放浪一本　　四·〇〇　　八月十九日

支那古明器図鑑（三）一帖　　六·五〇　　八月二十二日

書道全集（二十四）一本　　二·五〇

ロシヤ文学思潮一本　　二·五〇　　八月二十三日

Die Malerei im 19 Jahrhundert 二本　　诗荃赠　　八月三十日

Die Kunst der Gegenwart 一本　　同上

Der Kubismus 一本　　同上

Der Fall Maurizius 一本　　冯至赠　　　　　　　一二五·〇〇〇

世界宝玉童話叢書三本　　四·〇〇　　九月二日

セザンヌ大画集（3）一本　　六·二〇　　九月八日

M. Gorky 画象一本　　靖华寄来　　九月九日

古東多卍（別冊）一本　　山本夫人寄赠　　九月十日

PAUL JOUVE 一本　　一五·〇〇　　九月十一日

TOUCHET 一本　　一三·〇〇

俄译一千一夜（一——三）三本　　三〇·〇〇　　九月十二日

托尔斯泰小话一本　二·〇〇

EPIMOV 漫画集一本　六·〇〇

生物学講座補編(一)二本　一·〇〇　九月十三日

生物学講座補編(二)二本　一·〇〇

The Concise Univ. Encyc. 一本　一四·五〇　九月十五日

東方学報(东京)二本　六·四〇　九月二十二日

東方学報(京都)二本　六·四〇

六书解例一本　〇·五〇　九月二十四日

说文匡鄦一本　〇·七〇

九品中正与六朝门阀一本　〇·四〇

稷下派之研究一本　〇·二五〇

魏晋南北朝通史一本　六·二五〇　九月二十七日

園芸植物図譜(四)一本　三·六〇　九月三十日

愛書狂の話一本　一·二〇

紙魚繁昌記一本　二·五〇　　　　　　　　　　　一二〇·九〇〇

植物の驚異一本　二·〇〇　十月四日

続動物の驚異一本　二·〇〇

昆虫の驚異一本　二·〇〇

顕微鏡下の驚異一本　二·〇〇

動物の驚異一本　二·〇〇　十月五日

セザンヌ大画集(2)一本　七·〇〇　十月九日

斗南存稿一本　内山君贈　十月十一日

書物の敵一本　二·〇〇　十月十四日

書道全集(廿五)一本　二·六〇　十月十八日

書道全集(廿六)一本　二·六〇

鼏氏编钟图释一本　二·七〇　十月十九日

秦汉金文录五本　一〇·八〇

安阳发掘报告(三)一本　一·五〇

敦煌劫馀录六本　三・六〇

现代散文家批评集二本　八・〇〇　十月二十四日

文学的遺産(一至三)三本　一六・〇〇　十月二十五日

文艺家漫画象一本　六・〇〇

葛飾北斎一本　七・〇〇

殷周铜器铭文研究二本　五・〇〇　十月二十七日

插图本中国文学史(二)一本　豫付五元　十月三十一日

周作人散文钞一本　〇・五〇

看云集一本　一・〇〇　　　　　　　　　　　九〇・〇〇〇

満鉄支那月誌三本　一・八〇　十一月三日

支那古明器泥象図鑑(四)一帖　六・〇〇　十一月六日

大晋盛德隆熙之碑并阴拓本二枚　幼渔赠　十一月十九日

清代文字狱档六本　兼士赠　十一月二十二日

考古学论丛(一)一本　同上　十一月二十六日

版芸術(一至七)七本　四・〇〇　十一月三十日

鲁迅全集(日译)二本　五・〇〇　　　　　　　一六・八〇〇

金文馀释之馀一本　三・〇〇　十二月三日

Marc Chagall 一本　五・六〇　十二月八日

鈴木春信一本　五・六〇　十二月九日

版芸術(九)一本　〇・六〇　十二月十三日

大東京百景版画集一本　山本夫人赠　十二月十九日

木刻小品八种八枚　陈耀唐赠

動物図鑑一本　二・〇〇　十二月二十日

東方学報(东京之三)一本　四・二〇　十二月二十二日

版芸術(八)一本　〇・六〇

文学思想研究(一)一本　二・五〇　十二月二十四日

中世欧洲文学史一本　三・〇〇　十二月二十六日

版芸術(十)一本　〇・六〇　十二月二十八[九]日

籀经堂钟鼎文考释一本　一·〇〇　十二月三十日
有万熹斋石刻跋一本　〇·八〇
苏斋题跋三本　三·〇〇　　　　　　　　　　三二·五〇〇

　　本年共用书泉六百九十三元九角，
　　平匀每月用书泉五十七元八角一分。

本年

魯迅増田渉質疑応答書

『世界ユーモア全集』第十二巻支那篇に関する質疑応答

一個ノ若者
デス。支那ノ社
会デハ、矢張、
仏教ノ輪廻説ヲ
信ズルカラ。殺サレ
デモ、又転生シ、又
二十年立ツト、又
一人ノ若者ニナル
ハヅデス。(併シ
コノ二ハ僕ハ保
証シマセン。)

。。

阿Q正傳

『過了二十年又是一個…』阿Q在百忙中,「無師
自通」的説出半句従来不説的話。

…一個ノ何デアルカ?

(コノ後半句ヲ教ヘラレタシ!)

娘舅トハ一ノ如キモノカ又ハ二ノ如キモノカ
又ハ他ノ関係カ、

娘舅
=
母親ノ兄弟

徐文長故事

怪不見=道理。だ(?)

向衛門控告徐文長、間、人骨、肉

人ノ骨肉ヲ離間ス。=人ヲ
煽動シテ父子兄弟不和ラナシム。

人ノ骨肉ヲ間ス

(咬耳勝訟ノ章)

434

A＝正式ノ部屋
B＝楼梯アル処
C＝亭子間(小イ部屋ノ意、貸間トシテハ、ヤスイ方デス)

滴篤班トハ、一名「三角班」ノ二三人デ組立タ芝居デス。俚詞ヲウタフ。一句歌フト鼓ト拍板ト一片ノ木板デ拶ヘルトヲ以ッテ「滴」(Dic)「篤」(Tac)ト続クカラ「滴篤班」トモ云フ。極ク簡単ナ、原始的ナ芝居デス。

a、詩人的何馬，想到大世界去聴滴篤班去，心裏在作打算。…

発音ト意味"イリアッド"？

b、…他的名片右角上，有『末世詩人』的四個小字，左角辺有『地獄』『新生』『伊利亜拉』

（ワザト Iliad カラ間違ッテ拵ラヘタ書名、実ハ ソン ナ本ハ存在シナイ。）

的著者的一行履歴写在那裏。…

c、走下了扶梯，到扶梯跟前二層楼的亭子間門口，他就立住了。…

（二階ノ裏部屋トモ訳ス 可シカ？）

トコロガ屋上モアルシテ

d、『老何，你還是在房裏坐着做首把詩罷！回頭不ソレニ反要把我們這一個無銭飲食宿泊処都弄糟。』

「回頭」ハ「気ヲツケル様ニ」トデフ意味デスガ、直訳シ難シ。意訳スレバ…『我々ノコノ無銭飲食宿泊所ヲ台ナシニシテ仕舞ハナイ様ニ』

e、…前幾天他又看見了鮑司恵而著的那本約翰生大伝，…

（ドヲツアイル Boswell）？

（申ヘネネ Johnson）？

435

風流ト少シ違フ
「エロチク」ト訳ス可キカ？

f、
楼底下是房主人一位四十来歳的（風騒太太・的睡
房，……

（風流夫人？）
マア奥サン！
（コン畜生）
的意ヲ含
メテ？

g、
油炸餛飩。餛飩、肉マンヂュウ？焼買？

シューマイ
両方トモナイ
麺粉ノ薄
スイ皮デ
肉ヲ包ミ、
油デ揚ゲ
タモノ

馬得烈把口角辺的鼠鬚和眉毛同時動了一動，

h、
勉強装着微笑，対立在他眼底下的房東太太説：

「好像伙，你還在這裏念我們大人的這首献詩？

インスプレーション

大人正想出去和你走走，得点新的煙世披利純哩！」

i
直訳スレバ
「ヨイモノ」「ヨイ
子」，然シ実ハ
感嘆詞ニスギズ
日本語ノ
「コ奴ハ」ト
似テ居ルト
思フ。

大人・＞ドチラガ、ヨリイッソウ尊敬ノ語トナルカ
先生・＞
大人ノ方ハヨリ尊敬ノ語デス。大人＝閣下（日本ニ於ケルノ），多ク役人ニ
対シテ使フ

j
中南小票＝中南銀行ノ一円紙幣。

k、一辺亭銅亭銅的跑上扶梯去，一辺他嘴裏還在

叫：

『邁而西，馬弾姆，邁而西，馬弾姆！』

西洋歌ノ発音カ又ハ支那ノ歌ナラ何ノ歌カ及ビ意味

（メルシー、マダム＝仏蘭西語、有難フ 奥様）

m、他嘴裏的幾句『邁而西，馬弾姆！』還没有叫完，

剛跳上扶梯的頂辺，就白弾的一響，詩人何馬

却四脚翻朝了天，叫了一声『媽吓，救命，痛

煞了！』

（コン畜生）

直訳スレバ 2『御母様ヨ』ダガ

ソー訳シタラヨイデショー

n、楼底下房東太太床前的擺鐘却堂々的敲了両下。

（置時計）ソーデス

我慢ガ出来ナクナッタ様ニ（自分ノ考ヘヲ

発表スルヿヲモウ

我慢ガ出来ナイ

o、

詩人回過頭来，向馬得烈的還揑着両張鈔票支在床沿上的右手看了一眼，就按捺不住的軽々対馬得烈説、

壊レタ眼鏡（ヲ撫デテヤメナイ）カ？

或ハ軽々対馬得烈説ノ形容カ？

P、

『有了，有了，老馬！我想出来了。就把框子辺上留着的玻璃片拆拆乾浄，光把没有鏡片的框子帯上出去，豈不好麼？』（只）

馬得烈聴了，也喜歓得什麼似的，一辺従床沿上站跳起来，一辺連声説…

「言ヘ様ノナイ様
ニヨロコンデ」
実ハ只「大変
ヨロコンデ」ノ
意

438

「原」ハ誤植
ダロー

q、
擱起了、腿、（腿。
腿ヲ。組ムヵ。
腿ヲ並ベルカ？
）

R、
我們這一位性急的詩人，放出勇氣，急急促促的
運行了他那兩隻開步開不大的短腳，合着韻律
的急迫原則地搖動他兩隻揑緊拳頭的手，同貓
跳似的跑出去又跑回来跑出去又跑回来的……
規則的ノ意ヵ

r、
「老馬，我們詩人応該要有覚悟縫好。我想，
今後詩人的覚悟，是在坐黃包車！」
馬得烈很表同情似的答応了一個『烏衣』之後……
＝
喂喂ト同ジカ？

「ウイ」（仏蘭西語＝yes。コノ詩人
ハ仏国留学生ダカラ、ヨク仏語ヲ使フ）

車夫們也三五争先的搶了攏来三角角子両角洋

鈿的在乱叫。

臭荳腐。（油デ揚ゲタ豆腐）?

少シ、クサラシタ豆腐、西洋ノ「チーズ」ノ類

「角子」「洋鈿」皆十只「銀貨」ヲ意味ス

s、

『喂！嗳嗳，……大人，郎不嚕蘇，怕不是法国

人罷！』

Lombroso（意太利ノ学者）

t、

詩人聴了這一句話，更是得意了，他以為老

馬在暗地裏造出機会来使他可以在房東太太面

前表示他的博学，……説…

u、

『老馬，怎麼你又忘了，郎不嚕蘇怎麼会不是

法国人呢？他非但是法国人，他并且還是福禄·

対児的接拝兄弟哩！』

Voltaire

直訳スレバ

ロンブロソ―ハ何シテ仏蘭西人デナイカガ出来ルカ？

他ハ仏蘭西人デアルノミナラズ、他ハ且ツヴォルテルノ義兄弟ダイ！

（「接拝兄弟」トハ何ノ関係モナイ人ガ情意投合ノ為メ、誓テ兄弟トナル。日本デハ「義兄弟」ト云フカ。例ヘバ、三国志演義中ニ於ケル劉、関、張三人ノ如シ。

「詩官」ハ作者ノ
拵ヘタ名詞
一詩ノ御蔭デナッタ
役人」ノ意、少
シ訳シニクイ。
「詩ノ役人ート又
違フ　或ハ只
「詩ノ役人」ト訳シタ
方ガ解リ
易イカモ知
ラン

「言ヘナイホ
ド慌テテ…」＝
「大変慌テテ」

v、他覚得『末世詩人』這塊招牌未免太旧了，大有
更一更新的必要，況且機会湊巧，也可以以革
命詩人的資格去做詩官。　（詩ノ役人）？

w、詩人一見到笑迷迷地迎出来的中年老板，馬上
就急得什麼似的問他説：…（　　　　　　）

x、『是不是？仮如你們店裏在這四日之内，也要
死人的話，那豈不就誤了我的名片的日期了麼？』
（どうだい？）　（…ぢゃないか？）訳ス可シ
或ハ「ソーダロー」トモ

y、她看了他這一副痴不像痴傻不像傻的様子，

（馬鹿らしい。　　）＊

直訳スレバ＝馬鹿ラシクモナイ、阿房ラシクモナイ
実ハ只＝馬鹿ラシイ

z、
一盤很紅很熱很美観的蕃茄在那裏。
（トマト）

a'、
詩人喝了幾杯三鞭壯陽酒。
（支那酒ヵ西洋酒ヵ）西洋酒ナラバ　原名?
「鞭」＝男性生殖器　「三鞭」＝三種ノ動物ノ生殖器（腦腦膽ナドデョー）
（動物に限ツテ使フ）

b'、
何詩人，你今晩上可以和我上大華去看跳舞
麼？你若可以為我抛去一両個鐘頭的話，……」
＝ステル＝無駄ニスル＝ツイヤス
（自分ノ為メニ一二時間ヲ割ク）　而シテ　話ノ字ハ?　＝ナラバ

c'、
……亨亨的念出了一首即席的詩来‥
「噯噯，坐一隻黒潑麻皮児，……」
黒潑（　　　）?
麻皮児はモビール（汽車）が
　or
黒潑麻皮児＝Hup mobile　ノ音訳

442

a、『……哈哈哈。』梁副官雖然是好人，笑起来可
像壊鵝。
　　　　　　　　　　（ワルイ鵞
　　　　　　　　　　　グロテスクな鷲鳥の鳴声
　＝
不弓　思ニニ鳥鹿ラシタテ意地悪ノ〳〵ニ云「意味ダロー　支巨デハ豁鳥ハ馬鹿ナモノタ
ト見ラレテ居ル

b、『你愁什麼，』梁副官舐舐手指，翻着賑簿。
　　　　仕事
『事情問姨爹要，要不到就住在這里吃，慢
慢地来，哈哈哈。』要字ノ訳し方（貰フ
　　　　　　　　　　　　　　　　　　仕事（就職口）ハ姨爹ニ（探シテ）
　　　　　　　　　　　　　　　　　貰フ　クレナケレバコ、ニ
　　　　　　　　　　　　　　　　　住ミ込デハ食フ・ユクリト

c、他便想掙口気　（他ハ奮発ショウト思ッタ）
想掙気（奮発ショート思フ）　直訳スレバ「一息ヲ努力スル」
　　　　　　　　　　　　　　即チ「奮発スル」

d、他聴着隔壁梁副官格達格達地在打算盤，打。
打着。梁副官用了九成鼻音喊人。　（算盤ヲ打チナガラ）少シ
　　　　　　　　　　　　　　　　　　　　　　　　違フ
　　　　　　　　　　　　　　　　　〃　〃　〃　パチンパチンヤリナガラ
　　　　　　　　〝打ツテ打ツテソーシテ（随分打ツテカラ）

443

国民党ガ「北伐」ノ前及ビ最中、北洋軍閥ニ対シテ不平ヲ抱ク所ノ革命的ノ学生達ガ
学兵＝随分、広東ニ行キマシタ。コンナ人々ヲ兵隊トシテ訓練シ、実ハ兵卒ダガ併シ別ニ「学兵」
ト称シタ。「学生上リノ軍隊」ノ意デス。彼等ハ北伐ノ時ニ沢山死ンダ

e、上士以前当学兵，現在晩上没事就些書。（　　）

f、睡覚行頭。（寝具？）

g、拼死命找人説話　ヲ洒落ニ云フ＝ネル道具
（一生懸命で就職口を（さがす？）シテ貰フ）
二人ニ頼ンデ云ッテ貰フ＝人ニ頼ンデ

h、趙科貝定了幾份白〜話文的雑誌。
（定期読者ニナル♀）

444

粥ヲ食ルキ＝（朝食ノ時。〃）

併シコ、ニハ「ヤリカタ」トシテ使ツテルヨーダ
傾向、オモムキ。

i

吃。稀飯。的時候他問薛取発：

『你。的政策以為鹹鴨蛋的趨勢好，

還是皮蛋的趨勢好？』（

（黒クナッタ塩　塩漬卵ノ一種デ日本ニナイ　ソノマ、書ク外
漬卵。）　　　　　　　　　　　　　　　　仕様ガナイ

j、

炳生先生還是一刻也不休息地埋頭抄

麻衣什麼，而且用恭楷。

『両個理想：』又自己商量着，『一個趨

勢使他們不重心，一個趨勢是自己同処長

科長感情好起來。這様才能算是青年範

囲的政策」

　　　　　　　（ティネイナ楷書）

　　　　　　　　　　不重心は＝安心させる？
　　　　　　　　　　　　心配サセナイ
　　　　　　　　　　　　（不平を起させない？）

k、

445

第二天有個大信封的東西到梁副官手裏：

叫他『毋庸』到処裏弁公了，叫他『另候任用』

（解雇）or（休職）

m

炳生先生心臓一跳。他記得相書上説二十幾
歳的人是走額頭運。他対鏡子照額

頭：額頭很豊満。

走額頭運トイフノハ麻衣相法ノ秘伝デ内容ハ
凡人二解シ難イデセウガ、セメテ日本風ニコノ四字
ヲ読ム法ヲ！額頭ヲ走ラス運？ト読ンデ見
テモ何ノコトカ解ラナイ、嗟呼！

相法ニヨレバ、人
間ノ運命ハ、顔ノ
様子ト関係ス。
年齢ニ比例シテ
顔ノ上カラ下ニ行ク。
例ヘバ二十歳ナラ、額
ノ運ニ当ル（即チ額
ノ形ガヨケレバ、運命ガ
ヨイ、ワルケレバワルイ）
三四ナラ鼻ノアタリ
ノ運、五六十ナラ
口辺ノ運、七八十ナラ
アゴノ運、九十一百ナラ…？

走額運頭トハ額ノ形ト相応スル境遇ニアル↑
額ガ豊満ナラバ運
ガヨイ筈ダ

a　『江斌，撈単要鋪平哪，你真是！……』

「御前ハ本当ニ(馬鹿ダ)ノ意」
「お前はほんとうに！」カ
「モット下ノ方ニ」
(もっとゆるくせよ)カ?
還要放下些！…

b　……談来談去談到娘児們，因此連帯地把脱褲的事也談到些。…
（女）カ　（〃ノ27・6）　（猥褻ナ話）カ
「女」ノ意、但シ軽蔑ノ意アリ　『皮帯』ノ26・9
ツイデニ
只ダ、褲ヲヌグ、トデアルガ
性交ヲ指シテ云フ
ダロー

c.　少尉准尉雖然只是起碼官児，可總是官児，不是士兵
（最初、最底）ノ意カ（〃ノ29・5）
（両親・父ト母）カ（〃〃・13）

d.　娘老子

e.　用了九成鼻音喊人。
『江斌，江便』
（キャンピン、キャンピィーン）ナルヤ？江ノ発音ハチヤング
キヤン
支那デハ、「チアンヒテス
（〃〃・3）　（〃ノ31・2）
（キャンピン、キャンピィーン）ナルヤ？江ノ発音ハチヤング
キヤン』ノ孰レ乎？

九成鼻音
（九十パーセントの鼻音）
発音ハ多ク
鼻ヲ通シテ
出ル

f.　『申飭』。
（戒飭ヲ申シ渡ス）ノ訳ニテヨキ乎。
（〃　37・9）
「戒飭」タケデス。シカシ、コー訳シ
テモヨイ

g.　『勤務兵就……』她揺揺頭。『十塊五毛銭一個月，火食吃自己
的，忙又忙得個要死，外開一個也没有。…（〃ノ39ノ9・10）
意外ノ収入ハ一文モ無イ
（ほかに一つも（就職口）のあきがない）
（空）

「外開」トハ、アタリ前以外ノ収入、例ヘバ賄賂

（コン畜生！）ノ罵言カ？

h、『狗婆養的，此刻不是又想到了！』（〃・40・9）

i、『他們哪里替我誠心找事，誠心找還找不成麼，一個中将処長？……我的事情，他們只説説風…風……

下江人（　）

風什麼話的。

（長江下流地方ノ人）

炳生先生記得『下江人』対這些話有個専門名詞，

風涼話
（スヾシイ｛ヲ言フ
ナンノ関係｝ヨーナ
モナイ｛ヲ云フ）

叫風什麼話，但中間那個字怎麼也想不起。

（風□話）＝風話ハ噂話？

j、経過職務：『曾任伝令中士，須至履歴者。』（〃・40・11……41・1）

履歴ハ右ノ通リナリ（以テ履歴ト為スベシ）ノ意カ？

k、『五哥你説鹹板鴨好還是焼鴨子好？』（〃・43・3）

（鹹＝塩漬ケニシテ乾シタ家鴨ト｛焼家鴨｝）（〃・43・11）

収発
（受附）l、中尉収発。（〃・44・7）

m、『恭喜鄧先生。請你蓋個私章。』掀開一本簿子。（〃・46・10）

私章、個人ノ印、
役所ノ印デナイ（撿印シテ下サイ）＝サインシテ下サイ？

右令少尉司書鄧炳生准此（〃・47・1）

右、少尉司書鄧炳生ヲシテ鄧炳生ニ此ヲ准ス。

令ハ n、
以下全句ト連絡スルヤ？
又ハ少尉司書ノミニ
連絡スルヤ？

（右、少尉司書鄧炳生ニ令ス。　此（右）ノ如クセヨ！

448

オ前ハ見エナイノカ
(知ラナイノカ
ノ意)

オ前ノ何トカ云フ必要ノナイコトダ
(オ前ノ知ッタコトデハナイ)
(委任)

o、『這是処裏的公事，你没看見麼。還要呈請部裏正式委。』
(〃・47・4)

p、弁公庁。(事務所)
(〃・〃・8)

人トナルヤ・ムヅカシイ
(兵卒二軽蔑サレル長
官ハ仕事ハ難シイモ
ノダ)
(命令ナド
ヲキカナ
イカラ)

q、給士兵瞧不起的長官，做人是很難的……(〃・48・2)

(旦那ヲッケルノ(ハ軽蔑ノ口調デス

勤務兵ノ兵隊語ナルヤ

r、『我説本処裏的勤務老爺。』
(〃・〃・5)

性ノ話ハ屹度ト
話シマスガ、ソノ
外ハ

s、性的事件必須要談的以外，就是電影哪家好，…
(言フマデモナク、ソノ外二)
(〃・48・49)

t、撤了差。
(ツトメヲ忘ケル)
ヤメラレル
忘ケル
(〃・49・2)

u、上校。
(校は軍隊編制上、将官ト尉官トノ中間ニアルモノカ)
ソーデス

v、起居是有江斌伺候。照規矩炳生先生可以跟另一個尉官合用
一個勤務兵，可是他没用，毎月就能拿半個勤務
兵的銭：五塊両毛五。江斌服侍，毎月給江斌両塊大洋。
誰=炳生
か
所以炳生先生毎月的収入一起有四十五塊両毛五了‥那三
塊両毛五是額外収入……?(〃・51・5—8)
コノ句ノ主格(subjekt)ハ?

当前ハ炳生先
生ハ外ノ尉官
一人ト共二、一人
ノ勤務兵ヲ
ヤドルノガ
出来ルノデス
ガ、併シ彼ハ、ソレヲ
催用シナイデ、ソ
ノ給金ノ半分ヲ
自分ノポツケトニ
入レタ

或ル仕ゴハ、モー
ナレテ居ル苦グ
ノニ、併シ、マ
タ、言ツケナ
ケレバナラ
ナイ

w、『江斌，江便。……喊你怎様総不来，嗯?……有的
事情做慣了的，還是要嘱咐，真是……』
（エ?）（オイ?）
（「?」）
（〃・51・11—12）

x、『她来了之後，你的家庭範囲還重心不重心?』（〃・53・2）
（安定）ノ意カ?
困ル

y、『那真是能者多労。』
ヨク出来ル　苦労
（エライ人ハ心配ガ多イ）?
（〃・53・5）

z、接着満不在乎地笑了，不過笑得很緊張
ナンデモナイヨーニ
（満不在意的）ノ意味カ?
（〃・56・4）

ナホ『皮帯』全文の主要ナル地址タル『処』ハ
『処長姨爹』ノ『処長』ナドノ『処』、

日本語ニ訳シテ適訳アラバ教ヘラレタシ
局ト訳シタラ、ドーテス

直訳スレバ＝「苗字ハ、苗字トシテハ……牛デスガ！ソノ苗字ハ大シ
タモノデモナイカラ、ソー人ノ ノニ ノボラナイ。
「ウシ」ハオモシロクナイ苗字ノ為メカ、或ハエライ
人ノ親
類デナ
イ為メ
デショー）

（姓ハ姓ヲ……ト云フ即チ……姓ヲ牛ト云フ）？

a、姓是姓……姓牛！因為姓得不大那個，很少
被人提起。

|背履歴|
履歴ヲ普通ニ叙スル方式ニ背スルノ意カ？

……（ 暗誦 ）
只 |背 履歴|

（成語）カ？

ドーシテ何時デモ履歴ヲ喋テルノカ

『幹麼儘|背履歴|？』

|三挖子|
b、|三挖子|是專門伺候他的一個不大不小的孩子。
（稀鬆的恋愛故事・86・3―5）

（三挖子ト八勝手ニツケタ名デアロウガ、意味如何？（〃・86・〃）

|打茶囲|
妓館ニ
テ茶ヲ飲ム
c、『唔，是不是去打茶囲？』
（一同デオ茶ヲノム）カ？（〃・87・5）

|下水|
d、『你幹麼不就「下水」？』
（猥褻行為）ノ意味デアロウガ、明亮ナ意味不明、（〃・87・9）
トマル
？

（女
e、『仙女牌的呢？……那麼瓦嫩踢奴牌的呢？……』
（ヴァレンヌ）？ト発音シテイ、カ
イ、デス）
（〃・89・12）

郎買ノ　専
用

|不口|癩児
f、『男的瞪着眼瞧她，似乎想従她頭髪裏找出|不口|
癩児式的半個世界来。 （〃・90・7）
コノ発音及ビ脱字ヲ知リ度シ

アメリカノⅠデス故意ニソンナワルイ字ヲ使ッタラシイ
（アメリカ）ト発音シテヨキヤ？

g、「聴説現在耗痢窩的電影明星還作興大
嘴哩。」（〃・90・10）

Vis-à-vis
支那語ナシ
書クナラ「面
対面」

ソーデス
（乾シタモノ）ヲ乾シタモノ
（家鴨ノ胃）為？
乾鴨肫

i、那個賛許地笑着…猪股癩糖使他的牙歯成
了乾鴨肫的顔色。
（〃・91・2）
ソーデス

h、電燈下垂着的緑色流蘇。白綢子卓布。
汽炉。 Vis-à-vis
（中国語ニテハドウ書クカ）
（〃・91・5）

j、猪頭肉。
（ブタノ頭ノ肉）カ？
ソーデス
（〃・97・6）

k、「詩人怕我割他靴子。」
（彼の愛人ヲ奪フ）ノ意ト思フガ如何？ソーデス併シ専門ニ
女郎ノ㐧ニ使フ
C？
（〃・98・4）

l、「你真像Crara Bow，是真的，越看越像。」
（〃・101・7・8）

ア奴ハドンナニ
見醜クイタロー
何シダ、
汝ハ醜クイ
ト云フノカ
？

「那够多難看！」
「怎麼，你説難看？……」
（彼女ハソンナニ綺麗テハナイ！）ノ意カ
od
（デアルⅠガ出来ルカ？）

452

一個鐘頭トハ一時間ノコトデ
時間、日記ヲ書イタ
一時間ホト、鏡デ自分ノ顔ヲ見タ

鐘、枕頭ニ置ク目醒時計ノ意カ？
（醒鐘）

（一）

鐘頭 〃 〃
（発音ノ関係カラ鐘ハ
床ヲシャレタモノカ）

m、直到各人回去，他們没做什麼減『霊』的事。

這晚羅繆写了一個鐘頭日記。

這晚朱列照了一個鐘頭鏡子。　（〃・101・10—12）

（一）

n『你瞧這風景夠多好！』女的看着些画片。……

『這像牯嶺那個什麼，』他説。

牯嶺
クーリン
（何処ノ山カ？）
（江西省ニ
アル廬山
ノ異名、
避暑地
デス）

o、『牯嶺我没到過。』　（〃・102・1—4）

『燙手！』她那被粘着的嘴叫。
手ニ焼ドスルゾ
（オヨシナサイ）
コノ字ハ俗語ラシク意味不明、『ヒドイ』トカ
『オヨシナサイ』ト云フヤウニ意訳サレルト思フガ
意デショー

p、『瞧瞧她的日記，』羅繆拿給我們看。『別瞧她不起，她簡

直是個女作家。只是文句裏多幾個「了」字。』

『我真是如何的傻呵！（a）

我知道我錯了！（b）他一百三十

『我真是如何的傻呵！（a）

四号信上告訴我了！我真是如何的傻呵！（b）』
　（〃・105・1—2）

コノ句ハ前ノ二句ト接スルカ？後ノ一句ト接スルカ？
両方トモ接スル、実ハ a＝b、一句アレバ足リルノデス。

料理屋（外ニ特殊ノ意味ナシ）

q、
館子ハ旅館ノ意カ、料理屋ナドニ行クコモ上館子ト云ハナイカ、モット特殊ノ意味ガアルカ？

上館子二百余次，（詳見他倆的日記）
（宿泊）金スルト云フヤウナ　　（男女倆個ガ同意味ガアルカ？
（　"・106・5）

r、
『我們的窗檔子用淡緑色印度綢的，好不好？
窓ノ格子ホト
（　"・107・2）
当前ハ窗ノ格子デス、併シコ、デハ窗ノ幕トシテ使ツテ居ル、作者ノ誤デショー

s、
千把塊銭。
（一千ドル）

些塗退光漆的木器。
支那語デス。ピカ〳〵（光ルモノ）専門的ナ西洋語ガアルカ？

t、
『繆，鋼琴送来之後放到哪間房裏，你説？…Betty，你
ノ為メニ（用意シナカツタ）了（ヨイ）

看見羅繆最近的詩没有？我想給他画張油画像。

对不起。今天没給韓太太預備好酒。老柏你瞧……』
（メヤ〳〵シテ）

朱列指着一位客的怪臉，把三条指頭放在嘴上笑。
韓太太？
（ソーダロー）

坐在羅繆的上手。

他拉拉羅謬的袖子……

大家吃飯。

（十皆）
who?
（吃飯ノ字ノ主語ナク、頗ル解シ難シ）

十輩子＝十生涯
（実ハ「一生涯」ノ丶ヲ洒落ニ言フ丈）

『詩人，我怕我十輩子也找不着個把愛人。』
（我等十人ノモノモ）
即チ（大抵ノモノガ）？

a

『朱——列唷!!!』誰在後面大叫。

趕緊回頭——

唔，売猪頭肉的。

『朱列，猪頭肉，』他念着「猪頭，朱列，

朱……猪頭肉，肉，列，朱，猪……』

最後の語ハ単ニ他ノ意識ノ混乱状態ヲ表現

セルモノニシテ朱列ト云フ語ト猪頭肉ト云フ

語ト特殊ノ（慣習的ノ）関係ハ無イカ？

或ハ朱列ト云フ語ガ特ニ猪頭肉ノ紅キ新鮮ナル

ト云フガ如キ意ヲ言外ニ含ンデ居ルカ？

「朱」ト「猪」トハ
同音。

「列」ト「肉」ノ
発音ハ似ッテ
居ル。

ダカラ「猪：
肉」ト言ヘバ
「朱列」ノ様
ニ聞エマス。

455

b、『好極了，比瘟西，還好。』

是後期印象派。

文芸復興期ノ画家

『幹麼拿我比瘟西，我們派数不同…我們

瘟西（Leonardo da Vinci ）

チョット僕ニハ見当ガ
ツキマセンガ

c、『那够多難看！』

（那ハ非常ニ見ニクイデハナイカ！）

コリヤ

456

今古奇観「喬太守乱点鴛鴦譜」

○那裴九老，因是老年得子，愛惜如珍宝一般，恨不能風吹得

（風ガ吹クト直ニ大キクナツテ早ク結婚サセル「ガ出来ナイ「ヲ恨ム＝極ク迅速ニ生長シテ結婚ノ出来ル「ガ出来ナイ「ヲ残念ダト思フ）

（風ガ大キク成長サセテクレタラトサヘ思ツタ…ダカ ソレハ不可能デ）

○大，早些児与他畢了姻事…

○玉郎従小聘定善丹青徐雅的女児，…

丹青（画）ノ上手ナル徐雅
善丹青―（上手な）画家？
or聘定善、丹青…

○因冒風之後，出汗虚了，変為寒症

汗ガミンナ出テシマツテ
or盗汗ヲ非ズ
汗ヲ沢山カイテ
衰弱（虚）ニナツタ
（薬デ出シタノダロー）

○万一有些山高水低，有甚把臂，…

ドンナ把握ガアルカ＝危険カモ知ラン
＝簡
＝便

○第二件是耳上的環児，此乃女子平常時所戴，最軽巧也少，

丁子ノ形ヲナシテ居ル耳環ダロー（大抵銀製）

○不得戴対丁香児。（耳環ノシヤレタモノハ丁香ノ実カ？丁香児ヲ

耳環トシテ als・用ヒルノカ？又ハ丁香児ハ単ニ大サヲ表ハスモノカ？

○特ニ附戴スルモノカ？又ハ普通金銀ノ耳環ノ付属的装飾品トシテ

一番簡便ナ「ニスルモ一対丁香児ヲ掛ケナケレバナラン

○専候迎親人来，到了黄昏時候，只聴得鼓楽喧天，迎親

―丁香トハコレ

○輔子，已到門首，……孫寡婦将酒飯犒賞了来人，想念起詩賦。

457

（or文）

花嫁ノ輿入ノ時ニ人アリテ詩ヲ歌ツテ其ノ輿入ヲ催促ス。詩或ハ文ハ旧作アリ、
或ハ新製ス。ソレヲ歌フモノハ或ハ文士（大抵花嫁ノ親友ニ頼ム）或ハ道士（催用）。

「新」ノ誤リ、
「新人」＝花
嫁

諸親人上轎，……

（想念起詩賦、諸、親人上轎……詩賦ヲ念起シタノデ、諸ハ
親人ノ上轎スルノダト想ヒ？詩賦ハ誰ガ念ズルノデアルカ、ド
ンナ詩賦カ？新郎ノ所ヘ行ツタ時ハ攔門ノ詩賦？

○孫寡婦又叮嘱張六嫂（媒婆）道『与你説過，三朝就
要送回的……』

（三日目）
（結婚シタ三朝ニ八新人ハ時トシテ、生家ヘ回ル風習アルヤ？yes

○且説迎親的，一路笙籬聒耳，紅燭輝煌，到了劉家門首，
賓相進来説道……

（迎親的ハ人夫（雇ハレタ労働者）yes カ又ハ親戚ノ者カ？no

賓相ハ結婚式ノ導師ノ如キモノト思ハレルガ（西洋ナラ牧師？）コレハ
僧侶 or 道士ノ如キモノカ又ハ他ノ特定ノ職カ、又ハ普通ノ親類 or 知

賓相、花婿ヲ
連レテ嫁ヲ迎フニ
来ルノデ大抵花
婿ノ親類或ハ
友達デス（年ハ若イモノデナケレバナラン）

458

人中

○人ガ臨時ニナルモノカ　yes

支那ノ人ハ人ガ
昏厥スルトキニ
若シ其ノ人ノ「人
中」ヲ爪デカタク
押シテ置ケバ死
ンデ仕舞ハナイ
望ミガアルト考
ヘテ、居ルモノデス。

○只見頭児歪在半辺，昏迷去了，……当下老夫妻，手忙脚乱，
捺住人中，即教取過熱湯，灌了幾口……

（人々ヲソノマゝ押シ留メテ　オキ）

○這事便有幾分了　（ソノヿハ幾分ノ望ミガアル様ニナル）

○木餓　（麻木的飢餓？）不明、誤字アル、只「飢餓」ノ意ト思フ。
云ヒ方ハ後者ケレドモ、意味ハ前者

○『与你一頭睡了』（いっしょに？　同じ方へ頭を並べて？）yes

○『還像得他意……』（彼の意の如くになり得んや？）yes

○『須与他干休不得…』（干休ハ関係ト云フガ猶キカ？）

彼ト只デアム。
「ガ出来ナイ
＝彼ト平和ニ
ナルヿガ出来
ナイ

○皮箱内取出道袍鞋襪；
（トランク）？　（外套ノ）（地下足袋）？
ゴトキモノカ？

道袍＝道士ノ着物ノ意ダケレドモ、
コ、ニ、只長イ衣服ノ意グ。
鞋＝クツ、襪＝足袋。

○『可恨張六嫂這老虔婆、、、』
（悪罵）ノ為メニ用ヒシカ？
ココデハ

悪婆（悪罵ナリ）

459

罵ム奴ガ頭デ
罵マレル奴ノ
懐中ヲ撞タ
（ムネノ処）

毫レ、ハヅカシク
ナイカ？我ガ
仮面一ッ上ゲマ
ショウ、人様ト
遇フキ、ツケナ
サレ！

○ 罵道『老忘八，依你説起来，我的児応該与這殺才騙的』

一頭撞個満懐…

（ドカント全体デブッツカッテ行ク？個満懐ハ自己ノモノカ、対者ノモノカ？

○『老忘八，羞也不羞，待我送個鬼臉児与你帯了見人』

（鬼臉児ハ你ノモノカ、or第三者（人）ノモノカ？

○ 正値喬太守早堂放告…

（朝ノ勤務ヲ宣言シタ？no　朝、裁判スル処ニ出テ　告訴状ヲ受取ル「

○『…誰想他縦女売奸…』　縦＝故意ノ放任　（縦）＝

（ユルス、放ッテ置ク？）自分ノムスメヲ淫売サセル

○『我看孩児病体，凶多吉少，若来家，冲得好時，…』

『況且有病的人，正要得喜事来冲他，病也易好…』

『故将児子粧去冲喜…』　冲。

冲＝衝（突）＝プチコハス。ダカラ男ガ重病ナバ二花嫁ヲ迎ヘ

冲？

支那ノ迷信…
家ノ中、或ハ
人ニ、不吉ナ「
アルバキハ花嫁
ヲ迎フコトアリ。
喜事ガ不吉ノ
運命ヲプチコハスコガ出来ルト思フ。冲＝衝（突）＝プチコハス。
パソノ病気ハナホスト云フ。又、他人ノ結婚式ニ行ケバ、矢張、コンナ効メアルト思フ。

○本該打一頓板子…（板デ罪人ヲ殴ル？）yes

喬太守援筆判道—

○「弟代姉嫁，姑伴嫂眠，愛子愛女，情在理中；一雄一雌，変出意外。移乾柴近烈火，無怪其然；以美玉明珠，適逢其偶。孫氏子因姉而得夫，懐吉士初非衒玉。相悦為婚，礼以義起。所厚者薄，劉氏女因嫂而得壻，撥処子不用踰牆；（抱？）yes

事可権宜。令徐雅便壻裴九之児，許裴政改娶孫郎之配。奪人婦，人亦奪其婦，両家恩怨，総息風波；独楽楽，不（楽ヲ楽ス？）yes

若与人楽，三対夫妻，各諧魚水。人雖兌換，十六両原只一斤；親是交門，五百年決非錯配。以愛及愛，伊父自作氷人。；非親是親，我官府権為月老。已経明断，各赴良期。」（以上句読符号ハ原本ノマ、デスガ誤ハナイデセウカ？）

広益書局

吉士（好男子）

コノ言葉ハ諺カno

親是交門，五百年決非錯配yes
or 親是交門，五百
年決非錯配no
意味ハ
or（親是交門，五百年？）
（決非錯配？）no

非親是親（　）

以愛及愛ト（伊父父母ノ形容語カ？）no
伊父母ハ汝等ガ父父母カ？or（父母老爺（地方長官）ノ略カ？）no

「彼等ノ両親ノ意味デスカ？」
「彼等ノ両親ノ意味デス。」

良期（結婚式ヲ指スカ？）
コンヤ ヨイ時＝結婚式挙行ノ時間

461

親是交門、五百年決非錯配＝コノ親類ハ相互ニ親類ニナッタ、五
百年前カラ決メタモノデ決シテ誤ッテ配合シタノデハナイ（諺語ニ「夫婦ニナル
ノハ五百年前ノ縁（因果）カラ、ナルノダ」ト云フモノガアルカラ判語ニソー云フノデス。

以愛以愛、伊父母自作冰人＝愛子（或ハ女）ノ結婚カラ愛女（或ハ子）ノ結
婚トナリ彼等ノ両親自分ガ中人ニナッタノデ

非親是親、我官府権為月老＝親類ニナル筈ジヤナイノニ親類ニ
ナリマシタ、我役人ガ先ヅ中人ニナリマシヤウ。

462

沈…等ガ幾筆カ
塗ルトヂキ銀子幾
両ヲ値スル
（様ナルモノヲ
フヽヲ）免ヌカ
レナツカタ。

○取出花紅六段，教三対夫妻披掛起来

花紅 (直訳スレバ簪ザシト)赤イ網デスガ併シコヽニハ只「赤イ網」トシテ使フ。

○蘇州閭門外有一人

今古奇観「転運漢巧遇洞庭紅」

（閭門ハ普通名詞カno 特定名詞。個有名詞カ?yes

○先将礼物求了名人詩画，免不得是沈石田文衡山祝枝山搨了幾筆，

便直数両銀子…(コノ免不得ハ…数両銀子マデノ句ニ意味ガツナガルカ?yes)

○妝晃子弟 (モダンボーイ、ハイカラ子弟?) 不明、恐ラク後者ダロー

○北京微滲却在七八月 (微滲ハ梅雨ノ如キ〔デ〕ジメジメシタ天気ノ事カ?デス)

更加日前雨淫之気，鬪着扇上膠墨之性，弄做了個「合而言之」掲不開了。

（一括シテ云ヘバ ）＝「粘着シタ」ト
云フヲ「ヲ洒落レテ云フダケダ

毎日ノラクラ食ッテ行ク
＝
日々ヲ追フ

趁日＝no
（毎日）？

做家（生計
ヲ立テル、食ヒ
ヲ行フ）yes

○但只是嘴頭子謅得来，会説会笑，朋友皆喜歓他有趣，

大模大様過来的、
（セイタク）生活
ヲヤッテ来タ

他自大模大様的，幇間行裏又不十分人得有隊有他的

彼ヲ寺小屋ノ教師ニナラセタイト思フ

ソウ人ニスカレナイ

不十分得人有他做隊的，

大鼓持ト家庭教師ノ二種類ノ人間カラ彼ヲ見ルト真ニ変挺古ナ顔ヲスル、

打從 カラ
幇間的処館的両項人，見了他也就做鬼臉……

彼ノタク┼有リ、
＝一定ノ職業ヲ持タナイ人

彼ノ顔ヲ見ルト

誤
益広　務商

游要去処，少他不得，也只好趁日不能勾做家，況且

要薦他坐館教学，又有誠実人家嫌他是箇雑班令，高不湊

低不就，

他做隊的
不十分得人有

（アマリ彼ヲ仲
間ニ入レテクレル
高慢ナ態度

メッタニ……ナカッタ
or
モノハナカッタ？

○恰遇一個瞽目先生，敲著「報君知」走将来

（　　）カラ言ヘバ、・ノ方カラ見ルト？

（　　）ドンナ鳴物？＝
金属製

坐館教学
（家庭教師）

○看見中間有個爛点頭的揅了出来；

雑班令
（游芸人？）

○裏肚（胴巻）？
or
腹巻＝
yes

何ンデモヤル人＝何デモアヤシイ人

（　　）爛点ノ出来テ居ルヤツ？yes

464

○只見那個人接上手，擷了一擷道『好東西呀』撲地就拍開……

驀地 =
（直チニ）？急速ナ動作ノ形容カ no
ポント？音ノ形容カ yes

○俺家頭都要買去進可汗哩

（俺ノ頭目）（俺ノ主人）只、「俺」ノ意味ダト思フ。

○衆人喫驚道『好大龜殼，你拖來何幹』他道『也是罕見的，帶了他去』衆人笑道『好貨不置一件，要此何用』有的道『也有用処，有甚麼天大的疑心，是灼他一卦，只沒有這樣大龜藥。』

（龜甲ヲ灼キテ、ソノ坼裂ニヨッテ吉凶ヲ占スル時、龜藥ナルモノヲ要スルカ、如何ナル方法デソノ龜藥ヲ用ヒルカ、）

○祖母緑　（緑玉の一種か？yes）
Emerald

龜藥ハキイタ
コトナシ、思フニ
龜甲ヲ灼ク
キニ使フ処ノ
『艾』ヲ云フナラン

465

今古奇観「転運漢巧遇洞庭紅」の下半部

○衆人都笑指道「敝友文兄的宝」，中有一人襯道「又是滞貨」•

（　）オセッカイを云つて？ no

（　）クチバシを出して？ yes

○文若虚也心中鑊鐸，忖道「……」

（=兀突=
変ダト思ツテ=）

ビクビクさせて？

ドキドキさせて？

○遂叫店小二拿出文房四宝来，主人家将一張供単綿料紙，折了一折，

（=契約ヲ書クニ使フ紙（靭性
アツテ日本ノ三椏デ拵ヘタ紙
ノ様ナモノ）

○立合同議単張乗運等，……各無翻悔，有翻悔，罰契上加一，合同為照，

（加倍）？no 一割増デス。

〇況且文客官是単身，如何好将下船去，又要泛海回
還，有許多不便処（惑心ノ為メニ）

足デ地面ヲタゝイテ云フ

〇説得文若虚与張大跌足道「果然是客綱客紀，句句有理」

A船ニツンデ帰ルノ=客様ノ手足ノ
B船ヲ出シテ帰化？意味、即チ「実ニヨク
荷物ヲノ意味ヲ含ム（客様ヲ助ケタ(トリアッカッタ)モノ）ノ
荷物ニハ関係ナク
yes no
意

ドウシテツレテ船ニ行ク「ガ出来ルカ」=

〇「這是天大的福気，撞将来的，如何強得」
天大的福気ガ撞将来的、（？）
or
天大的福気デアッテ、撞将来ト思ッテモ如何デ強求シ得ンヤ（？）
撞将来的ノ句ハ前文ヲ受ケルヤ、後文ヲ引クヤ

コレハ天ノ様ナ大
キイ好運デ、コレ
（=好運）ハ自分デ
飛ンデ来タノデ
ドウシテ人為的ニ（拵ヘル「ガ」
出来ルカ

文若虚道

〇「好却好，只是小弟是個孤身，畢竟還要尋
幾房使喚的人，纔住得，」
（使喚的人ヲサガス「）
=
主人道
「這個不難，都在小店身上」文若虚満心歓喜，
（何ガ小店ノ身上ニ在ルカ？対者ヲ世話スル好意ガカ
or使喚的人ガカ？

467

○西洋布＝西洋織物 or 特ニ「テンヂク」トか何とかの限定された織物を云ふか？

文章ガ不明ノ処アリ、ソノマ、解スルバ「一団ノ線ガ、一粒ノ夜明珠ヲ包ンデ居タ」ガ併シ少ク可笑シイ様デス。矢張線ノ編ンダ囊ニ珠ガ入レテアルト訳スル外仕方無イ

○**解開来只見一団線，囊著寸許大一顆夜明珠**

（一つの編んだ囊に寸許大ノ一顆ノ夜明珠ヲ見タ

フク

こんな囊ノ中ニ夜明珠ガ入レテアツタ？

線

○咱国＝自国？ 自分ノ国＝私ノ国、

○道袍＝コノ着物ハドウモハッキリ解釈サレマセンガ 古ハ外出スルトキ、今頃上海ノ街上デ見ル長イ外衣（ヤッパリ袍ト云フノデハアリマセンカ？）ノヤウニ、普通ニ着タモノデスカ、yes 道ノ意味ハ、道途デスカ道教デスカ、no 併シ意味ハ只「長衣」トナッテ居マス。道教ト開係ナシ

○摸出細珠十数串，各送一串，真珠ヲ繋グノニ穴ヲアケテ中ヲ貫通シタノデセウカ yes 又ハタヾ縦ニ（穴ヲアケナイデ）並ベテツナイダデセウカ no

アソコデ妻ヲ取リ家政管理者（老女デ、ソノ妻ヲモ監督スルモノダト思フ）ヲ置キ、ソウシテ二三年ノ後ニハ蘇州へ一度行キマス

○就在那里取了家小，立起家老，数年間，纔到蘇州走一遭，

or ……立起家老，数年間，……

ドチラデセウ

若シ家老ナラソノ意味ハ（

○料也没得与你，只是与你要，

（思フニ、恐ク）必ず、キット？

料也＝恐ラク……ダロー

船上人把船後拋了鉄錨，

○将椿橛泥犁上岸去釘停当了，

木製

＝（泥ヲ掘ル犂）ノ意カ？ダケレドモ、

船ニハ使ハナイ。

コンナモノダロート思フ

＝

泥ノ中ニクヒコム

狼ハ狠ノ誤リ
発狠＝カタク決心シテ or

○偏要発個狼

（憤慨ス？）

（憤慨ナシ、少シ自弁ノ意アリ）

正是｜
運退黄金失色　時来頑鉄生輝
●莫与癡人説夢　思量海外尋亀，

聴者ヲ嘲ケル？　誰ガ（説者ガ？ 聴者ガ？）

説者ガ听者ニ云フニ
運退ヘバ黄金モ色失ヒ、時来レバ頑鉄モ光ヲ放ツ、願ハクハ癡人ガ海外ニ亀ヲ探サウト思フ処ノ夢ヲ説イテ居ルト云フナカレ！

儒林外史（馬二先生食歩記と錬金術ナンセンス）

西湖ノ景ヲ叙シテ

……真不数『三十六家花酒店，七十二座管絃楼！』

西湖にソレホド数ノ酒店や管絃楼ガアルカ又ハ

形容ニ過ギナイカ

形容ニスギナイ、
「白髪三千丈」ナリ。
「不数」ハ反語デ、
実ハ「云可シ」ニ等シ。
花酒店＝女居ル
酒店。
員ヲ使ツテ居ル
管絃楼＝音楽
ヲ聞セル所＝芸
妓ガ集ツテ歌ヲ
ウタヒナガラ見セル
所（寄席?）。

……也有模様生的好些的，

（いくらかキレイダ）？
（着物、姿?）
面貌?

年紀小的都穿些紅紬単裙子，

黒色。
（元＝玄）

糟鴨＝家鴨ヲメチヤクチヤニ，砕イテ煮タモノ？
糟＝酒ヲ拵ラヘルキ、米カラ、未酒ヲシボリトラナイ
モノ（日本ヲ知ラナイ）実ハ家鴨ノ酒漬デス。

那船上女客在那裏換衣裳，一個脱去元色外套，換了一件
着物ニ八団ノ模様ヲ刺
繍シテ居ルモノ。例ヘバ
玉色ニ制繍シタ八ツノタマノ…？

水田披風，一個脱去天青外套，換了一件玉色繍的八団衣服，

棺材厝基＝棺桶置場？
未埋葬ニテ仮ニ棺桶ヲ置クトコロ？
如何ナル理由ニテソンナヲヌルカ？
棺材ハ棺桶ノ材料ノ木ヲ指スコトモアルカ？
（桶ニ製作シナイ前ノ
棺桶ナリ。

善イ所ヲサガシテ埋メタイガ、急ニソンナ
所ヲ見ツカラナイカラ、暫ラク或ル
所ニ置ク。「仮葬」ト同ジ（?）。中々
ミツカラナイキニハ周囲ニ煉瓦ヲ以ツテ
囲ムコアリ。

披風＝外套
（袖ノナイモノ）
水田＝
（日本ニハ縞ト云フ
ノカ）模様ナリ。

靴桶＝靴ニ作リツケタカクシ？
水磨的磚＝水平ニ磨イタ磚？水デ磨。磚カレタ磚？
＝非常ニスベ
カレタ磚

ヲ入レル円ィ

馬二先生歩了進去，看見牕櫺関着。馬二先生在門外望
裏張了一張，見中間放着一張桌子，擺着一座香炉，衆人
囲着，像是請仙的意思。馬二先生想道『這是他們請仙判
断功名大事，我也進去問一問。』站了一会，望見一個人磕
頭起来，傍辺人道『請了一個才女来了。』馬二先生聴了暗
笑。又一会，一個問道『可是李清照？』又一個問道『可
是蘇若蘭？』又一個拍手道『原来是朱淑貞！』

仲介者ハ二人デス
術者デ巫デハナイ。

コノ場合、請仙スルニハ仲間トシテ一人ノ巫人（術者）ガ居ルカ？ ・・・介

ⒺⒹⒸⒷ
ハ見物人（野次馬）デアルカ？

仙ノ手
仮想ス
人手

A、B、C、D四人トモ参観者、
然シ信者デス、ヤジ馬デハナイ。

Ⓐガ請仙スル当人カ？ Ⓐ又Ⓐハ仲介人ナル巫術者デアルカ？

仙

沙ニ字ヲ書クノデス

人手

沙ヲ入レル

盤

471

一間一間的房子，都有両進。 図解ヲ願ヒマス！　　両進？

恰好郷裏人捧着許多盪麺薄餅来売，

…上写氷、盤大的二十八個大字…

（盪麺 and 薄餅？）

（氷盤ト八？）

馬二先生看過綱鑑，知道『南渡』是宋高宗
的事，…

（綱鑑ハ原書名カ？略書名カ？誰ノ著カ？）

…不瞞老先生説，我們都是買売人，丢着生意，同他
做這虚頭事。他而今直脚去了、累我們討飯回郷，…』

（　　　　）？　死亡シタ︖？

盪麺不明、
「ソバ」ダロー。
薄餅＝麦粉ヲ水デ
拌撹シテ丸ク薄ク
乾イタ鍋ノ上ニ少シ
油ヲ塗デ熟サシタモノ

氷盤＝最大ノ
皿（直径尺五寸位）

綱鑑ハ略書名
ラシイ。明ニ「綱
鑑正史約」（顧
錫疇纂）アリ、
又「綱鑑易知
録」（呉乗権
等輯）アリ、
皆鄙陋ノ本ダ
ケレヒ、大抵後
者ダロート思フ。
後者ハ割合ニ流
行シタモノダカラ。

…候着他装殮，算還廟裏房錢，叫脚子擡到清

波門外厝着。馬二先生備個性醴紙錢，送到厝所，

看着用磚砌好了。

（厝所ニアル棺材ヲ磚砌ヲ積ンデ堅固ニス

ルコト？）

高老夫子

——也許不過是防微杜漸的意思。

（暴露急進）？

（露骨）

微ナルモノガ大シタ

者ニナルカモ知ラン、

少シヅ、少シヅ、ト

来テモ大変ナ結果ニ

成ルコアリ。ダカラ

「微ヲ防ギ漸デモ

杜グ可シ」デスグ

——膝関節和腿関節接二連三地屈折，

（先づ膝関節、すぐ続けて腿関節を？）

つづけさまに。

二三度屈折ス

近イ内ニ埋メマイ

ト思フカラ博デ

囲ンデ置クノデス

473

変戯法＝？

ヤル or スル ＝ 手品

都罵他急筋鬼。（ ）

急筋鬼不明 或ハ「アマリ、イソグ奴」デシャウ。

墙上ニ「物帰原処」ト大字ガ書イテアツタト云フガ

墙上ニカカルコトヲ書クノハ単ナル装飾的扁額カ

楽書カモ知レン 又紙ニ書イテ張ルキモアル。

又ハ盗人ノ用心デデモアルカ？

盗人ノ用心デモナイ。ツマリ、一度使ツタラ、モトノ所ニ置ケ！トノ意。勿論、「持ツテ行クナ」ノ意味モ含ンデ居ル。

墙上ニ「物帰原処」ナドト カクハ特殊ノ場合デセウカ

又ハ慣習的ナ常套デセウカ？

又ハ扁額デナク直接墻上ニ書ク。モノデセウカ

未另发表。

初收 1986 年 3 月日本汲古书院版《鲁迅增田涉师弟答问集》(仲藤漱平、中岛利郎编)。